Sylvia Benesch
Der Stoff des Lebens

AF178709

TINTE
&
FEDER

Das Buch

Eine berührende Geschichte um starke Frauen und kostbare Stoffe, ein altes Familiengeheimnis und eine neue Chance.

Simones Leben verändert sich dramatisch, als ihr Mann Henry sie verlässt und kurz darauf ihre geliebte Mutter Anna stirbt. In ihrem Nachlass findet Simone ein seltsames Kästchen mit wunderschönen Stoffstücken. Getrieben von dem Wunsch, herauszufinden, was es mit den prachtvollen Stoffen auf sich hat, begibt sie sich auf die Suche nach dem Geheimnis ihrer Mutter.

Ihre Reise führt sie in die Vergangenheit, in die Tschechoslowakei des Jahres 1946. Dort muss die junge Anna mitten in den Wirren der Nachkriegszeit einen tragischen Schicksalsschlag verkraften. Fest entschlossen, sich nicht unterkriegen zu lassen, folgt sie ihrer Berufung und beginnt, traumhafte Textilien zu entwerfen. Doch die Schuld, die sie auf sich geladen hat, lässt sie nicht los. Auch dann nicht, als sie dem einfühlsamen Ernst begegnet und mit ihm eine Familie gründet.

Während Simone auf der Suche nach der Wahrheit über ihre Mutter von Augsburg nach Sardinien, Irland und Myanmar reist, erhält sie Hilfe von dem attraktiven Tom. Gibt es für sie sogar Hoffnung auf ein neues Glück?

Die Autorin

Sylvia Benesch wurde 1970 in Augsburg geboren, wo sie auch heute noch lebt. Die Geschichte ihrer Großeltern, die nach ihrer Vertreibung aus dem Sudetenland dort gestrandet waren und die Leidenschaft für Stoffe inspirierten sie zu »Der Stoff des Lebens«. Wie ihre Protagonistinnen Anna und Simone liebt es die Autorin, fremde Länder zu bereisen. Wenn sie nicht gerade an einem Roman schreibt oder unterwegs ist, arbeitet sie seit vielen Jahren als Redakteurin für ein Fachhandelsmagazin.

Sylvia Benesch

Der Stoff des Lebens

Roman

TINTE & FEDER

Deutsche Erstveröffentlichung bei
Tinte & Feder, Amazon Media EU S.à r.l.
38, avenue John F. Kennedy, L-1855 Luxembourg
Januar 2019
Copyright © der deutschsprachigen Ausgabe 2019
By Sylvia Benesch
All rights reserved.

Umschlaggestaltung: zero-media.net, München
Umschlagmotiv: © SuperStock / Getty; © Katsumi Murouchi /
Shutterstock; © TatyanaMH / Shutterstock; © Laborant / Shutterstock
1. Lektorat: Ute Köhler
2. Lektorat und Korrektorat: Verlag Lutz Garnies, Haar bei München,
www.vlg.de
Gedruckt durch:
Amazon Distribution GmbH, Amazonstraße 1, 04347 Leipzig /
Canon Deutschland Business Services GmbH, Ferdinand-Jühlke-Straße 7,
99095 Erfurt /
CPI books GmbH, Birkstraße 10, 25917 Leck

ISBN 978-2-91980-657-7

www.tinte-feder.de

Für meinen Opa

Die Liebe ist ein Stoff, den die Natur gewebt und die Fantasie
bestickt hat.
Voltaire

1. Kapitel

Augsburg, August 2012

Ihr Absatz blieb in der schmalen Ritze zwischen den groben Pflastersteinen hängen. Der linke Fuß knickte um und Simone entfuhr ein Schmerzenslaut. »Nicht das erste Mal«, dachte sie, »dass ich mir hier in dieser wundervollen historischen Stadt meine Schuhe ruiniere.« Sie seufzte. Das hatte sie nun von ihrer Hektik. Sie bückte sich und zog den Schuh mit einem Ruck aus dem Spalt. Zum Glück war der Absatz noch dran – ein undamenhaftes und peinliches Humpeln ins Restaurant blieb ihr zumindest erspart. Simone rieb sich kurz den schmerzenden Knöchel, zog den Schuh wieder an und hastete durch das große, aber unscheinbare Holzportal, das von der Flaniermeile Augsburgs, der Maximilianstraße, abging. Mit wenigen Schritten durchquerte sie den Vorhof und gelangte dann in das Herzstück des ehemaligen Fuggerpalastes.

Der erst kürzlich wiedereröffnete Damenhof erstrahlte im ganzen Charme seiner Renaissancepracht. Zu den Zeiten der Fugger hielten sich hier die Frauen auf. Abgeschirmt von der Außenwelt, konnten sie sich an heißen Sommertagen lachend und Klatsch austauschend um das in der Mitte des Hofs gelegene rechteckige Wasserbecken scharen, gegenseitig ihre raschelnden

Kleider aus wertvollem Brokat, die Handschuhe aus feinster Spitze und die bunten Bänder in den Haaren bewundern und sich bei zu starker Hitze in den Schatten der umgebenden Arkaden zurückziehen.

Doch Simone hatte heute weder einen Blick für die italienisch anmutenden Säulengänge, die liebevoll bemalten Wände und das sanft plätschernde Wasser noch Sinn für die Vergangenheit, die einen hier auf Schritt und Tritt verfolgte. Suchend sah sie sich um und erblickte Henry. Er hatte sie noch nicht entdeckt, und so konnte Simone ihn ungeniert ein paar Sekunden mustern – ihren Mann, der gerade nachdenklich in sein Bierglas starrte und mit beiden Händen eine Papierserviette zerbröselte. Er sah noch immer verdammt gut aus, stellte sie fest. Sein dunkles Haar war nach wie vor voll. Auch wenn sich immer mehr silberne Strähnen hineinschmuggelten. Als er aufblickte, zeigte er zwei braune Augen, die von dunklen Schatten umrahmt waren. »Er sieht müde aus«, dachte Simone, als sie auf ihn zusteuerte und sich mit einem Seufzer in den Sessel ihm gegenüber fallen ließ. Henry zog die Augenbrauen hoch und runzelte die Stirn. Diesen unmutigen Ausdruck kannte Simone zur Genüge, und sie wusste, dass sie durch ihr Zuspätkommen nicht zu guter Laune und einem entspannten Abend beigetragen hatte. Alle zärtlichen und liebevollen Gefühle, die sie gerade noch bei seinem Anblick empfunden hatte, verschwanden. »Wann war es eigentlich so schwierig geworden zwischen uns?«, überlegte sie kurz, bevor sie sich noch einmal leicht erhob und Henry einen schnellen Kuss auf die Wange drückte.

»Was gibt es Neues?«, fragte sie, während sie bereits die Speisekarte zu sich heranzog. Heute war es im Büro mal wieder so anstrengend gewesen, dass sie glatt das Essen vergessen hatte. Außerdem schlug ihr das Treffen mit ihrer Mutter auf den Magen. Dennoch ließ sich der Hunger jetzt nicht mehr übergehen. Als der Kellner gleich darauf auftauchte, bestellte sie ein Wiener Schnitzel mit einer großen Portion Pommes. Und ließ sich dann wieder in den Sessel zurücksinken. Henry hatte noch immer nicht geantwortet. Stattdessen wanderten seine Augenbrauen ein bisschen weiter nach oben.

Mit einem ironischen Unterton holte er zur Gegenfrage aus. »Hattest du Stress?«

Henry kannte sie einfach zu gut. »Wir mussten eine Kundenpräsentation fertig machen. Aber das Schlimmste kommt erst: Am Nachmittag hat meine Mutter angerufen und ich habe mich gerade noch mit ihr getroffen. Sie klang am Telefon so deprimiert und wollte mich unbedingt sehen. Und ihre Wohnung liegt für mich ja fast auf dem Weg hierher.«

»Ach, deshalb hast du mich hier also warten lassen?«

Hatte sie da etwa einen beleidigten Ton herausgehört? Simone beschloss, das zu ignorieren. Wenn man Henry warten ließ, und wenn es nur fünf Minuten waren wie eben, dann benahm er sich oft wie ein quengeliges Kleinkind. Dabei wäre es ihr von Anfang an lieber gewesen, erst am Wochenende hierher zum Essen zu gehen. Am liebsten nach einem gemütlichen Nachmittag irgendwo am See. Aber Henry wollte das neu eröffnete Restaurant unbedingt unter der Woche ausprobieren. Simone seufzte. Selbst schuld. Immer wieder ließ sie sich breitschlagen und fügte sich Henrys Wünschen. Mit dem Ergebnis, dass er am Ende dann doch sauer und beleidigt war.

Sie riss sich zusammen. Jetzt nur keinen Streit. »Mama möchte unbedingt ins Altenheim. Das wollte sie mir heute ganz dringend sagen. Sie hat es so formuliert: *Sollte es mir plötzlich einmal schlecht gehen, dann bringt ihr mich bitte in ein Alten- oder Pflegeheim. Ich will nicht, dass deine Schwester oder du euch aufopfert. Das habe ich nun auch schriftlich verfügt. Morgen hinterlege ich alle Schriftstücke bei unserem Anwalt. Ich wollte, dass du das weißt. Und ich wollte dir das persönlich sagen. Mit Charlotte habe ich schon gesprochen.«* Simone schluckte.

Henry zuckte mit den Schultern: »Ist doch toll, dass sie das selbst entscheidet und sich Gedanken über ihre Zukunft macht, statt euch alles aufzubürden.«

Simone blickte ihren Mann ungläubig an. »Aber ich kann sie doch nicht einfach abschieben. Wozu hat sie denn zwei Kinder?«

»Simone, glaubst du, dass sich deine Schwester um sie kümmern wird? Oder besser: sich so um sie kümmern wird, dass es dir passt? Ich glaube das nicht. Die hat nämlich mit ihrem eigenen Leben so viel zu tun, dass sie dafür keine Zeit hat. Und das ist auch in Ordnung. Also würde alles an dir hängen bleiben. Und dann hätten wir noch weniger Zeit für uns.«

Simones Augen wurden mit jedem seiner Worte größer. Mühsam beherrscht erwiderte sie: »Du bist ein Egoist. Immer denkst du nur an dich. Mich beschäftigt vielmehr: Warum eilt es ihr auf einmal so sehr mit dieser Entscheidung? Warum wollte sie mich unbedingt sofort sehen? Ich habe sie gefragt, aber sie hat es einfach damit abgetan, dass sie das schon viel zu lange vor sich hergeschoben habe und nicht mehr die Jüngste sei.«

»Damit hat sie ja auch recht. Simone, deine Mutter wird im Dezember fünfundachtzig. Da darf man sich Gedanken machen.«

»Du verstehst das nicht. In den vergangenen Jahren habe ich mich meiner Mutter wieder stark angenähert. Seit dem Tod von Papa ist sie viel gereist und da gab es immer etwas zu erzählen. Ich hatte heute einfach das Gefühl, dass sie mir etwas verschweigt. Und was die Pflege betrifft, bin ich es ihr doch schuldig, dass ich mich um sie kümmere. Und ich will das auch.«

»Du bist es ihr nicht schuldig, und deine Mutter will das auch gar nicht. Das solltest du respektieren. Mein Gott, andere wären froh, wenn ihre Eltern so einsichtig und vernünftig wären, und du machst so ein Fass auf. Was glaubst du eigentlich, wer sich irgendwann einmal um uns kümmert?«

Simone blickte Henry ungläubig an. »Das ist nicht dein Ernst. Wo führt uns die Diskussion denn jetzt hin?«

In diesem Moment kam der Kellner und servierte das Essen.

Über den Streit verging Simone der Appetit fast schon wieder. Wütend säbelte sie an ihrem Schnitzel, während Henry energisch sein Steak anschnitt.

Von einem entspannten, gemütlichen Abendessen waren sie jetzt meilenweit entfernt. Wortlos widmeten sie sich beide dem Essen.

Nach dem letzten Bissen nahm Simone das Gespräch wieder auf. Mit gefährlich ruhiger Stimme sagte sie: »Also, was sollte die Frage, wer sich irgendwann einmal um uns kümmert?«

Henrys Kieferknochen traten nun deutlich hervor. Ein untrügliches Anzeichen höchster Anspannung. Er beherrschte sich nur noch mühsam, nicht laut zu werden. Auf seiner Stirn zeichnete sich bereits die steile Falte ab, die jeden ihrer Streite begleitete.

»Na, das weißt du doch. Wir haben keine Kinder, die sich vielleicht mal um uns kümmern könnten. Du wolltest nie welche. Also müssen wir auf jeden Fall einmal in ein Alten- oder ein Pflegeheim.«

Seine Stimme klang jetzt bitter, und Simone fröstelte, als sie realisierte, dass da auch ein wenig Hass mitschwang. »Was heißt da, ich wollte nie welche. Du doch auch nicht! Ich finde es nicht fair, jetzt mir alleine die Schuld in die Schuhe zu schieben. Diese Entscheidung haben wir gemeinsam getroffen!«

»Ach was. Du hast sie getroffen. Und du hast mich überredet.«

»Pah. Jetzt tu doch nicht so, als ob ich dich zu irgendwas überreden könnte. Selbst das heutige Abendessen hier konnte ich dir nicht ausreden. Obwohl es mir zehnmal lieber gewesen wäre, am Wochenende herzugehen. Ausgeruht. Ich richte mich doch die ganze Zeit nach deinen Wünschen. Denn wenn der gnädige Herr Zeit hat, dann muss ich springen. Und wehe, ich komme zu spät oder bin nicht entspannt genug, dann haben wir Stress miteinander.«

Die letzten Worte zischte Simone vor Wut und funkelte Henry an. Ihre Gefühle, die sie sonst immer so gut unter Kontrolle hatte, gingen mit ihr durch. Noch nie war sie derart aufgebracht gewesen. Wie heiße Lava brodelte es in ihrem Inneren. Am liebsten würde sie aufspringen und ihn schütteln. Sie kannte sich selbst nicht mehr. Verzweifelt versuchte sie, sich zusammenzureißen. Sie atmete zweimal tief durch und wartete einen Moment. Dann flüsterte sie leise und zaghaft: »Weißt du nicht mehr, als wir zusammen Peru bereist haben. Sechs Wochen wandern mit dem Zelt. Und als wir eines Abends unter dem Sternenhimmel saßen, hast du zu mir gesagt: *Das ist so schön mit uns zweien. Wir haben so ein tolles Leben. Eine erfüllende Arbeit, Zeit füreinander, keine Geldsorgen. Wer weiß, was aus uns würde, wenn wir Kinder hätten. Ich bin glücklich, so wie es ist. Und so darf es gern bleiben.* Das hast du gesagt. Und ich habe dich nicht dazu gedrängt.«

Simone versuchte, ihre Hand auf Henrys zu legen.

Doch er zog seine weg. »Simone, das ist Jahre her. Vielleicht ändern sich Meinungen. Vielleicht ändert sich das Leben.«

»Ja, und immer bestimmst du, wann das so weit ist. Und ich kann mich dann nach deinen Wünschen richten«, erwiderte sie vorwurfsvoll.

Henry seufzte. »Okay. Ich glaube, das führt zu nichts. Lass es für heute gut sein. Lass uns versuchen, zumindest den restlichen Abend ohne Streit zu verbringen«, fügte er versöhnlich hinzu.

Sie gaben sich redlich Mühe und schlenderten später sogar Hand in Hand nach Hause.

Dort angekommen, sagte sie vorsichtig zu ihm: »Ich mache mit Charlotte ein Treffen aus. Dann kann ich mit ihr in Ruhe über Mamas Pläne sprechen.«

Henry nickte zustimmend. »Vielleicht ist das eine gute Idee. Sie wird dir schon deine Überfürsorglichkeit ausreden. Und wenn du dann auch noch deine Arbeit entspannter angehst, dann kommen wir zwei uns vielleicht wirklich wieder ein bisschen näher.«

Simone wollte schon vehement widersprechen. Sie hatte nicht die geringste Lust, in ihrer Arbeit kürzerzutreten, nur damit sie auf jeden Wunsch von Henry eingehen konnte, während er sich nicht die Spur bemüßigt sah, irgendeinen Fehler bei sich zu suchen, geschweige denn etwas zu ändern. Aber an diesem Abend hatten sie genug gestritten und so nickte sie nur.

Die letzten Meter durch den Wald rasten sie in einem Höllentempo.

Charlotte rief: »Wer als Erste da ist«, und trat kräftig in die Pedale.

Simone musste lachen. Das erinnerte sie an Kinderzeiten. Doch sie wollte sich von ihrer älteren Schwester nicht abhängen lassen und sah zu, dass sie hinterherkam. Außer Atem bremsten sie beide fast gleichzeitig an der Picknickwiese ab, die sie schon als Kinder geliebt hatten, als sie dort mit ihren Eltern saßen. Sie lächelten sich an. Ach, es tat so gut, endlich einmal wieder etwas mit ihrer Schwester zu unternehmen. Das hätte sie schon viel früher in Angriff nehmen sollen. Aber ihre Beziehung zu Charlotte hatte Höhen und Tiefen und oft sorgte schon allein der Altersunterschied für Probleme. Charlotte war sechs Jahre älter und hatte besonders in Simones Pubertätsphase gern einen unerträglich oberlehrerhaften Ton angeschlagen. Egal ob es um ihre zerrissene Jeans ging, die in Simones Jugend in gewesen war, oder ihren Freundeskreis, ständig hatte Charlotte etwas zu bemäkeln.

»So kannst du doch nicht in die Schule gehen«, schimpfte sie, oder über ihren ersten Freund: »Der hat Pickel und stinkt nach Rauch.« So locker ihre Mutter damit umgegangen war, so nörgelig und penetrant hatte sich Charlotte gegeben. Mit dreißig hatte die vorbildhafte große Schwester dann auch noch den perfekten Mann kennengelernt. Ralf, den Musterehemann. Das Traumpaar war aufs Land gezogen, hatte gebaut und drei Kinder bekommen.

»Mein Mann, mein Haus, meine Kinder« – warum nur fiel Simone immer wieder der blöde Werbespruch ein, wenn sie an Charlotte dachte? Oder sprach da etwa der Neid in ihr? Blieb die Tatsache, dass sie beide völlig unterschiedliche Leben führten – und das brachte oft Spannungen in ihrer Beziehung zueinander mit sich. In den vergangenen Jahren hatte sich das allerdings deutlich gebessert. Sie konnten wieder miteinander reden, ohne dass es gleich zu einer Auseinandersetzung kam – wenn sie es denn einmal schafften, zu zweit etwas zu unternehmen. Aber heute war es ihnen gelungen. Nach der Diskussion mit Henry hatte Simone gleich am nächsten Tag mit Charlotte telefoniert und sie hatten sich für den Sonntagvormittag zu einer Radtour durch die Westlichen Wälder verabredet, das Naherholungsgebiet Augsburgs.

Angekommen an der großen Spiel- und Picknickwiese am Kloster Oberschönenfeld, lehnten sie jetzt ihre Räder an den nächsten Baum, suchten sich einen schattigen Platz und holten Picknickdecke und Proviant aus ihren Rucksäcken. Nachdem sie einige Zeit über Belangloses geredet hatten, kam Charlotte zur Sache. »Also wo drückt der Schuh?«, wollte sie in ihrer direkten Art wissen.

»Ich glaube, nicht nur an einer Stelle«, versuchte Simone witzig zu sein. Doch ihr Lachen dabei geriet etwas schief.

Charlotte blickte sie prüfend an und wartete ab.

»Henry beschuldigt mich auf einmal, dass ich ihn dazu überredet hätte, keine Kinder zu haben. Und das stimmt einfach nicht. Wir haben das zusammen entschieden. Ich weiß nicht, warum er jetzt dauernd darauf rumreitet. Und dann wird er immer besitzergreifender. Er macht die Termine und erwartet, dass ich genau dann für ihn Zeit habe. Und wenn das nicht der Fall ist, wirft er mir vor, unsere Beziehung sei mir nicht mehr wichtig. Wo ich doch alles tue, um es ihm recht zu machen. Und jetzt kommt auch noch Mama und fängt mit Alten- und Pflegeheimen an. Und Henry versteht nicht, dass ich mich am liebsten selbst um sie kümmern würde, statt sie abzuschieben.«

»Puh, das ist eine ganze Menge.« Charlotte blickte nachdenklich vor sich hin.

»Dabei liebe ich Henry doch. Er ist alles, was ich immer wollte. Er kann so aufmerksam sein, mit ihm konnte ich über alles reden. Wir haben uns blind verstanden. Ich frage mich seit geraumer Zeit, was ich tun kann, damit wir dahin zurückkommen und nicht gleich wegen jeder Kleinigkeit aneinandergeraten. Henry hat vorgeschlagen, dass ich meine Arbeit entspannter angehen soll, damit ich mehr Zeit und Energie für ihn habe. Und dann denke ich: Wenn ich mich sowieso gern um Mama kümmern möchte, würde ich damit ja gleich zwei Fliegen mit einer Klappe schlagen. Ich überlege also, ob ich nicht auf Teilzeit umstelle. Denn irgendwie hat Henry schon recht, ich bin tatsächlich oft angespannt. Dabei liebe ich ihn doch. Ich will ihn nicht verlieren. Das könnte ich mir nie verzeihen.«

»Glaubst du das denn wirklich?«, fragte Charlotte vorsichtig.

»Was?«

»Dass es zwischen dir und Henry wieder besser läuft, wenn du weniger arbeitest?«

»Na ja, es klingt doch logisch, oder? Wenn ich weniger Stress habe, dann haben wir zwei vielleicht auch nicht mehr so viel Streit ...«

»Aber die andere Geschichte, wegen Mama, die kannst du dir gleich aus dem Kopf schlagen. Unsere Mutter ist ein Sturkopf. Sie *will* in ein Pflegeheim. Und auch wenn du das jetzt nicht gern hörst: Ich denke, dass wir ihren Wunsch respektieren sollten und sie lieber ganz oft dort besuchen, statt uns selbst mit der Pflege aufzureiben. Vor allem eben, weil es ihr ausdrücklicher Wunsch ist.«

Simone schluckte. Diese Antwort hatte sie erwartet. Aber so ganz konnte sie sich mit dem Gedanken nach wie vor nicht anfreunden.

Charlotte fuhr fort: »Ich weiß, es klingt jetzt oberlehrerhaft und das hasst du. Glaub nicht, dass ich das nicht wüsste. Ich halte auch gleich meine Klappe. Aber es wäre schön, wenn du über einen Ratschlag von mir zumindest einmal nachdenkst.«

»Und der wäre ...?«, murrte Simone.

»Mach mal wieder öfter etwas für dich selbst. Es kommt mir vor, als ob du entweder in der Arbeit bist oder nach Henrys Wünschen tanzt. Nimm dir eine kleine Auszeit. Und wenn du nach dieser Auszeit ein gutes Gefühl dabei hast, weniger zu arbeiten, um mehr für Henry da sein zu können – dann mach das. Dann bin ich auch still. Aber bitte, hör auf dein Bauchgefühl. Im Moment, da bin ich ganz ehrlich, habe ich nicht den Eindruck, dass du von diesem Weg überzeugt bist. Du versuchst zwar, dich selbst zu überzeugen, aber es gelingt dir nicht so recht. Deshalb: Nimm dir Zeit für dich und entscheide dann.«

In einem ersten Impuls wollte Simone ihrer Schwester vehement widersprechen. Aber sie merkte selbst, dass das wohl kindisch wäre. Charlotte gab sich wirklich Mühe, ihre Meinung vorsichtig und nicht belehrend zu formulieren.

Deshalb schluckte Simone eine heftige Erwiderung hinunter und schwieg eine Zeit lang. Denn wenn sie über Charlottes Vorschlag nachdachte, merkte sie, dass ihre große Schwester diesmal vielleicht recht haben könnte. Zugleich beschloss sie, sich verstärkt um Henry zu kümmern – wieder mehr auf seine Wünsche einzugehen, verständnisvoll zu sein und ihn spüren zu lassen, wie sehr sie ihn liebte und brauchte.

»Ich verspreche dir, darüber nachzudenken«, erwiderte Simone schließlich. »Und jetzt lass uns über schöne Dinge reden und den Tag hier einfach genießen.«

2. KAPITEL

Wie winzig sie aussah. Wie zerbrechlich im fahlen Licht der Wintersonne. Das kräftige Rot ihrer Lieblingsbettwäsche ließ die Blässe ihres Gesichts noch viel intensiver erscheinen. Die purpurnen Bezüge mit den orientalischen Mustern darauf wirkten in diesem sonst so nüchternen und sterilen Raum seltsam fehl am Platz. Einzig der alte Wecker mit seinen klobigen Zeigern war zu hören – ein wiederkehrendes Ticktack, das an Zeiten erinnerte, als digitale Uhren und Smartphones noch nicht erfunden waren – und die regelmäßigen flachen Atemzüge, zu denen sich die Bettdecke fast unmerklich hob und senkte. Kräftige Sonnenstrahlen fielen durch die Terrassentür auf das Bett und die Patientin darin. Die zurückgezogenen Gardinen gaben den Blick auf den Park frei. Im Licht des Februarnachmittags glitzerte die Schneedecke. Die kahlen Bäume streckten ihre knorrigen Äste in alle Himmelsrichtungen, immer wieder fielen Tropfen des schmelzenden Schneebelags zu Boden. Auch die Eisdecke auf dem von zahlreichen jetzt verlassenen Bänken umgebenen Teich taute in der Mitte auf, ein Zeichen dafür, dass der Winter sich dem Ende zuneigte – hoffentlich. Dort, wo bereits ein großes Loch entstanden war, zogen einige Enten ihre Runden. Im Zimmer allerdings hörte man weder ihr freudiges Schnattern noch die Schritte der Jogger, die um den winterlichen See liefen und dabei auf der knirschenden Schneedecke Spuren hinterließen.

Tick tack. Simones Blick fiel auf den Wecker. Abgesehen von der Bettwäsche verlieh nur noch dieser dem Raum zumindest den Hauch einer persönlichen Note. Neben der Sitzecke, die aus einer Zweisitzercouch und einem Sessel bestand, stapelten sich drei Umzugskisten. »Das also bleibt von einem Leben übrig«, dachte Simone traurig und betrachtete wieder liebevoll die schmale Gestalt ihrer Mutter, die im Bett lag: Anna, fünfundachtzig Jahre alt, einen Meter sechzig groß, etwa sechzig Kilo schwer, verwitwet, zwei Töchter und bis vor Kurzem noch sehr rüstig. Jetzt schlief sie, erschöpft vom Umzug in das Pflegeheim, das sie sich selbst noch ausgesucht hatte. Sie hatte die Zeichen der Zeit früher erkannt als wir, dachte Simone. Und schon meldete sich das schlechte Gewissen bei ihr, weil sie sich ausgerechnet in letzter Zeit viel zu wenig um ihre Mutter gekümmert hatte. Sie war viel zu sehr mit sich selbst beschäftigt gewesen.

Die einzige wirklich wichtige Anforderung, die ihre Mutter an ihr künftiges Zuhause gestellt hatte, war ein Zimmer im Erdgeschoss mit Blick auf einen Garten oder Park. Denn ohne das Gefühl, jederzeit hinaus an die frische Luft zu können, hatte sie noch nie leben können. Und jetzt lag sie hier in ihrem höhenverstellbaren Bett mit einem Trapezgriff als Aufstehhilfe über ihr und sah so klein und schmal aus, dass es Simone allein schon bei ihrem Anblick die Tränen in die Augen trieb.

Ihre Mutter am helllichten Tag im Bett liegend, erschöpft: Simone konnte es noch immer nicht glauben. Ausgerechnet ihre Mutter. Sobald es das Wetter zuließ, hatte sie zu Hause immer Fenster und Türen weit aufgerissen, tief Luft geholt und freudig vor sich hin gesummt. Jegliche Art von Einengung war ihr ein Gräuel gewesen. Deshalb hatte sie immer schon die Treppe anstelle des Fahrstuhls genommen, war lieber per Schiff als mit dem Flugzeug gereist und hatte ihren Geburtstag statt am 21. Dezember am 21. Juni gefeiert – natürlich im Garten. Mal sehen, ob es auch dieses Jahr wieder ein Gartenfest geben würde? In gut vier Monaten. Wer wusste schon, was bis dahin alles passierte. Simone wurde traurig, als sie daran dachte, dass sie bis zum Geburtstag ihrer Mutter keinerlei Anzeichen einer Krankheit bei ihr bemerkt hatte. Heute wusste sie, dass sie einfach nicht genau genug hingeschaut hatte. Den 21. Dezember 2012 würde sie immer als einen der schlimmsten Tage in ihrem Leben in Erinnerung behalten. Das Wetter war herrlich gewesen und sie hatte den Nachmittag freigenommen und ihre Mutter besucht. Gemeinsam waren sie mit Straßenbahn und Bus zum Kuhsee gefahren – dem Naherholungsgebiet am Rande der Stadt. Sie hatten einen Spaziergang um den idyllisch gelegenen See gemacht, die Enten gefüttert und von der Staumauer hinab in das tosende Wasser des Lechs geblickt. Ihre Mutter hatte sie wehmütig angesehen und ihr auf ebendieser Staumauer erstmals von ihrer Krankheit erzählt.

Simone schüttelte sich bei diesen traurigen Gedanken und blickte auf die blasse Frau, deren Augenlider anfingen zu flattern. Ein leichtes Zittern ging durch ihren Körper, bevor sie die Augen aufschlug. Sie erkannte Simone und hob lächelnd die Hand. Ein kleiner Stofffetzen segelte zu Boden. Den hatte sie wohl die ganze Zeit im Schlaf umklammert.

Simone lächelte zurück und bückte sich, um das Tuch aufzuheben. Seit jeher waren Stoffe Annas Steckenpferd. Ihr ganzes Leben hatte sich darum gedreht. Kein Wunder, dass sie auch hier im Pflegeheim nicht davon abließ. Simone hob das Stück Stoff vom Boden auf und legte es behutsam auf das Nachtkästchen.

Annas Blick nahm einen wehmütigen Ausdruck an, als sie es sah. Doch gleich darauf lächelte sie wieder und nahm Simones Hand in ihre. »Hallo, Kleine. Habe ich etwa geschlafen?«

»Ja, Mama. Der Umzug war anstrengend für dich, da darf man schon mal ein kurzes Nickerchen machen. Ruh dich ruhig noch ein bisschen aus. Ich packe inzwischen deine Kisten aus. Ja?«

Ihre Mutter nickte. »Ich setz mich ein bisschen auf, dann kann ich dir zuschauen und dir auch gleich sagen, wo ich jedes Teil hinhaben möchte. Wo kann man denn hier das Kopfteil hochstellen?« Sie beugte sich über den Bettrand und suchte nach den entsprechenden Hebeln.

Simone zeigte auf das kleine Kästchen, das am Trapezgriff über dem Bett hing. »Schau, Mama, du musst nur hier drücken.« Sie deutete auf einen Knopf. »Dann bewegt sich das Bett in die richtige Stellung. Probier mal selbst.«

Anna folgte der Aufforderung, und das Kopfteil fuhr nach oben, bis sie in einer aufrechten Stellung im Bett saß. Zufrieden lächelte sie. »Wenigstens das kann ich noch.«

Simone machte sich an die Arbeit und hievte den ersten Karton vom Stapel. Sie schob ihn neben das Bett und klappte ihn auf: Kleidung. Stück für Stück sortierte sie Blusen, Hosen, Schuhe, Unterwäsche und Strümpfe in den geräumigen Kleiderschrank im Zimmer. Darunter kamen die Kosmetikartikel ihrer Mutter zum Vorschein, die sie ins Bad nebenan stellte. Die Medikamente packte sie in die obere Schublade des Nachtkästchens. Im Nu leerte sich der erste Karton und sie wandte sich dem zweiten zu.

Annas Wangen hatten inzwischen wieder ein wenig Farbe bekommen.

In der zweiten Kiste befanden sich Bücher, Fotoalben und ein wunderschönes hölzernes Kästchen mit zahlreichen Verzierungen – wahrscheinlich voll mit alten Liebesbriefen.

Simone schmunzelte. Ihre Mutter und ihr Vater hatten sich viel geschrieben und auch, als E-Mail und SMS aufkamen, nicht auf ihr feines hellblaues Briefpapier verzichtet. Waren sie einmal getrennt, dann durfte es im Reisegepäck nicht fehlen, damit sie wie gewohnt miteinander korrespondieren konnten.

»Stell dieses Kästchen doch bitte gleich hier unten in das große Fach des Nachtschränkchens.«

Die dritte Umzugskiste schließlich enthielt Dekokram – Bilder, die ihrer Mutter ans Herz gewachsen waren, ihre bunte Wolldecke, ein Mitbringsel ihres Vaters aus Indien, eine Vase aus Muranoglas und das Pfeifenset ihres Vaters, das sogar Jahre nach seinem Tod noch immer nach ihm beziehungsweise nach seinem Tabak roch.

Simone klappte das Pfeifenetui auf und schnupperte. Unweigerlich tauchten Bilder ihres Vaters vor ihrem geistigen Auge auf, wie er sich, auf dem Mundstück kauend, über seine Rechnungsbücher beugte, wie er sie schmunzelnd neckte und ihr spielerisch mit der Pfeife drohte. Ihr Vater war mittlerweile seit fast sieben Jahren tot. Ihre Mutter hatte sich ihr Leben ohne ihn eingerichtet, doch vermisst hatte sie ihn jeden Tag. Denn ihre Eltern, davon war Simone überzeugt, hatten sich von ganzem Herzen geliebt. Und auch wenn es bei ihnen mal lauter geworden war oder sie sich sogar hin und wieder gestritten hatten, dass die Fetzen flogen, hatten ihre beiden Töchter doch immer darauf vertrauen können, dass der Sturm vorbeigehen würde und ihre Eltern sich danach wieder genauso gut verstanden wie zuvor.

Das Pfeifenset bekam jetzt seinen Ehrenplatz neben der Muranovase auf dem Couchtisch. »So, fertig, Mama. Und jetzt? Wollen wir eine Erkundungstour durch das Haus machen?«, fragte Simone.

Anna nickte und schlug die Bettdecke zurück. Sie war noch angezogen, nur die Schuhe hatte sie vor ihrem Nickerchen abgestreift. Vorsichtig schwang sie die Beine, die in einer dunkelgrauen Stoffhose steckten, über den Bettrand und drehte sich. Die hellgraue Chiffonbluse knisterte bei der Bewegung und die Kniegelenke knackten ein wenig.

Man sah ihr nicht an, dass sie krank war, dachte Simone, als sie das sorgfältig frisierte Haar ihrer Mutter betrachtete, das jetzt nur am Hinterkopf vom Liegen etwas verdrückt war. Sie schob den Rollator ans Bett und ihre Mutter stützte sich darauf. Eigentlich brauchte sie die Gehhilfe nicht. Aber so kurz nach dem Aufstehen war sie oft ein bisschen wackelig auf den Beinen. Langsam machte sie sich auf den Weg ins Bad.

Bestimmt, um sich hübsch zu machen. Simone lächelte bei dem Gedanken. In dieser Hinsicht war ihre Mutter eisern. Das Haus im Jogginganzug zu verlassen, käme für sie niemals infrage. Immer hatte sie sich elegant angezogen, auch wenn sie nur ein paar Eier vom Lebensmittelladen um die Ecke gebraucht hatte. Und weder Mascara noch Lippenstift hatten fehlen dürfen. Simone schmunzelte. Solche Eigenheiten blieben wohl lange erhalten. Sogar noch, wenn vieles andere nach und nach in Annas Kopf in Vergessenheit geriet.

Traurig erinnerte sich Simone an die vielen Momente, in denen ihr ihre Mutter auf die Nerven gegangen war, weil sie ewig gebraucht hatte, um ausgehfertig zu sein, weil sie, wie Simone ihr unterstellt hatte, immer den Anschein von Perfektion hatte erwecken wollen und nie sie selbst gewesen war. Wenn sie jetzt darüber nachdachte, überkam sie Wehmut. Wie gern würde sie die Uhr zurückdrehen und stundenlang darauf warten, bis ihre Mutter zufrieden vom Kleiderschrank oder aus dem Bad auftauchte. Doch die Momente, in denen Anna Herrin ihrer Sinne war, wurden deutlich weniger. Als ob Simone ihr in Gedanken ein Stichwort gegeben hätte, kam ihre Mutter zurück ins Zimmer – ohne Rollator. Die Haare waren perfekt frisiert. Doch der Lippenstift fehlte und in ihren Augen stand Verwirrung.

»Wo bin ich denn hier? Kind, bist du krank? Sind wir hier im Krankenhaus? Wo ist Ernst?«

Simone seufzte. Die guten Momente hielten nicht mehr so lange an. Immer öfter zeigten sich bei ihrer Mutter Verwirrtheit und Orientierungslosigkeit. Demenz, zwar in einem frühen Stadium, aber deutlich zu erkennen. In guten Momenten war sich Anna ihres Zustands bewusst, wie sie auch schon vor geraumer Zeit vor allen anderen bemerkt hatte, wie es um sie stand. Deshalb hatte sie letztes Jahr im August ihren Kindern klargemacht, dass sie in ein Pflegeheim wollte. Allerdings ohne einen Ton über ihre Befürchtung verlauten zu lassen. Klarheit hatte dann eine genaue Untersuchung im Dezember ergeben. Zu diesem Zeitpunkt hatte sich ihr Zustand bereits verschlechtert und sie gezwungen, ihren Kindern reinen Wein einzuschenken.

Nie würde Simone den Kuhsee-Spaziergang am Geburtstag ihrer Mutter vergessen. Den Schrecken und die Vorwürfe, die prompt daraufhin einsetzten, weil sie in ihrer Konzentration auf sich selbst die Anzeichen übersehen hatte. Na ja, seitdem hatte sie sich allerdings viel Zeit für ihre Mutter genommen. Mehr als Charlotte, dachte sie bitter. Ihre Schwester schien zu denken: Lass das doch Simone machen. Das lenkt sie vielleicht von ihren eigenen Problemen ab.

Simone straffte die Schultern, bevor sie in Selbstmitleid verfallen konnte, und sah sich um. Das Pflegeheim hatten sie gemeinsam ausgesucht. Der Park, die Terrasse und die zentrale Lage hatten den Ausschlag gegeben. Simone hatte es nicht weit von der Arbeit und ihrer Wohnung hierher und konnte ihre Mutter so täglich besuchen.

Liebevoll nahm sie ihre verwirrte Mutter am Arm und ging mit ihr auf den Gang. Anna klammerte sich an sie und setzte zögernd einen Schritt vor den anderen. So als würde sie sich auf eine gefährliche Expedition begeben. »Irgendwie«, dachte Simone, »ist das wohl auch so für sie. Auf jedem Meter Neuland, ständig Unbekanntes und hin und wieder die Momente, in denen man bemerkt, dass einem ganze Zeitintervalle in der Erinnerung fehlten.«

Zum Glück erkannte sie noch ihre Familie, überlegte Simone. Doch das konnte sich schnell ändern. Im Moment fehlten Anna oft Erinnerungen an die letzten Stunden, Tage und Monate. Alles, was weiter zurücklag, schien ihr nach wie vor sehr präsent zu sein. Auf dem Flur begegneten sie niemandem. Wahrscheinlich befanden sich die anderen Bewohner in ihrem Zimmer oder im Gemeinschaftsraum. Der lag in der Mitte des Hauses, sodass jeder nur ein paar Meter über den Flur gehen musste, um dorthin zu gelangen – sofern er oder sie noch mobil war.

Vier Flure führten in den freundlichen Raum, der durch ein großes Südfenster viel Licht erhielt und bunt geschmückt war.

Vor dem Fenster stand ein Rollstuhl, in dem ein alter Mann mit dem Rücken zu ihnen saß. Sein Kopf wippte leicht auf und ab und er brummte immer dieselben Worte vor sich hin: »Eine schöne Aussicht. Wirklich eine schöne Aussicht.«

Eine ebenfalls sehr betagte Frau lehnte dicht vor dem laufenden Fernsehgerät, wie wenn sie die Gesichter der Schauspieler aufs Genaueste studierte. Wahrscheinlich aber war sie halb blind.

»Wer sind diese Leute?«, wollte ihre Mutter wissen. »Was machen wir hier?« Und kurz darauf: »Lass uns nach Hause gehen, Ernst wartet bestimmt schon.«

Simone seufzte, spielte aber mit. »Ja. Bestimmt hat er schon was Gutes gekocht und wartet nun darauf, dass er dir von seinem Tag erzählen kann.«

Anna nickte eifrig und zog sie wieder hinaus in den Gang. Behutsam geleitete Simone ihre Mutter zurück in ihr Zimmer, und als sie die Tür geöffnet hatte, leuchteten Annas Augen auf. Zielstrebig steuerte sie auf die Nachtkonsole zu, nahm das ausgeblichene kleine Stoffstück in die Hand und setzte sich aufs Bett. Immer wieder strich sie über das Gewebe.

Als Simone genauer hinsah, erkannte sie ihn als Rest eines Stoffes, aus dem ihre Mutter kleine Kuschelpuppen für ihre Kinder gebastelt hatte. Kein Wunder, dass sie bei dessen Anblick so verträumt wurde. Gerade war sie ganz weit weg mit ihren Gedanken.

Anna war 1927 in Černovír geboren. Ein kleines Nest etwa einhundertsiebzig Kilometer östlich von Prag, das Simone noch nie besucht hatte. Sie kannte das Dorf nur von Erzählungen ihrer Mutter. Diese hatte das verschlafene Dorf oft vor den Augen ihrer Töchter auferstehen lassen, wenn sie ihnen Geschichten aus ihrer eigenen Kindheit erzählt hatte. Simone erinnerte sich gern daran zurück – an die leise, wehmütige Stimme ihrer Mutter, die, an ihrem Bettrand sitzend, in ihre Vergangenheit eintauchte: »Im Landkreis Landskron boomte damals die Textilindustrie. Nicht weit von meinem Dorf gab es sogar eine Seidenraupenzucht, um die kostbaren Stoffe, die früher aus Asien importiert wurden, selbst herzustellen. Ich war nie dort, aber ich habe es mir immer so vorgestellt, dass dort Tausende von schillernden bunten Schmetterlingen in großen gläsernen, lichtdurchfluteten Gewächshäusern umherschwirren.« Anna hatte während ihrer Erzählung geschmunzelt, da dieses Bild nichts mit der Realität zu tun hatte. Immer wenn Simone – damals wie heute – einen Schmetterling sah, musste sie an die alte Heimat ihrer Mutter denken. Und hörte Anna erzählen: »Als ich als kleines Mädchen ab und zu mit meiner Mutter am Bahnhof stand, habe ich mir immer vorgestellt, dass ich in den Zug einsteige und an die exotischsten Orte der Welt reise. Nach China, nach New York und nach Rom. Diese Orte schienen mir als das Geheimnisvollste überhaupt.«

Die Zugverbindung hatte eine wichtige Lebensader für die Region dargestellt, in der Simones Mutter aufgewachsen war und die sich gern mit dem Beinamen »ostböhmisches Manchester« geschmückt hatte.

Simone klangen noch mehr Worte dieser Erzählungen im Ohr: »Wenn die dampfende Lokomotive in den Bahnhof einfuhr, brach geschäftiges Treiben aus. Stoffballen wurden verladen, neue Rohstoffe ausgeladen, Reisegäste umarmten ihre Verwandten. Die Eisenbahnlinie Olmütz–Prag, an der auch Wildenschwert lag, verband das ländliche Gebiet mit der großen, weiten Welt, von der ich nur träumen konnte. Wie gern wäre ich in die fremden Länder gereist.« Im Detail hatte Anna ihren beiden kleinen Kindern beschrieben, wie sie auf dem Nachhauseweg vom Bahnhof, nach Abfahrt des Zuges, an der Fachschule für Weberei, an den Fabriken für Baumwoll- und Leinenwaren, an der Bleicherei und den Lederfabriken vorbeigegangen war. Wildenschwert, fünf Kilometer entfernt von Černovír, war damals ein wichtiges Zentrum der Textilindustrie gewesen und die Menschen dort hatten von diesem Industriezweig gelebt. Und so war Anna die Liebe zu Stoffen und allem, was dazugehörte, wohl schon in die Wiege gelegt worden.

Sie hatte auch von ihrer Mutter, Simones Großmutter, erzählt. Wie sie sich tagein, tagaus auf den langen Fußmarsch in die Weberei gemacht hatte. Und wenn sie nicht dort gewebt hatte, dann hatte sie zu Hause Kleidung für die eigene Familie und für private Kunden genäht. Denn es hatte sich in der Umgebung herumgesprochen, dass sie aus Stoffen wundervolle Kleidungsstücke zaubern konnte.

»Der Fuß deiner Oma wippte unaufhörlich auf und ab, und das gusseiserne schwarze Schwungrad hielt den Lederriemen

29

der schweren Nähmaschine am Laufen. Das surrende Geräusch des Riemens hat mich oft in den Schlaf begleitet, weil mein Bettchen nah bei der Nähmaschine stand. Manchmal gab es Stoffreste aus der Fabrik, die eure Großmutter günstig bekam und die sie in einem großen Korb aufbewahrte. Ein Quell der Freude für mich als Kind. Absolut tabu waren dagegen die Stoffe, die ihre Kundinnen manchmal vorbeibrachten und aus denen sie exotische Kleidungsstücke, Schals und Puppen zauberte.«

»So viel Zeit sie für ihre Nähkünste aufbrachte, so wenig blieb ihr allerdings für uns Kinder«, beklagte sich Anna aber auch gern über Simones Großmutter. Doch dem zum Trotz übernahm Anna die Leidenschaft der Mutter. Was für ein Glück, wenn in dem immer gut gefüllten Korb zwischen dem bleichen Leinen, den dicken Tuchstoffen und der rauen Wolle für Strümpfe ab und zu ein Seidentuch, ein Stück Kaschmir oder anderes Exotisches aus der geheimnisvollen weiten Welt herauslugte. Wenn die Mutter nicht da war, stahl sich Anna oft eine halb fertige Bluse, einen bunten Schal oder ein Kleid und streifte es sich über. Begeistert drehte sie sich dann vor dem Spiegel und kam sich vor wie eine Prinzessin. Sie warf sich ein Seidentuch über die linke Schulter, steckte sich eine Blüte aus dem Garten hinters Ohr und fühlte sich wie im siebten Himmel. Bis die quietschenden Angeln der Eingangstür sie wieder auf die harten Dielen der Stube holten – gerade so rechtzeitig, dass sie noch alles in den Korb stopfen konnte.

Wie die kleine Anna aus ihrer Träumerei kehrte auch Simone aus ihren Gedanken auf den Boden der Realität, sprich den des Pflegeheims, zurück. »Mama, willst du dich vielleicht bettfertig machen?«

Anna sah sie verständnislos an, legte sich, angezogen, wie sie war, aufs Bett und schloss die Augen. Nach einer Weile rollte plötzlich eine Träne über ihre Wange und sie flüsterte im Schlaf: »Moje holka, moje holka …«

Simone nahm ihre Hand und streichelte sie. Ihre Mutter träumte bestimmt von ihrer Jugend. Kein Wunder, dass sie dabei traurig wurde. Denn es waren nicht nur glückliche Erinnerungen damit verbunden.

Wie die meisten Sudetendeutschen hatte auch Anna ihre Heimat verlassen müssen. Denn die Tschechen, die lange unter der Naziherrschaft gelitten hatten, reagierten nach dem Ende des Zweiten Weltkriegs mit Vergeltungsmaßnahmen. In den Jahren 1945 und 1946 waren rund drei Millionen Deutsche gezwungen, aus der Tschechoslowakei auszuwandern. Ihnen gehörte nichts mehr. Im Zuge der Beneš-Dekrete vom Oktober 1945 wurde ihr gesamtes Hab und Gut konfisziert. Nach ihrer Flucht war Anna 1946 in Augsburg gelandet.

Was genau allerdings bei Kriegsende und mit Simones Großeltern geschehen war, darüber schwieg sich ihre Mutter aus. Simones Fragen in diese Richtung war sie immer ausgewichen: »Sie sind tot.« Mehr hatte Simone nicht in Erfahrung gebracht. Erst vor einigen Monaten hatte sie begonnen, sich mehr mit der Geschichte der Deutschen in der Tschechoslowakei zu beschäftigen. Vor Kurzem war sie im Internet auf einen Artikel über das »Blutgericht von Landskron« gestoßen. Der Ort lag ganz in der Nähe von Annas Heimatort. Im Mai 1945 hatten tschechische Partisanen dort ein Volksgericht über deutsche Einwohner abgehalten. Die sogenannten Urteile liefen auf schwere körperliche Züchtigung und in vielen Fällen auf die Todesstrafe hinaus und wurden sofort vollstreckt. Simone fragte sich, ob der Tod ihrer Großeltern wohl etwas mit diesem »Blutgericht« zu tun hatte. Einmal hatte sie ihre Mutter darauf angesprochen, aber die hatte nur irgendetwas Unverständliches gemurmelt und schnell das Thema gewechselt. So lief das immer. Jedes Mal, wenn Simone versuchte, etwas über das Leben ihrer Mutter in ihrer alten Heimat über deren Kindheitserlebnisse hinaus zu erfahren, blockte sie ab.

Fest stand, dass sie bis 1946 in Černovír gelebt hatte. Dann wurde sie wohl gezwungen, ihr Elternhaus zu verlassen, und in einen Zug gesetzt, so reimte es sich Simone zumindest zusammen. Anna hatte immerhin das Glück gehabt, ein paar Dinge mitnehmen zu dürfen, unter anderem die Nähmaschine ihrer Mutter, die es heute noch gab und die jetzt in Simones Wohnung stand.

Leise zog Simone die Tür hinter sich zu und sagte der Schwester Bescheid, dass sie ging und ihre Mutter sich bereits schlafen gelegt hatte. Ihre Gedanken waren an der alten Nähmaschine hängen geblieben. Auch sie kannte das Geräusch des surrenden Riemens, das melodische und leise Summen ihrer Mutter, wenn sie mit der alten Maschine genäht hatte. Anna hatte sie bis jetzt gut in Schuss gehalten, geölt und gepflegt. Auch wenn sie die meisten Stücke schon lange mit einer moderneren Maschine nähte.

Simone machte sich zu Fuß auf den kurzen Nachhauseweg. Beim Durchqueren des Parks schlenderte sie an dem Teich entlang, und wieder auf der Straße angelangt, bog sie in einen schmalen Fußweg ein, den zahlreiche Wohnblocks säumten. Es war inzwischen dunkel geworden und in den Wohnungen brannte Licht. In manchen sah man Familien am Esstisch sitzen, in anderen werkelte jemand in der Küche. Simone graute davor, in ihre vier Wände zurückzukehren. Dort wartete niemand mehr auf sie. Doch es ließ sich nicht vermeiden. Nach weiteren zehn Minuten Fußmarsch schloss sie die Tür ihrer kleinen Zweizimmerwohnung auf.

Die Nähmaschine war wahrlich ein Schmuckstück. Golden glänzte der Schriftzug auf dem schwarzen Metall. Das geölte

Nussbaumholz schimmerte, und die Vase mit den holländischen Treibhaustulpen, die Simone auf die Abdeckplatte der Maschine gestellt hatte, sorgte für einen bunten Akzent.

Der Anrufbeantworter blinkte, wahrscheinlich wollte ihre Schwester wissen, wie ihre Mutter den Umzug verkraftet hatte. Nun, wenn sie sich schon nicht die Zeit genommen hatte, mit anzupacken, konnte sie auch noch ein Weilchen auf den Rückruf warten.

Simone hängte ihre Jacke an die Garderobe, streifte die Stiefel ab und ging in die kleine Küche. Sie öffnete den Kühlschrank, nahm die offene Flasche Rotwein heraus und schenkte sich ein Glas ein. Auch eine Tupperbox mit den Resten des Chili con Carne stand darin. Sie kippte den Inhalt auf einen Teller und stellte ihn in die Mikrowelle. Aus dem Brotkasten nahm sie ein Stück Baguette und schnitt sich zwei Scheiben ab. Dann trug sie alles ins Wohnzimmer, lümmelte sich auf die Couch und schaltete den Fernseher ein. Erst nachdem sie gegessen hatte, holte Simone das Telefon und rief ihre Schwester an.

Seit der Radtour im vergangenen August hatten sie sich kaum mehr unter vier Augen gesprochen. Das lag, so ehrlich war Simone, vor allem an ihr selbst. Sie hatte sich in den vergangenen Monaten vergraben und war jedem Versuch Charlottes, mit ihr alleine zu reden, ausgewichen. Wenn sie sich sahen, war immer ihre Mutter dabei und es ging um Vollmachten und Ähnliches.

Charlotte hob ab. »Hallo, Schwesterherz. Ich habe schon auf deinen Anruf gewartet.«

Simone seufzte. Charlotte hätte ihr heute wirklich beim Umzug helfen können. »Hallo, Charlotte, ja, ich habe Mama gut untergebracht. Die Kisten sind ausgeräumt und Mama fühlt sich dort, glaube ich, ganz wohl. Aber auch heute hatte sie einen Aussetzer und konnte sich nicht mehr daran erinnern, wo sie ist.«

»Gott sei Dank haben wir sie im Heim untergebracht. Nicht auszudenken, wenn sie allein zu Hause wäre und so hilflos ist«, seufzte Charlotte.

»Du hast sie da ja nicht untergebracht«, dachte sich Simone zum wiederholten Mal. Sie wusste genau, welche Motive ihre Schwester dabei getrieben hatten, die Arbeit ihr zu überlassen.

Und da kam auch schon der Beweis: »Du hast ja jetzt Zeit. Es tut dir sicher gut, wenn du dich um Mama kümmern kannst«, erklärte Charlotte.

Freilich stimmte es, dass Simone im Moment mehr Zeit hatte, als ihr lieb war. Trotzdem wäre Hilfe von Charlotte nett gewesen. Außerdem musste sie ihr wirklich nicht ständig aufs Brot schmieren, dass sie nun Zeit hatte.

Fünf Monate lag es jetzt zurück, dass Henry sich von ihr getrennt hatte, und noch immer hasste sie das Mitleid im Blick ihrer Schwester, wenn die Sprache auf ihn kam. Und sie hasste sich selbst dafür, dass sie es nicht schaffte, nach vorne zu blicken. Nachdem sie aus der gemeinsamen Penthousewohnung ausgezogen war, hatte sie sich dieses kleine Apartment gemietet und sich seitdem darin eingeigelt. Einzig ihre Arbeit lockte sie aus ihren vier Wänden. Als Marketingleiterin für ein internationales Unternehmen kam sie weit herum und musste mit unzähligen Leuten reden. Das bewahrte sie vor zu viel Grübelei. Zumindest tagsüber schaffte sie es, sich abzulenken. Am Abend und an den Wochenenden allerdings sah es anders aus. Neben ihrem Bett lag eine Packung Schlaftabletten, von denen sie hin und wieder eine einnahm, damit sie überhaupt zur Ruhe kam. Sie konnte stundenlang auf der Couch sitzen und darüber nachdenken, was sie falsch gemacht hatte. War sie zu häufig unterwegs gewesen? Oder hatte sie sich, im Gegenteil, zu sehr an ihn geklammert, wenn sie beide einmal gemeinsam zu Hause waren? Fragen, auf die sie keine Antworten fand, die sie sich aber trotzdem immer wieder gebetsmühlenartig stellte und mit denen sie sich quälte. Ihr Selbstbewusstsein befand sich im Keller. Seit Monaten schon hatte sie sich mit niemandem mehr getroffen. Sie wollte sich einfach nur vor der Welt verkriechen. Den Schmerz wegsperren, totschweigen, mit niemandem darüber reden. Dabei war die Tatsache, dass Henry fremdgegangen war, noch das geringste ihrer Probleme. Und so wenig sie sich das alles selbst eingestehen wollte, so wenig wollte sie sich anderen mitteilen. Als Ergebnis hatte sie sich tagsüber in die Arbeit gestürzt und abends in den Schlaf geweint. Konnte sie gar keine Ruhe finden, griff sie zu den Tabletten. Wenigstens hatte sie es irgendwann zu ihrem Arzt geschafft, ihm etwas von Umbrüchen an der Arbeitsstelle erzählt und auch ihre persönliche Situation angedeutet, sodass er ihr dieses leichte Schlafmittel verschrieben hatte.

Wer wusste schon, was Henry in den vergangenen Jahren sonst noch so alles getrieben hatte, ohne dass sie es bemerkt hatte. Anfangs hatte sie mit Charlotte über alles geredet. Doch das hatte sich schlagartig geändert, als sie Henry kurz vor Weihnachten wieder begegnet war. Was sie da erfahren hatte, machte sie wütend und traurig zugleich. Sie schaffte es nicht, mit einer dritten Person darüber zu reden. Zuerst musste sie selbst damit fertig werden.

Augsburg, Dezember 2012

»Hallo, Simone.«

Simone stand gerade an der Kasse eines großen Einkaufstempels an, um die Weihnachtsgeschenke für ihre Neffen und Nichten zu zahlen. Bei diesen Worten fuhr sie herum und sah sich völlig unvermittelt Henry gegenüber, dem Mann, den sie am liebsten aus ihren Gedanken und ihrem Gefühlsleben getilgt hätte.

Unverschämterweise sah Henry aus wie das blühende Leben. Sein Gesicht war sonnengebräunt, was auf einen Urlaub im Süden vor nicht allzu langer Zeit schließen ließ. Auf seinen dunklen Haaren schmolzen gerade ein paar Schneeflocken und er wischte sich nervös mit den Fingern eine vom Schneeregen feuchte Strähne aus der Stirn. Selbst die dunklen Augenringe, am Ende ihrer Beziehung sein täglicher Begleiter, waren verschwunden. Kein Wunder, schließlich musste er es jetzt schon seit geraumer Zeit nicht mehr zwei Frauen zugleich recht machen. Das stellte sie sich ziemlich anstrengend vor.

Sie selbst dagegen sah wahrscheinlich schrecklich aus. An die ersten Wochen, nachdem er ihr eröffnet hatte, dass er schon seit Längerem fremdgehe und nun endgültig zu seiner neuen Flamme ziehen wolle, konnte sie sich kaum mehr erinnern. Wenigstens hatte er so viel Anstand besessen, gleich aus ihrer gemeinsamen Wohnung auszuziehen, sodass Simone nicht unter Zeitdruck stand, ihr Leben neu zu regeln. Geschlafen hatte sie seitdem kaum. Erst in den letzten Wochen spürte sie, dass sie ein wenig zur Ruhe kam. Auf eine Begegnung mit ihm war sie jedoch überhaupt nicht vorbereitet und ihr auch seelisch nicht gewachsen.

»Wie geht es dir?« Seine Stimme klang ernsthaft besorgt.

Sah sie so schlimm aus? Wahrscheinlich schon. Simone merkte, dass sie ihn bislang nur stumm angestarrt hatte, und riss sich zusammen. »Mir geht es wunderbar. Endlich kann ich meine Zeit einteilen, wie ich möchte«, konnte sie sich eine Spitze nicht verkneifen.

Sie sah, dass ihn das getroffen hatte. Das tat ihr so richtig gut und darum setzte sie gleich noch einen oben drauf. »Zum Glück hast du ja jetzt eine andere gefunden, die sich den ganzen Tag nach deinen Wünschen richtet und dich umsorgt wie ein Baby.« Sie wusste, dass sie sich zickig und kindisch verhielt. Aber sie konnte nicht anders.

»Es tut mir immer noch so leid um uns«, erwiderte Henry leise und hob hilflos die Schultern. »Ich habe mir unser Leben auch anders vorgestellt. Ich habe das mit Bettina nicht geplant, das darfst du mir glauben.«

»Was willst du? Soll ich dir jetzt die Absolution erteilen? Das kannst du vergessen. Warum hast du mich überhaupt angesprochen? Geh mir doch aus dem Weg. Ich will dich gar nicht sehen.« Simone machte Anstalten, auf dem Absatz kehrtzumachen.

Henry hielt sie an ihrem Mantel fest. »Simone, ich muss dir noch etwas sagen. Und ich will es dir persönlich sagen. Können wir uns bitte kurz irgendwo in Ruhe unterhalten? Ich bin froh, dass ich dich hier zufällig getroffen habe. Am Telefon legst du ja gleich immer auf, wenn ich dran bin.«

Seine Stimme klang flehend. Vielleicht hatte er sich die Geschichte mit Bettina anders überlegt? In Simone keimte Hoffnung auf. Jetzt war es sowieso schon egal. Sie stand ihm eh schon gegenüber. Fünf Minuten spielten da auch keine Rolle mehr.

»In Ordnung. Ich zahle das hier und dann können wir uns draußen am Glühweinstand treffen.«

»Gut. Ich gehe schon einmal vor. Soll ich dir schon etwas zu trinken oder zu essen besorgen?«

»Einen Kinderpunsch und eine Bratwurst hätte ich gern.«

»Alles klar. Bis gleich.«

Simone zitterten die Knie. Es dauerte ewig, bis sie an die Reihe kam und zahlen konnte. Mit den Tüten bepackt, kämpfte sie sich durch die Menschenmengen im Kaufhaus und atmete tief durch, sobald sie an die frische Luft trat. Sogleich wehte der Duft von Glühwein und Gebratenem zu ihr herüber. Sollte sie sich wirklich mit Henry treffen? Was konnte er ihr schon erzählen? Sie könnte jetzt auch einfach gehen. Nein, das würde sie nicht machen. Es hatte wirklich wichtig geklungen.

Sie sollte sich wenigstens anhören, was er zu sagen hatte. Sie straffte ihre Schultern und ging entschlossen zu dem kleinen Weihnachtsmarkt auf dem Vorplatz hinüber. Henry hatte einen Tisch im überdachten Bereich ergattert. Man konnte dort sogar auf Barhockern sitzen, ein seltener Komfort auf dem Weihnachtsmarkt.

»Danke.« Sie deutete auf das Getränk und die Bratwurst, die schon auf dem Tisch standen, und nahm Platz.

»Gern.« Schweigen breitete sich zwischen ihnen aus.

Sie wartete. Er wollte ja schließlich mit ihr reden. Also sollte er auch anfangen. Sie sah, wie er nervös seine Hände knetete und wieder einmal eine Papierserviette zerbröselte. Fast hätte sie gelacht. Zu gut kannte sie ihn – immer noch. Sie dachte an ihr letztes gemeinsames Essen zurück. Damals im Damenhof – auch da hatte er eine Papierserviette zerbröselt.

Henry räusperte sich. »Wie gesagt, ich muss mit dir reden. Und ich wollte es dir selbst sagen, bevor du es von anderen erfährst. So viel bin ich dir schuldig. Und wir haben ja doch den ein oder anderen gemeinsamen Bekannten, von dem du es sonst sowieso hören würdest«, begann er umständlich.

»Was willst du mir sagen? Jetzt rück schon raus damit, so schwer wird das schon nicht sein«, erwiderte Simone pampig. Sie fühlte sich im Recht dazu. Schließlich war sie die Verlassene. Sollte er jetzt zu ihr zurückkehren wollen, würde sie es ihm so schwer wie nur möglich machen.

Henry räusperte sich erneut. »Ich werde Vater.«

»Wie bitte?«

»Ich werde Vater. Bettina und ich bekommen ein Kind. Wir sind im vierten Monat.«

Vor Simones Augen verschwamm alles. In ihren Ohren summte es, sie musste sich am Tisch festhalten. Alles schwankte um sie herum. Fassungslos sah sie Henry an. »Das ist es, was du mir so dringend erzählen wolltest. Wolltest du mit eigenen

Augen sehen, wie sehr mich das trifft? Gefällt es dir, mich so zu verletzen?«

Henry stand hilflos da, als Simone ihre Tüten packte und im Sturmschritt davonrannte.

Augsburg, Februar 2013

Hatte sie sich zuvor langsam auf dem Weg der Besserung befunden, war jedes bisschen Land, das sie gesehen hatte, zunichtegemacht. Schlimmer noch: diese Nachricht hatte ihr endgültig den Boden unter den Füßen weggezogen, und sie hatte sich seither völlig von der Welt zurückgezogen. Simone wusste, dass sie sich falsch verhielt. Auch dass sie Charlotte verletzte, wenn sie jeden ihrer Versuche, miteinander zu reden, ins Leere laufen ließ. Aber ein Gespräch über Henrys Vaterfreuden überstieg selbst jetzt, Wochen später, ihre Kräfte.

Nach dem Pflichtanruf bei ihrer Schwester meldete sie sich noch einmal im Heim, um sich nach dem Befinden ihrer Mutter zu erkundigen.

»Sie schläft jetzt. Sie hat sich noch selbst umgezogen. Es ist alles in Ordnung«, versicherte ihr die Schwester.

So schwer es ihr lange Zeit gefallen war, sich mit dem Gedanken anzufreunden, ihre Mutter in einem Pflegeheim unterzubringen, war Simone ihr nun dankbar, dass sie sich selbst frühzeitig Gedanken über ihren Lebensabend gemacht hatte. Sie wollte ihren Kindern nie zur Last fallen.

Müde lehnte sich Simone auf dem Sofa zurück. Täglich fühlte sie sich erschöpfter, und manchmal war sie nicht einmal mehr in der Lage, ihr Geschirr wegzuräumen. Sie goss sich einen weiteren kleinen Schluck ein und nippte am Glas. Dass im Leben anscheinend immer alles zusammenkommen musste. Ausgerechnet jetzt, wo sie sich in der bisher größten Krise ihres

Lebens befand, ging es mit ihrer Mutter bergab. Simone stellte das Glas ab und rieb sich mit beiden Händen über den Nacken. Andererseits … sollte sie dem Schicksal nicht dankbar dafür sein? Wenigstens hatte sie jetzt eine zusätzliche Aufgabe und dadurch weniger Zeit, über sich und ihr Leben nachzugrübeln.

Schon immer hatte sie ein ganz spezielles, inniges Verhältnis zu ihrer Mutter gehabt. Inniger als ihre Schwester. Aber vielleicht bildete sie sich das auch nur ein.

Jetzt stand an, sich Gedanken über Annas Wohnung zu machen. Sollten sie das Mobiliar unter sich aufteilen und die Wohnung vermieten? Oder sollte sie vielleicht dort einziehen? In ihrer jetzigen Bleibe fühlte sie sich noch nicht wirklich zu Hause. Es mussten Entscheidungen gefällt werden, und genau das fiel ihr im Moment schwer. Seufzend räumte Simone ihren Teller und das Weinglas in die Küche, spülte beides ab und legte sich nach einem kurzen Abstecher ins Bad zu Bett.

Unruhig wälzte sie sich hin und her und grübelte über ihr Leben nach. Immer wieder sah sie sich glücklich mit Henry im Urlaub. Hand in Hand gingen sie am Strand entlang. Die Wellen glitzerten in der Sonne, sie konnte den Sand unter ihren Füßen spüren. Henry. Dabei war es gar nicht sie, die er am Strand herumwirbelte. Schweißgebadet wachte Simone auf. Sie hatte geträumt. Es war zwei Uhr morgens. Na prima. Denk an was Schönes, befahl sie sich. Denk an was Schönes, ja, aber an was? Was gab es denn schon Schönes in ihrem Leben? Mann weg, Mutter krank. Ob sie in ihrer neuen Umgebung wohl gut schlief? Vielleicht gab ihr ja das Stück Stoff, das sie am Nachmittag so umklammert hatte, den nötigen Halt? Welche Erinnerungen – außer denen, dass ihre Kinder sie glücklich angestrahlt hatten, als sie ihnen die Kuschelpuppe in die Hand gedrückt hatte – sie noch damit verband? Sie würde sie morgen danach fragen. Vielleicht hatte sie Glück und bekam eine Antwort. Wobei sie es ja gewohnt war, dass manche Fragen nie beantwortet wurden. Ihre Mutter hatte schon immer einen Teil ihres Lebens für sich bewahrt. Und sowohl ihr Ehemann als auch ihre Kinder wussten genau, wo diese Grenze verlief. Vielleicht war ja jetzt die Zeit, wo sie mehr preisgeben würde, dachte Simone. Jetzt, wo sich bei ihr Vergangenheit und Gegenwart zu vermischen begannen. Ja, vielleicht sollte Simone sie jetzt öfter über ihre Jugend befragen. Über die Jahre, über die Anna kaum ein Wort verlor. Einerseits verständlich, wenn man dabei immer an Krieg und Vertreibung erinnert wurde, aber hatte sie als Tochter nicht andererseits auch das Recht, mehr über das Leben ihrer Mutter zu erfahren?

Simone ging der unscheinbare Stofffetzen nicht mehr aus dem Kopf. Vielleicht sollte sie selbst es auch mit einem Erinnerungsstück versuchen. Sie stand auf und ging zu ihrem Kleiderschrank. In diesem stand noch eine Umzugskiste mit ihren Kindersachen. Darin müsste doch eigentlich auch die Kuschelpuppe sein, von deren Stoff ihre Mutter offenbar den kleinen Rest als Andenken behalten hatte, den sie vielleicht gerade ebenfalls in den Händen hielt. Unter Poesiealben, *Hanni und Nanni*-Büchern und alten Schallplatten lugte ein Stück des hellen Gewebes heraus. Simone holte die Puppe hervor und legte sich mit dieser wieder ins Bett. Ob Charlotte ihre Puppe auch noch hatte? Liebevoll strich sie über den ausgeblichenen hell gemusterten Flanellstoff, der sich um eine Holzkugel schmiegte. Mit ein paar einfachen Nähten hatte ihre Mutter Arme und Beine aus dem Stoff geschneidert. Die Puppe war wirklich nichts Besonderes, sehr schlicht und ein wenig hart wegen des hölzernen Körpers, aber Simone hing an ihr. Wen wunderte es also, dass es ihrer Mutter mit dem Reststoff offenbar genauso ging.

Als Simone aufwachte, schien die Sonne bereits ins Zimmer. Ein Blick auf den Wecker ließ sie staunen. Schon neun Uhr. So lange und so tief hatte sie schon ewig nicht mehr geschlafen. Sie streckte sich und überlegte, was sie mit diesem Sonntag anfangen wollte. Am besten wäre es, wenn sie sich die Wohnung ihrer Mutter gleich noch mal vornehmen würde, um dort auszusortieren. Sie könnte ja einen Spaziergang dorthin machen. Die Wintersonne schien und sie hatte heute nichts Besonderes vor. So entschlossen wie schon lange nicht mehr stieg sie aus dem Bett, machte sich im Bad fertig und summte sogar beim Zähneputzen vor sich hin. Sie zog Jeans und ein altes T-Shirt an, darüber einen warmen Sweater, und auf ihre braunen Locken stülpte sie die selbst gestrickte weiße Mütze – ja, die Abende waren oft lang und einsam. Dann schlüpfte sie in ihren dicken Wintermantel, dessen karamellgoldener Farbton ihre braunen Augen so richtig zur Geltung brachte. Das hatte zumindest Henry immer gesagt. Nicht daran denken, ermahnte sie sich. Resolut schlang sich Simone den weißen Schal zweimal um den Hals, stieg in die weißen Moonboots, schnappte sich den Hausschlüssel und ihren Geldbeutel und zog die Wohnungstür hinter sich ins Schloss.

In die Innenstadt, wo ihre Mutter gewohnt hatte, waren es etwa zwei Kilometer in genau die andere Richtung wie zum Pflegeheim. Bei eisiger Temperatur, aber viel Sonnenschein stapfte Simone los. Ein paar Jogger kamen ihr entgegen. Statt der üblichen Strecke in die Innenstadt wählte Simone eine Abkürzung über den angrenzenden Friedhof. Sie genoss die Stille dieses Ortes, der seinen Charme auch durch zahlreiche große alte Bäume erhielt. In wenigen Wochen würden sie nicht mehr kahl gen Himmel ragen. Jetzt glitzerte die Sonne auf den vereisten Ästen, während Simones Schritte im Schnee knirschten. Sie durchquerte den Friedhof und kam auf der anderen Seite an der Wertach heraus. Dort passierte sie eine schmale Fußgängerbrücke und nach weiteren zweihundert Metern den Tunnel, der unter den Bahngleisen des Hauptbahnhofs hindurch direkt zur Innenstadt führte.

Die große Einkaufsstraße wirkte am Sonntagmorgen wie ausgestorben. Aber am Rathausplatz hatten die Cafés für die Touristen bereits geöffnet. Sie ließ sie links liegen, ging über den großen Platz, überquerte die Karolinenstraße und bog in ein kleines Gässchen ein, das sich links des Perlachturms den Berg hinunterschlängelte. Hier befand sich ihr Lieblingscafé. Eingezwängt zwischen einem Juwelier und einem Eine-Welt-Laden, fiel der Eingang kaum auf. Im Inneren hatte die Besitzerin allerdings ein wahres Schmuckstück geschaffen. Mit viel Liebe zum Detail hatte sie die Wände gestaltet, alte Möbel neu in Szene gesetzt und wahrscheinlich Wochen die Flohmärkte durchstöbert, um die ganzen alten Kerzenhalter, Blumentöpfe, Kissen und den sonstigen Dekokram zusammenzusammeln. Hier gab es einen wunderbaren Cappuccino, leckerste Kuchen und am Sonntagmorgen natürlich auch bis in die Mittagsstunden ein Frühstück.

Außer einem sich verliebt anblickenden Pärchen war Simone der einzige Gast. Das würde sich sicher bald ändern. Sie setzte sich an einen Tisch am Fenster und bestellte Cappuccino und ein kleines Frühstück. Ihre Gedanken schweiften zu Henry. Wann war ihre Beziehung eigentlich gekippt? Warum hatte sie nicht früher bemerkt, dass etwas nicht stimmte und er fremdging? Lag es daran, dass sie kinderlos geblieben waren? Sie hatten beide keine gewollt. Wollten ihr Leben auskosten, ohne Verpflichtungen und ohne Abstriche zu machen. Zumindest hatte sie das so verstanden – von Henry, aber auch von sich selbst. Wäre es sonst anders gelaufen? Sie hatten beide viel Zeit mit ihrer Arbeit verbracht, waren beide viel geschäftlich unterwegs gewesen. Zu viel? Bereute sie die letzten Jahre? Heute schaffte es Simone sogar, an Henry zu denken, ohne dass sie gleich in Tränen ausbrach. Das war doch schon einmal ein Minifortschritt, oder? Das könnte sie gleich nutzen, um einigermaßen nüchtern über die Gesamtsituation nachzudenken.

Ihre Gedanken verharrten in ihrer gemeinsamen Zeit. Während sie gern nach Hause gekommen war, die gemeinsamen Abende und Wochenenden im trauten Heim genossen hatte, war es bei Henry wohl schon länger nicht mehr so gewesen. Er wollte auch privat Abwechslung, sich mit Freunden treffen, abends weggehen, in den Urlaub fahren. Wenn sie mitfuhr, schön, wenn nicht, machte er das eben alleine. Doch er fühlte sich dann schnell vernachlässigt und konnte nachtragend und beleidigt sein.

Hätte sie sich mehr nach ihm richten sollen? Eine sehr leise Stimme in ihrem Hinterkopf meldete sich zu Wort: Nein. Man kann sich nicht jahrelang verbiegen. Henry wäre früher oder später sowieso gegangen. Dann lieber früher.

Doch es schmerzte. Simone machte sich über ihr Brötchen her, das sie dick mit Butter bestrich und mit einer Scheibe Schinken und einer Käsescheibe belegte. Der Cappuccino dampfte. Ihr ging es doch gut. Sie hatte jetzt Zeit für sich. Konnte sich ohne Rücksicht überlegen, was sie mit ihrem weiteren Leben anfing. Zuallererst, das schwor sie, wollte sie heute keinen Gedanken mehr an die Vergangenheit mit ihrem Ex-Mann verschwenden. Nun stand Ausmisten auf dem Programm. Nicht nur in der Wohnung ihrer Mutter, auch in ihrem Kopf.

Nachdem sie in aller Ruhe gefrühstückt hatte, zahlte sie und schlenderte gemütlich die letzten Meter durch die Altstadt, bis sie vor dem Haus stand, in dem ihre Mutter bis gestern gelebt hatte. Sie holte den Schlüsselbund aus der Tasche und sperrte die Eingangstür auf. Als sie hineinging, umfing sie sogleich der typische Geruch alter Treppenhäuser. Die linoleumbelegten Stiegen knarzten bei jedem Schritt. Sie bogen sich in der Mitte leicht durch, ausgetreten durch jahrhundertelange Benutzung. Schummeriges Licht fiel durch die schmalen Fenster auf jedem Treppenabsatz. Im dritten und obersten

Stock angelangt, schloss sie die Wohnungstür auf und trat in das Reich, das ihre Eltern sich geschaffen hatten und das Anna in den vergangenen sieben Jahren allein bewohnt hatte. Die geräumige Altbauwohnung hatte hohe Räume, große doppelte Kastenfenster mit weiß lackierten Holzrahmen, ebenfalls weiß gestrichene Türen und als Highlight eine Dachterrasse, die einen Blick auf die Rückseite von Rathaus und Perlachturm gewährte. In lauen Sommernächten, wenn die Bauwerke beleuchtet und die fernen Geräusche der Partymeile auf der Maximilianstraße zu hören waren, fühlte man sich hier wie im Süden. Jetzt lag Schnee auf der Terrasse. Die Sitzgruppe war mit einer Plastikfolie abgedeckt, und die Zitronen-, Oleander- und Lorbeerbäume, die hier im Sommer für Mittelmeerflair sorgten, überwinterten in einer Gärtnerei. Simone zog ihre Schuhe aus und hängte Mantel, Schal und Mütze an die Garderobe. Die Wohnung hatten sich ihre Eltern gekauft, nachdem auch sie – nach Charlotte – aus ihrem vorherigen Heim, einem großen Haus in einem der Vororte, ausgezogen war. Sie hatten sie ganz nach ihrem Geschmack eingerichtet, ohne auf die Bedürfnisse von Kindern Rücksicht nehmen zu müssen.

Simone erinnerte sich noch, mit welchem Elan die beiden ans Werk gegangen waren. Als Erstes hatten sie den welligen alten Linoleumboden herausreißen lassen und durch Eichenbohlen ersetzt. Dann waren die beiden durch Möbelhäuser und über Flohmärkte gestreift und hatten sich ihre Einrichtung zusammengestellt. Die Küche war modern und gemütlich zugleich. Die Wand zum Esszimmer hatten ihre Eltern entfernen lassen. Nur nachträglich eingesetzte Holzbalken deuteten noch die ehemalige Wand an und markierten den Übergang. Im Esszimmer dominierte ein großer, runder Esstisch, um den herum acht Stühle mit unterschiedlichen bunten Sitzkissen gruppiert waren. Dahinter bot die große Schiebetür einen tollen Blick auf die Terrasse.

Simone setzte sich und blätterte den Brief- und Zeitungsstapel durch, den sie gestern dort zurückgelassen hatte. Sie sortierte die Werbung aus, öffnete die Abrechnung der Wasserwerke und entdeckte dann eine Postkarte von Maria aus Sardinien.

Simone legte die Karte auf die Kommode neben der Garderobe, um sie hinterher mit zu ihrer Mutter zu nehmen. Dann ging sie ins Schlafzimmer und begann, weitere Umzugskisten mit Kleidung und Wäsche ihrer Eltern zu füllen. Ihre Mutter hatte die Sachen ihres Mannes die ganzen sieben Jahre seit seinem Tod nicht angerührt. Immerhin hatte sie Simone gestattet, jetzt auszumisten. Da musste einiges in die Altkleidersammlung. Andere Dinge, die noch in gutem Zustand waren, konnte sie an Bedürftige weitergeben. Bald hatte sie den Schrank ausgeräumt, und im Zimmer stapelten sich die beschrifteten Kisten. Am nächsten Samstag würde sie sich einen Transporter ausleihen und die Kisten ins Sozialkaufhaus bringen. Da sie das bereits unter der Woche organisieren musste, machte Simone sich einen geistigen Vermerk. Als Nächstes ging sie ins Nähzimmer. Dort hatte ihre Mutter den größten Teil ihrer Freizeit verbracht. Der helle Raum bekam von zwei Seiten Licht. Die hohen Fenster gingen nach Osten und nach Süden hinaus. Bis vor Kurzem hatte die Nähmaschine, die nun schon bei Simone stand, hier vor dem Ostfenster als Blickfang gedient. Die Mitte des Zimmers nahm ein großer rechteckiger Arbeitstisch mit den Hightechmaschinen ihrer Mutter ein. Im weißen Wandregal stapelten sich ordentlich die verschiedenen Kisten mit Stoffen, Bändern, Knöpfen und allem Krimskrams, den man noch so zum Nähen brauchte. Was sollte sie nur damit machen? Diese Entscheidung vertagte Simone.

Stattdessen ging sie weiter ins Arbeitszimmer ihres Vaters. Dort, in einem schönen Nussbaumschränkchen, bewahrte Anna bis heute alle wichtigen Unterlagen auf. Die wollte

Simone nun durchsehen. Sie fand uralte Kontoauszüge, die sie auf den Altpapierstapel legte. Das Stammbuch der Familie kam zu Marias Karte auf die Kommode. Unter einem Stoß bezahlter und unbezahlter Rechnungen – auch darum musste sie sich wohl noch kümmern, seufzte sie – stieß sie auf einen weiteren Karton. Sie öffnete ihn und sah hellblaues Briefpapier. Die Korrespondenz ihrer Eltern. Simone stutzte. Hatte die sich nicht vollständig in dem Kästchen befunden, das sie gestern ins Nachtschränkchen ihrer Mutter geräumt hatte? Na ja, wahrscheinlich hatten sich ihre Eltern so viel geschrieben, dass Anna nur einen Teil der Briefe in diesem Holzkästchen mitgenommen hatte. Sie stellte den Karton ebenfalls auf die Kommode. Mehr konnte sie dieses Mal allerdings nicht mitnehmen, da sie ja zu Fuß unterwegs war. Simone warf einen Blick auf die Uhr. Schon vierzehn Uhr. Das Ausmisten dauerte immer länger, als man dachte, und wirklich viel hatte sie nicht geschafft. Zum Glück eilte es nicht damit. Aber irgendwann mussten sie sich schon entscheiden, was mit der Wohnung passieren sollte. Das wollte sie aber in Ruhe mit Charlotte besprechen. Und dafür müsste sie sich mit ihr treffen. Und dann würde sich ein Gespräch auch über Henry und seine bevorstehende Vaterschaft nicht vermeiden lassen. Simone wurde es schon wieder mulmig bei diesem Gedanken. Sie schüttelte ihn ab, wusch sich im Bad noch schnell die Hände, zog ihren Mantel an, schnappte sich Karton, Stammbuch und Karte und schloss die Wohnungstür hinter sich ab. Da es zu schneien begonnen hatte, nahm sie die Straßenbahn zum Königsplatz. Dort stieg sie in die Linie 3 und fuhr noch einmal fünf Stationen. Von hier hatte sie nur noch wenige Meter zum Pflegeheim.

Als sie das Zimmer ihrer Mutter betrat, war es leer. Rasch stellte sie die mitgebrachten Dinge auf dem Couchtisch ab und machte sich auf die Suche nach ihr. Im Aufenthaltsraum wurde sie fündig. Anna saß, tipptopp gekleidet und frisiert, an einem Tisch und hatte die Holzkiste, die sie gestern in das Nachtkästchen gestellt hatte, vor sich. Ihr Blick war in weite Ferne gerichtet.

Die Pflegerin erblickte Simone und winkte sie zu sich. »Ihre Mutter hatte heute einen ganz guten Tag. Vormittags hat sie sich selbst gewaschen und angezogen und sogar mitgeholfen, das Frühstücksgeschirr wegzuräumen. Dann hat sie mit Schwester Barbara und einigen anderen einen Spaziergang um den Teich gemacht. Der Weg ist inzwischen geräumt, sodass die Runde kein Problem für sie war. Als sie zurückgekommen ist, wollte sie nur schnell ihre Medikamente holen und gleich zum Mittagessen kommen. Als sie nach fünf Minuten noch nicht wieder hier war, habe ich nach ihr gesehen. Sie saß auf ihrem Bett und hatte dieses Holzkästchen«, sie deutete auf den Tisch, »geöffnet auf ihrem Schoß. Seitdem ist ihr Blick so abwesend. Als ich das Kästchen auf die Seite stellen wollte, um sie zum Essen zu führen, wurde sie richtig aufgebracht. Deshalb haben wir es einfach hierher mitgenommen. Es stand während des Essens vor ihr auf dem Tisch. Danach hat sie dieses Stück Stoff herausgenommen und seitdem sitzt sie hier. Vielleicht schaffen Sie es, sie aus dieser Stimmung herauszuholen. Ansonsten lassen Sie sie einfach vor sich hinträumen. Manchmal muss das sein.«

»Vielen Dank, dass sich hier alle so rührend um meine Mutter kümmern«, sagte Simone. Dann ging sie zu ihr hinüber. Neugierig warf sie einen Blick in das offene Kästchen. Von wegen Briefe – statt der blauen Briefe von ihrem Vater, die sie gestern darin vermutet hatte, war die Kiste voll mit Stoffen. Verschiedenste Stoffarten, bunte Farben und Muster – alles lag munter durcheinander darin. Der Stoff, den Anna nun in der Hand hielt, war derselbe wie gestern. Anscheinend schaffte es dieses kleine Stoffstück, ihre Mutter in eine andere Welt zu versetzen.

»Hallo, Mama, sollen wir noch ein bisschen herumspazieren, bevor es dunkel wird?«, versuchte Simone vorsichtig, ihre Mutter auf sich aufmerksam zu machen.

Langsam hob diese den Blick und schaute ihre Tochter an. Erkennen flackerte auf und sie schien in diese Welt zurückzukehren.

Simone half ihr aufzustehen. Den Flanell behielt ihre Mutter allerdings in ihrer rechten Hand. Simone nahm das Kästchen an sich und zusammen gingen sie in Annas Zimmer.

»Lass uns ein bisschen hier sitzen«, bat ihre Mutter und zeigte auf die Couchecke. Als sie sich niederließ, fiel der Stoff zu Boden, ohne dass Anna ihn näher beachtet hätte.

Simone hob ihn auf und legte ihn auf den Couchtisch. Das Holzkästchen mit den Stoffen stellte sie daneben. Währenddessen erzählte sie: »Heute Nachmittag habe ich in deiner Wohnung eure Briefe gefunden. Ich habe sie mitgebracht.« Sie deutete auf die Kiste, die sie vorhin abgestellt hatte. Sie setzte sich neben ihre Mutter und zeigte auf die vielen Stoffe: »Was hat es denn mit dieser Sammlung auf sich? Hast du dir da ein paar besondere Stücke aus deinem Nähzimmer zusammengesucht, um immer an dein liebstes Hobby zu denken? Oder hilft dir das, dich an die Zeiten zu erinnern, als du immer auf der Suche nach neuen Stoffen und Mustern warst?«

Ihre Mutter lächelte. Dann zog sie sich die Kiste etwas heran und suchte ein Stück heraus. Einen unscheinbaren hellen Stoff mit einer aufgestickten zarten Figur aus einem bräunlichen Faden.

Simone meinte, einen Drachen zu erkennen.

3. Kapitel

Seit einem halben Jahr arbeitete Anna in einer der großen Augsburger Textilfabriken an den Webstühlen. Zehn Stunden am Tag achtete sie darauf, dass sie mit den richtigen Garnspulen bestückt waren, ersetzte diese rechtzeitig, sobald das Garn zu Ende ging, um einen unterbrechungsfreien Webvorgang zu gewährleisten, und besserte nach, wenn ein Faden riss. In der Mittagspause aß sie ihr mitgebrachtes Brot im Pausenraum. Da in der Webhalle ununterbrochen ein Höllenlärm herrschte, sehnte sie sich immer nach Ruhe in der Mittagspause. Daher kapselte sie sich meist ab und suchte eine stille Ecke für sich. Die anderen hatten sich inzwischen daran gewöhnt; auch wenn sie dadurch den Ruf hatte, eine Einzelgängerin zu sein, wurde sie gemocht. Einzig ihre Chefin Frida wusste, dass Anna diese Minuten für ihr Seelenheil brauchte. Denn in der Pause holte sie ein einfaches Büchlein aus ihrem Spind. Ihr Skizzenbuch. Hier hinein flossen all ihre Träume und Fantasien. Das war das Ventil, mit dem sie gelernt hatte, ihr Leben zu meistern. Ihre innere Zuflucht seit den fürchterlichen Ereignissen nach Kriegsende. Sieben Jahre voller Sorgen, Leid und Veränderungen. Das

Skizzenbuch hatte ihr geholfen, inmitten des Chaos ihres Lebens zu überleben.

Bereits kurz nach ihrer Ankunft in Augsburg hatte sie angefangen zu zeichnen. Mit zwei großen Koffern und einer Nähmaschine war sie damals in der Notunterkunft angekommen, die man für die Vertriebenen eingerichtet hatte. Traumatisiert von all ihren Verlusten, hatte sie die ersten Wochen dort wie in Trance verbracht. Und sie war damit nicht die Einzige. Jeder dort hatte ein Leben in der Tschechoslowakei zurückgelassen. Besitz, Freunde und oft auch Familie.

Die ersten Wochen vergingen, ohne dass Anna viel mehr machte, als zu schlafen und zu essen. Sie aß, ohne etwas zu schmecken, sie schlief, bis die Albträume sie wieder weckten. Weder Sonnenschein noch Regen, weder die Bemühungen ihrer Leidensgenossen, sie in ein Gespräch zu verwickeln, noch die Widrigkeiten einer Massenunterkunft berührten sie. Sie war am Leben, ja – mehr aber auch nicht. Sie wusste nicht mehr, warum sie weitermachen sollte. Man hatte ihr das Liebste genommen, sie fortgeschickt – ohne Rückfahrkarte. Wie sollte sie dies überleben?

Eines Tages, nachdem sie wieder einmal eine Suppe gegessen hatte, von der sie hinterher nicht hätte sagen können, wonach sie geschmeckt hatte, fiel ihr Blick auf einen kleinen Jungen. Er saß weltvergessen am Nebentisch. Versunken griff er abwechselnd zu den fünf Buntstiften, die vor ihm auf dem Tisch lagen, und beschäftigte sich mit den Abbildungen in seinem Malbuch. Die Sonne gelb, die Wolken blau, den Regenschirm rot.

Er musste gemerkt haben, wie sie ihn anstarrte. »Willst du das Kleid anmalen?«, fragte er sie und schob ihr sein Malbuch hinüber.

Anna zögerte, griff dann aber zu den Stiften. Mit wenigen Strichen und nur zwei Farben zauberte sie ein fröhliches buntes Kleid für die Frau auf der Abbildung.

Der kleine Junge blickte ihr über die Schulter und staunte. »Das ist das schönste Kleid, das ich je gesehen habe!«, rief er aus.

Anna betrachtete ihr Kunstwerk und zum ersten Mal seit Langem spürte auch sie Freude. Ein Lächeln glitt über ihr Gesicht. Ohne dass sie groß nachgedacht hätte, war das Muster einfach so aus ihr herausgeströmt. Noch am Nachmittag bemühte sie sich, leere Blätter und Stifte aufzutreiben. Bis tief in die Nacht saß sie anschließend auf ihrer Pritsche und zeichnete. Wie wenn sich eine Schleuse geöffnet hätte, entströmten ihrer dunklen Seele auf einmal Farben. Bunte Kreise, Spiralen, fantasievolle Elemente – ihre Kleider waren eine Explosion der Lebensfreude. Und so zeichnete Anna sich Stück für Stück ins Leben zurück. Sie raffte sich auf und suchte sich eine Arbeit. Sie hatte keine Ausbildung, während des Krieges hatte sie auf dem Hof gearbeitet – aber putzen konnte sie. Außerdem hatte sie ihrer Mutter oft beim Nähen zugesehen und sich viel dabei abgeschaut. Hier gab es allerdings das Problem, dass Anna zwar eine Nähmaschine besaß, aber kein Geld, um Stoffe und Zubehör zu kaufen. Also fiel ihre Wahl auf Hausarbeit.

Sie klingelte an vielen Haustüren, bis sie ihre erste Arbeit bekam. Vertriebene hatten es im Nachkriegsdeutschland alles andere als leicht. Doch Anna gab nicht auf, und als sie ihre erste Anstellung hatte, dauerte es nicht lange, bis sich herumsprach, dass sie ordentlich arbeitete und zuverlässig war. Schon bald bekam sie mehr Arbeit, als ihr lieb war. Einem Glücksfall kam es gleich, dass sie bei einer der Familien ein kleines Zimmer mit Bad kostenfrei im Gegenzug zur Haushaltsführung zur Verfügung gestellt bekam. Endlich konnte sie aus der Notunterkunft ausziehen. Das Geld, das sie bei den anderen Familien verdiente, sparte sie. An den Wochenenden streifte sie durch die Stadt. Im Park saß sie oft stundenlang und zeichnete. Irgendwann erzählte ihr die Köchin in einem der Haushalte, dass ihre Schwester in einer der Textilfabriken arbeite.

Eines Tages nahm Anna all ihren Mut zusammen und fragte Leni, ob sie mal mit ihrer Schwester sprechen könne wegen einer Arbeit in der Fabrik. Weil die Textilindustrie nach dem Krieg eine neue Blütezeit erlebte, gab es hier viel zu tun. Und wieder einmal hatte sie Glück. Frida, Lenis Schwester, nahm sie unter ihre Fittiche und verhalf ihr zu der Tätigkeit, die sie jetzt seit einem halben Jahr verrichtete.

Die Arbeit inspirierte Anna, deshalb saß sie mittags oft da und brachte die Entwürfe aufs Papier, die sie sich an den Webstühlen im Geiste ausmalte. Die Stoffe und Muster, die sie den ganzen Tag über entstehen sah, gaben ihr stetige Impulse für neue Kreationen. In den freien Minuten zeichnete sie daher Kleider, Schals und Blusen und probierte eigene Muster- und Farbgebung aus. Zudem ging sie dazu über, das Wissen, das sie hier in der Weberei aufschnappte, auf ihre Entwürfe anzuwenden. Und so versah sie ihre Skizzen immer öfter auch mit Web- und Färbeanweisungen.

Nachdem sie einen Stapel Skizzenbücher mit Entwürfen gefüllt hatte, wagte sie sich weiter. Fast jeden Abend versuchte sie zu Hause an ihrer Nähmaschine die gezeichneten Modelle umzusetzen. Müde von der anstrengenden Arbeit in der Fabrik, aber mit viel Geduld, obgleich kaum etwas zu ihrer Zufriedenheit gelang. Das lag jedoch weniger an fehlender Geschicklichkeit als an den Umständen. Noch war das Geld knapp, sie hatte nur wenige Stoffe zu Hause und noch weniger Zeit. Denn nach wie vor lebte sie kostenfrei in ihrem Zimmer und sorgte im Gegengeschäft an ihrem Feierabend für Ordnung im Haushalt. Über der Nähmaschine fielen ihr meist viel zu schnell die Augen zu.

Der Tag, an dem sich Annas Leben erneut drastisch verändern sollte, hatte völlig normal begonnen. Sie hatte sich ihr Pausenbrot zubereitet, es zusammen mit dem Skizzenbuch in die Tasche gesteckt und war die übliche Viertelstunde zur Arbeit gelaufen. In der Fabrik hatte sie wie immer den ganzen Vormittag lang die Webstühle bestückt und am Laufen gehalten. Nach der Mittagspause, die sie dem Zeichnen gewidmet hatte, kehrte sie an ihren Arbeitsplatz zurück.

Kurz darauf tauchte der Juniorchef in der Webhalle auf. Nichts Ungewöhnliches, denn im Unterschied zu seinem Vater interessierte sich der Sohn für alle Abläufe und für die Menschen in der Fabrik und war sich, ebenfalls anders als der Senior, auch nicht zu schade, mit den Arbeiterinnen zu sprechen. Deshalb hielt er sich öfter in der Webhalle auf und redete mit ihnen. Für Anregungen, Wünsche und Probleme hatte er ein offenes Ohr und versuchte Änderungen durchzusetzen, wo es ging. Leider waren ihm oft die Hände gebunden, denn sein Vater ließ sich nur ungern dreinreden. Im Büro im Gebäude gegenüber, so hörte man, flogen deshalb schon mal die Fetzen. Auch heute ging der Junior von Arbeiterin zu Arbeiterin. Aber er blieb bei keiner für ein Gespräch stehen. Offenbar stellte er Annas Kolleginnen jeweils nur eine kurze Frage, woraufhin eine nach der anderen verlegen den Kopf schüttelte.

Nur Frida stutzte einen Moment bei seiner Frage, drehte sich dann langsam um und deutete in Annas Richtung. Der Juniorchef machte sich auf den Weg zu ihr. Als er den letzten Webstuhl umrundete, erkannte sie, dass er ihr Skizzenbuch in der Hand hielt. Fieberhaft überlegte Anna, was sie falsch gemacht haben könnte. Sie hatte immer nur in den Mittagspausen gezeichnet. Auch an diesem Tag. Dann musste sie das Buch wohl im Aufenthaltsraum vergessen haben. Alle Kolleginnen wussten, dass es ihres war, hatten aber offenbar vor Schreck nichts sagen wollen. Einzig Frida hatte all ihren Mut zusammengenommen. Was hätte sie auch anderes tun sollen, so viel war Anna klar. Und nun stand der Juniorchef vor ihr.

»Ist das Ihres?«

Anna nickte.

»Könnten Sie bitte nach Ihrer Schicht zu mir rüber ins Büro kommen?«, fragte er freundlich und höflich.

Anna nickte erneut.

»Danke. Bis dann.«

Anna nickte ein drittes Mal. In den folgenden drei Stunden bis Schichtende grübelte sie darüber nach, was der Juniorchef von ihr wollte. Sie konnte sich beim besten Willen nicht vorstellen, was sie falsch gemacht hatte. Trotzdem legte sie sich alle möglichen Rechtfertigungen zurecht. Sie wollte ihre Arbeit nicht verlieren. Nachdem sie sich in den vergangenen Jahren von einer Putzstelle zur nächsten gehangelt hatte, genoss sie es nun, hier eine feste Anstellung zu haben. Sie wusste, dass sie am Ende der Woche ihre Lohntüte bekam, und hatte sich mit Frida angefreundet.

Als die Klingel ertönte, die das Ende der Schicht einläutete, sah sie Frida auf sich zukommen. »Ich wusste nicht, was ich machen sollte. Ich konnte ihn nicht anlügen.« Verzweiflung war auf ihrem Gesicht zu lesen. »Was hat er dir denn gesagt?«

»Ich soll jetzt zu ihm ins Büro kommen. Frida, mach dir keine Gedanken, ich hätte genauso reagiert. Ich habe doch nichts Falsches getan. Außerdem war er sehr freundlich und höflich, also kann das gar nicht so schlimm sein.« Anna gab sich zuversichtlicher, als sie sich fühlte.

»Komm noch kurz auf einen Sprung bei mir vorbei, wenn du nach Hause gehst, ja?«, bat Frida. »Ich möchte wissen, was er von dir wollte.«

»Mache ich«, versprach Anna und zusammen gingen sie in den Umkleideraum. Dort nahm sie das Kopftuch ab und zupfte die Watte aus ihren Ohren, dank der sie den Höllenlärm in der Webhalle halbwegs ertrug. Sie wusch sich Hände und Gesicht, kämmte ihr Haar und machte sich auf den Weg.

Drüben im Bürogebäude herrschte Stille. Sie öffnete die große Eingangstür und blickte sich um. Im Sekretariat saß niemand mehr. Vorsichtig betrat sie den Raum. Drei Türen gingen vom Sekretariat ab, eine davon stand offen. Sie stellte sich davor und klopfte vorsichtig.

»Immer herein!«, tönte die Stimme des Juniorchefs.

Das klang alles andere als ärgerlich. Anna schöpfte Hoffnung. Vielleicht war es ja wirklich nichts Schlimmes und sie konnte ihren Job behalten. Anna trat in das Büro. »Guten Tag, Herr Melzner. Sie wollten mich sprechen.«

»Nehmen Sie doch bitte Platz, Frau …?«

»Klecker.« Anna setzte sich auf den Sessel, der vor seinem Schreibtisch für Besucher bereitstand, und knetete nervös ihre Hände.

Der Juniorchef räusperte sich und deutete auf Annas Skizzenbuch, das vor ihm lag. »Ich habe dieses Buch im Pausenraum gefunden und bin beim Blättern sehr neugierig geworden. Diese Entwürfe sind sehr kreativ. Wenn sie von Ihnen stammen, haben Sie ein gutes Auge für Farben und Muster und wagen sich auch an ausgefallenere Dinge, als wir sie hier gerade produzieren. Das ist genau das, was wir brauchen, wenn wir unser Sortiment modernisieren möchten.« Er machte eine nachdenkliche Pause. »Und nachdem ich meinem Vater ganz bestimmt keine neue Designerin abschwatzen kann, habe ich mich gefragt, ob nicht Sie Lust hätten, ab sofort bei uns als Musterzeichnerin zu arbeiten.«

Anna blieb der Mund bei seinen Worten offen stehen. Mit allem hatte sie gerechnet, aber nicht damit, dass er ihr eine neue, viel bessere Arbeit anbieten wollte.

Hastig fuhr Melzner fort: »Wenn ich mir Ihre Entwürfe so ansehe, bin ich mir recht sicher, dass Sie die Richtige für diese Tätigkeit sind. Einen Versuch ist es doch allemal wert, oder? Wenn es nicht klappt, dann ist ja auch nichts verloren. Ich habe schon mit Ihrem künftigen Vorgesetzten, Herrn Schirrer, geredet. Der freut sich über jede Unterstützung, die er bekommen kann. Sie könnten gleich morgen anfangen.«

Anna starrte ihn noch immer an. Dann fragte sie fassungslos: »Ich soll ab morgen bei Ihnen als Musterzeichnerin arbeiten? Aber ich habe doch gar keine Erfahrung.«

»Dafür haben Sie Talent. Das sehe ich auf einen Blick. Und Herr Schirrer hat zwar viel Erfahrung, aber sein Geschmack trifft eben nicht mehr den der modernen Kundinnen. Wir müssen uns eine neue Kollektion ausdenken. Sprechen Sie sich mit Herrn Schirrer ab, fragen Sie ihm Löcher in den Bauch und dann legen Sie los. Sie haben freie Hand. Machen Sie die nächste Kollektion zum Erfolg. Und? Sind Sie dabei?«

Annas Gedanken überschlugen sich. Musterzeichnerin! Weg von der lauten Weberei. Mit Stoffen, Farben, Mustern experimentieren! Ein Traum! Trotzdem ging ihr das zu schnell. »Und was sagt Herr Schirrer dazu? Fühlt er sich da jetzt nicht überrumpelt? Er ist ja schon jahrelang dabei.«

»Herr Schirrer geht bald in den Ruhestand. Im Gegenteil, er ist froh, wenn er endlich Unterstützung bekommt. Er kann nicht mehr so viel reisen, Messen besuchen und sich Ideen holen. Ich glaube wirklich, er ist froh, wenn er Verstärkung bekommt«, beruhigte sie der Juniorchef.

Anna wusste kaum, was sie sagen sollte. Ihre Wangen glühten und ihre Gedanken überschlugen sich gerade. Deshalb bekam sie nur heraus: »Wo soll ich mich morgen melden?«

»Seien Sie um acht Uhr hier. Wenn Sie in den ersten Stock gehen, dann sehen Sie schon das Büro von Herrn Schirrer. Bei ihm melden Sie sich.«

Anna konnte kaum glauben, was ihr hier gerade widerfuhr. Aber bei aller Freude über dieses unerwartete Angebot machte sich noch eine Sorge in ihr breit. Zaghaft fragte sie: »Und wie sieht es mit der Bezahlung aus? Ich brauche das Geld für Miete und Lebensunterhalt, ich muss alleine für mich sorgen.«

Bei den letzten Worten wurde ihre Stimme immer leiser und zaghafter. Sie fragte sich, ob das jetzt nicht zu unverschämt war. Verlegen nagte sie an ihrer Unterlippe und blickte ihren Chef ängstlich an.

Doch der antwortete völlig ungerührt: »Zunächst bekommen Sie dasselbe wie bisher. Wenn Sie sich eingearbeitet haben und Herr Schirrer zufrieden ist, können wir Ihr Gehalt auf das einer Musterzeichnerin aufstocken. Klappt das alles nicht, können Sie jederzeit wieder an Ihren alten Arbeitsplatz zurück. Ist das ein faires Angebot?«

Anna schluckte. Das war viel mehr, als sie zu hoffen gewagt hatte. Jetzt, da ihr auch die Geldsorge genommen war, konnte sie freudig antworten: »Vielen Dank. Ich freue mich sehr auf die neue Aufgabe. Stoffe sind mein Leben. Ich werde Sie nicht enttäuschen«, gelobte sie und war kurz davor, ihr Gegenüber zu umarmen. Gerade noch rechtzeitig riss sie sich zusammen.

Der Juniorchef grinste sie schief an. »Hoffentlich. Ich zähl auf Sie.«

Auf dem Nachhauseweg hüpfte Anna durch die Straßen. Sie fühlte sich glücklich wie schon lange nicht mehr. Kreativ sein. Ideen sammeln und ausprobieren. Wunderbar. Sie stoppte bei Frida, die zusammen mit ihren Eltern und ihren beiden jüngeren Brüdern in einer Souterrainwohnung lebte.

Frida riss die Tür auf, kaum dass Anna auf die Klingel gedrückt hatte. Sie musste gespannt auf sie gewartet haben. »Und?«, fragte sie ängstlich.

Anna lachte breit. »Ab morgen bin ich nicht mehr bei euch.«

Frida schaute sie entsetzt an, sah aber dann das Lächeln auf Annas Gesicht. »Du lügst. Wenn das so wäre, würdest du nicht derart vergnügt dreinschauen. So habe ich dich ja noch nie gesehen. Was ist passiert?«

Anna erzählte ihr alles.

Frida staunte. »Und das willst du wirklich machen? Ich hätte den Mut ja nicht. Mir das alles ausdenken, was wir da weben. Nein, das ist nichts für mich. Aber ich freu mich für dich. Vielleicht schaffst du es ja trotzdem, ab und zu mit mir Mittagspause zu machen. Ich möchte dann alles hören, was da drüben in den Büros getratscht wird.« Frida war Feuer und Flamme, eine neue Klatschquelle im Haupthaus zu haben.

Anna versprach das gern. Ob sie allerdings so viel Zeit und Lust zu tratschen haben würde, bezweifelte sie. »Aber die nächsten Tage und Wochen werde ich viel um die Ohren haben. Nicht böse sein, wenn ich da nicht vorbeikomme. Ja?«

Frida nickte. Mit den Worten »Ich drück dir die Daumen« verabschiedete sie sich von ihr.

Beschwingten Schrittes legte Anna die letzten Meter nach Hause zurück. Die Hausarbeit ging ihr heute wie von selbst von der Hand. Sie schlief tief und traumlos und erwachte mit den ersten Sonnenstrahlen erfrischt und voller Tatendrang.

Die kommenden Wochen erlebte Anna wie im Traum. Sie lernte von ihrem neuen Vorgesetzten alles über Stoffe, Einkaufspreise, Farben, Muster und deren Umsetzung auf die verschiedenen Arten von Gewebtem. Herr Schirrer entpuppte sich als umgänglicher Mensch, der Anna gleich ins Herz schloss, als er sah, wie gern und mit wie viel Energie sie ihre neue Arbeit verrichtete. Gleich am ersten Tag blätterten sie zusammen durch ihr Skizzenbuch und er machte zu jedem ihrer Entwürfe Anmerkungen. Der Stoff bei diesem Kleid sei viel zu teuer, das Muster auf dem anderen nicht realisierbar.

Dadurch lernte Anna enorm viel, merkte allerdings, dass Schirrer nicht wirklich an Innovationen interessiert war. Was heute nicht ging, würde auch morgen nicht gehen, davon war er überzeugt. Schirrer war nicht nur für die Erstellung der Schablonen für die Webstühle zuständig, sondern auch für die Auswahl der Rohmaterialien und der Muster sowie für die Budgetplanung. Auch wenn der Chef ein letztes Auge darauf warf, bevor er es abzeichnete, war der dreiundsechzigjährige Schirrer mit den zahlreichen Aufgaben und der Verantwortung hoffnungslos überfordert; das blieb seiner neuen Mitarbeiterin nicht lange verborgen.

Um am Puls der Zeit zu sein, hatte sich Anna über mehrere Ecken Modemagazine wie *Life* aus dem PX-Shop der amerikanischen Kaserne besorgt. Auf den Titeln posierten Hollywoodstars wie Ava Gardner, Vivien Leigh, Zsa Zsa Gabor und Marilyn Monroe in luftigen, hellen Kleidern aus ganz anderen Stoffen als diejenigen, die im Moment in ihrer Fabrik hergestellt wurden.

Anna hatte bereits einige Entwürfe gemacht, die den Spagat zwischen der deutschen Alltagskleidung und bunteren Wohlfühlkleidern wagten. Jetzt galt es, Schirrer und letztlich auch die beiden Geschäftsführer zu überzeugen.

In diesem Moment ging die Tür auf und der Jüngere kam herein. Er sah sehr blass und übernächtigt aus. »Und, Frau Klecker – wie siehts aus? Haben Sie sich schon eingearbeitet? Erste Entwürfe?«

Anna schob ihm ihre Skizzenmappe hin, in der sie zu jedem Modell auch die Druckschablone beigelegt hatte. Eine Aufschlüsselung, welche Stoffe und Farben und welche Arbeitsschritte nötig waren, hatte sie auch dazugefügt.

»Wunderbar. Ich werde das gleich mal mitnehmen und durchkalkulieren. Wir müssen Nägel mit Köpfen machen.« Er zögerte. Dann fügte er hinzu: »Mein Vater hatte gestern Abend einen Schwächeanfall. Der Arzt hat ihm dringend empfohlen, kürzerzutreten. Aber Sie kennen ihn ja«, wandte er sich an

Schirrer. »Ich weiß nicht, ob er das so ernst nimmt. Na ja, auf jeden Fall konnte der Arzt ihn zunächst einmal dazu überreden, sich ein paar Wochen zu erholen.« Er hielt inne und fügte leise hinzu: »In dieser Zeit müssen wir es schaffen, das Ruder herumzureißen. Ich weiß, mein Vater meint es nur gut, aber er bremst jede Innovation aus. Deshalb müssen wir die Gelegenheit jetzt am Schopf packen.«

Anna war nicht bewusst gewesen, wie schlimm es um die Firma stand – und auch das klang alles andere als optimistisch.

Melzner fuhr fort: »Mein Vater wollte sich in den nächsten Tagen eigentlich in Rom mit ein paar Lieferanten treffen. Das muss jetzt wohl ich übernehmen. Außerdem hat mich heute ein Brief aus Sardinien erreicht, in dem Maria uns einlädt, ihre neue Weberei auf Sardinien zu besichtigen.« Er seufzte. »Das passt mir zwar gar nicht. Aber wenn ich sowieso schon in den Süden fahre … Wie sieht es aus, Herr Schirrer, begleiten Sie mich wieder?«, wandte er sich an Annas Chef.

Der schüttelte den Kopf. »Ich denke, die beste Lösung wäre, wenn Anna mitfährt. Maria und sie werden sich bestimmt gut verstehen, und Anna kann sich Inspirationen für neue Modelle holen.«

Melzner hob die Augenbrauen. »Wollen Sie denn?«, fragte er.

Anna brach der Schweiß aus. In den Süden, nach Sardinien – was für eine Frage. »Sehr gern«, brachte sie gerade noch heraus und lief rot an. Sie konnte nicht fassen, dass man sie überhaupt fragte, war sie doch noch ganz neu in ihrem Metier.

Melzner grinste. »Na, dann ist das geklärt. Vielleicht können Sie dann dieser Sammlung hier«, er hielt ihre Skizzenmappe hoch, »noch das eine oder andere italienische Modell hinzufügen?«

Anna blickte Herrn Schirrer an, der ihr aufmunternd zunickte.

Melzner fuhr fort: »Sehr schön. Dann brechen wir am Donnerstag auf. Ich nehme unsere Bücher mit. Bislang hat sich darum in erster Linie mein Vater gekümmert«, erläuterte er, an Anna gewandt. »Aber wenn ich die Entscheidungen alleine treffen will, muss ich mich unbedingt auf den aktuellsten Stand bringen. Während ich mir an einem der Tage auf Sardinien unsere Zahlen vornehme, lassen Sie sich von Maria alles zeigen. Und ich versuche, unsere römischen Geschäftspartner auf dem sardischen Festland zu treffen.« Er überlegte weiter: »Wenn wir am Donnerstag losfahren, sind wir freitags vor Ort, haben das Wochenende und fahren am Montag zurück. Spätestens Mittwoch früh würden wir dann wieder hier sein. Das sollte passen.« Erwartungsvoll blickte er Anna an.

Die konnte nur noch nicken.

»Gut, dann seien Sie bitte in zwei Tagen um sechs Uhr morgens hier. Ich freu mich.«

Sant'Antioco, Sardinien, 1952

So klares Wasser hatte Anna noch nie gesehen. Das leuchtende Blau des Meeres an den wenigen Sandstränden ging an den felsigen Küstenabschnitten mit den kleinen Buchten und Grotten in ein helles Grün über. Sie konnte sich an all den Farben ringsum und dem Licht nicht sattsehen. An der Mole, auf der sie gerade saß, wippten die kleinen Boote der Fischer munter auf den leichten Wellen. Die Luft roch salzig und fischig. Gerade kehrten die letzten Fischer von ihrem morgendlichen Fang zurück, hievten die vollen Körbe und Wannen aus ihren Kuttern und machten sich daran, ihren Fang zu säubern. Kreischend zogen einige Möwen Kreise über ihnen in der Hoffnung, den einen oder anderen Happen zu ergattern.

Vor einer halben Stunde war die Sonne am Horizont aufgestiegen, und trotz der frühen Morgenstunde war es bereits über zwanzig Grad warm. Anna blickte hinüber auf das sardische Festland, von dem sie gestern spätabends über die schmale Brücke nach Sant'Antioco, eine kleine Insel auf der Südwestseite Sardiniens, gefahren waren.

Nach der langen Anreise hatte sie sich nur noch nach einem Bett gesehnt und nicht mehr viel von der Umgebung mitbekommen. Sie hatten das Auto unten am Hafen geparkt, der Ort mit seinen zahlreichen schmalen, steilen Treppen und verwinkelten Gassen war unbefahrbar. Zum Glück kannte sich ihr Chef hier aus. Er hatte das Gepäck aus dem Kofferraum geholt und war zielstrebig durch das Labyrinth marschiert, bis er vor einem der alten Häuser haltmachte. Statt zu klingeln, stieß er einfach die Tür auf, ging hinein und rief laut: »Francesca, siamo qui!«

Eine alte Frau tauchte aus dem Dunkel des Gangs auf und schlurfte, eine Kerze auf einem Kandelaber in der Hand, auf ihren Besuch zu. Unter dem schwarzen Kopftuch war der Ansatz von schlohweißem Haar zu sehen, ihr wettergegerbtes Gesicht war von Falten und Runzeln durchzogen. Vorsichtig stellte sie die Kerze auf ein Regal. Dann strahlte sie Melzner an und umarmte ihn. Ein Schwall italienischer Worte prasselte auf ihn ein, die Anna nicht verstand. Ihr Chef aber nickte und antwortete ebenso fließend.

Danach wandte sie sich Anna zu und musterte sie neugierig, wobei sich ihr Gesicht zu einem Lächeln verzog. Trotz ihres hohen Alters strahlte Francesca eine berauschende Lebensfreude und Wärme aus. »Andiamo figli. Io vi mostrerò la vostra stanza. Sicuramente avete fame.«

Melzner nickte und übersetzte für sie: »Sie zeigt uns die Zimmer und dann sollen wir zum Abendessen kommen.«

Francesca schnappte sich wieder die Kerze und zog Anna am Arm weiter ins Innere des Hauses. Melzner folgte ihnen. Sie führte sie eine schmale Treppe hinauf in den ersten Stock. Dort befanden sich ihre Zimmer. Sehen konnte Anna im Kerzenschein nicht viel. Ihr Chef stellte ihre Tasche in das erste Zimmer und seinen eigenen Koffer und die Aktentasche gleich nebenan in das zweite. Und schon wurden sie von Francesca weitergeschoben. Sie öffnete eine weitere Tür und zeigte ihr das Bad. Dann winkte sie ihre Gäste wieder die Treppe nach unten und dort durch die Küche in den Hinterhof. Sie bedeutete ihnen, auf einer schmalen Holzbank an der Hauswand Platz zu nehmen, rumorte kurz in der Küche und kehrte mit einem Holztablett zurück, auf dem sich köstlich duftendes Brot, Käse und Gläser befanden. Nachdem sie sich ebenfalls hingesetzt hatte, schenkte sie aus der Karaffe, die bereits auf dem Tisch stand, Rotwein ein und wünschte »buon appetito«.

Anna griff zu. Erst jetzt merkte sie, wie hungrig sie war. Sie hatte am Morgen nur gefrühstückt und unterwegs ein Stück Brot und einen Apfel gegessen. Die Anreise hatte lange gedauert. Gestern früh waren sie in Augsburg aufgebrochen und mit nur einer kurzen Mittagspause hinter dem Brenner bis kurz vor Bologna gefahren, wo sie in einer kleinen Pension übernachteten. Von dort ging es wieder früh am Morgen weiter, diesmal bis Civitavecchia, wo sie die Fähre nach Olbia genommen hatten. Danach waren sie quer durch Sardinien gefahren und hatten am späten Abend die Landenge von San Giovanni Suergiu und Sant'Antioco erreicht. Die schmale Straße führte hier quasi übers Meer.

Jetzt, am frühen Morgen, saß Anna auf der Mole und betrachtete das verschlafene kleine Städtchen. Die Häuser schmiegten sich an einen Hügel, auf dem eine alte Festung thronte. Malerisch lag die Piazza vor ihr, mit Palmen, die sich in der leichten Meeresbrise wiegten. Der Duft aus einer Bäckerei wehte verführerisch herüber. Ihr Magen knurrte. Anna war sehr früh wach geworden und hatte sich noch vor dem Frühstück auf einen Spaziergang durch die Stadt gemacht. Sie schlenderte die schmale Gasse bergab, in der Francescas Pension lag. Vorbei am alten Campanile und an zahlreichen Häusern, die leer standen. Der Putz bröckelte an vielen Stellen, die Straße hatte Schlaglöcher und war nur notdürftig befestigt. Die Anzeichen des Verfalls wurden allerdings mit dem Blick auf das glitzernde Meer unten in der Bucht mehr als wettgemacht. Dorthin hatte es Anna gezogen und hier saß sie nun und beobachtete das frühmorgendliche Treiben. Um acht Uhr wollte Francesca das Frühstück zubereiten, darauf hatten sie sich gestern Abend noch verständigt.

In den letzten Wochen hatten sich die Ereignisse geradezu überschlagen. Zum Nachdenken war sie kaum gekommen. Anna kam es fast wie im Märchen vor, wie sich ihr Leben im vergangenen Jahr verändert hatte. Und jetzt saß sie auch noch hier im sonnigen Italien, am Meer, als Begleitung ihres Chefs, oder besser gesagt: von Ernst – er hatte ihr auf der Fahrt ziemlich bald das Du angeboten und sich als vertrauenswürdiger Fahrer gezeigt. Ihre Unsicherheit und Schüchternheit fielen mit jedem Kilometer, den sie zurücklegten, mehr von ihr ab. Ernst kannte einen Großteil der Strecke und wurde nicht müde, den Reiseführer für sie zu spielen. Hier eine kleine Anekdote, dort ein Hinweis auf eine der vielen Burgen, die den Weg durch Südtirol säumten.

Anna sog diese neue Welt wie ein Schwamm auf. Als sie in einem kleinen Dorf unterhalb des Brennerpasses Pause machten, zog sie sogleich ihren Skizzenblock heraus und hielt die Stimmung mit einer Musterzeichnung fest. Sie brauchte keinen Fotoapparat. Wenn sie zu Hause diese Musterseite ansah, dann tauchte zugleich die kleine Piazza vor ihrem geistigen Auge auf, die Männer, die vor der urigen Kneipe saßen, die Frauen in ihrer Arbeitskleidung und die Sonnenflecken im Gras unter den Obstbäumen. Für sie war das besser als jedes Foto. Ernst hatte inzwischen in seinen Büchern geblättert, sich Notizen gemacht, gerechnet und sich nachdenklich am Kopf gekratzt.

Dann war die Fahrt weitergegangen an der Seite ihres gut aussehenden Chefs, wie sie sich an diesem Morgen das erste Mal eingestand. Mit seinem dichten dunklen Haar und der sportlichen Figur gab er eine beeindruckende Erscheinung ab. Sympathisch machte ihn in ihren Augen auch sein oft ein wenig nachlässiger Kleidungsstil – er schien weder ein angeberischer Lackaffe noch ein steifer Pedant zu sein. Wenn dann noch eine gesunde Sonnenbräune hinzukam, schmolzen wahrscheinlich alle Frauen dahin. Verheiratet war er nicht und von einer Verlobten hatte Anna auch noch nichts gehört oder gesehen. Wie sie ihn einschätzte, fehlte ihm dafür einfach die Zeit. So wie er sich in die Firma reinhängte.

Anna rief sich zur Ordnung. Die südliche Sonne tat ihr offenbar nicht gut. Solche Gedanken packte sie besser ganz schnell wieder zur Seite. Gut gelaunt machte sie sich auf den Rückweg.

Zurück in der Pension, hörte sie Francesca bereits in der Küche rumoren, klopfte vorsichtig an der Küchentür und fragte, ob sie helfen könne. Zum Glück war die Zeichensprache international und Francesca bedeutete ihr, den Kaffee und die Brioches hinaus zur Pergola zu tragen.

Anna schenkte sich Kaffee ein und wartete auf Ernst, der wenige Minuten später kam. Heute sah er ausgeruht aus. Die italienische Sonne und die Meeresluft taten ihm offensichtlich auch gut, auch wenn der Aktenordner und die Rechnungsbücher, die er unterm Arm trug, daran erinnerten, dass er nicht zum Vergnügen hier war.

»Na, gut geschlafen?«, fragte er Anna und seine grünen Augen musterten sie aufmerksam.

Er sah wirklich ziemlich gut aus, fand sie. Wenn sich in seinen Augen die Sonne spiegelte, wurden sie grün wie Bergseen. Schnell riss sich Anna wieder zusammen. Welche Gedanken hatte sie bloß hier in Italien? »Ich war sehr früh wach und habe schon einen Spaziergang gemacht. Es ist hier so anders als zu Hause. Ich muss jede Sekunde auskosten.« Sie strahlte ihn an.

»Du hast um zehn Uhr den Termin in Marias Atelier«, erinnerte Ernst sie.

Anna nickte. »Wo hast du so gut Italienisch gelernt?«

»Wir hatten in der Firma schon immer mit Italienern zu tun. Wir haben viele Lieferanten hier und sind auch oft auf Messen in Mailand. Wenn man gute Geschäfte machen will, ist es immer besser, die Landessprache zu sprechen. Mein Vater hat das schnell begriffen und mir früh einen Lehrer gesucht, der mir Italienisch beigebracht hat. Dafür bin ich ihm wirklich dankbar. Es ist so eine schöne Sprache.«

»Ich will sie auch lernen«, sprudelte es aus Anna heraus.

Ernst lachte. »Dann bist du hier ja genau richtig.«

Nach dem Frühstück machten sie sich auf den Weg. Obwohl er viel Arbeit hatte, begleitete Ernst sie, um sich ein wenig mit Maria zu unterhalten und die renovierten Räume zu bestaunen. Nach dem Tod ihrer Eltern hatte sie ihre ganze Energie in die Erneuerung der Firma gesteckt und war gerade damit fertig geworden. Deshalb auch die Einladung. Auf dem Weg erklärte ihr Ernst, dass in Marias kleinem Atelier nicht nur Leinen, Wolle und Baumwolle gewebt wurden, sondern auch Textilien aus der sagenumwobenen Muschelseide entstanden.

Anna hatte noch nie vorher von dieser Seidenart gehört, sich aber bereits vor Anbruch der Reise von Schirrer aufklären lassen.

»Die Muschelseide ist ein extrem seltener Rohstoff, der aus den Fasern der Steckmuschel gewonnen wird und der auch Byssus genannt wird. Die Sagen sprechen davon, dass das Goldene

Vlies und auch der Tempelvorhang von Salomon aus diesem Material hergestellt wurden. Im Licht schimmert das Gewebe golden«, hatte der alte Herr doziert, erfreut darüber, sein breites Wissen an die wissbegierige neue Mitarbeiterin weitergeben zu dürfen. »Bis vor wenigen Jahren wurden Byssustextilien auf Sardinien noch kommerziell hergestellt. Jetzt ist Maria eine von wenigen, die diese Kunst noch beherrscht und ausübt.« Anna hatte ihn auch gefragt, wie es zu dem Kontakt der Familie Melzner zu Maria gekommen war. »Der Seniorchef war schon vor dem Krieg gern und oft in Italien – nicht nur geschäftlich. Er und seine Frau – die leider schon gestorben ist – machten oft mit ihrem Boot auf Sardinien Urlaub. Dort haben sie dann irgendwann von der Muschelseide gehört und sich das Ganze vor Ort angesehen. So kam der Kontakt zustande. Da beide Melzners Italienisch sprachen und man sich gegenseitig sympathisch war, hat diese Verbindung bis heute Bestand. Maria meldet sich regelmäßig.«

Und nun war sie also selbst hier und mit Ernst auf dem Weg zur Muschelseidespezialistin. Anna war gespannt, wie sich diese Seide wohl anfühlen würde.

Vor einem uralten Gebäude, dessen Fassade und Holztür frisch gestrichen waren, stoppten sie.

»Hier drinnen ist Marias Reich.« Ernst zeigte auf die geöffnete Tür. Und mehr zu sich selbst als zu Anna murmelte er bewundernd: »Sie hat ganz schön geschuftet. Unglaublich, wie gut die Fassade jetzt wieder aussieht. Das war viel Arbeit.«

Anna hörte den Respekt aus seiner Stimme und verspürte einen kleinen Stich, den man fast schon Eifersucht nennen könnte. Aber da zog Ernst sie auch schon in das Häuschen.

Kaum dass sie durch die Tür traten, fiel ihr ein altes Spinnrad ins Auge. Sie schritt näher heran und strich ehrfürchtig über dessen glänzendes Holz – so ein Spinnrad hatte sie das letzte Mal vor dem Krieg gesehen, als sie ihre Mutter in der Fabrik in

Wildenschwert besucht hatte. Damals hatte man das Spinnrad bereits gegen größere Spinnmaschinen ausgetauscht, die mehrere Spindeln gleichzeitig bestücken konnten. Ein Wunder, wer sich solche Geräte ausgedacht hatte, und ein ebensolches Wunder, wie schnell man ab diesem Zeitpunkt Garn spinnen konnte. Das alte Spinnrad stand damals bereits ungenutzt in der Ecke, hatte Anna aber magisch angezogen. Ihre Mutter hatte sich deshalb kurz daran gesetzt und ihr gezeigt, wie es funktionierte. Als sie jetzt hier stand, wollte sie sich am liebsten auf den Schemel vor das etwa einen Meter hohe Gerät setzen und mit dem Fußpedal den Spinnvorgang beginnen.

Doch dann ertönte eine fröhliche Stimme hinter ihr: »Buon giorno.« Anna, völlig in Gedanken versunken, erschrak und drehte sich um.

Die Webereibesitzerin war unauffällig von einer Seitentür in den Raum getreten. Zunächst musterte sie Anna verwundert, doch als ihr Blick auf Ernst fiel, ging ein Strahlen über ihr Gesicht. Sie umarmte ihn stürmisch und begrüßte ihn – ganz ähnlich wie Francesca bei ihrer Ankunft – mit einem Wortschwall, den Anna nicht verstand. Ernst erwiderte die Umarmung herzlich und im Nu waren die beiden in ein lautstarkes Gespräch verwickelt.

Anna starrte verlegen auf das Holz der Spinnmaschine und kam sich etwas verloren vor. Aber da ergriff Ernst auch schon Marias Hand und zog sie zu ihr. »Darf ich dir unsere neue Musterzeichnerin vorstellen. Sie ist meine Entdeckung«, sagte er mit einem Augenzwinkern.

Schüchtern gab Anna Maria die Hand und stellte sich mit den wenigen Brocken Italienisch vor, die sie zuvor auswendig gelernt hatte. »Buon giorno. Ich bin Anna. Ich freue mich, Sie kennenzulernen.« Anna fuhr auf Deutsch fort: »Diese Spinnmaschine – das letzte Mal, als ich eine gesehen habe, saß meine Mutter an ihr und spann den Faden. In einer lauten alten

Fabrikhalle in der Tschechoslowakei. Aber das Holz von der Spindel hier ist anders, worum handelt es sich?« Anna wusste, dass Maria auch Deutsch verstand. Das hatte ihr Ernst zuvor schon versichert. Weil Marias Eltern schon viele Geschäfte mit deutschen Unternehmen gemacht hatten und auch die Melzners oft zu Besuch gewesen waren, hatte Maria die Sprache von Kindheit an gelernt.

»Das ist Olivenholz«, erwiderte sie nun auf Annas Frage und beäugte Anna neugierig. »Was ist denn aus Herrn Schirrer geworden?« Sie blickte fragend zu Ernst.

»Er will etwas kürzertreten und nicht mehr so viel reisen. Und bald geht er in Rente. Deshalb habe ich mir gedacht, ich nutze die Gelegenheit und stelle dir Anna vor. Ich glaube, ihr zwei werdet euch gut verstehen.« Ernst blickte abwechselnd zu den beiden. »Leider habe ich gar nicht viel Zeit. Meinem Vater geht es nicht gut und ich muss mir zügig einen Überblick über die Finanzen der Firma verschaffen. Zudem treffe ich mich morgen mit ein paar Geschäftsleuten auf dem sardischen Festland. Ich wollte es aber auf keinen Fall versäumen, mir deine neuen Räumlichkeiten anzusehen. Dass du fleißig warst, sieht man ja auch schon von außen. Wie wäre es, wenn du uns eine kurze Führung gibst, bevor ich euch beide alleine lasse?«

Maria schien etwas enttäuscht, willigte aber natürlich in die Führung ein. In der nächsten halben Stunde zeigte sie ihren beiden Gästen die neuen Maschinen und Räumlichkeiten.

Dann verabschiedete sich Ernst schweren Herzens und die beiden Frauen waren allein.

Nach einem kurzen Moment des Schweigens seufzte Anna: »Ich soll neue Entwürfe für die Stoffmuster anfertigen und mir hier Inspiration holen. Sosehr ich diese Arbeit liebe, es ist schrecklich viel im Moment. Bislang habe ich einfach gezeichnet, was mir eingefallen ist. Und habe mich weniger mit all den Details befasst. Nun erfahre ich täglich Neues über Stoffe,

Färbeverfahren, Produktionskosten. Von Muschelseide habe ich noch nie vorher gehört. Ich bin das erste Mal in Italien. Und ich beneide Sie um die Landschaft hier, um das Licht – ich habe mich auf den ersten Blick in dieses Land verliebt, glaube ich. Und jetzt rede ich viel zu viel.« Anna verstummte.

Maria schmunzelte. »Es gefällt mir, dass Sie so offen und wissbegierig sind.«

Anna fühlte sich ermutigt weiterzufragen: »Wie viele Byssustextilien stellen Sie hier denn her?« Sie ließ ihren Blick durch die kleine Werkstatt schweifen.

»Ein paar wenige Stücke. Sehr exklusiv und sehr teuer. Meist stellen wir keine Stoffe her, sondern verwenden den Byssusfaden, um Motive auf Textilien aufzusticken«, erklärte ihr Maria, während sie zu ihrem kleinen Arbeitstisch direkt am großen Südfenster ging. Dort zeigte sie Anna das Werkstück, an dem sie gerade arbeitete.

Anna nahm es in die Hand. Auf den ersten Blick wirkte es unscheinbar.

Doch Maria winkte sie hinaus auf die Terrasse.

Als Anna das Stoffstück in die Sonne hielt, wie Maria ihr es zeigte, staunte sie. Die Stickerei glänzte golden. Ein unglaublich sanfter und satter Ton, den Anna noch nie auf Textilien gesehen hatte. Bewundernd strich sie darüber und konnte sich kaum daran sattsehen.

»Der Herstellungsprozess ist aufwendig«, erklärte Maria. »Nach der Ernte der einzelnen Fäden unter Wasser werden diese erneut gewässert und damit vom Salz befreit. Danach trocknet man sie und feuchtet sie in einem Spezialbad wieder an, damit ihre Elastizität erhalten bleibt. Im nächsten Schritt erfolgen das Kämmen und Spinnen. Dabei werden keine großen Mengen gewonnen, sondern nur kleine Einheiten. Deshalb verwendet man die Fäden meist nur zum Besticken von Gewändern. Der Faden ist zwar dünn, aber extrem fest und haltbar. Bei der Ernte bringt jeder Tauchgang im Endeffekt nicht mehr als etwa zehn Zentimeter Faden. Man muss Hunderte Male tauchen, bis man zweihundert Gramm des kostbaren Rohmaterials zusammen hat.«

Anna fragte Maria Löcher in den Bauch, während sie auf der Terrasse standen und bei strahlendem Sonnenschein auf die Bucht von Sant'Antioco hinunterblickten.

Bereitwillig ließ sich Maria von Annas Begeisterung anstecken. Um ihr zu veranschaulichen, wie sie arbeitete, holte sie ihr Skizzenbuch auf die Terrasse und erläuterte ihr ihren Arbeitsalltag. Es dauerte nicht lang, und Anna fasste den Mut, ihr eigenes Büchlein aus der Tasche zu ziehen. Die beiden steckten ihre Köpfe zusammen und tauchten gemeinsam in die Welt der Stoffe, Farben und Muster ab. Noch nie hatte Anna eine solche Seelenverwandtschaft gespürt. Nachdem sie sich durch die Skizzenbücher geblättert hatten, gingen sie wieder in die Werkstatt. Hier befühlte und begutachtete Anna all die anderen Stoffe, die hier entstanden.

Währenddessen erzählte sie Maria auch von ihrer Arbeit. Vom Alltag in der großen Weberei, von der Suche nach interessanten und vor allem gewinnbringenden Mustern. Und seufzte, als sie ihr nochmals gestand, dass sie sich oft hoffnungslos überfordert fühlte.

»Wenn ich auf der Suche nach einer neuen Idee bin, mache ich meist einen Spaziergang«, sagte Maria. »Wenn ich dann irgendwo einen schönen Platz finde, setze ich mich hin, schließe die Augen und träume. Meist habe ich dann eine Idee.«

Anna blickte sich um. »Ich glaube, wenn ich hier wohnen würde, müsste ich nicht einmal einen Spaziergang machen. Es ist einfach paradiesisch hier.«

»Wir können uns gern duzen, wenn dir das recht ist«, schlug Maria vor. Und als Anna zustimmend nickte, fuhr sie fort: »Mach es dir doch auf der Terrasse gemütlich, während ich arbeite. Ich schaue dann immer wieder bei dir vorbei.«

Die nächsten Stunden verliefen sehr harmonisch. Mal schaute ihr Maria über die Schulter und kommentierte ihre Skizzen, mal half Anna ihr bei der einen oder anderen Arbeit und bewunderte dabei immer wieder die kleine Weberei, die Maria hier eingerichtet hatte.

Anna war glücklich. »Es ist famos, sich gleich beim Entstehungsprozess mit jemandem austauschen zu können.«

Im Nu verging der Tag. »Ich habe die Zeit völlig vergessen«, seufzte Maria, als es bereits später Nachmittag war. »So gut habe ich mich schon lange nicht mehr unterhalten und so kreativ war ich auch schon lange nicht mehr. Ich freue mich, dich kennengelernt zu haben.«

Anna ging es ähnlich. Als sie sich schweren Herzens voneinander verabschiedeten, zögerte Maria kurz, bevor sie fragte: »Hast du morgen schon etwas vor?«

»Nein. Ich wollte diesen Tag nutzen, um mit den Erfahrungen und dem Wissen, das ich heute angehäuft habe, ein paar weitere Ideen auf Papier zu bringen.«

»Ich würde dir gern die Muschelbänke zeigen. Hättest du Lust auf einen Tauchausflug?« Sie sah Anna dabei nachdenklich an. »Das biete ich eigentlich nie jemandem an. Nur Ernst durfte schon einmal mit. Selbst Herrn Schirrer habe ich den Fundort nicht gezeigt. Aber bei dir habe ich das Gefühl, dass es richtig ist und du das Wissen, wo sich die Muschelbänke der Steckmuscheln befinden, nicht ausnutzen wirst. Möchtest du?«

Anna freute sich über das Vertrauen. »Ich habe noch nie getaucht«, erwiderte sie zögernd. »Aber abgesehen davon, ja, sehr gern.« Die beiden vereinbarten, sich am nächsten Morgen an der Mole zu treffen, um den Steckmuscheln einen Besuch abzustatten.

Beschwingt machte sich Anna auf den Heimweg. Bei Francesca fand sie Ernst am Tisch draußen unter der Pergola vor, über seine Bücher gebeugt. Außer Atem setzte sich Anna neben ihn, legte das Skizzenbuch auf den Tisch und berichtete euphorisch von ihrem Tag.

Ernst betrachtete sie schmunzelnd. »Du bist ja richtig Feuer und Flamme.«

Stolz zeigte Anna ihm ihre Entwürfe.

»Man spürt förmlich die Sonne Italiens in deinen Zeichnungen. So leicht und luftig wirken sie.«

Anna strahlte ihn an. »Ja, alles ist hier so anders, das Licht – und auch mit Maria habe ich mich prima verstanden.«

Ernst deutete auf das Skizzenbuch. »Lass uns mal überlegen, was wir davon realisieren können.«

Gemeinsam tüftelten sie, welche Kosten anfallen und welche Materialien sie dafür benötigen würden. Als Francesca das Abendessen servierte, packten die beiden die Entwürfe und Bücher auf die Seite und langten kräftig zu. Die Fischsuppe war würzig und das Brot duftete nach Kräutern. Der Wein dazu schmeckte fantastisch. Auch beim Abendessen diskutierten sie über neue Möglichkeiten, die Textilfabrik wieder auf Kurs zu bringen.

Die Kirchturmuhr schlug schon Mitternacht, als Anna gähnte. »Ich muss jetzt ins Bett. Es war ein langer Tag. Vielen Dank dafür.«

Ernst lächelte. »Ich habe zu danken. Schon lange war ich nicht mehr so voller Zuversicht, dass wir das Ruder noch rechtzeitig herumreißen können. Ich gehe jetzt auch gleich nach oben. Und so gern ich morgen mit euch tauchen gehen würde, ich muss hinüber nach Sardinien, um mich mit unseren Geschäftspartnern aus Rom zu treffen. Aber abends bin ich wieder da.«

Langsam tuckerte das Boot entlang der Küste durchs Meer. Der Hafen geriet schnell aus dem Blick. Die Küste war hier felsig und immer wieder erblickte man kleine Höhlen. Das Wasser plätscherte am Bug und außer dem leisen rhythmischen Brummen des Motors waren keine Geräusche zu hören.

Maria steuerte zielstrebig, Anna hielt ihr Gesicht abwechselnd in die Sonne und öffnete dann wieder ihre Augen, um die Umgebung in sich aufzusaugen. Noch vor wenigen Wochen hatte sie in der lauten, stickigen Webhalle gestanden und eine Stunde Tageslicht in der Mittagspause war das höchste der Gefühle gewesen. Nun saß sie hier auf einem Boot, im sonnigen Italien mit einer Seelenverwandten, und sollte das erste Mal in ihrem Leben tauchen. Verwundert schüttelte sie den Kopf über die Wendung.

»Da vorne ankere ich jetzt.« Maria deutete auf eine kleine Bucht, drosselte den Motor, warf den Anker aus und zeigte Anna, wie man sich die Pressluftflasche umschnallt. Die Tauchanzüge hatten sie sich schon im Hafen in einem kleinen Schuppen übergezogen. Jetzt noch die Schwimmflossen angelegt, und dann ging es über Bord.

»Da müssen wir hin, es sind nur etwa fünfzig Meter«, sagte sie und deutete in eine bestimmte Richtung.

Doch bevor sie sich vom Boot entfernten, um zu der Stelle zu schwimmen, übte Maria mit Anna, wie man gleichmäßig mit dem Lungenautomaten unter Wasser atmet und ein Stück weit ab- und wieder auftaucht. Erfreut stellte sie nach einigen Versuchen fest: »Das machst du prima. Wir müssen auch nur wenige Meter tief tauchen. Bist du bereit?«

Aufgeregt nickte Anna und folgte, an der Oberfläche paddelnd, Maria, die vorausschwamm.

Als sie die Stelle erreichten, die für Anna nicht anders aussah als die Meeresoberfläche ringsum, tauchten sie ab. Der Untergrund erwies sich als teils felsig, teils sandig. Sie hielten auf einen sandigeren Abschnitt zu und Anna bestaunte die bunte Unterwasserwelt. Rote Seesterne, Pflanzen in den verschiedensten Grüntönen, schimmernde Quallen – sie war fasziniert.

Und dann sah sie sie. Die Muscheln steckten tatsächlich mit ihrer spitzen Seite im sandigen Untergrund, umgeben von Seegras, das in der Strömung hin und her waberte. Die Muschelschalen sahen uralt aus, waren überzogen von karstigem weißem Belag. Die größten maßen fast einen Meter. Anna schwamm hin und befühlte sie vorsichtig mit den bloßen Händen. An der Seite entdeckte sie die Fasern. Behutsam ließ sie die Finger durch diese gleiten. Maria hatte ihr schon gestern gesagt, dass sie keine Haare ernten dürfe. Das würde sie selbst machen und Anna einige als Andenken mitgeben. Inzwischen musste man nämlich mit höchster Achtsamkeit mit der Muschelseide umgehen. Die Bestände waren mit der Zeit so stark zurückgegangen, dass die Steckmuscheln bald unter Artenschutz gestellt werden sollten, damit sie sich erholen konnten.

Gemächlich glitten sie über die Seegraswiesen mit den Muscheln. Maria hatte bereits eine Handvoll Fäden geerntet. Nach einigen Minuten drehte sie ab und bedeutete Anna, mit ihr an die Oberfläche zu kommen. Sie tauchten auf und schwammen zum Boot, das Anna mit einiger Mühe wieder erklomm. Wie ein verunglückter Käfer lag sie danach auf dem Rücken an Deck, bevor sie sich mühsam aufsetzte, die Ausrüstung nach und nach abstreifte und sich durch die nassen Haare fuhr. Maria hatte Übung und das Ganze deutlich eleganter bewerkstelligt.

»Da unten ist es bunt und voller Leben. So hätte ich mir den Meeresgrund nie vorgestellt. Diese Farben- und Formenvielfalt ist ungeheuerlich.« Sie wandte sich Maria zu und legte ihr eine Hand auf den Arm. »Vielen, vielen Dank. Mille grazie. Das war eines der schönsten Dinge, die ich bisher in meinem Leben erleben durfte.«

Maria nickte ihr schelmisch zu und wurde dann ernst. »Das ist meine Welt. Ich könnte nie von hier weggehen. Aber du bist von jetzt an immer herzlich willkommen.«

Maria blickte sie ernst an, und in dem Moment war sich Anna sicher, eine Freundin fürs Leben gefunden zu haben. Sie drückte Marias Hand. »Ich muss Italienisch lernen«, erklärte Anna. »Wenn ich wiederkomme, dann kann ich deine Sprache«, sagte sie.

Zurück am Hafen, verabschiedeten sie sich voneinander. Anna versprach wiederzukommen. »Auch wenn sich das mit meiner Anstellung als Musterzeichnerin als grandioser Schuss in den Ofen erweisen sollte. Ich komme wieder. Und bis dahin schreibe ich dir.« Sie tauschten die Adressen aus und unter Winken und zahlreichen Kusshänden machte sich Anna auf den Weg zu Francescas Pension.

Als Anna durch die Gassen schlenderte, wurde ihr klar, wie sehr sie sich auch darauf freute, Ernst von all den neuen Eindrücken zu berichten. Ihm von den schillernden Farben unter Wasser zu erzählen, das Gefühl des Seegrases unter ihren Fingern, das Schaukeln des Motorbootes.

»Achtung«, rief sie sich zur Ordnung, »er ist dein Chef. Nicht mehr.« In den vergangenen Tagen waren sie sich unweigerlich nähergekommen. Anna ertappte sich immer öfter dabei, wie sie ihn gedankenverloren musterte, wenn er über seinen Büchern brütete. Die Lachfältchen um seine Augen zeigten ihr, dass er nicht immer nur an Zahlen dachte. Sein dunkles Haar und die grünen Augen, in die die Sonne Lichtreflexe zauberte, faszinierten sie. Mit ihm konnte sie über Dinge sprechen wie vorher noch mit keinem Mann. Natürlich lag das an seinem Beruf, schalt sie sich. Du dumme Nuss, natürlich interessiert er sich für deine Entwürfe. Er will damit schließlich Geld verdienen. Aber, und in ihrem Innersten wusste sie genau, da war noch mehr zwischen ihnen. Ähnlich wie mit Maria, fühlte sie ein enges Band zu ihm. »Du wolltest dich nie auf einen Mann einlassen«, versuchte sie, sich zur Vernunft zu bringen. Das hatte sie sich unmittelbar nach den schrecklichen Geschehnissen am Ende des Krieges geschworen. Dennoch konnte sie nicht anders, als nach dem Abendessen weiter unter der Pergola zu sitzen, ihr Skizzenbuch vor sich, und sehnsüchtig darauf zu warten, dass Ernst wiederkam. Als die Kirchturmuhr Mitternacht schlug und Ernst noch immer nicht aufgetaucht war, machte sie sich müde und enttäuscht auf in ihr Zimmer.

Umso überraschter war sie, als sie um sieben Uhr herunterkam und Ernst schon am Frühstückstisch saß. Als er sie erblickte, lächelte er. Aber man sah ihm die Müdigkeit an. »Wann bist du denn nach Hause gekommen? Viel Schlaf kannst du ja nicht abbekommen haben?«, fragte Anna.

»Ja, es war wohl schon ein Uhr. Im Dunklen durch Sardinien zu fahren, ist zeitraubend. Ich wäre sehr gern früher hier gewesen. Du musst mir alles über den gestrigen Tag erzählen. Aber ich würde vorschlagen, das machst du während der Fahrt. Jetzt sollten wir schauen, dass wir loskommen.« Hastig trank er seinen Kaffee und griff zu einer Brioche. »Ich habe Francesca gebeten, uns etwas Reiseproviant zusammenzustellen. Dann können wir uns auf der Überfahrt aufs italienische Festland verköstigen und du erzählst mir alles.«

»Einverstanden!« Anna freute sich über seine gute Laune. Offenbar waren die Gespräche gut verlaufen. »Ich bin in einer Viertelstunde fertig. In Ordnung?«

Sie packten ihre Sachen und verabschiedeten sich von Francesca. Ernst half Anna mit ihrem Gepäck, hielt ihr die Autotür auf und schwang sich dann hinters Steuer. Schweigend fuhren sie los, beide in Gedanken versunken. Sie überquerten wieder die schmale Straße übers Meer. Auf der anderen Seite angekommen, parkte Ernst das Auto in einer der Buchten, die eine wunderbare Aussicht auf die kleine Insel Sant'Antioco bot, und stieg aus. Anna folgte ihm. Gemeinsam blickten sie auf das friedliche Meer und das Städtchen, das an die Felsen geschmiegt dalag.

Ernst atmete einmal tief durch. Dann hob er seine Hände, legte sie Anna auf die Schultern, drehte sie zu sich und küsste sie.

4. Kapitel

Simone hielt die Hände ihrer Mutter, während diese ihr die Geschichte erzählte, als ob das Ganze erst gestern passiert wäre. Simone kannte diese Geschichte, hatte sie schon Hunderte Male gehört. Denn Maria war zeitlebens die beste Freundin ihrer Mutter geblieben. Die beiden hatten häufig miteinander telefoniert. Die Familie hatte Maria oft besucht und Urlaub auf der kleinen Insel Sant'Antioco im Südwesten Sardiniens gemacht. Maria hatte ihre Insel tatsächlich nie verlassen und lebte auch heute noch in ihrem kleinen Häuschen. Die Weberei und das angeschlossene Byssusmuseum, das sie eingerichtet hatte, als die Steckmuschel tatsächlich unter Artenschutz gestellt wurde, betrieb nun jemand anderes.

Anna drückte Simones Hände. »Lass dir von Maria helfen. Sie kann Geheimnisse bewahren«, flüsterte sie leise.

Simone blickte ihre Mutter überrascht an. Was sollte das? Wobei sollte Maria ihr helfen? Wovon sprach ihre Mutter denn jetzt? Offenbar lebte Anna gerade wieder in ihrer eigenen inneren Welt und wusste gar nicht, mit wem sie gerade sprach. Sanft streichelte Simone über die Hände ihrer Mutter und stand auf. »Mama, komm. Ich bring dich jetzt zum Abendessen hinüber und danach in dein Zimmer. Morgen besuche ich dich in der Mittagspause und bringe uns ein leckeres Essen mit. Ja?«

Eine halbe Stunde später verließ sie das Pflegeheim.

Auf dem Nachhauseweg machte sie noch einen kurzen Zwischenstopp bei ihrem Lieblingsitaliener und nahm sich eine Portion Lasagne und einen gemischten Salat mit. Zu Hause angekommen, stellte sie die Lasagne in die Mikrowelle, nahm die Flasche Wein aus dem Kühlschrank und brachte ihn mit einem Glas ins Wohnzimmer. Sie stellte sich vor ihren Bücherschrank und suchte sich eines ihrer alten Fotoalben heraus. Italien, 1967. Da war sie ein kleines Mädchen gewesen und, soweit sie wusste, hatte zum ersten Mal die ganze Familie Urlaub auf Sant'Antioco gemacht.

Als die Lasagne fertig war, holte sie diese herüber und blätterte, auf der Couch sitzend, den Teller auf den Knien, im Fotoalbum.

Ihre Eltern, Arm in Arm, hinter ihnen einer der zahlreichen wunderschönen italienischen Sonnenuntergänge. Sie blickten einander verliebt an. Damals waren sie schon viele Jahre verheiratet und hatten zwei Kinder. Die beiden hatten sich geliebt, da war sich Simone sicher. Klar hatte es auch bei ihnen mal Zoff gegeben, wo war das nicht der Fall. Die Worte ihrer Mutter von vorhin klangen noch in Simones Ohren. »Sie kann Geheimnisse bewahren.« Als ob es ein großes Geheimnis gäbe, das sie aufdecken sollte. Aber was konnte das schon sein? Sie hatte mit ihrer Mutter zusammen die Sachen fürs Altersheim gepackt, kannte jeden Winkel in ihrer Wohnung. Es gab keine Geheimnisse. Oder? Nachdenklich griff sie zum Telefon und rief ihre Schwester an. Die war schließlich sechs Jahre älter und konnte sich vielleicht an mehr erinnern.

»Wie geht's Mama?« Charlotte kam gleich zur Sache, noch bevor Simone auch nur Hallo sagen konnte. Typisch.

»So lala. Sie hat gute Stunden, und auf einen Schlag ist es, als ob ein Vorhang zugezogen wird, und sie lebt in einer anderen Welt. Sag mal, kennst du eigentlich diese Stoffsammlung von ihr, die sie mit ins Heim genommen hat? Wir wissen ja, dass sie sich ihr Leben lang an Stoffen und Mustern begeistern konnte. Für das Heim hat sie ganz bestimmte Stücke davon herausgesucht und in einem Holzkästchen mitgenommen. Immer, wenn ich sie besuche, hat sie ein Teil daraus in den Händen oder in ihrer Nähe liegen. Ich glaube, für sie ist das so, als wenn wir in einem Fotoalbum blättern und ein Bild entnehmen würden, um es eine Zeit lang aufzustellen. An jedem dieser Stücke hängt wahrscheinlich eine bestimmte Erinnerung. Heute hatte sie zum Beispiel erst einen Stoffrest von unseren Puppen in der Hand und dann später einen ziemlich unscheinbaren, aber bestickten. Ich glaube, es war ein Drache darauf zu sehen. Auf jeden Fall hat sie mir dann die Geschichte erzählt, wie sie das erste Mal bei Maria war.«

»Hm, nein. Diese spezielle Stoffsammlung ist mir auch neu. Aber du hast recht, ich kann mir gut vorstellen, dass sie in den vergangenen Wochen bewusst einige besondere Stoffe herausgesucht hat, die für sie mit schönen Erinnerungen verbunden sind. Der Vergleich mit einem Fotoalbum ist da gar nicht schlecht. Sie wusste ja, dass sie in ein Pflegeheim geht und dass ihr Gedächtnis nachlässt. Vielleicht geht es ihr nicht nur um den Stoff an sich, den sie nicht missen will, sondern sie versucht, manche Erinnerungen besonders festzuhalten, damit sie ihr nicht entgleiten«, mutmaßte Charlotte. »Wir können ihr ja in den nächsten Tagen einen Stoff nach dem anderen in die Hand geben. Mal sehen, was ihr dazu so alles einfällt.«

»Das ist eine gute Idee«, musste Simone zugeben. Dann fuhr sie fort: »Weißt du, was sie heute noch gesagt hat, nachdem sie mir wieder einmal von ihrem ersten Sardinienaufenthalt erzählt hat. Sie hat gesagt: ›Lass dir von Maria helfen. Sie kann Geheimnisse hüten.‹ Komisch, oder? Worauf spielt sie da bloß an? Gibt es irgendetwas, was wir nicht wissen, Maria aber schon? Hast du eine Ahnung? Für mich klingt das so, als ob Mutter irgendwelche Geheimnisse hätte, oder?«

»Wenn sie Geheimnisse hatte, dann hat sie die bislang jedenfalls gut für sich behalten«, erwiderte Charlotte. »Simone, du kennst einen anderen Menschen nie vollkommen. Das sollte dir spätestens seit Henrys Affäre klar sein.«

Charlotte schaffte es wie immer vorzüglich, Simone mit wenigen Sätzen aus der Ruhe zu bringen. Was sollte jetzt hier schon wieder die Anspielung auf ihren Ex. Sie konnte es einfach nicht lassen.

»Aber bei Mutter?«, redete Charlotte weiter. »Na ja, wenn ich in diese Richtung überlege, dann fallen mir da schon zwei Dinge ein, bei denen ich immer das Gefühl hatte, dass sie nicht alles erzählt. Ich kann das nicht wirklich begründen, ist nur so ein Gefühl.«

Simone horchte auf. Das klang ja interessant. »Und worauf spielst du an?«

»Überleg doch mal. Das weißt du doch eigentlich auch selber, oder?«

Simone ballte die Faust, die den Telefonhörer nicht umklammert hielt. Wenn Charlotte nur nicht immer so supergescheit daherreden würde. Am liebsten würde sie sofort auflegen.

Aber die schlaue Schwester fuhr ungerührt fort: »Also sie ist ja immer schon gern verreist – auch ohne Papa. Um ›neue Eindrücke und Inspirationen zu erhalten‹. Und meistens hat sie auch den einen oder anderen Stoff mitgebracht. Das wissen wir ja. Schnipsel davon könnten durchaus in dieser Kiste gelandet sein. Aber ob sie auf diesen Reisen jemanden getroffen hat, was sie in diesen Tagen und Nächten gemacht hat, da hat sie sich bedeckt gehalten. Gut, ich habe auch nie detailliert nachgefragt.«

Simone meinte, ein wenig Reue im Tonfall ihrer Schwester zu hören. Aber das konnte täuschen. »Und zweitens?«, drängelte sie.

»Und zweitens: ihre Jugendjahre, also die Jahre zwischen ihrer Kindheit und ihrer Ankunft in Augsburg. Über die Zeit zwischen 1940 und 1946 hat sie nie wirklich viel erzählt. Überleg mal: Was wissen wir denn von ihrer Jugend in der Tschechoslowakei? Wer waren ihre Freunde, was hat sie sonst noch dort gemacht? Klar, wir wissen, dass die Kriegsjahre hart waren, dass sie auf dem Hof ihrer Eltern lebte und dass sie flüchten musste. Aber mehr auch nicht. Vielleicht gibt es darüber auch nicht mehr zu erzählen, aber das sind schon zwei Bereiche ihres Lebens, die für uns im Dunklen liegen. Maria könnte sie dagegen schon viele Dinge anvertraut haben, schließlich verbindet die beiden eine langjährige innige Freundschaft.«

»Du hast recht«, musste Simone erneut zögernd zustimmen. »Darüber habe ich nie so richtig nachgedacht. Ich sehe sie immer als unsere Mutter und nicht als Frau mit Träumen, Sehnsüchten und all dem Kram. Meine Fragen hat sie zwar immer beantwortet, aber nie ausschweifend, wenn es um ihre Jugend oder ihre Reisen ging, da hast du recht. Nie so, wie sie das zum Beispiel immer tat, wenn man sie fragte, wie Ernst und sie sich kennengelernt haben. Hmm. Danke, Schwesterherz. Mal schauen, wie sie morgen Mittag drauf ist. Dann suche ich einen anderen Stoff aus der Kiste und warte, ob sie dazu auch eine Geschichte parat hat. Und auf dieses vermeintliche Geheimnis spreche ich sie auch an. Dann sehen wir schon, ob sie das heute nur einfach so dahingesagt hat.« Simones Blick fiel auf die Lasagne, die inzwischen wieder kalt geworden war. »Du, ich mach jetzt Schluss. Ich habe Hunger. Okay. Schönen Abend und Gruß an alle.«

»Alles klar. Ciao, Schwesterherz.« Charlotte schien zu zögern und hängte dann noch an: »Und wenn du jemanden zum Reden brauchst, komm einfach vorbei.«

Auch wenn Simone das – zumindest zurzeit – nicht wirklich wollte, war es doch nett von Charlotte, ihr das vorzuschlagen. So zurückweisend, wie sich Simone in den vergangenen Wochen verhalten hatte, sollte sie es ihrer Schwester hoch anrechnen, dass sie immer noch bereit war, ihr ein Gespräch anzubieten. Andere hätten sich wahrscheinlich längst enttäuscht oder beleidigt von ihr abgewandt. Bislang hatte Simone vor allem befürchtet, dass ihre Schwester Bemerkungen wie *Das hättest du dir doch denken können* und *Den Blick auf die Vergangenheit zu richten, bringt dich jetzt nicht vorwärts* machen könnte. Doch vielleicht tat sie ihr damit unrecht. Letztes Jahr bei ihrer Radtour hatten sie sich doch wirklich gut verstanden. Vielleicht sollte sie nicht mehr so ablehnend sein. »Danke, Charlotte. Das ist ein liebes Angebot. Ich weiß das wirklich zu schätzen, und wenn ich so weit bin, bist du die Erste, an die ich mich wende. Okay?«

»Das würde mich echt freuen. Gute Nacht.«

Simone erwärmte die Lasagne erneut, zappte sich dann den restlichen Abend mal wieder durch das Fernsehprogramm und ging früh ins Bett. Als sie die Stoffpuppe auf ihrem Kopfkissen sah, musste sie lächeln. Sie legte sich ins Bett und grübelte noch lange über ihre Mutter und deren Vergangenheit nach. Irgendwann schlief sie ein. Sie wachte vom Klingeln des Telefons auf und blickte auf ihren Wecker: 05:50 Uhr. Sie wankte ins Wohnzimmer, wo sie das Telefon zuletzt abgelegt hatte, und ging dran. Wer, bitte, rief um diese nachtschlafende Zeit an?

»Frau Staller?«

»Ja?«, antwortete Simone schlaftrunken.

»Hier ist Schwester Barbara vom Pflegeheim. Es tut mir sehr leid, Ihnen die traurige Nachricht zu dieser Uhrzeit überbringen zu müssen. Aber Ihre Mutter ist heute Nacht gestorben.«

Simone fühlte sich, als ob ihr jemand in den Magen geboxt hätte. Sämtliche Luft und Energie waren ihrem Körper entwichen. Sie sackte auf der Couch zusammen.

»Hallo, sind Sie noch dran? Geht es Ihnen gut?«

»Ja, ich bin noch dran«, konnte sie noch in den Hörer hauchen. Und: »Ich komme sofort.«

Die nächsten Stunden erlebte Simone wie in Trance. Gleich nach dem Anruf des Pflegeheims hatte sie ihre Schwester aus dem Bett geklingelt. Auch Charlotte war völlig durch den Wind; sie war fast gleichzeitig mit ihr auf der Station ihrer Mutter eingetroffen.

Dort erwartete man sie bereits. »Wir haben Ihre Mutter gestern gegen zehn Uhr ins Bett gebracht. Sie war verwirrt, aber ansonsten ging es ihr gut. In der Nacht ist sie einfach gestorben. Es muss im Schlaf gewesen sein. Sie hat weder geklingelt noch nach uns gerufen. Und wie es aussieht, ist sie nach dem Zubettgehen auch nicht nochmals aufgestanden. Als ich die Frühschicht angetreten habe, habe ich wie jeden Morgen auf meinem Rundgang leise nach ihr gesehen – und da war es bereits vorbei. Mein aufrichtiges Beileid.«

Charlotte und Simone nickten und betraten das Zimmer, das Simone erst vor zwei Tagen eingerichtet hatte. Friedlich lag Anna im Bett. Ihre Gesichtszüge waren entspannt, Simone meinte sogar ein leichtes Lächeln auf dem Gesicht zu entdecken. Sie traten beide ans Bett. Simone griff nach der Hand ihrer Mutter und ertastete das nun schon vertraute Stückchen Stoff. Dieses Mal war es wieder der helle Stoff mit dem aufgestickten Drachen. Wortlos hielt sie ihn hoch und zeigte ihn Charlotte.

Die nahm ihn, begutachtete und befühlte ihn und schüttelte den Kopf. »Den Stoff habe ich noch nie gesehen.«

Die folgenden Tage vergingen wie im Flug. Die Beerdigung musste organisiert, Freunde und Bekannte angerufen werden.

Netterweise packte das Pflegepersonal Annas Habseligkeiten zusammen, sodass sie die drei Kisten einfach wieder in Charlottes Van laden konnten. Sie transportierten sie zur Wohnung ihrer Mutter zurück und ließen sich nach der Schlepperei am Küchentisch nieder.

»Was sollen wir jetzt mit der Wohnung machen?«, fragte Charlotte.

»Also echt«, entgegnete Simone. »Kaum ist Mama tot, gehst du schon zum Tagesgeschäft über. Ich kann das nicht. Ich will mir darüber jetzt auch keine Gedanken machen. Lass uns das entscheiden, wenn die Beerdigung vorbei ist.«

Charlotte hob beschwichtigend die Hände. »Ich bin so, wie ich bin. Das ist nicht böse gemeint. Jeder geht mit der Situation halt anders um. Ich habe mir nur überlegt, ob nicht du hier einziehen willst? Deine jetzige Wohnung ist doch nur eine Notlösung. Und die Nähe zum Pflegeheim ist auch kein Argument mehr«, fuhr sie ungerührt fort. »Du musst ja die Einrichtung nicht behalten, wenn sie dir nicht gefällt. Aber irgendwie kann ich mich nicht mit dem Gedanken anfreunden, die Wohnung an einen Fremden zu vermieten oder gar zu verkaufen. Jetzt zumindest noch nicht.«

Ihr letzter Satz versöhnte Simone wieder etwas. Widerwillig stimmte sie zu: »Das geht mir genauso. Zwar habe ich nie hier gewohnt. Aber viele Stunden hier verbracht. Ich muss mir das in Ruhe überlegen.«

»Es eilt ja auch gar nicht. Ich wollte dir nur sagen, dass ich das für eine gute Option halte.«

»Weißt du, mir geht noch immer nicht dieser Drachenstoff aus dem Kopf. Wo ist der eigentlich? Hast du ihn wieder in die Kiste zurückgelegt?«

Charlotte nickte. »Ja. Das habe ich gleich noch an Mamas Totenbett gemacht. Damit er bloß nicht abhandenkommt. Ich habe die Kiste vorhin wieder in Mamas Nähzimmer gestellt. Warte mal, ich hole sie schnell.«

Charlotte kam kurz darauf zurück und stellte das Holzkästchen auf den Tisch. Sie klappten den Deckel auf, und da lag er obenauf, der Drachenstoff.

Vorsichtig holte ihn Simone heraus. Und genau in diesem Moment fiel ein Strahl der tief stehenden Wintersonne durch das Fenster und der Drache erstrahlte golden.

Die beiden Schwestern schnappten nach Luft und sahen sich an.

Charlotte legte ihren Arm um Simone und drückte sie ganz fest. Dabei flüsterte sie ihr ins Ohr: »Es fühlt sich so an, als ob Mama uns in diesem Moment eine Nachricht schickt.«

Simone hatte Tränen in den Augen. Das Gleiche hatte sie auch gedacht.

»Vielleicht sollte ich einmal im Textilmuseum anrufen und mich nach einem Stoffexperten erkundigen«, überlegte Charlotte laut. »Was meinst du, könnte es jemanden geben, der uns sagen kann, woher dieser Stoff und der Drache stammen?«

»Keine Ahnung. Aber einen Versuch ist es wert.« Simone war sofort Feuer und Flamme. »Fragen kostet nichts. Im schlimmsten Fall sind wir hinterher so schlau wie jetzt.«

»Also gut, dann rufe ich da später an und mache einen Termin aus. Den könntest du dann wahrnehmen, wenn dir das recht ist.«

Einen kurzen Moment wollte Simone schon protestieren. Versuchte Charlotte vielleicht, sie zu beschäftigen? Aber nein – für sie war es einfach praktischer. Denn das Textilmuseum konnte sie gut mit den öffentlichen Verkehrsmitteln erreichen, während Charlotte eine längere Fahrt auf sich nehmen musste. »Ich sollte nicht immer so negativ denken«, schalt sich Simone und nickte dann zustimmend. »Das wäre toll, wenn es da einen Experten gäbe.«

Als sie so zusammen am Küchentisch saßen und sich unterhielten, stellte sich langsam ein vertrautes Gefühl ein, wie wenn man eine gute Freundin nach langer Zeit wiedersieht. Der Tod ihrer Mutter hatte sie einander wieder nähergebracht. Schließlich aber brachen sie auf.

Charlotte fuhr Simone noch zu ihrer Wohnung und verabschiedete sich dort. »Kopf hoch, Schwesterlein. Das Leben geht weiter. Ich weiß, dass das ein blödes Sprichwort ist, aber so ist es nun einmal.«

»Du hast leicht reden, weißt du.« Simone blickte Charlotte an. Leise fügte sie hinzu: »Du hast deine Familie, deine Hobbys und Verpflichtungen. Ich habe eine kaputte Ehe, keine Kinder, keine Hobbys und, ach, Scheiße …« Simone war zum Heulen. Charlotte nahm sie in den Arm und plötzlich machte ihr das nichts mehr aus. Im Gegenteil. Es tat gut, in den Arm genommen zu werden. Der schwere Felsbrocken auf ihrem Herzen geriet ein winziges bisschen ins Rutschen. »Ich weiß, dass du recht hast. Aber im Moment habe ich einfach noch nicht viel Energie, um an mir zu arbeiten oder über meine Zukunft nachzudenken.«

»Und deshalb übernehme ich jetzt auch das Terminmanagement und organisiere irgend so einen Textilexperten. Dann beschäftigst du dich mal wieder mit etwas Neuem. Das kann Wunder wirken.« Charlotte drückte sie noch mal kräftig. »Ich will brühwarm wissen, was er erzählt hat.«

Simone konnte schon wieder schmunzeln. »Aye, aye, Frau General. Danke für alles.«

»Ciao. Ich melde mich.«

Der nächste Morgen überraschte mit strahlendem Sonnenschein und blauem Himmel über der Fuggerstadt. Simone hatte tief und traumlos geschlafen. Charlotte hatte gestern glatt noch einen Experten aufgetrieben, der sich im Moment tatsächlich in

Augsburg aufhielt, hatte gleich für heute einen Termin mit ihm ausgemacht. Die große Schwester konnte richtig hartnäckig sein. Doch dieses Mal war Simone froh darüber. So erfuhr sie vielleicht gleich heute etwas mehr aus dem Leben ihrer Mutter. Im Moment musste sie ohnehin nicht in die Arbeit. Denn nach dem Tod ihrer Mutter gab es viel zu organisieren und sie hatte zwei Wochen Resturlaub genommen. Der kam ihr jetzt gerade recht. Sie beschloss, wieder einmal in einem der vielen Cafés der Stadt zu frühstücken. Sie duschte schnell, wusch ihre Haare und schlüpfte in eine dunkelblaue Jeans. Dazu eine weiße Bluse und ihre schwarzen Stiefel. Trotz des blauen Himmels war es noch kalt und in so manchen Altstadtgassen lag bestimmt noch Schnee. Sie verließ ihre Wohnung, atmete vor der Tür tief die winterliche Luft ein und nahm dieses Mal den Bus in die Innenstadt. In den Gassen der Altstadt herrschte schon reger Betrieb. Der Blumenhändler gehörte sogar zu den ganz Mutigen und hatte einen Teil seiner Ware vor dem Laden aufgebaut. Bei der Bäckerei um die Ecke stand die Tür offen und der Duft nach Semmeln und Brezen ließ Simone das Wasser im Munde zusammenlaufen. Sie bog am Ende der Straße rechts ab und überquerte eine der zahlreichen Brücken, die sich durch Augsburgs Altstadt und das Textilviertel zogen. Leise plätscherte das kleine Rinnsal darunter hindurch. Weiter oben im Bachlauf drehte sich gemächlich ein altes Mühlrad.

Als sie nach mehreren Abbiegungen durch die schmalen Gassen ans Vogeltor kam, hatte der städtische Alltag sie wieder. Autos hupten, warteten vor der roten Ampel, Fußgänger eilten in Richtung des großen Einkaufstempels, der vor einigen Jahren hier am Rande der Altstadt entstanden war. Simone überquerte die Straße und schlenderte um den riesigen Shoppingkomplex herum. Seitlich davon hatte eine Bäckereifiliale ein paar Tische draußen stehen. Auf den Stühlen lagen Wolldecken parat und einige Heizpilze sorgten für zusätzliche Wärme. Der ideale Platz für ihr Frühstück, denn sogar die Morgensonne wärmte bereits die dunkle Gebäudefassade.

Simone ging nach drinnen und holte sich Kaffee und eine Auswahl Leckereien. Bewaffnet mit einem Tablett und der aktuellen Tageszeitung, machte sie es sich dann draußen gemütlich. Hier bekam man von der Hektik, die inzwischen vor und in der Einkaufspassage herrschte, so gut wie nichts mit. In den vergangenen Jahren hatten die Stadtplaner hier ein ganz neues Wohnviertel hochgezogen. Mehrfamilienhäuser und Reihenhäuser, die von Rad- und Fußwegen durchquert wurden. Aufgelockert wurde das Ensemble durch viele Grünanlagen, die wiederum von zahlreichen Bächen und Kanälen durchzogen wurden. Man befand sich hier bereits am Rande des ursprünglichen Textilviertels, das ebenfalls mit zahlreichen neuen Wohngebäuden glänzte. Auch dort waren Einfamilienhäuser, Reihen- und Doppelhäuser errichtet worden und standen nun Seite an Seite mit den alten Denkmalen der Augsburger Textilvergangenheit. Im renovierten Glaspalast gab es Büroräume, Restaurants und ein Museum. Auch das Gebäude, das nun das Textilmuseum beherbergte, hatte man frisch renoviert. Mit seinen Backsteinelementen, den vielfach unterteilten Glasfenstern und schicken Stahlportalen strahlte es noch immer die Würde einer vergangenen Zeit aus.

Aber noch ließ Simone sich ihr Frühstück schmecken, bevor sie in einer knappen Stunde dort ihren Termin hatte. Sie war gespannt. Das Museum genoss einen sehr guten Ruf. Hier konnte man alles über die Geschichte der Augsburger Textilfabriken, über Webtechniken, Design, Musterentwicklung und Modegeschmack erfahren. Dank des Museums war hier wahrscheinlich auch der ein oder andere Experte anzutreffen – hoffentlich hatte Charlotte mit diesem Herrn Braun den richtigen aufgetrieben.

Simone köpfte ihr Frühstücksei, biss genüsslich von ihrem Croissant ab und blätterte durch die Zeitung. Um Viertel vor elf räumte sie ihren Platz und machte sich auf den Weg zum Museum. Kurz vor elf meldete sie sich dort am Empfang und fragte nach Thomas Braun.

Die Dame hinter der Theke führte ein kurzes Telefonat und wies dann auf eine Sesselgruppe. »Herr Braun wird gleich kommen. Während Sie auf ihn warten, können Sie dort gern Platz nehmen.«

Statt sich zu setzen, sah Simone sich lieber in dem kleinen Museumsshop neben der Kasse um: die *Geschichte Augsburgs, 1000 Jahre Wasserwirtschaft und Textilindustrie, Die Geschichte der Weberei.* Neben Büchern zu unzähligen Themen rund um Augsburgs Textilgeschichte fanden sich auch die üblichen Souvenirs. Das Textilmuseum in einer Schneekugel, eine Schürze mit einer kochlöffelschwenkenden Hausfrau aus den Fünfzigerjahren als Aufdruck, ein Fingeralbum zum Durchflippen mit den verrücktesten Stoffmustern der vergangenen hundert Jahre.

Simones Blick blieb an einem aufwendig illustrierten Bildband hängen. *Meilensteine der Textilindustrie: Länder, Technologien, Industrie.* Das Cover schmückte das Bild einer Farm vor einem blühenden Baumwollfeld. Hektar über Hektar Anbaugebiet erstreckte sich bis zum Horizont.

Simone nahm das prachtvolle Buch aus dem Regal und blätterte es durch. Vietnam, Australien, Südafrika, Italien – die ganze Welt war hier vertreten. Die Textilindustrie hatte auf jedem Kontinent ihre Spuren hinterlassen.

Als ein Schatten auf das Buch fiel, blickte Simone auf.

»Sie sind mein Besuch, denke ich.«

Vor ihr stand ein attraktiver Mann. Herr Braun offensichtlich. Er musterte sie neugierig und ein sympathisches Lächeln umspielte seinen Mund.

Simone schätzte ihn auf den ersten Blick so alt wie sich selbst. Er überragte sie um einen Kopf, war sonnengebräunt und streckte ihr die Hand zum Gruß entgegen.

Sie stellte sich vor, und er bat sie, ihm in sein Büro zu folgen. Einen Textilexperten hatte sie sich eindeutig ganz anders vorgestellt. Alt und grau vielleicht und mit einem leicht muffigen Geruch.

Sie stellte den Bildband wieder zurück und hatte auf dem Weg nach oben über die Treppe genug Zeit, ihren Gesprächspartner zu mustern. Er war eindeutig nicht alt und grau und sein Aftershave roch unverschämt gut. Thomas Braun trug eine ausgewaschene Jeans und ein an den Ärmeln hochgekrempeltes weißes Hemd.

Als ob sie sich abgesprochen hätten, dachte Simone, als sie an sich selbst herunterblickte. Alles in allem entsprach er überhaupt nicht dem Bild, das sie von einem Professor, der die meiste Zeit hinter seinen Büchern saß und die Welt um sich herum vergaß, im Hinterkopf hatte.

Er führte sie in ein kleines Zimmer im ersten Stock. Ein Blick auf das Namensschild neben der Tür bestätigte ihr, dass sie tatsächlich einen Professor vor sich hatte. Aus dem Fenster des Büros, das fast die gesamte Raumbreite einnahm, hatte man einen fantastischen Ausblick. Im Vordergrund sah man eine kleine Brücke, die sich über einen der unzähligen Kanäle spannte, die das Textilviertel durchflossen; Bäume säumten die viel befahrene Straße, die sich dahinter anschloss, und im Hintergrund thronten der Perlachturm und die beiden Türme des Rathauses.

Ihr Gesprächspartner schien diese Aussicht auch sehr zu genießen. Denn alle Sitzgelegenheiten im Zimmer boten den Blick nach draußen. Der Raum selbst war winzig oder wirkte zumindest so. Die Wände konnte man vor lauter Regalen, in denen sich die Bücher türmten, nicht mehr sehen. Am Fenster stand ein Ohrensessel mit einem Schemel davor. Bestimmt ließ es sich da wunderbar lesen.

Sowie man durch die Tür trat, stand man unmittelbar vor einem wuchtigen Schreibtischstuhl, der vor einem Glasschreibtisch platziert war. Musterbücher, Stofffetzen, Bücher, Manuskripte lagen kreuz und quer durcheinander, in der linken Ecke zeigten die Bildschirmschoner zweier Monitore fantasievolle Musterstoffe.

Simone konnte nicht glauben, sich hier mitten im Reich eines Mannes zu befinden. Irgendwie schien ihr die Tatsache seltsam, dass sich männliche Wesen so intensiv mit diesem Thema befassten.

Als ob er ihre Gedanken geahnt hätte, zuckte er mit den Achseln und erläuterte: »Ich stecke gerade mitten in einem neuen Buchprojekt, und wie es aussieht, wird mir im Moment aus jeder Ecke der Welt ein Beitrag dazu zugeschickt.«

Dabei deutete er auf die Stoffe, die sich, wie Simone jetzt sah, nicht nur auf dem Schreibtisch häuften, sondern auch noch einige Kisten darunter füllten.

»Auf jeden Fall scheine ich hier richtig zu sein«, sagte Simone mit einem schiefen Grinsen. Mit Stoffen kannte er sich offensichtlich so richtig gut aus.

Braun umrundete das Schreibtischungetüm und schob einen schmalen Besucherstuhl heran. »Entschuldigung. Der ist nicht so ganz komfortabel, aber ich bekomme selten Besuch.«

Simone nahm Platz und der Professor setzte sich ihr gegenüber in seinen Sessel. »Ich habe draußen gelesen, dass Sie Professor sind. Darf ich fragen, was Ihr Fachgebiet ist? Ich wusste nämlich nicht, dass es hier in Augsburg Professuren für Textiles gibt.«

»Gibt es auch nicht. Man hat mich ausgeliehen«, sagte er schmunzelnd. »Eigentlich habe ich in Chemnitz einen Lehrstuhl für Werkstoffkunde inne. Mein Spezialgebiet dabei sind Textilien. In der Bekleidungsindustrie haben sich in den vergangenen Jahren zahlreiche neue Gewebe etabliert. Denken Sie nur mal an die vielfältige Funktionskleidung für Sportler, Softshelljacken und so weiter. Das ist ein sehr spannendes Forschungsfeld. Vor einigen Jahren habe ich den Direktor dieses Museums kennengelernt, und er hat vor Kurzem bei mir angefragt, ob ich nicht eine Sonderausstellung zu modernen Produktionsmethoden, neuen Stoffen und Textilkunde auf die Beine stellen könnte. Das ist für mich einmal etwas ganz Neues. Und deshalb bin ich gerade hier. Die Ausstellung ist für Ende des Jahres geplant. Aber ich fand das Ganze jetzt so spannend, dass ich neben dem Katalog auch gleich noch ein Buch zur Geschichte der Stoffe herausbringen möchte. Zu meinem Schrecken gestaltet sich das aber viel umfassender, als ich zu träumen gewagt hatte. Deshalb auch das Chaos hier.«

Er machte eine ausholende Handbewegung in Richtung der Stoff- und Manuskriptflut ringsum. »Aber nun zu Ihnen. Ich bin gespannt, worum es geht und wie ich Ihnen helfen kann.« Er blickte sie neugierig an. »Unsere Empfangsdame meinte nur, jemand habe angerufen mit der Bitte, dass ich mir etwas ansehe. Einen Stoff, nehme ich an. Und dass es wichtig sei, weil sonst *die Suche gleich am Anfang in einer Sackgasse stecken würde*. Wobei ich allerdings nicht weiß, von welcher Suche eigentlich die Rede ist.« Er grinste, und seine blauen Augen musterten sie aufmerksam, während er sich nachdenklich durch das dunkle Haar fuhr.

Unter seinem Blick wurde Simone verlegen. Nervös nestelte sie an ihrer Handtasche herum. Warum musste der Mensch auch so unglaublich blaue Augen haben? Endlich schaffte sie es, ihre Tasche zu öffnen und den Briefumschlag herauszuholen, in den sie das kleine Stückchen Stoff getan hatte, das ihnen Kopfzerbrechen bereitete. Sie glättete ihn vorsichtig in ihren Händen.

Dieser Mensch musterte sie noch immer, und unter seinem Blick wusste sie gar nicht mehr, wie sie am besten mit ihrer Geschichte beginnen sollte. Du dumme Kuh, jetzt reiß dich zusammen, schimpfte sie mit sich selbst und straffte sich.

Den Blick fest auf den Stoff gerichtet, begann sie: »Um dieses kleine Stück Stoff geht es. Es könnte so eine Art Schlüssel zu einem Familiengeheimnis sein. Nur weiß ich leider überhaupt nicht, zu welchem.« Simone merkte, dass sie sich nicht eben klar ausdrückte. »Sie merken, ich weiß gar nicht, wie ich Ihnen das am besten erklären soll.«

»Für mich ist das kein Problem. Lassen Sie sich ruhig Zeit. Ich bekomme nicht jeden Tag so attraktiven Besuch. Ganz im Gegenteil, meist ist es in diesem Raum hier sogar ziemlich einsam.« Er grinste sie frech an.

Simone errötete und kam sich vor wie ein kleines Schulmädchen. Er sah wirklich verdammt gut aus, fand sie. Sie räusperte sich. »Also gut. Ich fange noch einmal an. Meine Mutter hat ihr ganzes Leben mit Stoffen und Mustern verbracht, die waren ihr Hobby und ihre berufliche Passion. Sie war hier in Augsburg in der Textilfabrik meines schon vor Jahren verstorbenen Vaters für die Musterentwicklung zuständig. Vor wenigen Monaten wurde bei ihr Demenz diagnostiziert, und sie hat sich entschieden, in ein Heim zu gehen. Dorthin konnte sie natürlich nicht alles mitnehmen, und darum, so vermuten meine Schwester und ich, hat sie nur diejenigen Stoffe, die in ihrem Leben eine besondere Bedeutung hatten, in einer kleinen Holzkiste verstaut und diese mit ins Heim genommen.« Simone blickte Thomas Braun prüfend an. Fand er ihre Geschichte seltsam?

Doch er musterte sie aufmerksam und lauschte konzentriert. Sie bemerkte eine dünne weiße Narbe, die sich von seiner Schläfe bis zu seinem Ohrläppchen zog. Was ihm da wohl passiert war? Simone ertappte sich dabei, dass sie diese Narbe am liebsten berühren würde.

»Habe ich irgendetwas im Gesicht?«, fragte er amüsiert. »Kekskrümel oder Kugelschreiberfarbe?«

Simone schüttelte verlegen den Kopf und fuhr hastig fort: »Als ich meine Mutter im Pflegeheim das erste Mal besucht habe, hielt sie einen Stoff in der Hand, aus dem sie meiner Schwester und mir als Kind eine Puppe geschneidert hatte. Mit diesem, den ich mitgebracht habe, in der Hand hat sie mir von ihrem ersten Treffen mit ihrer besten Freundin Maria erzählt, die auf Sardinien lebt. In der Nacht ist sie dann gestorben. Bis zuletzt hat sie diesen Stoff nicht aus der Hand gegeben.« Sie zeigte auf ihn. »Das Komische ist, dass sie am Abend zuvor noch zu mir gesagt hat, dass Maria ein Geheimnis bewahren könne. Nun, weder meine Schwester noch ich haben eine Ahnung, welches Geheimnis das sein könnte. Egal, das ist unser Problem. Nur haben wir uns dann überlegt, dass es vielleicht eine gute Idee sein könnte, einen Experten zu fragen, um welchen Stoff es sich hier handelt. Und deshalb bin ich hier.« Simone legte jetzt das Stück Stoff vor Braun auf den Schreibtisch und strich ihn glatt, sodass der Drache in all seiner Pracht zu bewundern war.

»Darf ich?«, fragte Braun und streckte bereits seine Hand in Richtung Stoff aus.

Simone nickte.

Er nahm ihn vorsichtig auf, befühlte und betrachtete ihn. Dann erhob er sich und ging zum Fenster, um ihn ins Licht zu halten. Derselbe Effekt, den Simone und Charlotte gestern bereits beobachtet hatten, trat ein. Der Faden, der den Drachen darstellte, begann zu schimmern und zu glänzen. Fasziniert betrachtete Braun das Stück und ein Lächeln glitt über sein Gesicht.

Simone konnte nicht anders, eine Welle der Sympathie ergriff sie, als sie diesen großen, sportlichen Mann da am

Fenster stehen sah, der sich offensichtlich so sehr von einem schimmernden Faden begeistern ließ.

Braun drehte sich wieder zu ihr um. »Das ist eindeutig ein Byssusfaden. Und die Geschichte, die Ihrer Mutter dazu eingefallen ist, passt ebenfalls. Byssus, oder Muschelseide, wurde lange Zeit vor Sardinien geerntet.«

»Ich bin platt. Nie hätte ich gedacht, dass es wirklich möglich ist, ein Stück Stoff, beziehungsweise in diesem Fall einen Faden, zuzuordnen. Aber ich muss gestehen, ich habe mich selbst nie großartig für Stoffe interessiert.« Simone staunte. »Sind Sie sicher?«

»Absolut. Und ich gebe Ihnen recht – mit den meisten anderen Fäden hätte ich bestimmt auch so meine Probleme. Aber nicht mit diesem. Sehen Sie, wie der Faden schimmert, sobald er ins Licht gehalten wird?«

»Wir haben das gestern auch schon bemerkt. Für uns schien das fast so, als ob uns unsere Mutter einen Gruß aus dem Himmel schickt.« Simone wurde rot. Warum erzählte sie diesem fremden Mann solche Details. Er hielt sie bestimmt für völlig bescheuert. Henry hätte sie jetzt mit Sicherheit ausgelacht.

Aber Braun nickte nur nachdenklich. »Ja, das kann ich verstehen. Das wäre mir vielleicht auch so gegangen, wenn meine Mutter erst kurz zuvor gestorben wäre. Was für eine faszinierende Geschichte.«

Simone wurde warm ums Herz. Ein Mann, der ein Faible für solche Geschichten hatte, musste einem einfach gefallen.

»Was ich allerdings nicht sagen kann, ist, ob dieser Faden tatsächlich aus Sardinien stammt. Denn es gibt ja durchaus noch andere Orte, an denen die Große Steckmuschel vorkommt.«

»Meine Mutter hat davon erzählt, dass sie mit ihrer Freundin beim Muscheltauchen war. Aber so ganz habe ich nie verstanden, was diese Große Steckmuschel mit diesem Faden zu tun hat. Wahrscheinlich habe ich ihr da einfach nicht gut genug zugehört.«

»Die Große Steckmuschel, auch *Pinna nobilis* genannt, findet man im gesamten Mittelmeerraum. Die Muschel braucht zum Leben und Wachsen sauberes Wasser, gute Lichtverhältnisse und eine leichte Strömung. Sie kann bis zu einem Meter zwanzig groß werden. Mit der Spitze steckt sie im Boden, und, das ist jetzt entscheidend, sie bildet Fäden, mit denen sie sich an Steinen oder Wurzeln von Seegras verankert. Das sind die sogenannten Byssusfäden. Sie entstehen aus dem eiweißhaltigen Sekret einer Drüse, die sich am Tier befindet. Die Muscheln im Mittelmeer befinden sich meist in einer Tiefe zwischen drei und zehn Metern, ab und zu auch tiefer. Und diese Fäden muss man ernten und dann zu einem Garn verspinnen. Ein sehr aufwendiger Prozess, weshalb früher nur Könige Handschuhe oder Strümpfe aus diesem Material trugen. Heute stehen die Steckmuscheln unter Artenschutz, nachdem ihr Bestand wegen schlechter Wasserqualität und Überfischung drastisch gesunken war.« Braun machte eine kurze Pause. »Sie müssen es sagen, wenn ich Sie langweile. Aber ich liebe genau diese seltenen Garne und Stoffe und gerate darüber meist so ins Schwärmen und Erzählen, dass das wahrscheinlich ganz schön nervig für meine Umwelt ist.«

»Mich langweilen Sie nicht. Ich finde das sehr interessant und spannend. Und jetzt, da ich weiß, dass das Muschelseide ist, bekommt Mamas kryptische Andeutung, dass ihre Freundin Maria ein Geheimnis bewahren kann, noch mehr Gewicht. Für mich klingt das jetzt fast so, als ob sie mich zu ihr schicken wollte. Vielleicht sollte ich tatsächlich nach Sardinien?« Simone hatte laut überlegt.

»Es wäre zumindest ein möglicher Fundort für die Muschelseide«, bestätigte Braun.

»Maria hat sich früher viel mit Muschelseide beschäftigt, das weiß ich von Mama. Nur habe ich selbst noch nie bewusst einen solchen Faden gesehen, sonst hätte ich wahrscheinlich gleich zuordnen können, was das ist, und hätte Sie gar nicht erst belästigen müssen. Aber so ist das. Wir waren oft bei Maria und ich bin sogar die Patentante einer ihrer Enkelinnen. Aber mit dem, was Maria beruflich gemacht hat, habe ich mich nie auseinandergesetzt.«

»Kein Problem. Ich freue mich sehr, dass ich Ihnen helfen konnte. Und dass ich Ihre Bekanntschaft machen durfte. Aber jetzt möchte ich Ihnen auch eine Frage stellen. Sie haben vorhin erwähnt, dass Ihre Mutter hier in einer Fabrik tätig war. In welcher war das denn? Müsste ich sie kennen? Ich will nicht aufdringlich sein, aber das interessiert mich einfach beruflich.«

Simone riss sich zusammen und sammelte ihre Gedanken, die sich schon auf dem Weg Richtung Sardinien befanden. »Mein Vater ist Ernst Melzner. Ihm gehörte die gleichnamige Fabrik. Meine Mutter hat ihn 1953 geheiratet. Sie kommt ursprünglich aus der Tschechoslowakei und wurde nach dem Zweiten Weltkrieg als Sudetendeutsche von dort vertrieben.«

»Sie sind die Tochter von Ernst Melzner?«, staunte Braun.

»Ja, bislang hatte ich allerdings mit der Textilbranche überhaupt nichts zu schaffen. Mir scheint, das ändert sich gerade rasant. Wenn ich nur wüsste, was das alles zu bedeuten hat und wohin mich das alles noch führt. Oder ob ich mir da Dinge zusammenreime, die eigentlich völlig belanglos sind.« Simone seufzte. Sie redete zusammenhangloses Zeug, aber unter seinen Blicken konnte sie sich einfach nicht konzentrieren. »Ich danke Ihnen auf jeden Fall vielmals für Ihre Hilfe. Jetzt muss ich überlegen, ob ich diese Spur weiterverfolge.«

»Ich finde Ihre Geschichte sehr interessant. Und ich will jetzt nicht aufdringlich erscheinen, aber meinen Sie, dass Sie mich auf dem Laufenden halten könnten, wenn Sie in Sardinien etwas Neues herausfinden? Außerdem gibt mir das die perfekte Gelegenheit, mit Ihnen in Kontakt zu bleiben.«

Er blickte sie so treuherzig an, dass Simone einfach lachen musste. Bei jedem anderen hätte das entweder aufdringlich oder wie eine billige Anmache gewirkt. Aber er machte das so sympathisch, dass sie ihm den Wunsch nicht abschlagen konnte. Außerdem gefiel er ihr ja auch.

»Das mache ich. Es kann aber etwas dauern. Jetzt organisieren meine Schwester und ich erst in aller Ruhe die Beerdigung. Danach reise ich vielleicht nach Sardinien. Wie gesagt, das kann sich noch etwas hinziehen. Aber ich verspreche Ihnen, ich melde mich.«

»Dürfte ich Sie noch um etwas bitten?«, fragte Braun.

»Ja, klar. Worum denn?«

»Könnten wir uns duzen? Mir geht das Gesieze immer fürchterlich auf die Nerven. Ich bin Tom.«

»Gern. Simone.«

Sie tauschten ihre Kontaktdaten aus und dann verabschiedete sich Simone. Tom hatte gleich noch einen wichtigen Termin, bei dem es um eine Überlassung für die nächste große Sonderschau ging, die er eben plante.

Beschwingt verließ Simone Toms Büro. Als sie wieder unten vor dem Einlass zum Textilmuseum stand, entschloss sie sich spontan zu einem Besuch. Sie hatte sonst heute nichts mehr vor und plötzlich interessierte sie sich für die Textilgeschichte. Wo besser als hier könnte sie an ihre Mutter denken. Und so löste sie eine Karte und verlor sich in den nächsten drei Stunden in der spannend aufbereiteten Geschichte der Textilherstellung in Augsburg.

Als sie am späten Nachmittag nach Hause kam, rief sie Charlotte an und erzählte ihr vom Treffen mit Tom. Charlotte roch natürlich sofort Lunte und freute sich. »Ha, da darfst du dich aber sehr bei mir bedanken. Jetzt wissen wir, was es mit diesem Stoff auf sich hat, und ich habe dir offensichtlich einen attraktiven und netten neuen Bekannten besorgt.«

»Jetzt mach mal halblang«, bremste Simone sie. »Woher weißt du überhaupt, dass er attraktiv ist?«

»Das höre ich aus deiner schwärmerischen Stimme, wenn du von ihm erzählst. Und nett muss er sein, sonst wärt ihr nicht schon beim Du und du hättest ihm auch ganz sicher nicht deine Telefonnummer und Mailadresse gegeben. Bin ich nicht schlau?«

»Ja, ich finde ihn ganz nett. Und er hat auf jeden Fall das Recht, auf dem Laufenden gehalten zu werden.«

»Ja, klar. Alleine darum geht es dir.«

Simone konnte das Grinsen von Charlotte am anderen Ende des Telefons förmlich sehen. Aber noch bevor sie protestieren konnte, fuhr Charlotte nachdenklich fort: »Wenn die Beerdigung vorbei ist, dann fahr zu Maria. Mach dort Urlaub. Lass dich von ihr verwöhnen und schau mal, dass du aus deinem Trott rauskommst. Und: Ich merke doch, dass dir Mamas letzter Satz noch immer zu denken gibt. Nimm die Stoffkiste mit und frag Maria aus. Damit schlägst du zwei Fliegen mit einer Klappe. Du kommst hier mal raus und du hast eine Aufgabe. Resturlaub hast du ja sicherlich auch noch in Mengen, oder? Wann warst du das letzte Mal weg?«

»Ich glaube tatsächlich, dass das eine gute Idee ist. Ich kann ja noch ein paarmal drüber schlafen, und dann entscheide ich«, sagte sie.

»Du musst immer über alles schlafen. Und am Ende passiert dann nichts«, schalt Charlotte sie. »Ich ruf jetzt gleich bei Maria an und kündige dich für nächste Woche an. Ich buche dir einen Flug nach Cagliari und miete dir ein Auto. Das Einzige, was du tun musst, ist, deinen Urlaub zu beantragen«, entschied sie resolut.

Simone wollte schon widersprechen, aber irgendwie tat es ihr gut, dass jemand die Entscheidungen für sie traf. »Also gut«, gab sie nach, »dann mach das.«

»Prima. Dann sind wir schon einmal einen Schritt weiter. Wir sehen uns morgen beim Pfarrer und beim Bestattungsunternehmen. Und jetzt ab ins Bett mit dir. Gute Nacht. Und träum was Schönes.«

Simone legte nachdenklich auf. Was wohl ihr Chef sagen würde, wenn sie ihn so kurzfristig um eine Woche Urlaub bat? Nichts natürlich. Wie auch. Im vergangenen Jahr hatte sie so viel gearbeitet wie nie und kaum Urlaub genommen. Da konnte er ihr jetzt keinen Wunsch abschlagen.

5. Kapitel

Simone folgte der SS130 aus Cagliari hinaus. Die Vororte der Stadt gingen langsam in unbewohntes Gelände über. Links und rechts erstreckten sich Felder, die jetzt, Ende Februar, grau und braun dalagen. Simone beschloss, die landschaftlich schönere Strecke durch die Hügel zu nehmen, und bog bei Siliqua auf die SS293 ab. Schon nach wenigen Kilometern ging es in Serpentinen bergan. Die Landschaft wurde hügeliger. Gebirgsketten dehnten sich vor ihr aus, schroffe Granitkämme, tiefe Felsschluchten und zerklüftete Schiefergesteinsmassen wechselten einander ab. Bereits zu dieser Jahreszeit zeigte das Thermometer in ihrem kleinen Fiat-Mietauto am späten Vormittag angenehme zwanzig Grad. Am Münchner Flughafen hatte der Flieger inmitten eines Schneesturms abgehoben.

Durch das Hügelland hindurch nahm Simone die Abzweigung rechts auf eine kleine Straße, die am Rande der Hügel entlang Richtung Westen führte. Vor einigen Jahren hatte sie mit Henry hier eine Wanderung hoch zum Monte di Narcau unternommen. Sie fuhr noch ein Stückchen, bis eine kleine Parkbucht kam. Dort hielt sie, nahm ihre Wasserflasche und einen Apfel aus der Tasche und setzte sich auf eine schmale

Bank, die einen wunderbaren Blick über das angrenzende Tal bot.

Simone holte tief Luft. Wehmütig dachte sie an ihre Mutter. Wie oft waren sie als Familie diesen Weg gefahren? Wie oft Mama alleine? Ob sie wohl genau hier einmal gesessen hatte? Simone kamen wieder die Tränen. Sie vermisste ihre Mutter. Und sie hätte sie noch so viel fragen wollen. Traurig saß Simone auf der Bank und hing ihren Gedanken nach.

Nach einer halben Stunde raffte sie sich auf und legte den restlichen Weg zurück. Die Straße schlängelte sich auf den letzten Kilometern vor Sant'Antioco direkt an der Küste entlang, bevor sie über einen Wall über das Meer hinüber auf die Insel führte. Auf dieser angekommen, steuerte Simone den Wagen am Hafen entlang, bog am Ende links in die Via Garibaldi ab und erreichte nach zwei weiteren Kreuzungen ihr Ziel. Sie drückte fröhlich auf die Hupe und parkte das Auto vor Marias Häuschen. Die Tür ging auf und da war sie: Mamas beste Freundin Maria. Die beiden Frauen fielen sich in die Arme.

Maria drückte Simone lange. Dann hielt sie sie auf Armeslänge Abstand und sagte eindringlich: »Es tut mir so leid. Anna war ein wunderbarer Mensch. Ich zünde jeden Abend eine Kerze für sie an.«

»Das ist lieb von dir. Sie ist ganz friedlich eingeschlafen, und es ist schön, wenn wir sie in unserer Erinnerung noch lebendig halten können«, brachte Simone mit einem kleinen Lächeln zustande.

»Aber jetzt holen wir erst mal dein Gepäck und bringen es in dein Zimmer.« Maria ergriff den Rucksack, während Simone ihr Reisegepäck aus dem Kofferraum hob.

Maria hatte ihr eines der ehemaligen Kinderzimmer hergerichtet. Jetzt übernachteten dort ab und zu ihre Enkelinnen. Und wenn in den vergangenen Jahren Anna, Simone oder Charlotte gekommen waren, fanden auch sie dort ein Gästebett.

Als die Koffer im Zimmer verstaut waren, gingen die beiden Frauen hinunter und durch die Werkstatt und das jetzige Museum hinaus auf die Terrasse. Maria hatte einen kleinen Imbiss vorbereitet. Es gab frisches Obst, Käse und selbst gebackenes Brot, dazu Oliven und getrocknete Tomaten.

Simone griff herzhaft zu. Das erste Mal seit Langem fiel die Anspannung von ihr ab. Sie genoss ganz einfach den Geschmack der Tomaten, die salzigen Oliven und das knusprige Brot. Ihr Gesicht hielt sie in die Sonne. Noch kam diese hier auf die Terrasse durch. In wenigen Wochen würde das Weinlaub so dicht gewachsen sein, dass man hier im Schatten saß – bei hochsommerlichen Temperaturen durchaus ein Vorteil.

Maria aß nur wenig und wartete mit ihren Fragen, bis Simone satt den Teller von sich schob. »Vielen Dank, Maria. Das war so lecker. Ich weiß nicht, wann ich das letzte Mal ein Essen so sehr genossen habe.«

»Du siehst sehr müde aus«, sagte Maria.

»In den letzten Wochen war alles ein bisschen viel.«

»Dann ist es doch gut, dass du gekommen bist.«

Simone nickte nachdenklich: »Ich glaube, jetzt, da ich hier bin, bin ich auch froh. Aber wie geht es dir denn?«

»Ach, weißt du. Ich bin mir sicher, dass Anna und ich uns in einem anderen Leben wiedersehen. Schau mich an. Ich bin alt. So lange wird das nicht mehr dauern. Wir haben uns ja oft monatelang, ab und zu sogar jahrelang nicht gesehen. Da spielt das bisschen jetzt auch keine große Rolle mehr. Ich freue mich für Anna, dass sie nicht groß hat leiden müssen.«

Es tat gut, mit jemandem zu reden, der so geerdet war wie Maria, dachte Simone. Jemand, der schon viel erlebt und sich für die meisten Situationen eine Strategie zurechtgelegt hatte. Aber – und dafür war Simone sehr dankbar – trotz aller Lebenserfahrung jemand, der nie belehrend war. Maria hörte zu und beschrieb, wie sie die Sache angehen würde oder wie sie die Dinge sah.

Eine Weile hingen sie ihren Gedanken nach. Auch eine Sache, die Simone schätzte. Maria drängte sie nicht zu reden. Vielleicht war das der Grund, warum die Worte und Gefühle jetzt auf einmal so frei wie schon lange nicht mehr aus ihr herausströmten. »In solchen Momenten finde ich es jammerschade, dass ich mit der Kirche und dem Glauben nichts anfangen kann. Ich denke, das würde auch mir manches leichter machen. Dann sieht man in vielem vielleicht einfach eine höhere Macht und vertraut darauf, dass irgendjemand einen Plan hat.« Sie schwieg wieder. Nach einer Weile flüsterte sie: »Weißt du, im Moment denke ich mir oft, dass mein Leben keinen Sinn mehr hat.« Als sie den erschrockenen Blick von Maria sah, die ihr widersprechen wollte, hob Simone müde die Hand, um sie von ihrem Einwand abzuhalten. »Erst war es Henry, der mich verlassen hat. Das war zwar schwer, aber ich habe mir auch gedacht: Das kann jedem passieren. Das schaffe ich schon. Dann aber habe ich erfahren, dass er Vater wird. Und ich habe kein Kind. Und jetzt auch noch Mama.« Beim letzten Satz blieb Simone fast die Stimme weg und sie schluchzte laut auf. »O Gott. Ich weiß nicht, was in mich gefahren ist. Das mit dem Kind habe ich noch keiner Menschenseele erzählt. Maria, bitte behalt es für dich. Ich will nicht von allen bemitleidet und bedauert werden. Zuerst muss ich das mit mir selbst ausmachen.«

Während der letzten Sätze rückte Maria nahe an sie heran und schlang jetzt beide Arme um sie herum. »O je, Simona. Du kannst doch nicht immer alles mit dir selbst ausmachen. Du musst den Schmerz teilen – dann wird er leichter. Glaub mir das.«

Maria streichelte über ihr Haar und Simone ließ sich an ihre Schulter sinken. Haltlos schluchzte sie. Es fühlte sich an, als ob jetzt alle Dämme brachen, und die Tränen flossen ihr über das Gesicht. »O je, Maria. Entschuldigung. Ich verstehe nicht, dass das ausgerechnet jetzt passiert. So weit weg von zu Hause.«

»Ich verstehe das schon. In deiner gewohnten Umgebung konntest du dich in die Routine flüchten, dir Beschäftigung suchen. Ich kenn dich doch. Schwierig wird es für Gewohnheitstiere wie dich meist dann, wenn alte Muster durchbrochen werden. Und das ist jetzt passiert. Nimm dir die Zeit für den Schmerz. Und zusätzlich sorgen wir für ein wenig Ablenkung und Erholung.«

»Du hast ja recht. Im letzten halben Jahr ging es mir immer dann am besten, wenn ich viel zu tun hatte. Dann komme ich nicht ins Grübeln. Und am schlimmsten ist es abends vor dem Einschlafen. Da überrollen mich die Gedanken. Und es sind keine positiven. Ich bin nicht mehr die Jüngste. Der Zug mit den eigenen Kindern ist für mich abgefahren. Und das Schlimmste ist, ich kann nicht mal Henry allein die Schuld geben. Ich habe mir ja selbst jahrelang eingeredet, dass ich keine möchte. Henry hat das übrigens auch immer so gesehen. Bis er sich vergangenes Jahr eine fünfzehn Jahre Jüngere angelacht hat. Das war für mich zwar auch schon schlimm. Aber so richtig ins tiefe Loch bin ich erst gefallen, als er mir vor Weihnachten in der Stadt über den Weg gelaufen ist und mir freudestrahlend eröffnet hat, dass er Vater wird. Das hat mich tief getroffen. Ich bin nach Hause, und seitdem weine ich einem Leben hinterher, das ich nie mehr haben werde. Weißt du, das ist nichts, was ich noch nachholen kann. Verstehst du? Der Zug ist abgefahren. Was soll in meinem Leben noch passieren? Kein Mann, keine Kinder – welchen Sinn hat denn mein Leben noch?« Simone wischte sich ihre Tränen ab und saß zusammengesunken auf der Bank. »Ich weiß, dass ich selbst dran schuld bin – das macht es aber nicht leichter. Warum nur habe ich mir jahrelang ein-geredet, keine Kinder zu wollen? Oder bin ich jetzt nur sauer, weil Henry eines bekommt, und bilde mir ein, mit Kindern wäre es uns und mir besser ergangen? Und dann drehen sich meine Gedanken im Kreis. Herrgott, ich bin so eine blöde Kuh. Ich weiß es ja. Aber ich kriege das in meinem Kopf nicht klar. Verstehst du das, Maria? Ich finde einfach keinen Ausweg. Ich weiß, dass mir da niemand helfen kann. Dass ich das mit mir selbst ausmachen muss. Aber ich finde den Knopf nicht, um aus dieser Gedankenspirale auszubrechen.«

Maria fasste Simone energisch an den Schultern. »Natürlich musst du das irgendwann mit dir ausmachen«, sagte sie vorsichtig. Sie nahm Simones Kopf in ihre Hände und drehte ihn so, dass sie ihr in die Augen sah. Ihr Blick war weich und verständnisvoll. »Es stört aber auch nicht, wenn man mit anderen redet. Meistens hilft es dabei, die eigenen Gedanken zu sortieren. Und mit jedem Mal Reden fällt ein bisschen Last von einem ab. Glaub mir.« Maria nickte energisch und zog Simone dann von der Bank. »Du machst dich jetzt erst einmal frisch von der Reise. Und was du dann brauchst, ist viel Zeit für dich – ohne Termine, ohne Aufgaben. Mach Spaziergänge, setz dich ans Meer. Und irgendwann, wenn du deine Vergangenheit genug beweint hast, dann blick in die Zukunft. Was würdest du noch gern machen? Setz dir Ziele. Der Rest kommt von ganz alleine. Und verfall nicht in den Glauben, dass Hass auf Henry eine Hilfe sein könnte. Damit gibst du ihm nur Macht über dich. Ich glaube nicht, dass du das möchtest. Das steht einem selbstbestimmten Leben nämlich nur im Weg.«

Simone wischte sich die Tränen weg und lächelte zaghaft. »Weißt du, es fühlt sich tatsächlich schon leichter an. Als ob ein Zentnerstein ein wenig von meiner Brust genommen worden wäre. Nur ein wenig.« Maria lächelte sie an und Simone fuhr nachdenklich fort: »Es ist doch komisch, dass ich über das Kind von Henry weder mit Charlotte noch mit meiner Mutter reden wollte. Und bei dir ist mir das einfach herausgerutscht.«

»Mach dir darüber keine Gedanken. Oft verstehen wir nicht, warum etwas so passiert und nicht anders. Aber wenn sich dieser Weg jetzt für dich richtig und gut anfühlt – dann ist es auch der richtige.«

Simone blickte Maria nachdenklich an. »Wenn du das sagst, klingt es so einfach. So natürlich.«

»Das ist es auch. Jetzt aber ab mit dir nach oben.«

»Maria?«

»Ja?«

»Da ist noch etwas, das mich beschäftigt.« Simone erzählte Maria von der Stoffkiste und dem Stoffrest. In Marias Gesicht war weder Überraschung noch sonst irgendetwas zu lesen. Fast kam es Simone vor, als ob die alte Dame plötzlich ihr Pokerface aufgesetzt hätte. Deswegen setzte sie etwas zögernd nach: »Ich habe die Kiste dabei und auch den Stoff, den sie zuletzt in ihren Händen hielt. Mich würde einfach nur interessieren, ob dir dazu etwas einfällt.«

Maria blickte sie an und sagte leise: »Stoffe waren Annas Welt. An denen hielt sie sich fest. Für sie war ihr ganzes Leben mit Stoffen verbunden. Es wundert mich nicht, dass sie bis zu ihrem Ende daran hing.« Sie gab sich einen Ruck: »Natürlich sehe ich mir die Kiste und den Stoff an. Und so wie du aussiehst, sollte ich das wohl ziemlich bald machen. Geduld war ja noch nie deine Stärke«, grummelte sie vor sich hin. Und nach einer kurzen Pause sagte sie schmunzelnd: »Vorher gibst du sowieso keine Ruhe. Aber erst räumen wir hier ab und du machst dich frisch.«

Simone sprang auf, stellte so viel Geschirr aufs Tablett, wie darauf passte, und nahm es mit in die Küche.

Maria folgte ihr mit dem Rest und legte ihr die Hand auf den Arm, nachdem sie alles abgestellt hatten: »Die Tage hier werden dir guttun. Das verspreche ich dir.«

Simone atmete einmal tief durch und nickte. Dann ging sie schnell die Treppe hinauf und in ihr Zimmer. Sie klappte den Koffer auf und entnahm ihm die Kiste. Rasch packte sie den restlichen Inhalt des Koffers in den kleinen Schrank an der Wand und sprang in die Dusche. Im Rekordtempo wusch und föhnte sie ihre Haare und schlüpfte in frische Wäsche. Dann klemmte sie sich das Kästchen unter den Arm und ging wieder nach unten. Auf der Veranda stellte sie es auf den Tisch und öffnete den Deckel.

Lautlos war Maria neben sie getreten und blickte nun ebenfalls in Annas Stoffkiste. Nach einer Weile nahm sie vorsichtig genau den hellen Stoff mit der Drachenstickerei heraus, den Anna zuletzt in der Hand gehalten hatte.

Als Simone ihr das sagte, wurden Marias Augen feucht. »Das war unser Stoff. Das ist das Band der Freundschaft zwischen Anna und mir«, flüsterte sie leise, während eine Träne über ihre Wangen kullerte.

»Sie hat das aufbewahrt und es war ihr bis zuletzt wichtig.« Simone ergriff Marias Hand und wartete ab, bis sich die alte Frau wieder etwas gefasst hatte.

»Schau her«, sagte Maria und hielt den Stoff in die Sonne.

Und es trat derselbe Effekt ein, den Simone nun schon zweimal beobachtet hatte.

»Diesen Drachen habe ich hier in diesem Haus auf den Stoff gestickt, bei Annas zweitem Besuch. Wir wollten unsere Freundschaft besiegeln. Und was hätte besser gepasst, als ein Stück Stoff mit einem Faden aus Muschelseide zu besticken. Als Symbol unserer Freundschaft haben wir uns für den Drachen entschieden. Dann hat sich jede von uns einen Fantasiedrachen ausgedacht und wir haben je ein Stoffstück damit bestickt und es dann ausgetauscht. Dieser hier ist von mir.« Maria hielt den Stoff in den Händen und strich sanft darüber. Dann erhob sie sich. »Ich hole das Gegenstück.« Maria ging nach drinnen.

Nach einigen Minuten kam sie zurück und hielt ein identisches Stück Stoff in der Hand. Der Drache darauf war deutlich zu erkennen. Allerdings war er bei Weitem nicht so gleichmäßig und perfekt gestickt wie der andere. »Annas erste Stickarbeit.« Maria lächelte.

»Das sieht man.« Simone nahm das Stück vorsichtig aus Marias Händen und betrachtete es nachdenklich. »Weißt du, was ich mich jetzt frage: Welche Bedeutung haben dann all die anderen kleinen Stoffteile hier drin? Anna hat immer Stoffe von ihren Reisen mitgebracht, das weiß ich. Und ich dachte, dass das einfach nur Reiseerinnerungen sind. Aber sowohl an den Flanell ist eine Geschichte geknüpft als auch hier an diesen Drachenstoff. Welche Geschichten liegen also noch in dieser Kiste? Hast du eine Ahnung? Und falls das so wäre, warum hat Mama uns diese Geschichten nie erzählt?«

»Weißt du, jeder Mensch braucht auch eine Privatsphäre, einen kleinen Bereich, den außer ihm niemand betritt. Annas Leben war ab dem Moment, als sie Ernst kennenlernte, randvoll mit Menschen, Erlebnissen und Arbeit. Du solltest doch selbst am besten wissen, wie es ist, manche Dinge nicht mit anderen teilen zu wollen, oder?«, sagte Maria sanft und legte Simone einen Arm um die Schulter.

Simone musste ihr widerwillig recht geben. Dann fiel ihr aber noch etwas ein: »Am Ende aber vielleicht doch«, sagte sie nachdenklich und erzählte Maria von den letzten Worten ihrer Mutter. »Lass dir von Maria helfen. Sie kann Geheimnisse bewahren.« Simone meinte, dass Maria kurz zusammengezuckt war. Aber das hatte sie sich wahrscheinlich bloß eingebildet. Als sie Maria anschaute, blickte diese starr an Simone vorbei in die Ferne. Simone wurde etwas mulmig zumute. Aber bevor sie reagieren konnte, riss sich Maria wieder zusammen.

»Ich muss darüber nachdenken«, sagte die alte Frau und schlang die Arme eng um ihren Körper, als ob sie plötzlich frieren würde. »Vielleicht machst du ja eine Wanderung hinauf zur alten Festung. Du kannst ein Buch mitnehmen und dich dort oben an einer windgeschützten Stelle auf die warmen Steine setzen und lesen. Dazu gibt es einen tollen Blick über die Bucht«, schlug Maria vor. »Ich muss mich jetzt erst einmal ausruhen.« Beinahe abrupt wandte sie sich ab und ging ins Haus.

Simone hörte sie in der Küche rumoren und wunderte sich. Welche Geheimnisse hatten die beiden Freundinnen miteinander geteilt? Warum wollte Maria ihr nicht gleich weiterhelfen? Aber sie sah, dass die Ältere jetzt zu keinem weiteren Gespräch mehr bereit war, und fügte sich. Vielleicht heute Abend. Simone folgte Maria nach drinnen. »Ich glaube, ein Spaziergang ist eine gute Idee. Ich bin jetzt mal folgsam und tue, was du mir sagst.« Verschmitzt lächelte Simone Maria an. »Und wenn ich schon unterwegs bin, kann ich dann noch irgendetwas für dich erledigen?«

Maria überlegte und nickte dann. »Ich habe einen Schreiner im Ort beauftragt, meine kaputte Nähmaschinenschublade zu erneuern. Die sollte inzwischen fertig sein. Warte, ich gebe dir seine Adresse. Er wohnt am anderen Ende von Sant'Antioco. Ist für mich immer ein weiter Weg, weil ich nicht mehr gut zu Fuß bin.«

»Das mache ich gern. Dann habe ich gleich noch ein Ziel. Er wird sowieso erst gegen Abend wieder aufmachen, oder?«

»Ja. Ich denke, ab fünf triffst du ihn entweder in der Werkstatt oder in seinem Häuschen gleich daneben an.« Maria nahm einen Zettel aus einer der Schubladen und schrieb Simone Namen und Adresse darauf. Mit einer kleinen Skizze zeichnete sie außerdem auf, wo das Haus genau lag. Sie reichte Simone den Zettel. »Dann lege ich mich jetzt ein wenig hin. Viel Spaß, Kind. Und denk daran: nicht zurückdenken, nach vorne schauen.« Damit wandte sie sich ab und schlurfte die Treppe nach oben.

Simone ging ebenfalls nach oben. Sie begutachtete ihre Garderobe und überlegte, ob sie eine Jacke mitnehmen sollte. Zum Glück hatte sie an einen kleinen Rucksack gedacht. In diesen packte sie nun eines der drei Bücher, die sie ebenfalls mitgenommen hatte. Bevor sie ihr Zimmer verließ, betrachtete sie sich noch mal im Spiegel. Für ihr Alter sah sie gar nicht so schlecht aus. Gut, den Stress der vergangenen Wochen und den wenigen Schlaf sah man ihr an. Unter ihren Augen zeichneten sich deutlich die Tränensäcke ab – dunkle Schatten mit tiefen Furchen. Aber ihre Augen, braun mit kleinen goldenen Punkten in der Iris, ganz so wie bei ihrer Mutter, bildeten noch immer einen starken Kontrast zu ihrer eher hellen Haut. Okay, auch um die Haare könnte sie sich mal kümmern. Im Moment hingen sie schlaff herunter. Aber wenn sie sie nach dem Waschen richtig mit einer Lockenbürste föhnte und ihnen nicht nur die Schnellwäsche, sondern zur Feier des Tages auch eine Spülung gönnen würde, dann sähe das gleich Klassen besser aus. Und dann natürlich der Blick. Es war schon erstaunlich, wie einen ein Lächeln verändern konnte. Im Moment guckte Simone eher griesgrämig in den Spiegel. Die Mundwinkel nach unten gezogen, der Weltschmerz wie eingemeißelt darin. Nichts mehr zu sehen von ihren Lachfältchen, die sich normalerweise um Augen und Mund eingruben, und dem Blitzen in ihren Augen. Simone straffte sich, streckte ihrem Spiegelbild die Zunge heraus und sagte laut: »Nach vorne schauen.« Sie gab sich einen Ruck. Entschlossen kramte sie in ihrer Kosmetiktasche und legte sogar etwas Mascara und Kajal auf. Zur Krönung rang sie sich noch ein Lächeln ab. So sah das schon besser aus. Sie griff sich den Rucksack und ihre Strickjacke, dann schlüpfte sie in ihre Trekkingschuhe und verließ das Haus.

Zügig stieg sie durch die schmalen, schattigen Gassen bergan. Als die Häuser weniger wurden, mogelte sich immer öfter die Sonne durch die Lücken. Hinter dem letzten Haus wurde aus der gepflasterten schmalen Straße ein breiter Trampelpfad, an dem rechts und links bereits erste Blumen sprossen. Der Weg verlief nun Richtung Südwesten, sodass Simone direkt in die Sonne blickte. Sie genoss deren Wärme und fing sogar ungewollt an zu lächeln. Das war jetzt schon das zweite Mal innerhalb weniger Stunden. Und auch nach dem Treffen mit Tom hatte sie sich auf dem Rückweg nach Hause mit einem Lächeln im Gesicht ertappt. Im krassen Gegensatz zu davor: Wenn sie ehrlich zu sich war, hatte sie sich die vergangenen Monate nur verkrochen und selbst bemitleidet. Nach vorne geblickt hatte sie nicht. Maria hatte recht. So ging das nicht weiter. Das erste Mal, seit sie von *Henrys Verrat* – wie sie es nannte – erfahren hatte, überlegte sie nun, wie sie weitermachen sollte. Was wollte sie noch erreichen? Was hielt sie überhaupt noch in Augsburg? Sardinien war doch auch schön. Vielleicht fand sie hier Arbeit – Italienisch sprach sie gut, sie hatte es schließlich von Kindheit an gelernt. Simones Schritte wurden entschlossener und fester.

Nach etwa einem Kilometer tauchte die Festungsruine vor ihr auf. Sie stieg die bröckelnden alten Stufen hinauf und suchte sich ein warmes, windgeschütztes Plätzchen auf der Südwestseite des verfallenden Gebäudes. Leere Fensterstürze, ein nicht mehr vorhandenes Dach und zahlreiche Risse in den Wänden zeugten von Verwahrlosung. Simone ließ sich nieder und kramte ihr Buch heraus. Sie versuchte zu lesen, doch ihre Gedanken schweiften immer wieder ab.

Warum war Maria vorhin auf einmal so zurückhaltend gewesen? Welches Geheimnis hatten die beiden alten Ladys geteilt? Oder bildete sie sich das nur ein? Hatte Anna hier etwa einen Liebhaber gehabt? Ihr Vater war schließlich schon einige Jahre tot, und Anna war oft wochenlang hier gewesen. Na ja, Maria würde schon noch mit der Sprache herausrücken. Simone versuchte erneut, sich in ihr Buch zu vertiefen. Diesmal mit mehr Erfolg. Als die Sonne schon weit im Westen stand und es merklich kühler geworden war, machte sie sich auf den Rückweg. Zur Abwechslung nahm sie eine lange Steintreppe auf der Südseite nach unten in Richtung des Städtchens. Sant'Antioco lag nun im Abendlicht vor ihr. Die Dächer schimmerten golden, das Meer glitzerte silbrig und die Geräusche drangen nur sanft hier herauf. Das kleine Städtchen hatte zwar rund elftausend Einwohner, dennoch wirkte es jetzt im Februar ohne die Touristenhorden verschlafen.

Gemächlich schlenderte Simone in den Ort hinein. Der kleine Lebensmittelladen hatte geöffnet und aus der Bar klangen Männerstimmen. Am südlichen Rand der Altstadt fand sie die Schreinerei. Sie blickte zurück auf die Kirchturmuhr – halb sechs –, also sollte jemand da sein. Sie zog an dem schweren Holzportal der Werkstatt, knarzend schwang die Tür auf und gab den Blick ins Innere frei. Im Licht der Abenddämmerung, das durch zwei verstaubte große Fenster trübe hereinfiel, tanzten Staubkörner. Die Luft war schwer und voller Sägemehl. Der Geruch nach Holz, Öl und Tabak traf sie wie ein Faustschlag. Simone betrat die Schreinerwerkstatt und rief: »Buona sera! Ist hier jemand? Ich komme von Maria.«

Irgendwo wurde ein Stuhl zurückgeschoben, dann näherten sich schlurfende Schritte.

Ein älterer Mann, vielleicht so um die siebzig, bog hinkend um einen Stapel Holz. Er musterte Simone neugierig. »Soso, von Maria. Habe die Schublade repariert.« Er blickte Simone forschend an. »Du bist ihre Tochter«, stellte er dann fest. »Wie aus dem Gesicht geschnitten. Hab's schon gehört. Es ist traurig. Dann wird es hier auch für mich wieder ein bisschen einsamer. Mit Anna konnte man sich gut unterhalten.«

Simone erstarrte. »Sie haben meine Mutter gekannt?«

»Natürlich. Sie hat Maria ja oft besucht und in diesem Dorf kennt jeder jeden.« Der Schreiner humpelte zu einem riesigen

Holzregal, das in eine Nische in der rechten Wand eingelassen war, und kramte ein wenig herum.

Simone betrachtete ihn. Für sein Alter hatte er sich gut gehalten. Wettergegerbte Haut, wache Augen und ein interessierter Blick. Simone wagte einen Vorstoß. »Wie gut haben Sie meine Mutter gekannt?«

Er zog die Schublade aus dem Regal, pustete einmal den Staub ab und holte ein weiches Tuch aus seiner Arbeitshose. Damit wienerte er liebevoll das Holz, bis es glänzte, und überreichte Simone das gute Stück. »Deine Mutter hat in ihrem Leben einiges durchmachen müssen. Aber sie hat bis zum Schluss nicht ihre Neugier verloren. Und sie hat die Menschen geliebt.« Er nickte nachdrücklich. »So, und jetzt mache ich Feierabend und trinke gleich bei Antonio noch einen Schnaps auf sie.« Damit bugsierte er Simone aus seiner Werkstatt und hinkte davon.

Simone blickte ihm nach, besann sich dann und rief ihm hinterher: »Was kostet das denn? Halt, ich muss Sie noch bezahlen!«

»Das soll Maria machen. Dann bekomme ich wenigstens bald mal wieder Besuch.« Er kicherte vergnügt.

Simone musste lächeln, schon wieder, und machte sich ebenfalls auf den Weg.

Wenn sie gedacht hatte, nun könnte sie in Ruhe mit Maria reden, dann wurde sie schnell eines Besseren belehrt. In Marias Haus tobte das Leben. Kaum hatte sie einen Fuß auf die Veranda gesetzt, flog ihr auch schon ein blonder Wirbelwind entgegen. Violetta! Simone musste lachen – sie freute sich ehrlich, ihr Patenkind wiederzusehen. Eigentlich hatte sie vorgehabt, nach dem Besuch bei Maria noch ein paar Tage bei deren Sohn und seinen beiden Töchtern dranzuhängen – aber Maria hatte dieses Treffen offenbar in Eigenregie vorgezogen. Ob sie das absichtlich als Ablenkungsmanöver eingefädelt hatte, um ihr Gespräch noch etwas hinauszuzögern? Simone traute ihr das durchaus zu. Aber jetzt wollte sie erst mal gute Miene zum bösen Spiel machen und Violetta und ihre ältere Schwester Carla liebevoll begrüßen, die jetzt ebenfalls auf die Terrasse trat, gefolgt von ihrem Papa Paolo, Marias Sohn.

Er zwinkerte ihr zu, als er sah, wie seine beiden Töchter sie, munter auf sie einplappernd, mit Beschlag belegten. Paolo war so alt wie Simone und seit Kurzem geschieden. Seine beiden Töchter, jetzt im Teenageralter, waren Paolos Ein und Alles. Gott sei Dank, denn seine Frau Julie hatte sich nie wirklich für die beiden interessiert und vor zwei Jahren schließlich Nägel mit Köpfen gemacht. In einer Nacht-und-Nebel-Aktion zog Julie aus dem gemeinsamen Heim aus, nahm eine neue Stelle als Touristikmanagerin in den Cinque Terre an und zog bei ihrem neuen Freund ein, einem Hotelier. Vor Kurzem erst hatte Paolo endlich die Scheidungspapiere erhalten, wie Simone von ihrer Mutter erfahren hatte. Die Kinder blieben bei Paolo.

Simone umfasste Violetta und betrachtete sie. Seit ihrem letzten Besuch war die Kleine ganz schön gewachsen. Die Beine steckten in engen Röhrenjeans, an den Füßen trug sie Chucks, und auch das Schlabber-T-Shirt darüber konnte nicht mehr verbergen, dass nun auch Violetta zu einer jungen Dame wurde.

Armer Paolo, dachte Simone. Jetzt wird es wohl richtig anstrengend. Denn als echter italienischer Papa hatte er so seine Probleme mit den männlichen Freunden seiner Töchter. Und die beiden hatten viele davon. Mit ihrem dunklen Teint und den langen blonden Haaren, die sie ihrer Mutter zu verdanken hatten, waren die beiden auch wirklich eine Augenweide.

Während Carla Paolos grüne Augen geerbt hatte, strahlte Violetta Simone nun aus ihren großen rehbraunen Augen an. »Es tut mir so leid um Anna. Wie geht es dir denn? Komm, setz dich. Schau, wir haben schon zum Abendessen gedeckt. Papa hat ein Ossobuco und eine Gemüseterrine aus der Vorratskammer seiner Trattoria abgezweigt. Das brutzelt jetzt schon im Ofen. Ich habe schrecklichen Hunger.«

Simone grinste. »Dann komme ich gleich. Ich bringe nur noch schnell das hier«, sie deutete auf die Schublade, »in das Nähzimmer eurer Großmutter. Dann wasche ich mir die Hände und bin auch schon da.«

Fünf Minuten später versammelten sich alle um den großen Tisch. Maria lebte sichtlich auf und genoss den Trubel, auch wenn Paolo schweigsamer war als sonst. Er sah abgekämpft aus. Na ja, zwei halbwüchsige Töchter, eine Scheidung und eine gut besuchte Trattoria forderten ihren Tribut. Wahrscheinlich hatte ihm Maria am Nachmittag die Hölle heißgemacht, dass er jetzt – subito – herkommen solle. Simone konnte sich das Telefongespräch lebhaft vorstellen. Maria konnte sehr bestimmend auftreten, und Paolo, ganz italienischer Sohn, brachte es wahrscheinlich nicht übers Herz, ihr etwas abzuschlagen.

Aus der Küche strömte ein göttlicher Duft, und Simone merkte, wie hungrig sie war. Und bei Paolos Kochkünsten durfte man sich wahrlich auf ein Festessen freuen. Denn Paolo kochte mit Leidenschaft und betrieb in Carbonia inzwischen ein gut gehendes Ristorante. Simone dachte daran, wie Julie ihm jahrelang Vorhaltungen gemacht hatte, weil er sein gesamtes Geld und noch einen Kredit in ein Gebäude aus den Vierzigerjahren investiert hatte. Und das in einer verlassenen uralten Minenstadt, aus der die Leute jahrzehntelang nur noch wegziehen wollten. Doch Paolo konnte stur sein und am Ende hatte er recht behalten – auch wenn ihn das vielleicht seine Ehe gekostet hatte. Carbonia war eine Stadt, die quasi auf dem Reißbrett geplant und erst 1937 gegründet worden war. Zwei Jahre später zählte sie bereits neunundzwanzigtausend Einwohner: die Familien der Minenarbeiter, die in den Kohlebergwerken schufteten. Ende der Sechzigerjahre ging es allerdings mit dem Minenabbau bergab, Tausende Einwohner zogen fort und die Häuser verfielen nach und nach. Paolo hatte vor acht Jahren den richtigen Riecher gehabt – oder gute Kontakte, so genau wusste man das in Italien nie –, denn 2005 war Carbonia wieder zur Provinzhauptstadt ernannt worden. Und seither kehrte das Leben langsam, aber beständig in die alten Gemäuer zurück. Immer mehr Touristen entdeckten das Hinterland in Sardinien. Und Paolo hatte einen nicht unerheblichen Anteil daran, dass sie ausgerechnet nach Carbonia kamen. Denn er hatte sich einen Stammplatz unter den Toprestaurants Sardiniens gesichert. Lange Zeit hatte sein Lokal als Geheimtipp gegolten – inzwischen stand es in jedem Reiseführer. Seiner Ehe hatte das allerdings nicht mehr geholfen.

Jetzt kam Paolo mit einer dampfenden Terrine aus der Küche zurück. Als er den Deckel hob, lief Simone das Wasser im Mund zusammen und mit Appetit griff sie zu. Während des Essens lauschte sie den Erzählungen der Mädchen, beobachtete Paolo und Maria und stellte fest, dass sie sich schon lange nicht mehr so entspannt gefühlt hatte. Sie schmunzelte und dachte sich, während sie sich ein Stück der Kalbshaxe auf der Zunge zergehen ließ: »Prima, Simone. Dafür gebe ich dir heute ein Fleißbildchen.«

Das Essen schmeckte traumhaft. Die Paprika und Zucchini waren knackig und aromatisch, dazu gab es für die Erwachsenen natürlich Rotwein. Als sie das Mahl beendet hatten, kannte Simone alle Neuigkeiten über die Freunde, Klassenkameraden und Lehrer der Mädchen. Anstandslos standen die beiden auf ein Nicken ihres Vaters hin auf, deckten den Tisch ab und machten sich in der Küche ans Spülen.

Simone wunderte sich. Wahrscheinlich hatte Paolo vorher schon ein Machtwort gesprochen, denn sonst hätte das wohl nicht so ganz ohne Widerworte funktioniert.

»Hattest du denn einen schönen Nachmittag?«, fragte Maria.

»Ja, es war wunderbar. Ich habe auch die Schublade geholt. Dein Schreiner ist ja echt 'ne Marke. Er hat mir erzählt, dass er Anna gekannt hat.«

»Ja. Die beiden haben sich gut verstanden, haben sich öfter mal eine Flasche Wein geteilt«, wusste Maria.

Paolo grinste, wurde dann aber ernst: »Aber sag, wie geht es dir? Mama hat erzählt, dass du so einige Probleme mit dir herumschleppst …«

Simone versteifte sich kurz, doch als sie sah, wie ernsthaft Paolo sie anblickte, begriff sie, dass, wenn einer sie verstehen könnte, das wohl Paolo sein dürfte. Deshalb nickte sie nur und erwiderte leise: »Bis jetzt habe ich mich verkrochen; alle Freunde und Bekannten verleugnet und mich selbst bemitleidet.« Als sie ihren Worten nachhörte, staunte Simone. Erstmals konnte sie einen Blick von außen auf ihr Leben der letzten Wochen werfen. Und ja, was sie da sagte, stimmte. Sie war in Selbstmitleid zerflossen, hatte sich nichts mehr zugetraut, alle Annäherungsversuche von Freunden und vor allem auch von Charlotte abgeschmettert. Dass sie sich ihrer Schwester gegenüber unfair verhalten hatte, wurde ihr immer klarer. Sie beschloss, bei ihrem nächsten Telefonat mit ihr darüber zu reden und sich zu entschuldigen. Sie straffte sich: »Ich glaube, jetzt muss ich etwas ändern. Ich bin froh, hierhergekommen zu sein. Etwas Abstand, auch räumlich, hilft offenbar wirklich, die Dinge etwas besser zu sehen. Ich muss mein Leben neu ordnen. Aber im Moment habe ich noch keine Ahnung, wie. Und dann setzt mir natürlich auch Mamas Tod zu. Hat Maria dir eigentlich die Geschichte mit der Stoffkiste erzählt?«

»Nein. Habe ich nicht«, mischte sich Maria ein. »Dazu hatten wir noch gar keine Zeit. Ich lass euch jetzt alleine. Ich brauche meinen Schlaf. Morgen reden wir zwei«, versicherte sie Simone, die schon etwas erwidern wollte.

Kurze Zeit später scheuchte Paolo auch seine beiden Töchter ins Bett. Dann saßen sie beide auf der Terrasse und redeten über die vergangenen Monate. Es war seit langer Zeit das erste Mal, fiel Simone auf, dass sie sich so lange allein mit Paolo unterhielt. Sonst waren sie immer in Gesellschaft seiner Töchter, Marias und anfangs auch Julies gewesen.

»Ich habe Glück. Ich habe meinen Traumberuf. Ich lebe für mein Restaurant, für meine Gäste. Ich liebe das Kochen und ich liebe meine beiden Töchter. Das ist ziemlich viel Positives. Auch wenn es für einen italienischen Mann sehr schwer ist, seine Frau an einen anderen zu verlieren, bin ich doch noch gut weggekommen. Schlimmer wäre es gewesen, wenn Julie die Kinder mitgenommen hätte. So anstrengend das auch ist, ich könnte keinen Tag ohne die beiden sein. Eigentlich sind wir jetzt zu dritt glücklicher als die Jahre zuvor zu viert.«

Simone schluckte. Dann gab sie sich einen Ruck. Heute wollte sie mutig sein. »Ich habe das, außer Maria heute Nachmittag, noch keinem Menschen erzählt. Henry wird jetzt Vater. Und mir hat er jahrelang versichert, dass er keine Kinder wolle. Aber wahrscheinlich bin ich daran selbst schuld. Ich habe mir immer vorgemacht, dass Kinder in meinem Leben keinen Platz haben. Henry hat nie versucht, mir das auszureden.« Jetzt rollten die Tränen über Simones Gesicht.

Paolo ergriff ihre Hand und hielt sie fest.

Simone schluchzte: »Blöderweise ist es für mich jetzt zu spät. Ich doofe Kuh war jahrelang auf das Falsche gepolt und Henry hat mich darin bestätigt. Dann schnappt er sich eine Jüngere und holt alles nach. Und ich? Das ist so ungerecht.«

Paolo hielt ihre Hand noch immer. Minutenlang schwiegen sie.

Simone versuchte, wieder ruhig zu atmen. Bereits zum zweiten Mal erzählte sie heute ihre Geschichte. Und das, wo sie sich die vergangenen Wochen lieber die Zunge abgebissen hätte, als ihr Inneres nach außen zu kehren. Unglaublich. Sie blickte auf.

Paolo sah sie nachdenklich an und sagte vorsichtig: »Das klingt jetzt blöd. Aber versuch doch einmal, alles aus einer anderen Perspektive zu sehen. Du hast deine Nichten und deine Schwester, du hast Freunde, dein Patenkind, uns hier. Du musst sie nur an dich heranlassen. Und: Du hast jetzt die Chance und die Zeit, dich neu zu orientieren. Manchmal muss man vielleicht erst durch so eine Krise, um sich anschließend neu zu erfinden. Du kannst das. Aber du solltest anfangen zu überlegen, was du wirklich willst. Verbeiß dich nicht in den Gedanken, dass du mit einem eigenen Kind vielleicht glücklicher geworden wärst. Das weißt du nicht. Überleg dir lieber, was dich jetzt und in den kommenden Jahren glücklich macht. Schau nach vorne. Klingt blöd und einfach, ist aber schlau und schwer.« Paolo grinste sie schief an. »Ich weiß, wovon ich rede.«

Simone drückte seine Hand und atmete tief durch. »Heute habe ich das schon zwei Leuten erzählt. Weder meine Schwester noch meine Mutter wissen beziehungsweise wussten, dass Henry Vater wird und dass mir das so wehtut. Und auch wenn ich das vorher nie geglaubt hätte: Mit jedem Mal Erzählen wird das Gewicht des Felsbrockens, der auf meinem Herzen lastet, ein bisschen leichter. So. Und jetzt will ich ins Bett.« Simone lächelte. »Es war ein schöner Abend. Vielen Dank, Paolo, fürs Zuhören und für das leckere Essen. Wie lange bleibt ihr eigentlich?«

»Die Mädels bleiben übers Wochenende hier. Ich fahre morgen früh wieder zurück und hole die beiden dann am Sonntagabend.«

»Oh. Du brauchst sie nicht zu holen. Ich bringe sie dir. Dann kann ich auch gleich deinem Restaurant einen Besuch abstatten. Wir kommen dann so gegen fünf Uhr nachmittags. Ich habe ja das Mietauto hier. Okay?«

»Das wäre natürlich prima. Dann spare ich mir die Fahrerei. Am Sonntagabend sind wir nämlich mit zwei Geburtstagsfeiern schon gut ausgebucht.«

»Na, dann passt das doch.« Simone verabschiedete sich von Paolo und ging in ihr Zimmer.

Als sie am nächsten Morgen aufwachte, hatte sich Paolo schon auf den Nachhauseweg gemacht, die beiden Mädchen besuchten Freundinnen und Maria rumorte in der Küche.

»Guten Morgen«, begrüßte sie Simone. »Komm, ich frühstücke mit dir. Dann können wir uns unterhalten.«

Gemeinsam trugen sie Kaffee und Brioches auf die Veranda. Heute hingen Wolken am Himmel, aber der Wind brachte noch immer warme Luft mit sich. Die milde Brise wiegte sanft die feinen Zweige des Weins auf der Pergola. Die kleinen Knospen daran deuteten schon an, dass sich bald Blätter bilden würden. Der Oleander raschelte mit jedem Windhauch. Sie setzten sich in die hinterste Ecke, wo der Wind nicht mehr zu spüren war.

Simone sah, dass Maria die Kiste mit Annas Stoffen bereits hingestellt hatte, und vermutete, dass sie sie am Vortag ausgiebig betrachtet und an Anna gedacht hatte. Da Maria bisher jedoch kein Wort über die Stoffsammlung verloren hatte, schien sie sich noch immer davor zu drücken, Simones Fragen nach der Vergangenheit ihrer Mutter zu beantworten.

Simone nippte von ihrem Kaffee.

Maria zerbröselte ihre Brioche. Dann holte sie tief Luft. »Ich glaube, dir würde eine Auszeit guttun.«

Simone blickte Maria erstaunt an. »Das Thema hatten wir doch gestern schon.« Eigentlich hatte sie gedacht, nun eine Geschichte über ihre Mutter zu hören, die das vermeintliche Geheimnis aufklären würde.

»Hör mir in Ruhe zu«, beschwichtigte Maria, die offenbar genau wusste, dass Simone etwas anderes erwartet hatte. »Du erinnerst mich sehr an Anna. Du bist ihr in vielem ähnlicher als zum Beispiel deine Schwester.« Maria stockte und holte tief Luft.

Simone merkte, dass es Maria nicht leichtfiel, über Anna zu sprechen.

»Kinder können sich oft nicht vorstellen, dass auch die eigenen Eltern schwere Zeiten durchmachen. Denn meist versuchen Eltern ja, ihre Kinder von allem abzuschotten. Aber glaub mir, deine Mutter hat schwere Zeiten durchgemacht. Und damit meine ich nicht nur den Krieg und die Vertreibung, die natürlich auch zu ihrem Leben gehörten.« Maria machte eine Pause und nahm einen Schluck Kaffee.

Simone schwieg, gespannt, was jetzt wohl noch kam.

»Ihr Weg, mit ihren Dämonen umzugehen, war, zu reisen, sich auf die Suche nach neuen Stoffen, neuen Mustern und damit auch neuen Erfahrungen zu machen. Wenn du so willst, hat sie mit jeder Reise auch eine Reise zu sich selbst gemacht. Ich weiß nicht, ob sie dir erzählt hat, wo sie überall war. Mir sind Irland, Nepal und Amerika in Erinnerung. Von jedem Ort hat sie ein Andenken mitgebracht. Andere sammeln Teddybären oder Streichholzschachteln, deine Mutter hat eben immer Stoffe mitgebracht. Das war ihre Leidenschaft. Sie hat einmal zu mir gesagt: Wenn ich mir einen solchen Stoff ansehe und ihn in die Hand nehme, dann sehe ich die Landschaft, aus der er stammt, fühle, was ich dort empfunden habe. An ihm kann ich mich in schweren Momenten festhalten oder in glücklichen Momenten daran erinnern, wie schön das Leben sein kann.« Maria griff in das Kästchen und holte wahllos ein bunt bedrucktes Tuch heraus. »Denn nicht mit allem, was hier in der Kiste liegt, verbinden sich gute Erinnerungen, manche schmerzen auch.« Maria legte das Stück Stoff wieder zurück, zögerte und holte schließlich ein neues Stück heraus. Dann fuhr sie fort: »Genau das meine ich, wenn ich dir zu einer Auszeit rate. Vielleicht solltest du dich auf eine Reise begeben. Eine

Reise zu dir selbst und zu Anna. Hier, sieh dir dieses Stück Stoff und das Muster an. Was meinst du, woher könnte es stammen?«

Simone nahm den Stoff in die Hand, den Maria herausgefischt hatte. Es war ein dicker Webstoff. Die Musterung bestand aus gleichmäßigen Zöpfen in unterschiedlichen warmen Farben. Rostrot grenzte an Wollweiß, Dunkelgrau an Flaschengrün. Der Hintergrund war in einem Grauton gehalten. »Keine Ahnung. Wahrscheinlich ist es dort, wo das herkommt, kalt. Denn warum sonst würde man so einen dicken Stoff benötigen?«

»Gar nicht schlecht. Denk weiter nach. Mit welchen Regionen bringst du diese Farben in Verbindung? Schweden, Norwegen?«

»Nein. Das auf keinen Fall. Bei Skandinavien denke ich eher an bunte Farben und viel Weiß als an diese gedeckten. Hm. Vielleicht eher England. Ein wenig erinnert mich das an Tweed und dicke Pullis«, ließ sich Simone auf das Spielchen ein.

»Sehr gut. Und mit den dicken Pullis bist du schon nahe dran.«

»Wenn nicht England, dann Schottland oder Irland«, riet Simone.

»Siehst du – jeder Stoff hat seine eigene DNA. Ist inspiriert vom Leben der Leute an seinem Herkunftsort, von der Natur, von den Bedürfnissen. Das macht einen guten Stoff aus. Und es macht einen guten Designer aus, diese Eigenschaften in seiner Kollektion zu transportieren. Dieses Muster hat deine Mutter entwickelt, nachdem sie die Aran-Inseln besucht hat. Und genauso, wie sie sich für ihre Arbeit inspirieren ließ, so unternahm sie diese Reisen auch für sich selbst. Also: Wenn du wissen willst, was deine Mutter so umtrieb, dann solltest du dich vielleicht noch auf eine weitere Reise begeben. Eine Reise, die dich nicht nur nach Sardinien führt. Die Ziele liegen hier vor dir.« Maria zeigte auf die Kiste. »Nimm dir doch eine Reiseauszeit.«

Simone griff nach dem Aran-Stoff, ließ ihn durch ihre Hände gleiten und dachte nach. Vielleicht hatte Maria ja recht. Sie merkte gerade selber, wie sehr sie sich veränderte, wenn sie eine andere Umgebung um sich hatte. Woran das genau lag, konnte sie nicht einordnen. Aber es entsprach den Tatsachen – und ihre Mutter hatte wohl Ähnliches erlebt. Wenn sie sich jetzt also tatsächlich auf die Stofftour ihrer Mutter machte? So ein Blödsinn, was sollte sie zum Beispiel auf den Aran-Inseln? Da verschwendete sie doch bloß ihre Zeit, oder? Aber Maria hatte sehr gezielt in die Kiste gegriffen und genau diesen Stoff herausgeholt. Als ob sie ihr damit einen deutlichen Hinweis geben wollte.

Simone grübelte noch eine ganze Weile, während sie frühstückte, ohne jedoch zu einem Ergebnis zu kommen. Dann stand sie auf, räumte den Tisch ab und rief Maria zu, die inzwischen schon in ihrem Gärtchen Unkraut jätete: »Ich mache einen kleinen Spaziergang!« Bepackt mit Badeanzug, Handtuch und ihrem Buch, machte sie sich auf den Weg zum Strand.

Die nächsten beiden Tage versuchte Simone, nicht allzu viel über sich und ihr Leben nachzudenken, sondern verbrachte die meiste Zeit mit den Mädchen. Sie unternahmen eine Wanderung über die karge Insel, alle drei mit Rucksäcken voll Leckereien. Simone hatte eine eingerollte Picknickdecke obendrauf gelegt und so suchten sie sich nach einigen Stunden ein erhöhtes Plätzchen mit Blick auf das Meer und ließen sich die Panini von Maria schmecken. Die Mädchen wurden nicht müde, von ihrer Schule und ihren Freundinnen zu erzählen, und Clara schüttete ihr sogar ihr Herz über einen *blöden Idioten namens Giovanni* aus, in den sie höllisch verschossen war, der aber nichts von ihr wissen wollte.

Dann war es Sonntag und Zeit, nach Carbonia zu fahren. Pünktlich um fünf bog Simone mit ihrem Mietwagen auf den Hof des *Ristorante Olive* ein.

Mit Schürze, hochrotem Kopf und freudestrahlenden Augen kam Paolo aus der Küche. »Da sind ja meine drei Damen.« Verschmitzt grinste er Simone an. »Herzlich willkommen. Fühl dich wie zu Hause. Ich habe dir oben ein Zimmer hergerichtet. Die Mädchen können dir alles zeigen. Wir sind im Stress, es hat sich eine weitere Gesellschaft mit fünfzehn Gästen angekündigt. Deshalb geht gerade alles drunter und drüber und ich erreiche Stella nicht. Die springt normalerweise als zusätzliche Kellnerin ein, wenn es brennt.«

»Kein Problem. Ich bringe schnell meine Sachen rauf und dann helfe ich dir. Ist zwar schon lange her, aber in meiner Studentenzeit habe ich auch mal gekellnert. Ein bisschen werde ich schon noch zustande bringen.«

»Oh, tausend Dank. Du bist ein Schatz«, freute sich Paolo.

Die nächsten Stunden vergingen wie im Flug. Simone stand hinter dem Tresen und schenkte Getränke aus. So konnte sie die andere Bedienung, Sarah, am besten unterstützen. Das Restaurant war rappelvoll und Paolo mit Leib und Seele bei der Sache.

Simones Magen knurrte seit Stunden, fast eine Tortur bei den appetitlichen Gerüchen, die aus der Küche drangen. Erst als gegen Mitternacht die letzten Gäste gingen, kamen sie alle dazu, ein wenig durchzuatmen.

Paolo brachte ein Riesentablett voller Speisen und stellte es auf den kleinen Tisch neben der Theke. »So, jetzt sind wir dran. Setzt euch und langt zu. Es ist noch mehr da.«

Zu viert – Sarah, der Koch Freddy, Paolo und sie selbst – saßen sie um das üppig bestückte Tablett herum und genossen fast schweigend das Essen. Danach räumten Sarah und Simone noch den Gastraum auf und lüfteten, Paolo und

Freddy kümmerten sich um die Küche. Um zwei Uhr nachts fiel Simone ins Bett und schlief im Nu ein.

Als sie um zehn Uhr erwachte, hörte sie schon jemanden in der Küche rumoren. Sie zog sich schnell an, spritzte sich ein wenig kaltes Wasser ins Gesicht und ging nach unten. Sie hatte schon wieder Hunger. Paolo machte Kaffee. Auf dem Tisch standen bereits frisches Brot und ein paar köstlich aussehende Tramezzini.

Als Paolo sie erblickte, lächelte er. »Guten Morgen. Frühstück ist fertig.«

»Guten Morgen, Paolo. Wie lange bist du denn schon wieder auf den Beinen?«

»Noch nicht lange. Zum Glück sind die Mädels zuverlässig. Die stehen selbst auf, frühstücken und gehen dann zur Schule. So kann ich meistens bis neun Uhr schlafen. Dafür nehme ich mir viel Zeit für sie, wenn sie heimkommen. Wir essen gemeinsam und sie erzählen mir von ihrem Tag. Mit der Regelung sind wir alle ganz glücklich. Ich glaube, die beiden sind echt froh, dass die ewigen Streitigkeiten ein Ende haben und sie hierbleiben konnten. Sie lesen mir jeden Wunsch von den Augen ab.« Er schmunzelte. »Ich möchte mich noch einmal ganz herzlich bedanken, dass du gestern spontan eingesprungen bist.«

»Es hat mir Spaß gemacht. Weißt du, das ist etwas ganz anderes als meine Arbeit. Man bewegt sich und hat mit den Leuten direkt zu tun. Du merkst gleich, was Sache ist, wenn ein Gast sich über den guten Wein freut oder ob er meckert, dass das Bier zu warm sei. Ich habe den ganzen Abend kein einziges Mal an meine Probleme gedacht. In meiner Arbeit bin ich oft nur zu achtzig Prozent bei der Sache. Irgendwie schleichen sich während der anderen zwanzig Prozent blöde Gedanken in meinen Kopf und rauben mir den Nerv. Vielleicht sollte ich wirklich eine Auszeit nehmen, wie mir deine Mutter vorgeschlagen hat.«

»Meine Mutter? Wieso das denn?«, wunderte sich Paolo.

Simone erzählte ihm die ganze Geschichte mit der Stoffkiste und den kryptischen Worten Annas.

Paolo nickte. »Da muss ich meiner Mutter recht geben. Und wenn du in deiner Arbeit ohnehin nicht so glücklich bist, dann mach das. Du hast keine Verpflichtungen anderen gegenüber, also nutz diese Chance und vielleicht gräbst du ja wirklich ein Geheimnis aus«, scherzte er.

Am Dienstag fuhr Simone zurück zu Maria. Am Abend fasste sie sich dann ein Herz. Sie hatte die letzten beiden Tage schon dauernd überlegt, ob sie nicht Tom anrufen sollte, und die Entscheidung wie so oft immer wieder vor sich hergeschoben. Nun aber wählte sie seine Nummer. Ihr Herz klopfte, als er abnahm. »Hallo, Tom. Simone hier. Ich habe doch versprochen, dass ich dich auf dem Laufenden halte. Deshalb rufe ich an.«

»Simone. Das freut mich sehr. Ich habe die ganze Zeit an dich und deine Geschichte gedacht und kann es kaum erwarten, zu erfahren, was es Neues gibt. Im Moment ist es allerdings schlecht, weil ich gerade mit Kunden unterwegs bin.«

»Oh, Entschuldigung.«

»Da musst du dich ja nicht entschuldigen. Wo bist du gerade? Können wir uns morgen vielleicht irgendwo treffen? Das fände ich schöner, als nur am Telefon zu reden.«

Simones Herz klopfte, als sie sich ausmalte, Tom wiederzusehen. »Ich bin gerade in Sardinien und fliege erst in zwei Tagen zurück. Am Wochenende hätte ich Zeit, wollen wir uns da treffen? Dann kann ich dir alles in Ruhe erzählen.«

»Gerade da bin ich leider nicht in Augsburg. Das ist zum einen sehr schade, zum anderen bin ich ein sehr ungeduldiger Mensch. Wie wäre es deshalb, wenn wir uns am Montag in der Mittagspause treffen? Ich bin furchtbar neugierig. Und ...«, er zögerte etwas, »ich würde dich wirklich gern wiedersehen.«

Simone ging es nicht anders, aber das hätte sie ihm niemals gesagt. Sie brannte darauf, ihm von Sardinien zu erzählen. »So machen wir es. Wo und wann?«

»Ich könnte zum Beispiel um ein Uhr. Wo, ist mir egal. Da du dich in Augsburg besser auskennst, überlasse ich dir die Wahl. Irgendwo in der Nähe der Innenstadt wäre gut. Ich habe auch ein Fahrrad zur Verfügung.«

»Gut. Dann überlege ich mir etwas und schick dir eine Nachricht. Ich freue mich.«

»Ich mich auch. Komm gut zurück. Und danke, dass du dich gemeldet hast.«

Simone legte auf. Sie war glücklich, dass sie ihn angerufen hatte. Danach telefonierte sie noch mit ihrer Schwester, um sie ebenfalls auf den neuesten Stand zu bringen. Sie verabredeten sich für Samstagabend zu einem ausführlichen Gespräch. Sie verbrachte noch zwei erholsame Tage bei Maria, die sie liebevoll verwöhnte, und flog am Donnerstag zurück nach Deutschland.

Als sie abends in ihrem kleinen Apartment mal wieder vor dem Fernseher saß und sich später schlaflos im Bett hin und her wälzte, fasste sie endgültig den Entschluss, Marias Ratschlag zu folgen, eine Auszeit zu nehmen. Sie machte einen Kassensturz. In einem halben Jahr würde eine ihrer Lebensversicherungen ausgezahlt werden, und da sie außerdem in den letzten Jahren regelmäßig etwas zur Seite gelegt hatte, könnte sie es sich sogar leisten, ein Sabbatjahr einzulegen, wie es vor zwei Jahren ein Arbeitskollege gemacht hatte. Simone wusste, es würde ihrem Chef nicht gefallen, andererseits brachte so eine Auszeit auch Schwung und neuen Input für ihre Arbeit nach ihrer Rückkehr. Wenn sie nach der Reise überhaupt zurückwollte …

Noch in der Morgendämmerung setzte sie sich an ihren Rechner und schrieb den Antrag auf ein Sabbatjahr, den sie ein paar Stunden später ihrem Chef mit den Worten präsentierte: »Ich habe einiges zu klären. Das muss ich jetzt für mich machen. Vielleicht komme ich sogar schon in ein paar Monaten wieder, dann würde ich mich natürlich freuen, wenn ihr mich auch vor Ablauf des Jahres zurücknehmt. Aber das ist jetzt für mich wichtiger.«

Schweren Herzens, wie er beteuerte, stimmte ihr Chef zu und wünschte ihr alles Gute für die Auszeit. Da Simone sehr viele Resturlaubstage hatte, musste sie nur noch zwei Wochen arbeiten. Das war ihr gerade recht. Denn in dieser Zeit konnte sie ihr Apartment auflösen und in die Wohnung ihrer Mutter umziehen. Zu diesem Schritt hatte sie sich ebenfalls entschlossen und war auf freudige Zustimmung gestoßen, als sie dies Charlotte mitteilte. In der Wohnung ihrer Mutter gab es noch einiges auszuräumen, zu sortieren und zu organisieren. Über Langeweile konnte sie also nicht klagen. Was sie allerdings danach mit ihrer freien Zeit machen sollte, darüber war Simone sich überhaupt noch nicht im Klaren. Sollte sie wirklich auf die Aran-Inseln fliegen? Hatte Maria das ernst gemeint oder nur so als Beispiel angeführt? Um das zu klären, griff sie gleich noch zum Telefonhörer und rief Maria an.

Als sie ihr von dem Sabbatjahr erzählte, gratulierte diese ihr zu der Entscheidung. »Jetzt hast du endlich mal Zeit für dich. Sehr gut.«

»Nun, da du dich zu Mamas Vergangenheit in Schweigen hüllst, mache ich mich eben selbst auf die Suche, um die Geheimnisse zu lüften. Nur weiß ich nicht wirklich, wo ich anfangen soll. Habe ich mir das nur eingebildet, oder hast du mich wirklich auf die Aran-Inseln geschickt?«

Statt direkt zu antworten, schwärmte Maria ihr dieses Mal in den höchsten Tönen vom Klima und der Landschaft Irlands vor. Ein Wink mit dem Zaunpfahl? Simone war sich nicht sicher, bohrte aber nicht länger nach. Am Ende des Telefonats war sie zwar nicht unbedingt schlauer als vorher, fasste jedoch den Entschluss, ihre Reise auf den Aran-Inseln zu starten. Sie hatte dabei ja nichts zu verlieren.

Charlotte, der sie das sofort mitteilte, reagierte, wie nicht anders zu erwarten war, hocherfreut. »Endlich ergreifst du mal die Initiative für dein Leben. Viel zu lange hast du dich von Henry bestimmen lassen. Gratulation zu diesem Entschluss. Ach, am liebsten würde ich ja mitkommen, aber die Zeit jetzt, die solltest du ganz allein für dich nutzen.«

»Aber vielleicht könntest du auch noch mal überlegen, was dir alles zu Mamas Reisen einfällt. Hat sie mit dir über Irland oder so gesprochen? Irgendwelche Leute erwähnt? Das wäre echt hilfreich. Sonst stehe ich da auf der Insel und habe keine Ahnung, wie ich weitermachen soll«, bat Simone ihre Schwester.

»Hm, Mamas Reisen. Ich überlege mal bis morgen Abend, was oder wer mir da einfällt. Dann sehen wir uns ja.«

Sie hatten sich bei Charlottes Lieblingsmexikaner auf dem Schlachthofareal verabredet, und Simone entschied sich, den Weg dorthin zu Fuß zurückzulegen. Sie verließ ihre Wohnung, trat in den Nieselregen hinaus und machte sich mit aufgespanntem Schirm auf den Weg durch die nassen, ausgestorbenen Straßen. Es war zwar erst halb sieben, aber wer nicht rausmusste, der blieb bei diesem unwirtlichen Wetter zu Hause, wenn er kein Auto hatte. Nachdem sie die Innenstadt erreicht hatte, bog sie zunächst in die Karolinenstraße ab, um anschließend durch die Altstadt zu schlendern. Sie liebte die kleinen Gässchen, die es in Augsburg zuhauf gab. Wenn sie nachdenken musste, konnte sie hier stundenlang herumwandern. Gerade im Lechviertel hatte man sich viel Mühe bei der Sanierung der Gebäude gegeben. Und dabei an vielen Stellen auch wieder die alten Kanäle freigelegt. In den Jahren zwischen 1930 und 1960 waren sie meist überbaut oder abgeschottet worden – warum auch immer. Erst in den letzten beiden Jahrzehnten hatten sich die Stadtplaner offenbar dieses Kleinods erinnert. Die Kanäle, die man vom Hauptfluss Lech abgezweigt hatte, dienten einst der Wasser- und Energieversorgung für die vielen Handwerksbetriebe, die sich traditionell im Lechviertel und der Jakobervorstadt niedergelassen hatten. Mithilfe von Wasserrädern, von denen man heute ebenfalls wieder einige restauriert und neu aufgebaut hatte, trieben die Handwerker ihre Maschinen an. Ein praktischer Nebeneffekt der Kanäle im Mittelalter war außerdem, dass man in sie auch gleich Abwässer und Abfälle entsorgen konnte. Damals musste es hier kräftig gestunken haben.

Allein beim Gedanken daran rümpfte Simone die Nase, während sie in eine weitere Gasse einbog, durch die ebenfalls ein schmaler Bach plätscherte. Simone liebte die vielen Wasserläufe mit ihren zahlreichen kleinen Brücken. Gerüchte besagten sogar, dass Augsburg inzwischen mehr Brücken habe als Venedig. Ob das stimmte, konnte sie nicht sagen, aber allein auf ihrer heutigen Route überquerte sie ein halbes Dutzend. Dann ging es durch das Jakobertor über die viel befahrene Lechhauserstraße hinein in das ehemalige Schlachthofviertel. Wieder führte Simones Weg über zahlreiche Bäche. Sie überquerte Schäfflerbach, Fichtelbach, Hanreibach und schließlich den Proviantbach. Hinter diesem bog sie in die gleichnamige Straße ein und stand vor der backsteinernen Einfriedung des ehemaligen Schlachthofes. Hier hatte man in den vergangenen Jahren kräftig saniert. Entstanden war ein Viertel, dem man seine Historie ansah und in dem sich zahlreiche Gastronomiebetriebe angesiedelt hatten. Auf einen davon, den *Schlachthof* selbst, steuerte sie jetzt zu. Dort wartete Charlotte bestimmt schon auf sie. Im Sommer konnte man im lauschigen Biergarten sitzen, umgeben von Backsteinwänden, und die imposante Gebäudefassade bewundern. Jetzt im März ging das allerdings noch nicht. Sie betrat das Lokal, blickte sich um und entdeckte Charlotte an dem kleinen Tisch neben der Bar. Simone schmunzelte. Das war auch ihr Lieblingstisch. Von dort konnte man fast das gesamte Restaurant überblicken und ungestört lästern, da der nächste Tisch weiter entfernt stand.

Sie umarmte ihre Schwester. »Bevor wir es uns hier gemütlich machen, will ich mich bei dir entschuldigen«.

Charlotte blickte sie überrascht an.

»Ich habe mich total blöd verhalten, als ich alle deine Gesprächsangebote einfach ausgeschlagen habe. Das hätte ich nicht tun sollen, und jetzt tut es mir sehr, sehr leid. Ich hoffe, du kannst mir verzeihen.«

Charlotte hielt sie fest, schob sie aber etwas von sich weg und blickte sie an: »Aber natürlich. Zugegeben – zuerst war ich schon ziemlich sauer. Du hast mich schließlich monatelang auflaufen lassen. Das ist nicht schön. Aber mir war schon irgendwie klar, dass das nicht gegen mich persönlich gerichtet war. Ich kenn dich doch – du frisst erst mal alles in dich rein.« Sie schüttelte Simone leicht und fügte dann hinzu: »Und ich habe mir natürlich große Sorgen um dich gemacht. Es ist nicht so einfach, wenn einem die Hände gebunden sind, dem anderen zu helfen.«

»Ja, das kann ich mir vorstellen. Aber darüber habe ich erst auf Sardinien wirklich begonnen nachzudenken.«

Sie setzten sich. Der Kellner kam und brachte die Speisekarte. Zur Feier des Tages nutzten sie gleich die Happy Hour und orderten eine Margarita und einen Mojito. Charlotte musterte Simone aufmerksam. »Da ist noch etwas, oder? Du hast noch was auf dem Herzen«, stellte sie fest.

Simone atmete einmal tief durch. »Lass dir kurz erzählen, was mich in den vergangenen Monaten wirklich aus der Bahn geworfen hat.« Sie berichtete von Henrys Vaterfreuden und schaffte es sogar, dabei nicht zu weinen. Ein weiterer Fortschritt.

Sie erzählte auch, wie sie nun damit kämpfte, wohl nie Kinder zu haben.

Während ihrer Erzählung wurde Charlotte nachdenklich und nahm den Ball auch gleich auf: »Weißt du, ich habe mich immer gewundert, dass du in puncto Kinder so rigoros warst. Und das nicht erst, seit es Henry gab. Ohne ihn jetzt irgendwie in Schutz nehmen zu wollen. Was ich sagen möchte: Irgendwie warst du doch auch schon vorher auf dem Ohne-Kinder-ist-das-Leben-besser-Trip. Vielleicht hätte sich das geändert, wenn dich ein Partner vom Gegenteil überzeugt hätte. Aber ob das dann besser gewesen wäre? Vielleicht wärst du dann heute kreuz-unglücklich, mit einem glatzköpfigen Pascha mit Bierbauch verheiratet und eure vier Kinder würden dich nachts um den Schlaf bringen. Du würdest müde mit einer Hand die Wäsche bügeln und mit der anderen deinem kleinen Sohn den Rotz von der Nase wischen.«

Simone musste bei der Vorstellung lachen. Charlotte blickte sie mit einem schiefen Grinsen an und Simone ergriff ihren Arm. »Ich hätte es wissen müssen. Wie konnte ich nur so lange glauben, dass es dir vor allem darum gehen würde, mich zu belehren. Danke, dass du mich zum Lachen bringst. Du bist genauso wie Maria. Irgendwie schaffst du es, die Dinge für mich in die richtige Perspektive zu rücken. Was war ich bloß für eine blöde Kuh, das so lange zu ignorieren.«

Charlottes Grinsen war breiter geworden. »Dem ist nichts hinzuzufügen. Und als kleine Wiedergutmachung für mein langes Leid darfst du mich heute auf den ersten Drink einladen. Apropos: Wo bleiben denn unsere Cocktails?« Sie sah sich suchend um, aber der Kellner bahnte sich schon seinen Weg. Er stellte die Drinks ab und fragte nach ihren Essenswünschen. Sie bestellten jeweils einen großen Salat. Als der Kellner wieder weg war, hob Charlotte ihr Glas und sie stießen miteinander an. »So, aber jetzt richten wir den Blick mal nach vorne«, gab sie die Parole aus. Sie seufzte. »Weißt du, am liebsten würde ich nach Irland mitkommen und dich bei deiner Tour begleiten. Aber das geht nun mal nicht. Meine drei Monster und mein bierbäuchiger Mann brauchen mich einfach.«

Simone musste wieder lachen. Charlottes Mann Ralf war Marathonläufer und aus ihren drei *Monstern* hatten sich selbstständige junge Erwachsene entwickelt.

Charlotte fuhr fort: »Außerdem denke ich wirklich, dass du Zeit für dich brauchst. Aber glaub nicht, dass ich dich noch mal davonkommen lasse, wenn du jetzt wieder verstummst und alles in dich hineinfrisst. Dann gnade dir Gott.« Sie drohte Simone mit dem Strohhalm. »Also im Klartext: Du hältst mich immer auf dem Laufenden! Ich werde täglich meine Mails und meinen Facebook-Account checken. Versprich mir, dass du mich nicht hängen lässt.«

»Versprochen!« Simone hob die Hand zum Zwei-Finger-Schwur. »Großes Ehrenwort.« Theatralisch wischte sie sich den Schweiß von der Stirn. »Puh. Das wird ja richtig anstrengend. Denn ich muss auch Maria, Paolo und Tom auf dem Laufenden halten. Dafür, dass ich mich noch vor wenigen Tagen ganz allein gefühlt habe, sind das jetzt schon ziemlich viele.«

»Ja genau, Tom. Das ist ein gutes Stichwort. Hast du ihn über Marias Geschichte informiert? Vielleicht kann er sich ja auch den Stoff ansehen, den Maria so offensichtlich gezielt aus der Kiste gefischt hat. Das wäre doch ein perfekter Vorwand für ein Treffen. Oder hast du etwa Paolo im Visier? Der stünde ja jetzt auch zur Auswahl, nachdem die Scheidung endlich durch ist.«

Simone musste lachen. Im Gegensatz zu ihr hatte Charlotte überhaupt keine Probleme, nach vorne zu schauen. Sie musste aufpassen, dass ihre Schwester ihr in den nächsten Wochen und Monaten nicht einen Heiratskandidaten nach dem anderen präsentierte. Sie wehrte ab. »Jetzt lass mal die Kirche im Dorf. Mit Paolo verstehe ich mich einfach gut ...«

»... das muss kein Hinderungsgrund sein«, grätschte Charlotte grinsend dazwischen.

Simone musste schmunzeln. »Lass mich ausreden. Mit Paolo verstehe ich mich. Aber es hat nicht geknistert zwischen uns. Und Tom treffe ich am Montag in der Mittagspause. Du siehst also, ich lerne dazu. Ich habe ihn noch von Sardinien aus angerufen und wir haben das vereinbart.«

»Na, vielleicht zeichnet sich da ja ein Henry-Nachfolger ab. So schwärmerisch, wie dein Gesichtsausdruck wird, wenn du von ihm erzählst.« Charlotte verlieh ihrer Hoffnung ganz unverblümt Ausdruck.

Es wurde ein langer Abend. Am Ende verließen sie so ziemlich als Letzte das Restaurant. Da Charlotte das Auto dabeihatte, ließ sich Simone von ihr mitnehmen. Vor ihrer Wohnung verabschiedeten sie sich. »Vielen Dank – für alles. Ich melde mich, sobald ich weiß, wann ich fahre«, versprach Simone.

»Mach's gut. Du weißt, ich bin immer für dich da«, schärfte Charlotte ihr noch einmal ein.

Sie umarmten sich und Simone stieg aus. Sie winkte ihrer Schwester noch hinterher, dann schloss sie die Haustür auf und stieg die Treppen zu ihrer Wohnung empor.

Am Montag wartete Simone kurz vor ein Uhr am Eingang der *Kahnfahrt* am Oblatterwall auf Tom. Es war einer der ersten schönen, warmen Tage im März, und sie hatte sich vorher versichert, dass der Biergarten auch tatsächlich mittags öffnete. Dann hatte sie Tom geschrieben und sich mit ihm hier verabredet. Sie hatte es sich bereits seit einer halben Stunde im Biergarten gemütlich gemacht und schon ein Wasser bestellt. Jetzt hielt sie vor dem Eingang nach Tom Ausschau. Er kam pünktlich. Als sie ihn auf dem Fahrrad auf sich zukommen sah, merkte sie, wie sehr sie sich auf das Treffen mit ihm freute. Nachdem sie sich begrüßt hatten, führte sie ihn durch den Eingang und das überdachte Innere hinaus auf die Terrasse. Tom blickte sich um. »Das ist ja wunderschön hier.«

»Ja, vor allem an sonnigen Tagen so wie heute.«

»Aber wenn man nicht weiß, dass in dieser Seitengasse ein Restaurant ist, findet man es nicht. Obwohl … eigentlich ist es dafür ziemlich voll hier.«

Simone schmunzelte. »Die *Kahnfahrt* kennt in Augsburg jeder. Und wahrscheinlich steht sie auch in jedem Reiseführer. Das hier …«, sie machte eine ausholende Bewegung auf das Gewässer rundherum, »… ist der Stadtgraben. Er macht hier einen Knick von neunzig Grad und weitet sich. Daher entsteht dort drüben fast so etwas wie ein kleiner See. Dahinter sieht man die alte Stadtmauer, die in Augsburg in weiten Teilen noch erhalten ist. Mit den Booten, die man sich im Restaurant leihen kann, lässt es sich gemütlich auf dem Gewässer schippern. Vor allem junge Pärchen lieben diesen Ort. Auch Bertolt Brecht war übrigens des Öfteren hier.«

»So lange gibt es das hier schon?«

»Sogar noch länger. Ich glaube, das erste Lokal mit Bootsvermietung hat in den Siebzigerjahren des 18. Jahrhunderts eröffnet. Immer wenn ich hier sitze, sehe ich vor meinem geistigen Auge Damen mit Sonnenschirmchen und weit ausladenden Röcken an der Hand eines befrackten Gentleman in die Boote einsteigen.«

»Ja, das kann man sich vor dieser idyllischen historischen Kulisse wirklich vorstellen«, stimmte Tom ihr zu. »Ich finde es sehr sympathisch, dass ich so unverhofft eine Fremdenführerin getroffen habe.«

Sie setzten sich, und als Tom sah, dass sie schon zu trinken hatte, fragte er: »Hast du schon etwas zu essen bestellt?«

»Nein. Ich habe es mir nur schon einmal mit diesem Reiseführer gemütlich gemacht und mich über die Aran-Inseln informiert.«

»Über die Aran-Inseln. Das nenne ich sprunghaft.« Tom schmunzelte. »Vom Süden Sardiniens in Irlands äußersten Nordwesten. Respekt.«

Simone konnte nicht anders, als über seine Wirkung auf sie zu staunen. Er hatte einfach eine unglaubliche Ausstrahlung, die ihr Herz flattern ließ. Sie konnte sich gar nicht erklären, warum das so war. Lag es an seinem intensiven Blick, seiner ruhigen Art, oder fand sie es einfach nur schön, dass sich jemand für sie zu interessieren schien? Vielleicht auch nur für ihre Geschichte, wiegelte sie innerlich schon gleich wieder ab. Egal – irgendwie faszinierte er sie. Vielleicht auch, weil er sich so ganz anders als Henry verhielt. Henry – an ihn hatte sie schon länger nicht mehr gedacht. Innerlich klopfte Simone sich auf die Schulter. Offensichtlich gelang es ihr, dieses Kapitel ihres Lebens langsam hinter sich zu lassen. Die Aufgabe, die sie sich selbst auferlegt hatte, brachte ihre Gedanken auf andere Wege.

Der Kellner trat an ihren Tisch und sie bestellten.

»So, und jetzt musst du mir bitte ausführlich erzählen, was du auf Sardinien erlebt und herausgefunden hast. Und warum jetzt die Aran-Inseln im Spiel sind. Ich bin sehr, sehr neugierig.«

Simone erzählte ihm die wunderschöne Geschichte des Drachenstoffes – dass er ein Band der Freundschaft zwischen Maria und Anna darstellte. Und dann berichtete sie von Marias gezieltem Griff in die Stoffkiste, mit dem sie den Aran-Stoff herausgeholt hatte.

»Ich habe ihn dabei, weil ich dachte, du willst ihn dir bestimmt auch einmal ansehen. Nun, Maria war da sehr bestimmt. Deshalb habe ich beschlossen, als Nächstes nach Irland zu reisen.«

»Also diese Drachenstoff-Geschichte finde ich faszinierend. Die könnte ich mir glatt für die Einleitung in meinem Buch vorstellen. Natürlich ohne Nennung von Namen«, versicherte er ihr schnell, als Simone widersprechen wollte. »Und den Aran-Stoff sehe ich mir sehr gern an.« Simone holte ihn hervor und reichte ihn Tom, der ihn befühlte und genau betrachtete.

»Von der Musterung und den Farben her verstehe ich, warum dieser Stoff nach Irland führt. Aber das Material ist eher untypisch. Für mich sieht das eher so aus, als ob jemand, inspiriert von Irland, einen entsprechenden Modestoff entwickelt hat. Du sagst, Maria habe ihn gezielt ausgewählt?«

»Ja. Als ich vor ein paar Tagen noch einmal mit ihr telefoniert habe, hat sie mir ausgiebig vom Wetter in Irland vorgeschwärmt. Völlig unglaubwürdig. Im März ist es dort regnerisch und kalt. Also irgendwas verschweigt sie mir. Deshalb bleibt mir gar nichts anderes, als nach Irland zu fahren.«

»Es gibt Schlimmeres«, sagte Tom.

Als er seine Augenbrauen spitzbübisch nach oben zog, bewegte sich auch die feine weiße Narbe, die Simone schon letztes Mal so faszinierend fand, nach oben. Es juckte sie schon wieder in den Fingern, die Linie dieser Narbe nachzufahren.

Tom bemerkte ihren Blick und dieses Mal überging er ihn nicht mit einem Scherz. »Fahrradunfall. Ich habe in meiner pubertären Phase gedacht, ich sei ein Rennradprofi. Der Zaun vom Nachbarn hat mir meine Grenzen aufgezeigt. Ich bin, damals natürlich ohne Helm, mit dem Kopf an den Spitzen des Jägerzauns entlanggeschrammt und dummerweise stand da auch ein Nagel hervor. Die meisten Narben sind Gott sei Dank unter meinem Haar verborgen. Aber die an der Schläfe verleiht mir mein verwegenes Aussehen. Ich habe mich daran gewöhnt.« Er zuckte mit den Achseln.

»Ich wollte nicht starren. Aber ja, ich habe mich tatsächlich gefragt, was da passiert ist.«

»Mein Vater ist viel Rennrad gefahren. Ich denke, ich wollte es ihm einfach gern nachmachen. Ist mir leider nicht gelungen.«

»Heute wünschte ich, ich hätte mich früher mehr für das Hobby und die Arbeit meiner Mutter interessiert. Leider war das nicht so. Ich fange gerade erst an, mich mit der Welt der Stoffe zu beschäftigen«, gestand Simone. »Auch wenn das bei uns zu Hause natürlich immer ein Thema war – irgendwie habe ich mich nie für Stoffe, Schnitte, Webstühle und all den Kram interessiert. Bei meiner Mutter lagen ständig Stoffe herum oder sie saß an ihrer Nähmaschine und hat Zeichnungen für künftige Kollektionen angefertigt.« Simone nippte an ihrem Glas.

Sie schwiegen eine Weile. Aber es war kein unangenehmes Schweigen. Vielmehr genossen sie den Blick auf den kleinen See und die Schwäne, die dort schwammen. Jeder hing seinen Gedanken nach.

»Ich will nicht neugierig sein – aber bin es doch. Was machst du eigentlich beruflich? Bist du selbstständig, dass du so kurzfristig Urlaub nehmen kannst, um mal eben nach Sardinien oder auf die Aran-Inseln zu fliegen?«

»Nein. Ich arbeite im Marketing bei einem großen Unternehmen hier in Augsburg. Da ich im vergangenen Jahr fast keinen Urlaub genommen habe, standen mir noch sehr viele Resturlaubstage zu. Die sind inzwischen allerdings aufgebraucht.« Simone zögerte. Wenn sie jetzt vom Sabbatical erzählte, würde das wahrscheinlich weitere Fragen nach sich ziehen. Wollte sie das? Andererseits, wieso sollte sie es verschweigen?

»Deshalb habe ich am Freitag ein Sabbatjahr beantragt, das mein Chef mir zähneknirschend genehmigt hat. Und so kann ich in den nächsten Monaten frei entscheiden, was ich mache.«

Tom musterte sie. »Da hast du aber einen tollen Chef. Wahrscheinlich weiß er, was er an dir hat, wenn er das durchwinkt.«

»Ich habe in den vergangenen Jahren wirklich viel gearbeitet und mich sehr engagiert. Er hofft, dass ich nach dem Jahr mit neuem Elan zurückkomme.«

»Und, ist das auch dein Plan?«

»Ich weiß es nicht. Jetzt fahre ich erst einmal auf die Aran-Inseln und dann sehe ich weiter.«

»Ich werde nicht weiterfragen, obwohl ich merke, dass es da bestimmt noch mehr Gründe für das Sabbatical gibt. Doch ich will dich nicht drängen, Dinge zu erzählen, die du vermutlich für dich behalten willst. Solltest du mal jemanden zum Reden brauchen, stehe ich gern zur Verfügung.«

Simone war baff. So feinfühlig wäre Henry nie gewesen. Der hätte sie entweder bedrängt, ihm alles zu erzählen, oder gar nicht gemerkt, dass da mehr dahintersteckte. Mist, Tom wurde ihr immer sympathischer. Dabei konnte sie im Moment nichts weniger gebrauchen als Komplikationen durch eine Affäre.

»Danke. Ich weiß das sehr zu schätzen. Ich habe im vergangenen Jahr tatsächlich einiges durchgemacht und fange gerade an, das zu verarbeiten.«

Der Kellner kam und servierte ihr Essen.

Dann fuhr Simone fort: »Ich hätte nie gedacht, dass ich einmal ein Sabbatical nehme. Aber im Moment fühlt es sich richtig an. Allein die Reise tut mir vielleicht schon gut. Und wenn ich dort tatsächlich das vermutliche Geheimnis meiner Mutter aufdecke – umso besser. Auch wenn ich mir überhaupt nicht vorstellen kann, was das sein könnte.«

»Ja, es ist durchaus spannend, wohin einen das Leben führt, wenn man es lässt. Hätte mir jemand vor einem Jahr erzählt, dass ich ein Buch über die Geschichte von Stoffen schreiben würde, hätte ich ihn ausgelacht.« Tom nahm einen Bissen und kaute genüsslich. Dann fuhr er fort: »Ich bin weniger von den Stoffen selbst fasziniert als von deren Geschichte. Jede Kultur, jede Epoche, jede Gesellschaftsklasse hat ihre ganz eigenen Textilien.

Die Bauern im Mittelalter hüllten sich in grobes Leinen, die Bessergestellten konnten sich farbige Stoffe leisten und der Adel suchte auch damals schon nach dem Besonderen. Sei es ein Pelz, eine golddurchwirkte Borte oder Ähnliches. Und genau diese Suche nach dem Besonderen macht Entwicklungen möglich. In China begann man früh, sich mit der Seidenraupenzucht zu beschäftigen, auch dort, in der damaligen Hochkultur, wollte man das Besondere. Über die Handelsrouten gelangten zunächst die Stoffe, später auch das Wissen über deren Herstellung zu uns. In Italien züchtete man dann ebenfalls Seidenraupen. In Tschechien gab es Maulbeerbaumplantagen. Später, zu Zeiten der Industrialisierung, ging es darum, Maschinen für die Fertigung einzusetzen. Jetzt konnten sich auf einmal auch ärmere Menschen bunte gewebte Stoffe leisten – die Massenware wurde erschwinglich. Genau diese Zusammenhänge interessieren mich und natürlich dabei vor allem die exotischen Varianten. Seltene Herstellungsverfahren, neue Technologien – die wenigsten ahnen, wie vielfältig diese Branche sein kann. Mir macht dieser Job im Moment einfach riesigen Spaß. Wahrscheinlich auch, weil ich mich nun mit völlig anderen Themen als im Unialltag beschäftigen kann.«

Simone beobachtete Tom während seiner Ausführungen. Man konnte ihm seine Begeisterung ansehen. Seine Augen sprühten regelrecht, seine Gestik wurde lebhafter und sein Essen hatte er noch kaum angerührt. Wenn er so redete, bildeten sich kleine Fältchen um seine Augen und hin und wieder biss er sich leicht auf die Unterlippe. Finger weg, schalt sie sich selbst. Hör lieber zu, was er dir erzählt, und lass dich bloß nicht wieder auf einen Mann ein, wenn du gerade erst dabei bist, dich vom letzten Tiefschlag zu erholen. Außerdem befanden sich solche Exemplare wie ihr Gegenüber meist schon in fester Hand.

Viel zu schnell musste Tom wieder zurück an die Arbeit.

»Das war eine meiner schönsten und kurzweiligsten Mittagspausen, seit ich in Augsburg bin.« Er zwinkerte ihr zu, als sie sich verabschiedeten. »Nur sehr ungern verlasse ich dich jetzt.«

Simone stimmte ihm zu. »Fast bereue ich es, dass ich schon gleich wieder auf Reisen gehe. Ich habe mich in den vergangenen Tagen sehr auf unser Treffen gefreut«, gab sie zu.

»Das ging mir genauso. Ich kann es kaum erwarten, dass du wiederkommst und hoffentlich Neues entdeckt hast.«

Sie standen sich gegenüber und Simones Herz pochte auf einmal heftig. Sie war unsicher. Wie sollte sie sich von ihm verabschieden? Tom ging es offenbar nicht viel anders. Nervös nestelte er an seinem Fahrradschloss herum, bevor er es aufbekam. Als das geschafft war, gab er ihr verlegen die Hand, hielt diese aber lange fest. Simone konnte sich fast nicht von seinem Blick losreißen, mit dem er sie in seinen Bann zog.

»Ich melde mich aus Irland«, versprach sie. »Bis bald.«

»Ich freue mich darauf. Gute Reise«. Er drückte ihre Hand noch einmal und schwang sich schließlich auf das Fahrrad.

6. Kapitel

Aran-Inseln, März 2013

Der Himmel bot eine spektakuläre Show. Wolken verteilten sich wie viele Millionen Wattebällchen über dem Horizont, bühnenreif beleuchtet von der Sonne, die sich anschickte, langsam unterzugehen. Die Wolken schimmerten in Gold-, Orange- und Rottönen, und darunter lag wellig, hier und dort mit glitzernden Schaumkronen versehen, der Atlantik. Vor ihr erhoben sich Landmassen wie Walbuckel aus dem Meer. Der Wind blies kräftig. Simone zog die Kapuze tiefer ins Gesicht und den Schal über Nase und Mund. Aber um nichts in der Welt wollte sie jetzt ins Innere der kleinen Fähre. Solch dramatische Naturschauspiele bekam sie nicht oft zu sehen. Die Fähre durchschnitt die Wellen auf ihrem vierzigminütigen Trip durch die Bucht von Galway. Noch eine Viertelstunde und sie würden den Hafen von Kilronan erreichen. Inishmore, die größte der drei Aran-Inseln mit ihren zwölf Kilometern Länge und drei Kilometern Breite, lag bereits vor ihnen. Zum Tosen der Wellen und dem Gekreische der Möwen gesellte sich das konstante Brummen des Motors der *Voice of the Sea*, wie die über zweihundert Passagiere fassende Fähre hieß. Auf dem Bug prangte stolz der gälische Name dafür: *Glór na Farraige*.

Die Fähre war nicht voll. Insgesamt befanden sich vielleicht fünfzig Passagiere an Bord. Viele davon wohl Einheimische, die in Galway und Umgebung arbeiteten und nun auf dem Heimweg waren. Touristen fuhren keine mit – zumindest war niemand als solcher zu erkennen. Und es gab keinen so Verrückten wie Simone, der sich auf das Außendeck stellte und die Aussicht bewunderte. Die meisten lasen im Aufenthaltsraum unter Deck Zeitung, telefonierten oder tippten auf ihren Smartphones herum. Wahrscheinlich sah man so einen Himmel hier täglich. Na ja, für Simone jedenfalls stellte dieses Naturschauspiel etwas Besonderes dar. Ihr Flieger war am Morgen in Dublin gelandet. Mit einer kleinen Cessna ging es dann weiter nach Galway. Dort hatte sie einen Shuttlebus in die Stadt genommen und noch einmal einen, um zum Fährhafen westlich von Galway zu kommen.

Die Fähre legte an und Simone schulterte ihren Rucksack. Als sie von Bord ging, musterte sie den Hauptort der Insel, über den sie zu Hause einiges gelesen hatte. Tausendzweihundert Einwohner hatten die Aran-Inseln, die meisten von ihnen lebten hier auf der Hauptinsel, dann gab es noch zwei kleinere Inseln, Inishmaan und Inisheer. Der Hauptort hier begrüßte seine Besucher mit bunt gestrichenen Häusern, die sich rund um die Bucht verteilten. Auf dem zentralen Gebäude prangte der Schriftzug *Aran Knit Wear*, daneben befanden sich das Fährbüro und auf der anderen Seite ein kleiner Lebensmittelladen, der auch Fahrräder vermietete. Die Herstellung von dicken gestrickten Aran-Pullovern trug auch heute noch zum kärglichen Einkommen der Insulaner bei, wie Simone bei ihrer Recherche erfahren hatte. Es gab zwar nicht mehr den Hype wie in den Sechziger- und in den Achtzigerjahren, dass die Touristen in Scharen anreisten; dafür waren die Aran-Inseln in diesen Zeiten bekannt genug geworden, um zumindest im Sommerhalbjahr Gäste anzulocken, die hier ihr Geld ließen. Die Fischerei, der

Erwerbszweig, der die ortsansässigen Familien jahrhunderte-lang ernährt hatte, wurde inzwischen fast ausschließlich für den Eigenbedarf betrieben. Die jungen Leute zogen weg oder pendelten zum Arbeiten aufs Festland. Zurück blieben die Alten.

Simone steuerte auf den Tante-Emma-Laden zu. Die Besitzerin, eine rundliche Frau um die sechzig, staunte, so früh im Jahr eine Touristin zu haben, die sich ein Fahrrad leihen wollte. Simone hatte die volle Auswahl und entschied sich für ein stabiles, gemütlich aussehendes Hollandrad. »Wie komme ich denn am besten zur Pension von Seamus und Karen O'Brien?« Die Wegbeschreibung erfolgte in breitem Irisch, mit einem für Simone nur schwer verständlichen gälischen Akzent. Simone beherrschte durch ihre Arbeit die englische Sprache durchaus und hatte oft mit Englisch sprechenden Chinesen, Japanern oder Franzosen zu tun. An diesen Dialekt jedoch musste sie sich erst gewöhnen. »Wenn Sie jetzt dort hinaus radeln, könnten Sie dann bitte auch gleich die Post mitnehmen? Die hat heute noch niemand abgeholt«, bat die Ladenbesitzerin. Sie holte aus einem Regal mit zahlreichen Fächern einen Stapel Briefe hervor und überreichte ihn ihr. Simone verstaute die Post in einem Seitenfach ihres Rucksacks und verabschiedete sich.

Das Bed & Breakfast, das sie von zu Hause aus reserviert hatte, lag etwas außerhalb von Kilronan. Simone radelte auf der Hauptstraße durch den kleinen Ort. Entlang der Cottage Road lagen die Häuser aufgereiht wie auf einer Perlenschnur. Nach einem Kilometer kam sie hinaus aufs freie Feld. Unzählige kleine Steinmauern parzellierten hier die karge Natur. In mühseliger Kleinarbeit hatten die Einwohner diese Mauern aufgeschichtet, um das wenige wertvolle Land vor Stürmen und Fluten zu schützen. Auf diese Weise konnten sich die Einwohner mit der Landwirtschaft, neben dem Tourismus und dem Verkauf der Aran-Pullis, bis heute eine wichtige Einnahmequelle erhalten. Reihte man alle Mauern aneinander, würde das eine Strecke von Hamburg bis nach Rom ergeben – das hatte Simone während des Flugs in ihrem kleinen Reiseführer gelesen. Es war immer wieder erstaunlich, was die Menschheit vollbringen konnte, wenn es ums Überleben ging. Die Straße führte nun über eine Engstelle der Insel und Simone konnte auf beiden Seiten den Atlantik sehen. Eine Kurve später entdeckte sie das Bed & Breakfast, dessen Dach sich hinter einer Hügelkuppe in einer Senke duckte. Geschützt vor Wind und Böen, hatten die Erbauer es aus den gleichen Steinen errichtet, die für die Mauern verwendet waren. Das ursprüngliche Gebäude bestand aus hellgrauen Steinen, weiße Fenster und ein weißes Eingangsportal zeugten von neuzeitlichen Renovierungsarbeiten. Das dunkelgraue Dach schien ebenfalls neu gedeckt zu sein. An das alte Haus hatte man weiß getünchte weitere Anbauten angeschlossen, die ansonsten dem Stil angepasst waren. Simone schob ihr Fahrrad durch das steinerne Portal und lehnte es an die rechte Mauer. Als sie auf die Tür zuging, wurde diese bereits geöffnet und ein hoch gewachsener älterer Herr mit vollem weißem Haar und einem Bart, wie man ihn nur bei Seeleuten erwartete, stand vor ihr. Trotz seiner Größe hielt er sich auffällig gerade und musterte Simone unverhohlen. »Soso, Sie sind also die verrückte Touristin, die sich mitten im Winter hierher verirrt. Dann seid ihr dieses Jahr ja schon zu dritt«, brummte er lächelnd und hieß ihr mit einer Handbewegung, ihm zu folgen. Simone staunte über das Innere – der schwarz-weiß gefliese Boden und eine dunkle, schmale Anrichte mit einem goldverzierten Spiegel darüber und unzähligen Segelbooten darauf zogen die Blicke auf sich. Rechter Hand führte eine Treppe mit einem üppig verzierten schmiedeeisernen Treppengeländer nach oben in den ersten Stock. Ihr Pensionswirt bewegte sich schwungvoll wie ein Junger. Vorbei an weiteren Segelschiffmodellen führte er sie ins Wohnzimmer. Ein offener Kamin und große Fenster, die den Blick auf einen Garten und das Hinterland freigaben, sorgten für heimelige Stimmung. Simone zog ihre Trekkingschuhe aus, bevor sie die hellen dicken Eichenbohlen betrat, mit denen der Raum ausgelegt war. Dann fischte sie die Post aus ihrem Rucksack. »Das hier hat man mir im Lebensmittelladen für Sie mitgegeben.« Ihr Gastgeber war an einen großen Sekretär getreten und hatte einen Schlüssel herausgeholt. Jetzt nahm er die Post entgegen. »Vielen Dank. Dann kann ich mir den Weg heute sparen. Hier habe ich Ihren Zimmerschlüssel. Außer Ihnen ist im Moment nur noch ein Ehepaar hier. Noch so Verrückte.« Er schmunzelte. »Frühstück findet nebenan statt. Ab sieben Uhr ist meine Frau wach und bereitet Ihnen gern zu, was Sie möchten. Dann folgen Sie mir jetzt und ich zeige Ihnen Ihr Zimmer.«

»Vielen Dank. Sie haben mit diesem Haus ja ein richtiges Schmuckstück geschaffen.«

»Das ist unser Lebenswerk. Was will man denn sonst auf dieser Insel machen, an den langen Wintertagen und wenn man in Rente ist«, freute er sich sichtlich über Simones Kommentar. Stolz führte er sie in den ersten Stock. Auch hier fiel ihr sofort der schöne helle Eichenboden auf, gesäumt von weißen Kassettentüren, die in die Gästezimmer führten.

Er öffnete eine Zimmertür und überreichte ihr den Schlüssel. »Bitte schön. Eines unserer schönsten Zimmer, mit Meerblick und viel Platz.«

Das stimmte in der Tat. Das Zimmer maß bestimmt vierzig Quadratmeter. Bodentiefe Fenster, eine gemütliche Couchecke mit Fernseher und ein wuchtiges Polsterbett dominierten den Raum. Durch eine weitere Tür ging es in ein Bad mit einem Fenster, geräumiger Duschkabine und modernem Waschtisch.

»Wow. Hier kann man es aushalten«, entfuhr es Simone.

»Wenn Sie etwas brauchen, melden Sie sich einfach bei uns. Jetzt lass ich Sie erst einmal auspacken. In einer halben Stunde gibt es Abendessen, wenn Sie möchten. Meine Frau hat

Bratkartoffeln und Bohnen in der Pfanne und brutzelt auch gern noch ein Steak für Sie. Dann können Sie auch gleich die beiden anderen Gäste kennenlernen.«

»Das ist ausgezeichnet. Dann muss ich heute nicht noch mal los, um mir etwas einzukaufen. Ich würde in einer halben Stunde in den Frühstücksraum kommen, passt das?«

»Alles klar. Bis dann.«

Als Simone später nach unten ging, hörte sie schon fröhliche Stimmen. Im Frühstücksraum war ein Tisch gedeckt und ihr Pensionsvater unterhielt sich angeregt mit einer Frau und einem Mann in den Dreißigern. Als Simone den Raum betrat, drehten sie sich um, um sie zu begrüßen.

»Hi, I'm Solveig. And this is my husband Finn«, stellte sich die drahtige Frau vor und zeigte auf ihren hageren Begleiter.

»Ich glaube, ich habe vorhin ganz vergessen, mich vorzustellen«, schloss sich ihr Pensionswirt an die Begrüßung an. »Ich heiße Seamus, und meine Frau Karen holt gerade das Essen aus der Küche.«

Im selben Moment kam diese auch schon mit einer riesigen Pfanne voller Bratkartoffeln um die Ecke. Nachdem sie ihre heiße Last auf dem Tisch abgestellt hatte, wischte sie ihre Hände an der Schürze ab und begrüßte Simone mit einem kräftigen Händedruck. »Herzlich willkommen bei uns. Ich bin Karen. Ich hole jetzt noch den Rest, und dann erzählen Sie uns beim Essen, was Sie zu dieser unwirtlichen Jahreszeit hierher verschlagen hat«, sagte sie grinsend. Und mit diesen Worten machte sie auch schon kehrt, um gleich darauf mit den Bohnen und Steaks wiederzukommen.

Als sie alle fünf um den Tisch saßen, musterte Simone der Reihe nach die kleine Gesellschaft. Das Touristenpaar machte einen sehr fitten Eindruck. Solveig war klein und hatte kurz geschnittene blonde Haare, deren Fransen vorne pink schimmerten. Finn maß bestimmt einen Meter neunzig und hatte sein dunkelblondes Haar im Nacken zu einem kurzen Pferdeschwanz gebunden. Ihre Wirtsleute schätzte Simone beide auf etwa siebzig. Der rundlichen Karen sah man an, dass sie gern kochte. Und dass sie eine Frohnatur war. Lachfältchen zogen sich durch ihr Gesicht und ihre blauen Augen leuchteten. Das weiße Haar hatte sie zu einem Knoten auf dem Hinterkopf zusammengefasst.

Jeder bediente sich selbst aus den Pfannen und Töpfen und im Nu war eine angeregte Unterhaltung im Gange. Die beiden anderen Gäste kamen aus Dänemark, sie waren erfahrene Naturkundler, die ihre Semesterferien immer für ausgedehnte Forschungstouren überall auf der Welt nutzten. Beide lehrten an der Universität von Kopenhagen im Fach Ökologie.

»Die Arans sind ein Paradies für Schmetterlinge und Vögel«, erläuterte Solveig. »Es gibt allerdings kaum Dokumentationen darüber. Das wollen wir ändern. Deshalb durchstreifen wir die Insel mit Fernglas und Fotoapparat, legen uns auf die Lauer und haben schon zahlreiche seltene Vögel zu Gesicht bekommen. Wenn es jetzt wärmer wird, kommt hoffentlich auch noch der eine oder andere Schmetterling dazu. Es soll hier zum Beispiel den *Boloria euphrosyne* oder den *Thecla betulae* geben. Die wollen wir auf jeden Fall noch dokumentieren. Das ist unser Steckenpferd.«

Während sie die lateinischen Schmetterlingsnamen aufzählte, als ob es Allerweltsnamen seien und selbstverständlich jeder wisse, wie diese Exemplare aussehen, war unverkennbar, dass sie sich mit Leib und Seele dieser Aufgabe verschrieben hatte.

»Und was treibt dich so früh im Jahr und abseits der Touristensaison hierher?«, fragte Finn.

Simone berichtete von ihrer Mutter und deren Faible für Stoffe und dass sie mit ihrer Reise, die ihren Anfang in Sardinien genommen und sie jetzt in den Norden Europas geführt hatte, den Spuren ihrer Mutter folgte. In weiser Voraussicht hatte sie das entsprechende Stück Stoff bereits aus ihrem Gepäck herausgekramt und zum Essen mit hinuntergenommen. Für den Flug hatte Simone den Inhalt der sperrigen Stoffkiste in zwei große Papierumschläge gesteckt und mitgenommen.

Nun breitete sie vor den vieren den Stoff auf dem Tisch aus. »Das hier hat mich auf diese Insel geführt. Meine Mutter war jahrzehntelang für den Entwurf und die Umsetzung von Stoffmustern in der Textilfabrik meines Vaters verantwortlich und hat sich auf zahlreichen Reisen Inspirationen geholt. Diesem Stück Stoff nach hat sie vielleicht irgendwann – das kann auch schon Jahre her sein – die Arans besucht. Leider weiß ich sehr wenig von ihren Reisen und was sie alles dabei erlebt hat, das möchte ich jetzt ändern.« Simone trank einen Schluck Wasser. »Möglicherweise gibt es auf dieser Insel sogar jemanden, der sich an sie erinnert, denn wenn es um Stoffe und Muster ging, war sie sehr neugierig und hat bestimmt viele Fragen gestellt. Ich habe mir gedacht, dass ich morgen in dem Laden am Hafen anfange zu suchen. Vielleicht erkennt man dort auch den Stoff oder zumindest das Muster. Oder kann mir von euch jemand weiterhelfen?«

Karen nahm das Stück Stoff und befühlte es. »Ein schöner, dicker und edler Stoff. Und ja, du hast recht, es sieht aus, als ob das Muster von denjenigen unserer Pullover inspiriert sei. Nur leider sind die Sagen darüber, dass jede Familie ihr eigenes Muster habe und man so den Schöpfer identifizieren könne, nur Märchen.«

»Wie, Märchen? Von welchen Geschichten redest du?«, fragte Solveig.

Karen schmunzelte. »Ihr wisst ja, dass die Aran-Inseln vor allem durch ihre Pullover berühmt geworden sind. Die Legende um die Pullover entstand lange, bevor in den Siebzigern und Achtzigern der Touristenboom losging. Und wir haben sie ausgerechnet einem Engländer zu verdanken.« Karen machte eine kurze Pause und blickte in die Runde.

Sie hatte die Aufmerksamkeit ihrer Zuhörer. Finn, Solveig und Simone sahen sie gespannt an, Seamus grinste vor sich hin. Er wusste natürlich, welche Geschichte jetzt kam.

Karen fuhr fort: »In den Jahren um die Jahrhundertwende – also 1897 bis in die frühen Jahre des 20. Jahrhunderts – verbrachte ein irischer Dramatiker namens John Millington Synge hier die Sommermonate. Er litt an Asthma und erhoffte sich von unserem Klima Besserung. Während seines Aufenthalts lauschte er vielen Geschichten der Fischer und Seefahrer und brachte sie in seine Werke ein. In einem davon, *Riders of the Sea*, geht es um Maurya. Sie hatte sowohl ihren Mann und ihren Schwiegervater als auch alle Söhne an das Meer verloren. Eines Tages bekam sie die Nachricht, dass die Leiche eines Mannes an der Küste angeschwemmt worden war. Man brachte ihr seinen Pullover, und anhand des Musters erkannte sie, dass es ihr Sohn sein musste. Seitdem hält sich das Gerücht, dass jede Familie, in der Aran-Pullover gestrickt werden, dies immer mit demselben, ganz individuellen Muster tut und daher jeder Pullover zu seiner Strickerin zurückverfolgt werden kann.«

»Und ist das so?«, fragte Finn.

»Nein, eben nicht«, antwortete Karen lachend. »Wir haben von jeher voneinander gelernt und abgeschaut. Der eine oder andere mag dabei tatsächlich eine bestimmte Eigenart entwickelt haben, aufgrund der sich sein Pullover zuordnen lässt. Aber das gilt nicht für die Masse. Die wird ja sowieso seit Ende der Siebzigerjahre nicht mehr in Handarbeit hergestellt, sondern maschinell.«

»Wirklich?«, wunderte sich Simone. »Irgendwo habe ich gelesen, dass jeder Pullover handgearbeitet ist.«

»Das war früher auch so«, holte Karen aus. »Ihr müsst euch vorstellen, bis in die Siebzigerjahre hinein gab es hier auf der Insel keine Elektrizität. Man saß also, sobald es dunkel wurde, bei Kerzenschein in der Stube. Fernseher, Radio, Waschmaschinen – das alles gab es nicht. Das Leben war hart und karg. Die Männer waren tagsüber mit Fischfang und der Landwirtschaft beschäftigt, die Frauen mit Haus- und Hofarbeit und ihren Kindern. Am Abend haben sie sich dann hingesetzt und zu stricken begonnen. Die Wolle, die sie verwendeten, war grob gesponnen und ölig. Die Pullover rochen entsprechend, hatten aber dafür besondere Eigenschaften: Sie waren warm und nahezu wasserdicht. Die ideale Arbeitskleidung für die Seeleute. In fast allen Familien wurde gestrickt und die ganze Sippe eingekleidet. Wer weiß, was passiert wäre, wenn nicht eines Tages in den Sechzigerjahren die Clancy Brothers in ein kleines Geschäft auf dem Festland gegenüber den Aran-Inseln gestolpert wären.«

»Wer sind denn die Clancy Brothers?«, fragte Simone.

»Pat, Tom und Liam Clancy kamen aus dem County Tipperary hier in Irland. Sie wanderten nach New York aus und haben dort Musik gemacht. Und sie trugen Aran-Pullover, die sie in Connemara, im Geschäft von Donald Standún, gekauft hatten. Als sie 1961 mit diesen in der Ed-Sullivan-Show auftraten, wollte ganz Amerika genau diese Pullover haben. Also hat man hier gestrickt und gestrickt und gestrickt. Der Hype um den Aran-Pulli begann und die Frauen der Fischer hatten auf einmal ein regelmäßiges und gutes Einkommen.«

Karens Augen blitzten und Seamus fuhr fort: »In den Siebzigerjahren kam ein Einwanderer auf die Aran-Inseln. Das war bemerkenswert. Denn bis dahin war es umgekehrt, die Leute wanderten aus, vor allem um dem kargen Leben, der Not und dem Elend zu entfliehen. Nun kam plötzlich einer und blieb auch noch. Patrick Clark hatte sich in Mary O'Flannery verguckt und sie 1975 geheiratet. Er hatte Erfahrung im Textilbusiness und investierte vor Ort in eine kleine Strickfabrik, die bis heute in Kilronan produziert. Das zugehörige Geschäft hast du gerade schon erwähnt. Die Pullover kamen ab da zwar nach wie vor von den einzelnen Strickerinnen, aber auch aus der Fabrik. Denn der Weltmarkt wollte bedient werden. Zum Glück gab es eine so hohe Nachfrage, dass sowohl für die Strickerinnen als auch für Patrick genug zu verdienen war. Heute hat sich Patrick einen Namen gemacht und stellt Pullover vor allem für namhafte Designer her. Das Stück kostet zweihundert Pfund aufwärts. Die Strickerinnen dagegen sind bis heute bei der traditionellen Herstellung der Pullis von Hand geblieben. Zwei bis drei Tage benötigen sie für einen. Zehn Stunden am Tag wird daran gestrickt. Und auch sie bekommen gute Preise für ihre Ware. Die Muster orientieren sich an dem, was die Natur und die keltische Tradition hier zu bieten haben. Da gibt es zum Beispiel den Blueberry Stitch, die Honigwabe oder auch den Baum des Lebens. Anfang der Achtzigerjahre kam das Buch *The Complete Book of Traditional Aran Knitting* heraus, in dem einundsiebzig Muster aufgelistet sind. Ich muss hier noch irgendwo ein Exemplar davon haben.«

»Patrick und Mary gibt es also noch immer? Sie leben noch hier auf der Insel?«, fragte Simone.

»Ja. Die beiden sind um die sechzig und nach wie vor im Geschäft. Wenn du ihnen morgen einen Besuch abstattest, können die beiden dir sicherlich Auskunft geben. Und wenn deine Mutter so verrückt nach Textilien war, dann hat sie Patrick und Mary bestimmt kennengelernt.«

Eine ganze Weile unterhielten sich alle noch sehr angeregt und anschließend wurde gemeinsam das Geschirr in die Küche getragen. Seamus suchte inzwischen das Buch mit den Mustern heraus und danach machte es sich die ganze Runde im Aufenthaltsraum gemütlich. Karen und Seamus schauten fern, die beiden Ökologen durchforsteten ihre Aufnahmen des Tages und führten Tagebuch und Simone blätterte im Buch über die Aran-Strickkunst.

Seamus hatte ihr noch drei andere Werke herausgesucht. Eines über die Geschichte der Insel, dann die *Riders of the Sea* von Synge und einen Modekatalog mit der aktuellen Kollektion der Strickfabrik der O'Flannerys. Nach der anstrengenden Anreise wurde Simone früh müde und verabschiedete sich als Erste ins Bett.

Am nächsten Morgen machte Simone sich auf den Weg zur kleinen Fabrik der O'Flannerys. Mit dem Fahrrad ging es zurück nach Kilronan an den Hafen. Die Fabrik lag gleich hinter dem Strickwarengeschäft, das man sofort erblickte, wenn man als Tourist mit der Fähre ankam, und das Simone gestern bereits bemerkt hatte.

Eine Glocke bimmelte hell, als Simone die Ladentür öffnete. Das Geschäft bestand aus einem einzigen großen Raum, dessen Steinwände man weiß getüncht und in deren Mauervorsprünge man Regale eingelassen hatte. In diesen lagen Strickpullover in allen Farben und Mustern. Auf kleinen Tischchen und in diversen Körben gab es dazu passende Accessoires – von Seidenschals über Krawatten bis zu Hand- und Strandtaschen. Die Theke mit der Kasse war im Backsteinlook gemauert. Darauf thronten eine alte Registrierkasse und ein schwarzes Telefon mit Wählscheibe.

Schritte näherten sich und die Tür gegenüber dem Eingang öffnete sich. Eine etwa dreißigjährige Blondine strahlte sie an. »Guten Morgen. Wie kann ich Ihnen helfen? Suchen Sie etwas Bestimmtes?«

»Ja«, sagte Simone lächelnd. »Ich bin auf der Suche nach Patrick. Ist er zu sprechen?«

Die Blondine stutzte kurz, machte auf dem Absatz kehrt und öffnete die Tür erneut, durch die sie gerade gekommen

war. »Patrick!«, rief sie lauthals. »Patrick, Kundschaft für dich!«
Sie wandte sich zu Simone um und sagte: »Ich such ihn mal,
manchmal ist er etwas schwerhörig.« Sprach es und verschwand.

Simone blickte sich im Laden um. Sie kramte das Stück
Stoff von ihrer Mutter aus der Jackentasche und verglich es mit
den Mustern der Pullover. So richtig weiter kam sie damit aber
nicht.

Die Tür öffnete sich erneut und ein sportlich wirken-
der Mann um die sechzig kam herein. Die grauen Haare
waren modisch kurz geschnitten, seine Beine steckten in einer
Trekkinghose, an den Füßen hatte er Wanderstiefel und natürlich trug er einen Aran-Pulli. Alles in allem war Patrick eine
sportliche Erscheinung.

Seine blaugrauen Augen musterten sie neugierig. »Kennen
wir uns? Ich bin Patrick Clark. Sie wollten mich sprechen?«

Auf einmal wusste Simone nicht mehr, was sie sagen sollte.
Die Wahrscheinlichkeit, dass er sich an ihre Mutter erinnern
würde, war gleich null. Was sollte sie sagen? Etwa: »Ja, hallo.
Meine Mutter war vor vierzig Jahren einmal bei Ihnen zu
Besuch. Nun habe ich hier ein Stück Stoff gefunden. Kennen
Sie das?« Er würde sie für verrückt erklären. Zu Recht.

Sie gab sich einen Ruck. Es half ja nichts. Jetzt war sie schon
mal hier. Zögerlich begann sie: »Ich weiß nicht, wie ich anfangen soll. Wahrscheinlich halten Sie mich gleich für völlig verrückt. Aber ich bin jetzt extra den weiten Weg aus Deutschland
hergekommen …« Simone suchte nach Worten.

Patrick hatte bei der Erwähnung von Deutschland seine
Stirn gerunzelt und blickte sie noch ein wenig aufmerksamer
an.

Das machte ihr Mut und sie sammelte sich: »Mein Name
ist Simone. Vor vielen Jahren muss meine Mutter einmal hier
gewesen sein. Sie ist kürzlich gestorben, und in einer für sie
sehr wichtigen Kiste habe ich das hier gefunden.« Simone hielt

Patrick Clark das Stück Stoff hin. »Es klingt bestimmt seltsam, aber irgendwie habe ich gehofft, von Ihnen ein bisschen mehr über meine Mutter zu erfahren. Sie ist viel gereist und ich … also ich dachte …« Simone hielt kurz inne. »Aber es ist völlig unwahrscheinlich, dass Sie sich an sie erinnern. Im Jahr kommen hier wahrscheinlich Tausende Touristen her. Ihr Name war Anna Melzner.« Simone hatte die letzten Sätze schnell gesprochen und den Blick auf das Stück Stoff geheftet.

Nun hob sie ihren Blick und war entsetzt, als sie die Veränderung sah, die mit Patrick vorgegangen war. Alle Farbe schien aus seinem Gesicht gewichen – er war aschfahl. Das Farbigste darin waren nun seine graublauen Augen.

Entsetzt blickte er sie an. »Anna ist tot?«

Simone starrte ihn erstaunt und völlig sprachlos an. Sie konnte erst einmal nur nicken, bevor sie ihre Stimme wiederfand und ihrem Gegenüber die Geschichte von Anna und ihren Stoffen schilderte. Sie schloss: »Meine Schwester und ich erinnern uns, dass unsere Mutter ein paarmal hier Urlaub gemacht hat. Und so habe ich gehofft, etwas mehr über die Geschichte dieses Stoffes und damit auch über meine Mutter herauszubekommen. Aber ich rede zu viel.«

Patrick sah noch immer nicht viel besser aus.

Besorgt fragte Simone: »Geht es Ihnen gut? Sie sind ja ganz blass!« Sie fasste nach Patricks Arm und wollte ihn zu dem Sessel hinter der Theke führen.

Er aber nahm ihre Hand. »Kommen Sie mit. Ganz recht, ich sollte mich hinsetzen und von diesem Schreck erholen, aber ich will diese traurige Nachricht auch meiner Frau erzählen. Sie ist drüben im Haus. Kommen Sie.«

Simone konnte plötzlich nicht mehr klar denken. Da stand sie in einem kleinen Laden am Ende der Welt vor wildfremden Leuten, und sobald sie Annas Namen erwähnte, standen diese unter Schock. Was sollte das? Was passierte hier? Grübelnd,

159

aber entschlossen folgte sie Patrick in ein kleines Büro. Dahinter erhaschte sie einen Blick auf die kleine Maschinenhalle mit drei großen Strickmaschinen. Die junge Blondine von vorhin arbeitete dort. Patrick öffnete eine Tür nach draußen, und sie durchquerten den Hinterhof und gingen hinüber zu einem schmucken Häuschen, aus dessen Kamin Rauch qualmte.

Als er die Eingangstür öffnete, roch es nach frischem Kaffee und Gebäck. »Mary. Mary, ich habe einen Gast mitgebracht. Mary, wo bist du?«

»In der Küche. Kommt rein«, ertönte eine fröhliche Stimme.

Simone streifte rasch ihre nassen Schuhe ab und schon äugte ein koboldhaftes Gesicht um die Ecke. Mary hatte kurze feuerrote Haare, die wie Igelstacheln in alle Richtungen abstanden. Beim Anblick ihres sommersprossigen Gesichts und der leuchtend grünen, neugierigen Augen musste Simone unwillkürlich schmunzeln. Als Mary Patrick anblickte, wurde sie schlagartig ernst.

»Pat. Was ist los? Hast du einen Geist gesehen?« Fragend schaute sie Simone an. »Wer sind Sie? Was ist passiert?«

Patrick nahm seine Frau an den Schultern und drückte sie sanft auf die kleine Bank, die in der Garderobe stand. Er setzte sich daneben und nahm ihre Hand. Dann sagte er leise: »Mary, Anna ist tot. Das ist ihre Tochter Simone.«

Simone beobachtete Mary bei diesen Worten. Auch sie traf die Nachricht wie ein Schlag. Schreck und Trauer machten sich in ihrem Blick breit und ihre sowieso schon blasse Haut wurde noch eine Nuance fahler. Die Augen füllten sich mit Tränen und wanderten von Patrick zu Simone und zurück. Beide schwiegen.

Simone hielt es nicht mehr aus. »Wieso erinnern Sie sich so genau an meine Mutter? Ich verstehe gar nichts mehr. Ich habe nie von Ihnen gehört und Sie scheinen sie bestens gekannt zu haben.« Simone stand beinahe neben sich, sie merkte, dass ihre Stimme ungläubig und ein wenig verzweifelt klang.

Die beiden Iren blickten sich an.

Mary fand als Erste ihre Sprache wieder. Leise sagte sie: »Ich erinnere mich noch daran, als ich sie das erste Mal gesehen habe. Sie stand staunend in unserem Laden und ließ sich alle Muster zeigen. Sie befühlte die Pullover, die damals alle noch von Hand gestrickt waren, und stellte mir Fragen zur Qualität und Herkunft der Wolle und dem Aufwand, den die manuelle Anfertigung eines Pullovers bedeutete. Sie war so neugierig, wie ich noch nie jemanden vorher erlebt hatte. Ich merkte, dass sie etwas von Textilien verstand, und fragte nach. Da erzählte sie mir von der Textilfabrik ihres Mannes und dass sie immer auf der Suche nach Inspirationen für die nächste Kollektion sei, für die sie zu einem großen Teil verantwortlich war. Außerdem, so grinste sie mich verschmitzt an, genieße sie es, auf diese Weise immer wieder einmal ein paar Tage aus ihrem Alltag mit zwei Kindern herauszukommen. Damit hat sie dann dich gemeint.« Sie blickte Simone an. »Das war 1971. Zu diesem Zeitpunkt überlegte ich gerade, von hier fortzugehen. Meine Eltern schüttelten jedes Mal den Kopf, wenn ich ihnen davon vor-schwärmte, was ich alles aus ihrem alten Laden machen wollte. Berühmt werden, Pullis sowohl den Touristen als auch in die ganze Welt verkaufen, Designerkollektionen entwerfen und solche Dinge. Fast hätte ich mich von ihrem Pessimismus und ihrer Borniertheit von hier vertreiben lassen. Anna war die Erste, die nicht über diese Ideen lachte. Wegen ihr bin ich geblieben, habe mich gegen meine Eltern durchgesetzt und hatte dann das große Glück, Patrick zu treffen.« Voller Stolz blickte sie ihren Mann an und legte ihre Hand auf seine. »Wir haben Webstühle beschafft, Kontakte mit Designern geknüpft und den Hype um die Pullis genutzt, die die Clancy Brothers trugen. Immer mehr Touristen kamen in den nächsten Jahren, Patrick hat den Laden und das Finanzielle gemanagt und ich habe mich um die kreativen Dinge gekümmert. Das Geschäft lief bestens – auch weil Anna uns sozusagen als Startkapital mit vielen ihrer Kontakte versorgt hat. Ohne sie wäre mein Leben ganz anders verlaufen, da bin ich mir sicher.«

Mit jedem Wort schien Mary mehr zu begreifen, dass Anna gestorben war und es sie jetzt nicht mehr gab. Tränen rollten über ihre Wangen. Leise fuhr sie fort: »Ich bin so froh, dass du hierhergefunden hast. Wir haben uns schon gefragt, was los sei. Normalerweise haben wir mindestens alle drei Monate einmal lange miteinander telefoniert. Die letzten Male, als ich sie zu erreichen versucht habe, ist niemand ans Telefon gegangen.« Mary blickte Simone an, stand auf und nahm ihre Hand. »Du musst mir alles erzählen, was passiert ist.« Woraufhin sie sich schniefend gleich wieder abwandte, um ein Taschentuch aus der Schublade einer Kommode zu kramen. Auch Patricks Augen glitzerten feucht.

Hier saßen also zwei langjährige Freunde von Anna, denen sie gerade ziemlich brutal die Nachricht vom Tod ihrer Freundin überbracht hatte. Simones Gedanken überschlugen sich. Ihre Mutter war nicht einfach nur ein-, zweimal hier gewesen. Sie hatte hier echte Freunde gehabt. Die Freundschaft gepflegt. Telefoniert. Am Leben der beiden Iren teilgehabt. Von diesem Teil von Annas Leben hatte Simone nichts mitbekommen. Sie musste unbedingt Charlotte fragen, ob sie schon mal was von Patrick und Mary gehört hatte, nahm sich Simone vor. Am besten würde sie gleich am Abend anrufen. Sie fand aus ihren Gedanken, blickte auf und sah in zwei fragende Augenpaare. »Äh … ja. Entschuldigung. Es ist nur so, dass ich bis gerade eben nicht wusste, dass Sie alte Freunde sind. Sie hat Sie nie erwähnt«, fügte Simone noch etwas hilflos hinzu. Sie wollte die beiden nicht verletzen, aber diese Tatsache konnte sie ihnen nicht verschweigen. »Anna ist vor Kurzem in ein Pflegeheim umgezogen. Deshalb ist niemand in ihrer Wohnung ans Telefon gegangen. Einen Anrufbeantworter hat sie nicht, und das Telefon ist so uralt, dass man nicht sehen kann, wer angerufen hat.«

»Aber warum Pflegeheim? Als wir das letzte Mal telefoniert haben, ging es ihr gut. Sie hat von dir und deiner Schwester erzählt und wollte uns jetzt im Frühjahr besuchen kommen.« Mary wischte sich mit den Händen die Tränen ab, straffte sich und sagte energisch: »Das ist jetzt nicht gerade ein Gespräch, das wir hier fast schon zwischen Tür und Angel führen sollten. Komm doch bitte in die Küche. Am besten machen wir es uns hier am Tisch gemütlich. Dann können wir uns in Ruhe unterhalten. Willst du eine Tasse Kaffee?« Noch im Reden drehte Mary sich um und ging in die Küche zurück.

Simone lehnte ihren Rucksack neben das Treppengeländer, hängte ihre Jacke an einen der Garderobenhaken und folgte Patrick und seiner Frau. Als sie durch die Tür in die Küche trat, blieb ihr fast der Atem weg. In diesem schnuckeligen Häuschen verbarg sich eine Küche, die einem Sterne-Restaurant alle Ehre gemacht hätte. Mary und Patrick mussten fast alle Wände des Erdgeschosses herausgerissen haben, um so viel Platz schaffen zu können. Über die lange Arbeitsplatte aus dunklem Stein blickte man durch ein ebenso breites Fenster in den Garten. Im Sommer, wenn alles blühte, musste dieser Ausblick das Paradies sein. Und auch jetzt erspähte man schon erstes zartes Grün auf einer Bank. Mary hatte bereits einige Küchenkräuter ausgesät und unter durchsichtigen Plastikhauben nach draußen gestellt.

Simones Blick wanderte wieder nach drinnen in den kulinarischen Tempel. Denn anders konnte man diese Küche kaum bezeichnen. Ein riesiger zweitüriger Kühlschrank stand neben einer offenen Schiebetür, die zu einem Vorratsraum führte. Im Zentrum der Küche prangte eine Kochinsel. Simone erblickte insgesamt acht Herdplatten, vier davon wohl für den Gasbetrieb.

Darüber hing in zwei Metern Höhe eine entsprechend große Dunstabzugshaube, an deren verlängerten Seiten Unmengen von Töpfen und Pfannen hingen. Die Küchenfronten waren aus hellem Holz gearbeitet, das dank zahlreicher Astlöcher und Marmorierungen sehr lebendig wirkte. Links neben der Tür stand ein länglicher Holztisch aus dem gleichen Holz. Um diesen herum gruppiert standen acht Stühle, die unterschiedlicher nicht hätten sein können, doch jeder mit einem bunten Sitzkissen darauf. Auf dem Tisch lagen ebenfalls kunterbunte Platzdeckchen. Eine Vase mit Korkenzieher-Haselruten zierte die Mitte des Tisches. Daneben entströmte einer großen Kanne Kaffee ein unwiderstehlicher Duft, der nur durch das aromatisch dampfende Gebäck daneben noch übertrumpft wurde.

Zimtschnecken! Simone lief schon beim Anblick des warmen buttrigen Gebäcks das Wasser im Mund zusammen. Und das, obwohl sie eben erst gefrühstückt hatte. Der Raum wirkte unglaublich gemütlich und behaglich. Patrick hatte ihr einen Stuhl herangerückt und sich selbst auf den daneben gesetzt. Jetzt saßen beide so, dass sie Mary, die aus ihren Küchenschränken zwei Tassen, Besteck und Teller herausholte, im Blick hatten.

Mary stellte das Geschirr sowie Milch und Zucker vor Simone und Patrick und schenkte Kaffee ein. Dann nahm sie sich eine Schüssel mit Kartoffeln aus der Speisekammer und setzte sich samt einem Schäler und einem Küchentuch ebenfalls an den Tisch. »Ich muss etwas tun. Kartoffelschälen beruhigt mich.«

Simone musste schmunzeln. Sie rührte langsam in ihrem Kaffee, sammelte sich und erzählte: »Seit einem Jahr etwa ahnte meine Mutter, dass sie unter fortschreitender Demenz litt. Sie hat es lange für sich behalten und weder mir noch irgendjemandem sonst etwas davon gesagt. Es begann harmlos. Erst wusste sie nicht mehr, wo sie das Portemonnaie hingelegt hatte, dann fiel ihr der Name einer Nachbarin nicht mehr ein.

Alles Dinge, die jedem mal passieren. An ihrem Geburtstag im Dezember hat sie mir das erste Mal davon erzählt. Ich wollte es nicht glauben. Wenige Tage später ging sie in Hausschuhen und Pyjamahose zum Bäcker und konnte danach nicht mehr in ihre Wohnung, weil sie den Schlüssel vergessen hatte. Gott sei Dank hat sie nette Mitbewohner im Haus. Die haben sie reingelassen, mich angerufen und sich so lange um sie gekümmert. Als ich meine Mutter, die immer top gestylt das Haus verlassen hat, in ihren Hausschuhen und der Pyjamahose dort sitzen sah, habe ich begriffen, dass es wirklich ernst war. Sie selbst wollte unbedingt in ein Pflegeheim. Das haben wir dann miteinander ausgesucht. Doch kaum hatte sie den Umzug dorthin hinter sich, ist sie plötzlich gestorben. Einfach in der Früh nicht mehr aufgewacht.«

Mary blickte sie an. »Das tut mir unglaublich leid. Sie war so ein neugieriger, empathischer Mensch.« Sie strich einmal über Simones Hand, die die Kaffeetasse umklammert hielt. »Wie gesagt, ohne Anna wären wir jetzt sicher nicht hier – oder hätten uns diesen Traum hier«, sie machte eine weit ausholende Handbewegung, »niemals verwirklichen können.«

Patrick nickte. »Wir müssen es Stan sagen«, sagte er.

Mary schloss kurz die Augen, atmete tief durch und nickte. »Da führt kein Weg dran vorbei. Er tut mir so leid.«

Simone blickte fragend in die Runde. »Stan? Wer ist denn Stan?«

»Er ist unser Mädchen für alles, wenn man so will«, antwortete Patrick. »Auch er hat deine Mutter sehr gut gekannt.« Er machte eine Pause. »Alles andere soll er dir lieber selbst erzählen, da will ich ihm nicht vorgreifen. Ich hole ihn lieber gleich, oder was meinst du, Mary?«

»Ich glaube, wir sollten erst einmal alleine mit ihm reden. Das wird sonst vielleicht zu viel. Er ist ja schließlich nicht mehr der Jüngste.«

Simone knabberte an der Zimtschnecke. Sie schmeckte noch besser, als sie duftete. »Wenn ich gewusst hätte, wie gut ihr meine Mutter gekannt habt, hätte ich euch die Todesnachricht schonender überbracht. Bitte entschuldigt, dass ihr das jetzt so hart erfahren musstet.«

»Das konntest du ja wirklich nicht wissen, Simone«, beruhigte Mary sie.

Die Zimtschnecken schmeckten wunderbar. Simone konnte nicht anders, als Mary nach dem Rezept zu bitten: »Das brauche ich unbedingt. Ich habe mir eine berufliche Auszeit genommen und jetzt dann viel Zeit zum Kochen und Backen. Komisch, früher wollte ich das gar nicht lernen. Wir sind lieber in ein Restaurant gegangen, wenn wir Freunde getroffen haben.« Aber das *Wir* gab es jetzt ja auch nicht mehr, fügte sie im Stillen hinzu. Zeit, sich selbst zu finden.

»Ich verbinde meine Kochleidenschaft mit dem Geschäftlichen und dem Geselligen«, sagte Mary. »Wenn Geschäftsfreunde hier sind, und das ist oft der Fall, dann bleiben sie nach den Besprechungen im Büro bei uns zum Essen. Du ahnst gar nicht, wie viele Verträge und Abmachungen an diesem Tisch schon geschmiedet worden sind. Die Gäste lieben diese heimelige Atmosphäre, und man kann sich ganz anders unterhalten als in einem Restaurant, wenn dauernd der Kellner angerannt kommt und wissen will, ob es schmeckt, man noch was zu trinken möchte oder sonst einen Wunsch hat.«

»Ich glaube, manche unserer Partner haben nur unterschrieben, um weiter von dir bekocht zu werden«, bekräftigte Patrick. »Deine Mutter hat auch hier gesessen«, fügte er wehmütig hinzu.

»Ich kann nicht verstehen, dass sie uns nie von euch erzählt hat.« Simone war fast wütend. Die beiden Iren waren wirklich ganz besonders gastfreundliche Menschen. Es war nicht recht, dass sie nun so überrumpelt worden waren. Sie nahm den letzten

Schluck Kaffee und spülte damit den Rest der Zimtschnecke hinunter.

»Wir reden jetzt mit Stan. Er wohnt hinten im Garten in der kleinen Kate.« Mary deutete aus dem Fenster.

Simone schaute auf das Häuschen, das sie vorhin für eine Gartenlaube gehalten hatte. Nun sah sie, dass Rauch aus dem Schornstein stieg.

»Wie wäre es, wenn du heute zum Abendessen wiederkommst?«, fragte Mary. »Stan wird dann hoffentlich auch dabei sein, und wir können in aller Ruhe miteinander reden. Ich glaube, es wird viel zu erzählen geben«, murmelte sie.

»Sehr, sehr gern. Dann erkunde ich jetzt ein wenig die Insel und schmökere anschließend im Bücherregal meiner Herbergsfamilie. Bis wann soll ich denn da sein?«

»Wie wäre es mit sechs Uhr? Patrick isst mittags meist nur ein Sandwich und hat deshalb schon früh Hunger.«

»Ja. Prima. Dann bis heute Abend«, verabschiedete sich Simone. Sie zog ihre Schuhe wieder an und nahm Jacke und Rucksack. Als sie durch den Hinterhof und den Laden zurückging, humpelte ein alter Mann mit einem Besen in der einen Hand und einem Huhn unter dem anderen Arm in Richtung Gartenlaube. Das musste Stan sein, dachte Simone. Was ihn wohl mit ihrer Mutter verband?

Der Himmel hatte aufgeklart. Es wehte ein leichter Wind, der gar nicht allzu kalt war, und trieb ein paar Wolken vor sich her. Als Simone vor den Laden trat, sah sie die beiden Vogelkundler aus dem kleinen Lebensmittelgeschäft nebenan kommen. Das Paar hatte sich mit Proviant für einen langen Beobachtungsmarathon eingedeckt.

»Hast du Lust mitzukommen?«, fragte Solveig.

Simone musste nicht lange überlegen. »Au ja. Ich habe bis heute Abend nichts vor, was sich nicht verschieben ließe. Ich komme jetzt mit euch mit, und sollten es mir zu viele

Schmetterlinge und Vögel werden, dann mach ich mich später noch alleine auf Erkundungstour.«

Alle drei schulterten ihre Rucksäcke, stiegen auf die Fahrräder und radelten durch den kleinen Ort.

»Eine gute Entscheidung.« Finn lachte auf. »Heute geht's nämlich zu einer der Hauptsehenswürdigkeiten auf der Insel. Wir müssen die Vorsaison ausnutzen und uns dort auf die Lauer legen. Wenn erst einmal die Touristen hier überall herumpilgern, ist es aus mit der Ruhe. Dann lässt sich außer den Möwen kein Vogel mehr blicken.«

»Wo geht's denn genau hin?«, wollte Simone wissen.

»Wir fahren zum Dun Aengus an der Südküste«, antwortete Solveig. »Da gibt's viele Steinmauern, die sich ideal als Nistplätze eignen. Da kannst du dich nicht nur ornithologisch, sondern gleich noch archäologisch weiterbilden.«

Sie nahmen den Weg an der nördlichen Küste entlang. Der Wind hatte aufgefrischt und kräftige Böen machten das Fahrradfahren etwas beschwerlich. Simone trat mächtig in die Pedale, aber Solveig und Finn waren deutlich fitter. Kein Wunder, grummelte Simone. Sie wusste gar nicht mehr, wann sie sich das letzte Mal sportlich betätigt hatte. Auch etwas, was auf der Liste ihrer neuen Lebensplanung stand. Mit Kochen, Reisen und Geschichtsforschung füllte sich ihr Kalender jetzt allmählich. Gut, dass sie heute gleich mehrere Fliegen mit einer Klappe schlagen konnte.

Eigentlich sollte sie Henry dankbar sein, dass er sie betrogen hatte. Sonst wäre sie jetzt bestimmt nicht hier. Er hätte so lange seine Zweifel an der Expedition geäußert, bis sie selbst von deren Sinnlosigkeit überzeugt gewesen wäre. Sie hörte ihn förmlich: »Was, bitte, erhoffst du dir von einer Reise nach Irland? Wer soll sich denn an eine Touristin erinnern, die sich vielleicht vor vierzig Jahren einmal auf die Insel verirrt hat?« Pah. Von wegen. Sie hatte die richtige Entscheidung getroffen.

Das war bewiesen, seit sie Patrick und Mary kennengelernt hatte und die sich als gute Freunde ihrer Mutter entpuppt hatten. Außerdem fühlte sie sich hier richtig lebendig. So lebendig wie schon lange nicht mehr. Die frische Luft, die körperliche Aktivität und nicht zuletzt eine spannende Aufgabe, die sie zu lösen hatte, sorgten für mehr Ausgeglichenheit, als sie im gesamten vergangenen Jahr zustande gebracht hatte. Nach ein paar Kilometern an der Küstenlinie entlang machte der Weg an der schmalsten Stelle der Insel einen Knick nach links und sie radelten auf die gegenüberliegende Küstenseite. Gerade mal rund einen Kilometer war die Insel hier breit. Und das Beste war der Rückenwind, der sie jetzt kräftig anschob.

Bis zu siebenundachtzig Meter ragte die Klippe über den Meeresspiegel nach oben, wie Simone gelesen hatte. An der höchsten Stelle der Insel war in der Bronzezeit das Fort Dun Aengus errichtet und später weiter ausgebaut worden, dessen Reste die Hauptattraktion auf der Insel darstellten. Auch wegen der spektakulären Aussicht kamen an klaren Tagen massenhaft Touristen und genossen eine Fernsicht, die bis zu einhundertzwanzig Kilometer weit reichen konnte.

»Der Name von Dun Aengus geht auf den irischen Gott Angus zurück«, klärte Solveig, die jetzt wieder neben Simone radelte, sie auf. »Der Gott der Liebe und Jugend. Also, stell dich gut mit ihm.« Sie grinste.

»Wie kommst du drauf, dass ich Liebe und Jugend nötig hätte«, spielte Simone den Ball lachend zurück.

»Na ja. Erstens, wer hat das nicht nötig. Und zweitens, du tauchst hier in der Vorsaison mutterseelenalleine auf. Das sieht mir nicht nach trauter Zweisamkeit aus, oder?«

Simone seufzte. »Du hast recht. Vielleicht sollte ich mich gleich dem lieben Angus anvertrauen und ihn um einen attraktiven, verständnisvollen, gebildeten, sportlichen, kulturell interessierten Herrn in meinem Alter bitten.« Insgeheim dachte sie, dass sie so ein Exemplar ja bereits getroffen hatte. Und eigentlich anrufen könnte. Schließlich hatte sie bereits Neuigkeiten und ihm versprochen, sich zu melden. Als sie an Tom und ihr letztes Treffen dachte, beschleunigte sich ihr Puls und ihr Herz machte freudige Sprünge.

Solveig riss sie aus ihren Gedanken. »Bescheidenheit ist jedenfalls nicht deine Stärke!«, schrie sie gegen den Wind an und trat wieder kräftiger in die Pedale.

Die Klippe gehörte heute nur ihnen. Weit und breit war sonst niemand zu sehen. Simone lehnte ihr Fahrrad gegen eine kleine Steinmauer zu den Rädern der anderen beiden.

»Wir gehen schon mal vor und suchen uns einen guten Aussichtspunkt. Du kannst gern erst einmal die Anlage erkunden«, schlug Finn vor.

»Das werde ich machen. Außerdem habe ich ein gutes Buch dabei. Wenn ich ein schönes Plätzchen finde, werde ich mich dort niederlassen und lesen. Ihr könnt ja dann zum Picknicken zu mir kommen.«

»Gute Idee, dann lassen wir unsere Brotzeit einfach hier. Also bis gleich.« Erfreut, ihre voll gepackten Rucksäcke nicht mitschleppen zu müssen, marschierten die beiden nur mit Notizblock, Fernglas, Kamera und Handy bewaffnet in Richtung Klippe.

Simone blieb erst einmal stehen und ließ den Ort auf sich wirken. Es herrschte wohltuende Stille, nur der Wind pfiff um die wenigen Mauern, die von der uralten Anlage übrig geblieben waren.

Wie war es wohl den Menschen hier vor eineinhalbtausend Jahren gegangen, als sie dieses Ringfort angelegt hatten, das mit etwa fünfundvierzig Metern Durchmesser am Rand der Klippe thronte? Wozu hatten sie es überhaupt angelegt? Eine Trockensteinmauer umgab die Anlage. Hier, so las Simone auf der Infotafel, standen ursprünglich auch einige Lehmhütten. Inmitten des Halbkreises erhob sich eine rechteckige steinerne Plattform, über deren Verwendung nichts bekannt war.

Simone dachte an Opfergaben, und vor ihrem geistigen Auge tauchten Schafs- und Ziegenköpfe auf und ein langbärtiger Druide, der erstaunliche Ähnlichkeit mit Miraculix aufwies und ein mit Blut gefülltes Gefäß gen Himmel streckte.

»Du hast zu viel Fantasie«, rief sie sich zur Ordnung. Aber dennoch, so ganz konnte sie sich der Wirkung dieses Ortes nicht entziehen. Fasziniert schlenderte sie in Richtung Mitte des Forts. Nach wenigen Metern ragten vor ihr Tausende spitze Steine aus der Erde. Das waren wohl die sogenannten Spanischen Reiter, auch Friesenreiter genannt, in den Boden gerammte Barrieren, die den Zugang – zum Beispiel zu Heiligtümern – verwehren oder zumindest erschweren sollten. Davon hatte sie gestern Abend in einem von Seamus' Büchern gelesen. Auch in der moderneren Kriegsführung wurden sie eingesetzt, natürlich der Zeit angepasst und verbessert.

Simone umrundete vorsichtig das Steinfeld und wanderte zur Klippenkante vor.

Hundert Meter links von ihr hatten sich die beiden Dänen niedergelassen. Sie hockten auf zwei größeren, flachen Steinen und breiteten gerade ihr Equipment vom Fernglas bis zum Notizbuch vor sich aus.

Simone blickte wieder nach vorne, über die Klippe aufs Meer. Unter ihr schäumte das Wasser, wenn sich die Wellen an den Steinen brachen. Blickte man weiter hinaus, könnte man meinen, das Meer läge heute friedlich da. Die Wellen sahen nicht besonders hoch aus, bewiesen aber eine unheimliche Kraft, wenn sie auf Land schlugen.

Sie trat einen Schritt zurück, breitete die Arme aus und schloss die Augen. Wie frisch und entspannt sie sich plötzlich fühlte. Nachdem sie ein paarmal tief durchgeatmet hatte, öffnete sie die Augen wieder und drehte sich um. Hinter ihr erhob sich eine der Mauern des Ringforts. Sie könnte eigentlich auch gleich versuchen, Tom zu erreichen, oder? Nervös kramte sie ihr Handy aus dem Rucksack. Aber wahrscheinlich hatte sie hier gar keinen Empfang. Sie suchte seine Nummer heraus und wählte. Bei dem Gedanken, gleich seine Stimme zu hören, wurde ihr ganz warm ums Herz. Wie schön wäre es, die Neuigkeiten jetzt mit ihm zu teilen und nicht nur mit ihrer Schwester. Das Freizeichen ertönte. Wieder beschleunigte sich ihr Puls und nervös ging sie auf und ab. Warum meldete er sich nicht endlich? Nach dem fünften Klingeln sprang die Mailbox an. Enttäuscht legte Simone auf. Schade, dass er ausgerechnet jetzt nicht an sein Handy ging. Auf der Sprachbox wollte sie keine Nachricht hinterlassen. Aber er würde ja sehen, dass sie ihn erreichen wollte, und hoffentlich bald zurückrufen.

Sie blickte sich um und suchte unter einem Mauervorsprung Schutz. Sehnsüchtig dachte sie noch einmal an Tom und wie gern sie mit ihm geredet hätte. Dann seufzte sie, holte aus ihrem Rucksack den Synge heraus und begann zu lesen.

Sie schreckte auf, als ein Schatten auf sie fiel. Als sie den Kopf hob, blickte sie in die freundlich lächelnden Gesichter von Solveig und Finn.

»Also wir hätten jetzt Hunger, du Schlafmütze. Wie wäre es mit Picknick?«

»Wie lange habe ich denn geschlafen?« Simone streckte sich. Ihr tat alles weh, denn bequem war es auf den Steinen hier nicht wirklich.

»Lange genug auf jeden Fall. Die Seeluft macht ordentlich müde – und hungrig.« Solveig hatte ihren Rucksack schon aufgeschnürt und zauberte ein Geschirrtuch hervor, das sie auf die Grasfläche zwischen ein paar Steinen legte. Dann folgten Brot, Salami, ein Stück Käse und Obst.

Simone steuerte ein paar Müsliriegel und zwei Zimtschnecken bei, die Mary ihr noch zugesteckt hatte. »Wart ihr erfolgreich?«, wollte sie von den beiden Ökologen wissen.

»Leider nein. Nichts, was wir nicht schon kennen würden, aber der Tag ist ja noch jung. Doch jetzt zu dir. Erzähl mal ernsthaft. Was machst du hier so alleine? Bei einem Abenteuertrip nimmt man doch gern mal jemanden mit, oder? Gibt es da etwa auch noch eine unglückliche Liebe?«, fragte Solveig neugierig.

Simone dachte unwillkürlich an Tom und ihren vergeblichen Anruf. Zurückgerufen hatte er bislang noch nicht. Das hätte sie gehört, denn sie hatte den Klingelton extra auf laut gestellt. Sie konzentrierte sich wieder auf Solveigs Worte. Als *unglückliche Liebe* würde sie dann eher doch Henry bezeichnen. Das mit Tom könnte sich zu etwas Schönem entwickeln und würde dann endlich den Schmerz über ihre Trennung besiegen helfen. Doch war sie nicht gerade schon wieder auf dem besten Weg, sich in den nächsten Schmerz zu stürzen? Sie sehnte sich danach, Toms Stimme zu hören. Aber wenn er nun nicht zurückrief? Hatte sie in sein Verhalten zu viel hineininterpretiert? War er einfach nur nett gewesen und sie hatte das gleich als Interesse an ihr als Frau gedeutet? Simone versuchte, diesen Gedanken, der sie traurig machte, abzuschütteln und lieber Solveig zu antworten. »Das mit der Liebe und den Gefühlen ist eine schwierige Sache«, wich sie aus. »Aber eigentlich ist das nach den neuesten Entwicklungen von heute früh für mich tatsächlich erst einmal Nebensache«, spielte sie ihre eigenen Gefühle herunter. Sie erzählte von ihrem Besuch bei Patrick und Mary.

»Oh, da bin ich aber gespannt, was für Geschichten du heute Abend mit nach Hause bringst. Das klingt ja mysteriös. Da hat deine Mutter ja fast eine Art Doppelleben geführt.«

Simone erschrak. So weit hatte sie noch gar nicht gedacht. Aber ja, wenn sie nicht mal von den beiden Iren gewusst hatte, was mochte ihre Mutter dann noch vor ihnen allen verborgen haben. Sie konnte es noch immer nicht fassen. Ihre Mutter. Da denkt man, man kennt einen Menschen, und dann so was.

Nach dem Picknick packte Simone ihre Sachen zusammen und verabschiedete sich von den beiden Dänen. »So, ich erkunde noch ein bisschen die Insel mit dem Fahrrad. Dann gehe ich zurück in unsere Pension und mache mich für heute Abend fertig. Es könnte spät werden. Also wahrscheinlich bekommt ihr eure Sensationsstory erst morgen zum Frühstück serviert.«

»Alles klar. Na dann – viel Erfolg.«

Frisch geduscht und ausgerüstet mit einer guten Flasche Wein, die sie auf dem Rückweg vom Fort noch im Lebensmittelladen ergattert hatte, machte Simone sich kurz vor sechs auf den Weg zu Patrick und Mary. Die zwei Kilometer waren schnell geradelt und Punkt sechs Uhr schloss sie ihr Rad vor der Haustür der beiden ab.

Patrick öffnete auf ihr Klingeln und winkte sie herein.

Simone überreichte ihm ihr Gastgeschenk. Sein erfreuter Blick auf das Etikett zeigte ihr, dass Patrick nicht nur gutes Essen liebte, sondern sich auch mal gern einen guten Tropfen schmecken ließ.

Schon im Hausflur duftete es verlockend. Simone folgte Patrick in die Wohnküche, wo Mary mit der einen Hand mit einem Löffel in einem Topf rührte, in der anderen ein Weinglas hielt und sich laut mit einem grauhaarigen Mann stritt, dessen Profil Simone nur als interessant bezeichnen konnte. In dem wettergegerbten Gesicht mit Millionen Fältchen und Furchen sprangen einen sofort die gewaltige Adlernase und die buschigen Augenbrauen an. Der Mann, es musste Stan sein, war nicht sehr groß, strotzte aber nur so vor Energie und Kraft. Unter seinem langärmligen, dünnen grauen Pullover zeichneten sich für einen Mann seines Alters beträchtliche Muskelberge ab.

»Ich mache das auf meine Art. Ich lass mich nicht erpressen«, raunzte Stan Mary gerade an.

Die zuckte nur resigniert mit den Schultern und erblickte dann Simone, die hinter Patrick in die Küche trat.

Auch Stan wandte sich um. Von vorne sah sein Gesicht noch markanter aus. Stahlblaue Augen musterten Simone.

Ihr wurde ein wenig mulmig. Stan sah sie alles andere als freundlich an. Sie riss sich zusammen. »Hallo. Ich bin Simone. Annas Tochter. Wenn ich störe, kann ich auch gern ein anderes Mal wiederkommen«.

»Auf gar keinen Fall«, beeilte sich Mary zu sagen, noch bevor Stan seinen Mund aufmachen konnte. »Die Inselbewohner sind manchmal ein wenig wunderlich, weißt du. Manche Leute brauchen halt ein bisschen länger, bis sie mit neuen Situationen umgehen können. Und Stan, da bin ich sicher, wird uns den heutigen Abend nicht verderben. Nicht wahr, Stan?«, wandte sie sich mit drohendem Unterton an Mister Griesgram.

Stan warf ihr einen wütenden Blick zu, zuckte mit den Schultern und wandte sich dann kopfschüttelnd dem gedeckten Tisch zu. »Bleibt mir wohl nichts anderes übrig. Obwohl ich wirklich nicht weiß, warum ich hier bin«, brummte er in seinen stoppeligen Dreitagebart hinein, zog sich einen Stuhl heran und ließ sich darauf plumpsen. Aus der Jackentasche seiner ärmellosen Steppjacke, die bereits über der Stuhllehne hing, zog er einen Flachmann, schraubte ihn auf und nahm einen kräftigen Schluck. Dann verstaute er die Flasche wieder. »Dass ihr auch immer so einheizen müsst«, grummelte er.

Mary beachtete ihn nicht mehr weiter.

Simone, der der Mund offen stehen blieb bei so viel schlechtem Benehmen, blickte Mary hilflos an.

»Er fängt sich schon wieder«, sagte diese leichthin. »Spätestens, wenn er meine Crème brûlée als Nachspeise vor sich stehen hat, ist alles vergessen, glaub mir. Dann wirst du meinen, ihr hättet euch euer Leben lang gekannt.« Sie zwinkerte Simone zu.

Patrick hatte inzwischen einige Weingläser aus der Anrichte genommen und sie gefüllt. Er reichte jedem eines, außer Stan, der abwinkte: »Auf unseren Überraschungsgast. Wir freuen uns, dass du heute hier bist. Auch wenn der Anlass leider ein trauriger ist.«

Patrick und Mary stießen mit ihr an. Stan starrte nur vor sich hin. Aber Simone bemerkte, dass er sie aus dem Augenwinkel musterte. Fast musste sie schmunzeln, als er entdeckte, dass sie es bemerkt hatte, und ruckartig wegblickte. Ein etwas merkwürdiger Zeitgenosse. Allerdings war jetzt Simones Neugier erst recht geweckt.

»So setzt euch alle, dann können wir nämlich mit der Vorspeise beginnen«, übernahm Mary das Kommando.

Patrick wies auf den Stuhl gegenüber von Stan und Simone ließ sich darauf nieder. Patrick nahm neben ihr Platz und Mary gleich neben Stan, von wo aus sie sich auch schnell zwischen Herd und Tisch bewegen konnte.

Jetzt trug sie den Topf auf den Tisch, in dem sie eben noch gerührt hatte. »Als Vorspeise gibt es eine Kartoffelsuppe, mit vielen Kräutern aus meinem Garten und gebratenem Speck«, sagte sie, während sie zwei weitere Schälchen von der Anrichte holte. In einem davon dampften die Speckwürfel, aus dem anderen duftete ein Kräutermix aus Kerbel, Schnittlauch und Petersilie. Mary reichte Simone den Schöpflöffel. »Bitte bedien dich. Aber lass noch Platz für die Haupt- und die Nachspeise.«

Reihum nahmen sich alle.

»Guten Appetit«, wünschte Mary dann und alle löffelten los.

Die Suppe war ein Gedicht. Die ersten Löffel lang herrschte Schweigen am Tisch. Kurz bevor es unangenehm wurde, forderte Mary Simone auf: »Jetzt erzähl uns doch einfach noch mal deine Geschichte. Stan weiß bislang nur, dass Anna gestorben ist und du ihre Tochter bist.«

Fragend blickte Simone Stan an, der aber weiter stur seine Suppe löffelte und sie keines Blickes würdigte. Also fing sie noch einmal von vorne an. Vom Altenheim, von dem Stückchen Stoff, das ihre Mutter in den Tagen vor ihrem Tod immer in den Händen gehalten hatte, von der Stoffkiste, ihrem Besuch auf Sardinien.

Während sie erzählte, schien Stan aus seiner Lethargie aufzuwachen. Und als sie endete, war er es, der die erste Frage stellte. »Hast du den Puppenstoff dabei?«

Mit dieser Frage von ihm hätte Simone als Letztes gerechnet. »Ich habe den gesamten Inhalt der Kiste mitgenommen«, sagte sie, stand auf und holte die beiden Umschläge mit sämtlichen Stoffen aus ihrer Handtasche an der Garderobe. Zurück am Tisch, suchte sie den Flanellstoff heraus, den ihre Mutter für die Puppen verwendet hatte, und reichte ihn Stan.

Der alte Mann befühlte ihn mit zitternden Fingern. Bestürzt sah Simone Tränen in seinen Augen. Hilflos blickte sie zu Mary und Patrick.

Nach einer ganzen Weile begann Stan leise zu erzählen: »Es war 1942 und mein letzter Tag in der Fabrik in Wildenschwert in der Tschechoslowakei. Am nächsten Tag sollte ich mich im Wehrbüro melden und abmarschbereit sein. Mir war klar: Die verheizen mich jetzt an der Front. Deshalb beschloss ich, mutig zu sein, denn es war sowieso schon alles egal. Ich griff in die große Kiste mit den Stoffresten des Tages und holte Annas Lieblingsstoff heraus. Wer dabei erwischt wurde, Stoffe aus der Fabrik zu schmuggeln, wurde normalerweise sofort entlassen. Aber das schreckte mich natürlich nicht mehr. Ich wusste genau, nach welchem Stoff ich Ausschau hielt. Denn auf unserem täglichen Weg zur Arbeit hatte Anna mir hundert Mal von diesem vorgeschwärmt. ›Flanell. So weich und warm. Wenn ich einmal Kinder habe, dann wird ihr erstes Kuscheltier aus genau diesem Stoff sein.‹ Ja, sie konnte mir fünf Kilometer lang von ihren Nähprojekten vorschwärmen. Und als ich einberufen wurde, drehten sich meine Gedanken die ganze Zeit darum, welche Freude ich ihr noch machen konnte. Ich legte das Stück zusammen, das doch relativ groß war, und packte es unter mein Hemd. Niemand hielt mich auf. Jeder, dem ich begegnete, wünschte mir nur eine gesunde Rückkehr von der Front und klopfte mir auf die Schulter. Als ich die Fabrik an diesem Abend das letzte Mal verließ und das große Tor hinter mir ins Schloss fiel, presste ich meine Hände an meinen Bauch, unter meinem Hemd konnte ich den gestohlenen Stoff fühlen. Ich drehte mich um und betrachtete die Fabrik ein letztes Mal. Grau, heruntergekommen mit vielen blinden Fenstern und einem rußigen hohen Schlot, duckte sie sich in die Talenge. Hinter ihr erhob sich die Hügelkette. Zwischen den Bäumen konnte man die schmale Straße erahnen, die sich in Serpentinen nach oben schlängelte, um dann auf dem Hochplateau weiter in die nächste Stadt zu führen.«

Stan machte eine kurze Pause, und Simone staunte, wie emotional und detailliert er Ereignisse schilderte, die mehr als sechs Jahrzehnte zurücklagen.

Er sammelte sich erneut und fuhr fort: »Hier im Tal der Stillen Adler, wie das kleine Rinnsal hieß, an dem sich bislang mein Leben abgespielt hatte, hofften wir lange, der Krieg gehe an uns vorbei. Jeden Morgen machten wir uns aus unserem kleinen Heimatdörfchen auf und gingen den Weg in die Fabrik. Fünf Kilometer am Fluss entlang. Wir, das waren diejenigen der Dorfjugend, die in den Textilfabriken Arbeit gefunden hatten. Aus unserem Dorf, das rund hundert Einwohner hatte, waren wir zu fünft. Jeden Morgen um halb sechs trafen wir uns an der Brücke. Anna, Theresa, Miroslav, Wenzel und ich. Entlang der Stillen Adler ging es dann über Feldwege bis nach Wildenschwert. Wir teilten unsere Sorgen und Träume und scherzten miteinander. Bei Anna drehte sich fast jeder Traum ums Nähen. Sie hatte von Seidenstoffen gehört, die so fein waren, dass man durch sie hindurchsehen konnte. Sie entwarf in Gedanken Stoffmuster und Kleider. Ich glaube, das war ihre Methode, nicht an den Krieg denken zu müssen. Auf jeden Fall wartete ich nun auf die anderen drei. Wenzel hatte es vor zwei Wochen erwischt. Er befand sich jetzt irgendwo in Finnland. Die drei anderen kamen zusammen aus dem Fabriktor und wir machten uns auf den Rückweg. Jetzt im Frühling liebte ich diesen Weg. Er schlängelte sich an der Hügelkette entlang. Alles war grün, und je weiter wir die Fabrik hinter uns ließen, desto ruhiger wurde es. Das Flüsschen plätscherte neben uns, ein leichter Wind rauschte durch die Blätter. Ich konnte und wollte mir den nächsten Tag gar nicht vorstellen. Der Krieg, das Sterben, das Gemetzel, das alles schien weit, weit weg zu sein. Die drei anderen waren gedrückter Stimmung und wir marschierten fast schweigend bis in den Ort hinein. Miroslav und Theresa wohnten relativ weit unten und verabschiedeten sich als Erste schweren Herzens von mir. Beide umarmten mich schweigend. Miro konnte mir kaum in die Augen sehen. Er hoffte davonzukommen. Denn er hatte bei einem Unfall den rechten Unterarm verloren und stand auf den Einberufungslisten wahrscheinlich ganz unten. In der Fabrik übernahm er Botendienste – niemand konnte so schnell rennen wie er. Aber im Moment konnte sich keiner mehr sicher fühlen. Mich hatte es ja jetzt auch erwischt, und ich war gerade sechzehn geworden. Ich sah den beiden nach, als sie jeweils in ihr Zuhause rechts und links der Hauptstraße einbogen. Das Bild habe ich bis heute vor mir. Die Sonne war bereits hinter den Hügelkuppen verschwunden, leichter Dunst hatte sich über die Felder und Hänge gelegt und es war so wunderbar ruhig. Anna und ich setzten unseren Weg den Hügel hinauf fort. Nach etwa zweihundert Metern standen wir vor ihrem Elternhaus. Sie blickte mich schweigend an und umarmte mich dann. Ich konnte die Tränen in ihren Augen glitzern sehen. Ich zog den Stoffrest unter meinem Hemd hervor und gab ihn ihr. ›Wenn ich zurückkomme, will ich sehen, was du daraus gemacht hast. Vergiss mich nicht!‹ Andächtig betrachtete sie das Tuch. ›Du bist wahnsinnig, dass du so ein Risiko eingegangen bist. Die hätten dich selbst heute noch für den Diebstahl bestraft‹, schimpfte sie mich. Aber ich sah, wie sie in Gedanken schon den Stoff verarbeitete. ›Ich werde genau die Puppe daraus nähen, von der ich dir immer vorgeschwärmt habe. Und den Rest des Stoffes hebe ich auf. Wenn du wiederkommst, zeige ich sie dir.‹ Anna griff in ihren Beutel und zog ein in Stoff eingeschlagenes kleines Büchlein heraus. ›Hier. Wenn du einsam bist, kannst du diesem Büchlein deine Gedanken anvertrauen. Vielleicht hilft es, sich in der Fremde nicht ganz allein zu fühlen.‹ Jetzt weinte sie wirklich. Sie umarmte mich noch einmal und dann stürmte sie ins Haus.«

Stan blickte auf und in Simones Augen. »Ich habe sie dann mehr als fünfundzwanzig Jahre lang nicht mehr gesehen. Das hier ist wohl der letzte Rest des Flanellstoffes, den ich für sie habe mitgehen lassen.«

Simones Augen waren während seiner Erzählung immer größer geworden. Fassungslos hörte sie zu. Sie konnte es nicht glauben. Hier saß sie auf einer der einsamsten Inseln im Nordwesten Europas und unterhielt sich mit einem Jugendfreund ihrer Mutter, von dessen Existenz sie bis jetzt ebenso wenig gewusst hatte wie von Mary und Patrick. »Warum nur habe ich den Eindruck, dass ich meine Mutter eigentlich gar nicht gekannt habe?«, murmelte Simone. »Weder wusste ich, dass sie hier Freunde hat, noch hat sie je viel über ihre Jugend erzählt. Immer wenn ich sie danach gefragt habe, sagte sie bloß: ›Das waren keine schönen Zeiten. Viel Arbeit, viel Leid. Ich bin froh, dass ich hier bin und euch habe.‹ Und das war's dann. Nie konnte ich ihr über ihre Jugendjahre so eine Geschichte entlocken, wie du sie mir gerade erzählt hast.« Simone kämpfte mit den Tränen und fügte leise hinzu: »Vielleicht hätte ich einfach hartnäckiger nachfragen müssen.«

Stan schüttelte den Kopf. »Anna war stur. Was sie sich einmal vorgenommen hat, das hat sie durchgezogen. Da hätte sogar Nachbohren nicht geholfen.«

Erstaunt blickte Simone den alten Mann an. War das so etwas wie Zustimmung gewesen? Mary hatte offenbar recht. Man musste dem alten Kauz nur etwas Zeit lassen, dann taute er auf.

»Wann habt ihr euch wiedergesehen?«, fragte Simone, ermutigt durch Stans Worte.

Stan blickte sie das erste Mal offen und neugierig an. »1969, als du ein kleines Mädchen warst.«

Er kannte sie? Simone zwang sich, seine Erzählung abzuwarten, ihn nicht zu unterbrechen.

Stan war tief in Gedanken versunken. »Du standst in der Haustür mit langen geflochtenen Zöpfen und einem weißen Kleid, barfuß. Es war Sommer, Ende August. Deine Mama hat sich zu dir hinuntergebeugt und dir einen Abschiedskuss gegeben. Du bist auf beiden Füßen auf und ab gehüpft und hast ihr hinterhergewunken. Sie ist rückwärts den Weg vom Haus weggegangen und hat dir eine Kusshand nach der anderen zugeworfen. Du hast gerufen: ›Ich back mit Lotte einen Kuchen für dich.‹ Dann hat sie sich umgedreht, die Gartentür geöffnet und ist auf die Straße getreten. Ich stand auf der gegenüberliegenden Straßenseite im Schatten von zwei großen Bäumen mit einem alten Koffer in der Hand. Das war alles, was ich besaß. Deine Mutter sah so hübsch und erfolgreich aus. Ihr Kind hatte sich gerade von ihr verabschiedet. Sie wohnte in einem großen Haus mit Garten, ihr blumiges Kleid umwehte ihre Beine und schwungvoll machte sie sich auf den Weg. Ich habe gezögert, sie anzusprechen. Ich habe mich so klein, so nutzlos und so arm gefühlt. Es hat ein paar Sekunden gedauert, bis ich mich dennoch aufgerafft habe und deiner Mutter nachgegangen bin. Du warst da schon wieder im Haus verschwunden, wahrscheinlich um den versprochenen Kuchen zu backen.«

Simone rang mit ihrer Fassung. Er hatte sie als Kind gesehen. Sie ihn noch nie. Ihre Mutter hatte nie etwas von einem überraschenden Besuch erzählt, oder doch? Hatte Simone es nur vergessen oder es nicht mitbekommen?

»Ich bin ihr nachgegangen. Als ich nur noch wenige Meter hinter ihr war, habe ich *Anjuschka* gesagt. Sie ist mitten im Lauf erstarrt und hat sich dann zu mir umgedreht. Diesen Moment werde ich nie vergessen. Ihr Blick, ihre Miene: Verwunderung, Überraschung, aber auch Angst davor, wer da wohl aus ihrer Vergangenheit hinter ihr stand. Sie hat mich angesehen, und nach ein paar Sekunden hat sie mich erkannt. Ihre Augen sind groß geworden, haben angefangen zu strahlen, sie hat mich angelacht und ist mir entgegengelaufen, mit offenen Armen. Und hat gerufen: ›Das glaube ich jetzt nicht! Ich habe gedacht, ich sehe dich nie mehr wieder!‹ Ich habe sie aufgefangen, wir sind uns in den Armen gelegen. Mitten auf der Straße. Es war ihr egal. Sie hat immer wieder meinen Namen ausgerufen und mich gedrückt. Sie war auf dem Weg in die Fabrik deines Vaters. Es war ihr *Kreativtag,* wie sie es nannte. Sie hat mich mitgenommen. Zusammen sind wir zur Fabrik gegangen. Sie hat mich deinem Vater vorgestellt. Ihrer Sekretärin zugerufen, dass sie einen Kaffee mehr machen soll, und dann saßen wir drei zusammen im wunderschönen Büro deines Vaters und haben geredet. Na ja, eigentlich habe vor allem ich geredet. Dein Vater war ein wundervoller Mensch. Nicht jeder hätte so reagiert, wenn seine Frau auf einmal mit einem wildfremden, abgerissenen, unrasierten Typen angekommen wäre, der ganz offensichtlich seine Frau gut kannte. Aber er hat deine Mutter geliebt, das sah man auf den ersten Blick. Er hat sie vergöttert. Und er hat die Menschen geliebt. Er war der erste fremde Mensch, dem ich meine Lebensgeschichte der vergangenen fünfundzwanzig Jahre erzählt habe. Ganz einfach, weil er gefragt hat und man das Gefühl hatte, dass es ihn wirklich interessierte. Er hat seinen ersten Termin verschoben, damit ich zu Ende erzählen konnte. Dann hat er sich verabschiedet: ›Ihr habt euch bestimmt noch viel zu erzählen. Nimm dir doch heute frei, Anna. Morgen ist auch noch ein Tag für neue Muster und Entwürfe. Bis heute Abend. Viel Glück, Stanislaus.‹ So, und da saßen dann wir beide. Meine Anna und ich. Sie verheiratet und erfolgreich und ich ein armer Schlucker.« Stan verstummte.

»1968. Das Ende der Dubček-Ära. Der Einmarsch der Truppen des Warschauer Paktes in die Tschechoslowakei. War das der Grund, warum du zu ihr gefahren bist?«, fragte Simone.

Stan blickte auf. Ein wenig zögerlich stimmte er zu: »Ja, aber das war es nicht allein. Für mich hatte sich eine einmalige Gelegenheit ergeben. Aber davon erzähle ich vielleicht ein anderes Mal. Nur so viel: Ich wusste, wenn ich sie je wiedersehen wollte, dann war jetzt die allerletzte Möglichkeit für sehr, sehr lange Zeit. Ich war mir ziemlich sicher, dass ich deine Mutter in Deutschland finden würde – oder zumindest einen Anhaltspunkt bekomme, wohin es sie verschlagen hat. Es hat lange gedauert, viel länger, als ich gedacht hätte, doch das ist eine eigene Geschichte. Jedenfalls stand ich an diesem Tag Ende August im Jahr 1969 dann tatsächlich vor eurem Haus.«

»Wieso hat sie dich uns verschwiegen?«, grübelte Simone.

Stan zuckte mit den Schultern. »Das habe ich auch nie verstanden, denn unsere Jugend in Černovír war glücklich. Aber auch ich hatte damals, als wir uns wiedergetroffen haben, schnell den Eindruck, dass sie ihre Jugend vergessen wollte. Irgendetwas muss passiert sein, nachdem ich eingezogen worden war, in Kriegsgefangenschaft landete und wir uns nicht mehr gesehen hatten. Ich habe jahrelang versucht, ihr da etwas zu entlocken, doch sie erzählte immer nur ab der Zeit, als sie deinen Vater kennenlernte. Aber vielleicht war sie auch einfach nur gern eine Geheimniskrämerin.«

»Und wie ging's dann weiter? Wie hat es dich dann hierher verschlagen?«

»Zunächst haben mir deine Eltern eine Arbeit in der Weberei verschafft. Ich hatte nach dem Krieg wieder in der Textilfabrik in der Tschechoslowakei gearbeitet und so einige Erfahrung. Natürlich nicht mit genau den Maschinen, die in Augsburg standen. Aber nach ein paar Wochen des Anlernens war die Arbeit kein Problem mehr für mich. Aber so richtig glücklich machte sie mich nicht und deine Eltern wussten das auch. Ich habe immer davon geträumt, selbstständig zu sein, irgendwo auf dem Land mein eigenes, unabhängiges Leben zu führen. Die Stadt und die Fabrikarbeit gefielen mir auf Dauer nicht. Und dann war da natürlich noch Anna. Ich hatte die vergangenen Jahre von ihr geträumt. Jetzt hatte ich sie wiedergefunden, doch sie war glücklich verheiratet. Also habe ich wieder jeden Pfennig gespart und auf eine Gelegenheit gewartet, meine Träume zu verwirklichen. Es war im Jahr 1973, als deine Mutter eines Abends vor der Tür meines kleinen Zimmers stand, in dem ich zur Untermiete wohnte. ›Ich fliege nächste Woche nach Irland. Willst du mitkommen? Ich habe die Tickets schon gebucht. Wir wohnen bei Bekannten.‹ Natürlich wollte ich. Wir sind bis Dublin geflogen, dann mit dem Auto quer durch Irland und auf die Fähre hierher. Die beiden hier«, er nickte ihren Gastgebern zu, »hatten damals gerade alle Hände voll zu tun mit dem Geschäft von Marys Eltern. Der Laden brummte, alle wollten Aran-Pullis. Sie konnten jede Hand gebrauchen, die Arbeiten rund um Haus, Hof und Garten erledigen konnte. In der Woche, die wir beide da waren, habe ich von früh bis spät mit angepackt. Noch nie war ich so glücklich. Jeden Abend konnte ich das Ergebnis meiner Arbeit sehen. Ein Wasserhahn, der nicht mehr tropfte, ein neuer Unterstand für die Tomaten, Hühner, die Eier legten. Dazu diese unglaubliche Luft und Atmosphäre und natürlich diese beiden hier. Patrick hat damals noch in einem Zimmerchen zwei Straßen weiter gewohnt, aber es war schon klar, dass sie sich einmal heiraten würden.«

Stan deutete auf Patrick und Mary und machte eine kurze Pause. »Ich bin nie wieder von hier weg.«

Mary ergriff seine Hand und drückte sie kurz. »Ich wüsste nicht, was wir ohne Stan gemacht hätten. Ich glaube, ohne ihn wären wir in den ersten Jahren hier verhungert. Vor lauter Arbeit hatten wir einfach keine Zeit mehr für Gemüseanbau, Hühner, Reparaturen am Haus. Stan hat das alles gemacht und kümmert sich heute noch um vieles. Auch wenn ich jetzt ebenfalls einen Teil des Gartens und das Kochen unter meinen Fittichen habe.«

Simone betrachtete die drei, die mittlerweile seit mehr als vierzig Jahren auf diesem abgeschiedenen Inselchen zusammenlebten. Die sich gegenseitig schätzten und mit den Jahren zu einer Einheit verschmolzen waren. Ihre Mutter hatte das eingefädelt. Das sah ihr ähnlich. Als Simone an ihre Mutter dachte, wurden ihre Augen feucht. Wieder schob sich die Frage in den Vordergrund ihres Bewusstseins: Warum hatte sie nie mit ihr und Charlotte darüber geredet? Warum hatte sie diesen Teil ihres Lebens vor ihren Kindern verschlossen gehalten? Sie stellte die Frage in die Runde.

Patrick und Mary zuckten mit den Schultern. »Wir wissen es nicht. Wir wussten ja nicht einmal, dass sie es für sich behalten hatte. Dass sie nie über uns mit euch Kindern geredet hat. Euer Vater wusste Bescheid, so viel ist sicher. Er war ein paarmal am Telefon, als wir angerufen haben, und wir haben uns unterhalten. Allerdings hat er Anna nie hierher begleitet. Deine Mutter war immer alleine da.«

»Ihre Auszeit – wie sie es nannte«, murmelte Simone vor sich hin. Sie blickte Stan an. Aus Stanislaus war Stan geworden. Er hatte sein Leben völlig umgekrempelt, sprach jetzt perfektes Englisch. Im Alter von – ja, welchem Alter eigentlich? Als er auf die Insel kam, musste er bereits über vierzig gewesen sein. Ein Alter, in dem viele ihr Leben bereits hinter sich wähnen. Ein Alter, in dem es sich Simone dauerhaft in ihrem Leben eingerichtet hatte. Ein interessanter Job, ein Mann – gut, keine Kinder –, aber auch damit hatte sie sich arrangiert. Eine schöne Wohnung, Freundinnen … Wäre sie bereit gewesen, all das zu opfern, um noch einmal neu anzufangen? Wäre ein Neuanfang überhaupt sinnvoll gewesen? Sie war nicht unzufrieden gewesen. Alles lief in verlässlichen Bahnen. Sie hätte sich sogar als glücklich bezeichnet – bis sie hinter den Betrug ihres Mannes kam.

Stan hatte alle Brücken hinter sich abgebrochen und, wie es schien, hier seinen Frieden gefunden. War sie einfach nur zu feige? Es gehörte Mut dazu, alles hinter sich zu lassen. Hatte sie diesen? Und: Wollte sie das wirklich? Der Job? Ja, er war interessant. Aber sie machte ihn nun schon mehr als zwanzig Jahre. Zeit für Veränderungen. Aber konnten Veränderungen nicht auch alles kaputt machen? Sie musste unwillkürlich an Tom denken. Er hatte sich noch immer nicht gemeldet. Ihn allerdings hatte sie nur kennengelernt, weil sich ihr Leben veränderte. Das war eigentlich schön, aber nun saß sie hier und wartete sehnsüchtig auf ein Lebenszeichen von ihm.

In ihre Gedanken abgedriftet, zuckte Simone zusammen, als Patrick sie am Arm berührte. »Komm, lass uns auf deine Mutter anstoßen. Ihr haben wir diesen Abend zu verdanken. Sie hat uns zusammengeführt. Auf dein Wohl, Simone!«

Alle hoben die Gläser, und Simone wurde es warm ums Herz, als sie der Reihe nach mit den anderen drei anstieß.

Sie saßen noch lange zusammen und ließen sich das gute Essen schmecken.

Als Simone spätnachts nach Hause radeln wollte, legte Mary ein Veto ein. »Wir haben hier ein Gästezimmer. Du brauchst nicht da hinaus in die Wildnis zu radeln. Da ist nichts beleuchtet. Bleib hier, frühstücke morgen mit uns und dann kannst du dich ja auf den Weg machen.«

»Vielen Dank. Das nehme ich gern an. Dann rufe ich aber jetzt noch schnell in der Pension an, damit sie wissen, wo ich abgeblieben bin.«

»Ich würde dir gern einige Erinnerungsstücke zeigen«, schaltete sich Stan ein. »Ich habe noch ein paar alte Fotos und andere Sachen in meiner Kate. Hättest du Lust, morgen Nachmittag bei mir zum Tee vorbeizuschauen?«, fragte er Simone.

»Sehr, sehr gern. Ich entdecke gerade eine völlig neue Seite an meiner Mutter. Und von der will ich so viel wissen wie möglich. Danke für die Einladung, Stan, ich komme. So gegen fünf?«

»Ja, das passt mir gut.«

Mary hatte inzwischen die Nummer ihrer Unterkunft herausgesucht, und Simone informierte ihre Wirtsleute in der Pension, dass sie erst am späten Vormittag kommen würde und bei Mary und Patrick übernachtete. Dann führte Mary sie in ein kleines Nebenzimmer im Erdgeschoss. Dort standen eine Couch, ein Tisch mit einem Computer darauf und ein riesiges Aktenregal. Mit wenigen Griffen funktionierte Mary die Couch in ein Bett um. Dann holte sie Kissen, Decke und Bettwäsche von oben und gab Simone auch eine eingepackte kleine Plastikzahnbürste sowie Waschlappen, Handtuch und ein großes T-Shirt von Patrick.

»Fühl dich wie zu Hause. Wenn du Durst oder Hunger hast, bedien dich bitte in der Küche. Wo das Bad ist, weißt du ja.«

»Vielen Dank, Mary. Für das Essen, für Stan und für eine Schlafgelegenheit.« Simone gähnte.

Stan hatte sich inzwischen auch verabschiedet und Patrick sich bereits nach oben verzogen. Mary folgte ihm, und Simone putzte sich im unteren Bad rasch die Zähne, bevor sie das Bett überzog, ihre Kleidung gegen Patricks T-Shirt tauschte, ins Bett sank und auf der Stelle in einen tiefen Schlaf fiel.

Am nächsten Morgen wurde Simone von strahlendem Sonnenschein geweckt, der durch das unverhängte Fenster hereinfiel. Verwirrt blickte sie um sich, bis es ihr einfiel, wo sie sich befand. Sie streckte sich wohlig und ließ die Ereignisse des gestrigen Abends Revue passieren. Sie freute sich auf den Nachmittag und auf Stan. Er würde ihr bestimmt etwas über die Jugend ihrer Mutter erzählen. Den Abschnitt ihres Lebens, den sie immer aus ihren Erzählungen ausgespart hatte. »Und noch so einiges mehr«, dachte Simone. »Wieso nur?« Diese Frage trieb sie um. Es war doch nichts Schlimmes dabei, Mary, Patrick und Stan zu kennen, oder? Hatte sie vielleicht eine Affäre gehabt? Mit Stan? Sie glaubte das nicht. Dann wäre Stan doch sicher nicht nach Irland gegangen. Vielleicht waren sich die beiden erst nach dem Tod ihres Vaters nähergekommen? Sie musste Stan unverblümt danach fragen. Das ließ ihr sonst keine Ruhe.

Sie hörte Geschirrgeklapper, öffnete wieder die Augen, streckte sich noch einmal und stieg aus dem Bett. Sie zog sich wieder um und dann das Bett ab. Darauf schob sie die Couch zurück in ihren Ursprungszustand. Dabei fiel ihr Blick auf die Wand hinter der Couch. Die Bilder dort hatte sie gestern Abend zwar gesehen, war aber viel zu müde gewesen, sie zu beachten.

Jetzt im Sonnenschein studierte sie die zahlreichen Aufnahmen genauer. Es gab ein Bild des Ladens aus lang vergangenen Tagen. Die Fassade grau und schäbig, das Bild schwarzweiß. Mit dem heutigen Laden hatte das hier herzlich wenig zu tun. Dennoch standen Mary und Patrick, unverwechselbar die beiden, mit stolzgeschwellter Brust davor. Wahrscheinlich waren sie gerade im Begriff, ihr Geschäft aufzubauen. Das Bild daneben zeigte drei Herren in Aran-Pullovern und mit Gitarren. Das könnten die Clancy Brothers sein, vermutete Simone. Darunter hing ein Porträt von Stan. Von einem viel jüngeren Stan, der ernst in die Kamera blickte. Daneben befand sich eine Gruppenaufnahme. Patrick, Mary, Stan und … ja, ihre Mutter. Der Mode nach zu urteilen, musste die Aufnahme aus den Achtzigerjahren stammen. Beide Ladys hatten Dauerwellen und trugen neonfarbene Oberteile. Und dann hingen da noch ein paar Aufnahmen des Ladens von innen, immer mit ein, zwei Kundinnen.

Es klopfte leise an die Tür. »Nur herein. Ich bin schon auf.«

Mary steckte den Kopf durch die Tür. »Guten Morgen. Kaffee steht in der Küche. Patrick und ich müssen rüber in den Laden, wir bekommen heute eine Warenlieferung und da bin ich immer gern mit dabei. Wenn du gehst, zieh einfach die Tür hinter dir zu. Und lass dich gern heute Abend, nach deinem Besuch bei Stan, bei mir blicken. Patrick ist dann auf seinem Herrenabend drüben im *Gallow Inn*.«

»Prima. Vielen Dank, Mary. Bis später.« Simone räumte zusammen, frühstückte in der Küche, räumte alles auf und machte sich anschließend mit ihrem Rad auf den Weg zu ihrer Pension. Ihre Wirtsleute arbeiteten schon im Garten, das Wetter lud regelrecht dazu ein. Sie winkten Simone zu, doch kurz zu ihnen zu kommen. »Na, alles klar? Danke, dass du angerufen hast, sonst hätten wir heute früh wahrscheinlich die Küstenwache alarmiert«, sagte Seamus, bereit für ein Schwätzchen.

Aber Karen fiel ihm gleich ins Wort. »Und? Hast du etwas Neues herausgefunden? Geht's dir gut?«

Simone musste lachen. »Ja, mir geht's gut. Auch wenn ich immer mehr das Gefühl habe, meine Mutter kaum gekannt zu haben. Sie hat wohl öfter hier Urlaub gemacht, als ich dachte. Und dann ist da auch noch Stan, ihr Jugendfreund, den sie mir komplett verschwiegen hat, wie so vieles aus ihrer Jugend. Heute Nachmittag bin ich bei Stan und danach noch kurz bei Mary. Es kann also wieder mal später werden – aber morgen beim Frühstück erzähle ich euch alles. Versprochen. Und jetzt will ich erst mal die Insel weiter erkunden. Ich zieh mir schnell meine Wandersachen an und mache mich auf den Weg.«

»Eine gute Entscheidung. Das Wetter soll heute gut bleiben. Aber nimm auf jeden Fall eine Regenjacke mit. Viel Spaß.«

Die nächsten Stunden verbrachte Simone draußen und kehrte erst gegen vier wieder in die Pension zurück. Auf dem Rückweg hatte sie tatsächlich ein Regenschauer erwischt und die heiße Dusche tat jetzt gut. Nachdem sie sich angekleidet hatte, schwang sie sich wieder auf das Fahrrad, um zu Stan zu radeln. So sportlich wie in diesem Urlaub war sie schon lange nicht mehr gewesen, dachte sie freudig, als sie mal wieder kräftig in die Pedale trat.

Sie stellte das Rad vor Mary und Patricks Haus ab und ging durch die Gartenpforte auf die Kate zu. Wieder kräuselte sich Rauch aus dem Schornstein. Stans Kate aus grauen Steinquadern sah sehr niedrig aus, mit zwei kleinen Fenstern links und rechts neben der Tür. Simone ergriff den Türklopfer und betätigte ihn. Kurz darauf hörte sie Stan zur Tür schlurfen. Diese öffnete sich mit einem Quietschen.

»Hallo, Stan.«

»Hi, Simone, komm rein.«

Stan sah müde aus. Die Nacht und die Nachricht gestern hatten ihm sichtlich zugesetzt. Simone betrat die Kate und musste sich durch die niedrige Tür ducken. Aber als sie das Innere erblickte, staunte sie. Das Häuschen bestand aus einem einzigen Raum, von der Tür aus konnte sie durch eine Fensterfront, die die gesamte gegenüberliegende Seite einnahm, in den Garten blicken. Die Sonne fiel auf ein Meer von Buschwindröschen, eine abgedeckte Sitzecke und einen Feuerkorb. Klinkermauern und zahlreiche Windspiele umrahmten das Ganze. Der Raum, in dem sie stand, hatte einen dunklen Holzboden. Auf der rechten Seite befand sich eine Küchenzeile mit einer Koch- und Essinsel davor. Auf der linken Seite teilte eine mächtige Regalwand voller Bücher und Kisten den hinteren Teil des Raumes ab. Im vorderen Teil gab es mehrere Sitzgelegenheiten, eine davon auch direkt am Kamin, der in der Mitte des Raumes Gemütlichkeit ausstrahlte. Hinter der Regalfront vermutete Simone Stans Schlafzimmer. Gleich links von ihr führte eine Tür wohl in das Badezimmer. Insgesamt hatte die Kate wahrscheinlich nur um die fünfzig Quadratmeter, wirkte aber dank der Fensterfront deutlich größer. Und eine so geschmackvolle Einrichtung hätte sie Stan gar nicht zugetraut.

Jetzt stand er schmunzelnd vor dem Kamin und warf noch zwei Holzscheite ins Feuer. »Hättest du mir gar nicht zugetraut, oder?«, las er Simones Gedanken. »Nimm Platz.« Er wies auf zwei weiß bezogene, bequem aussehende Sessel, zwischen denen auf einem Hocker bereits ein Tablett mit Tee, Marmelade und Scones stand. »Sollen wir uns auf Deutsch unterhalten, jetzt, wo wir nur zu zweit sind?«, fragte Stan.

Simone blickte ihn erstaunt an – sein Deutsch klang etwas eingerostet, er hatte unverkennbar inzwischen einen englischen Akzent –, aber klar, natürlich sprach Stan Deutsch.

»Ja. Gern. Hast du mit meiner Mutter auch immer Deutsch gesprochen?«

»Wenn wir alleine waren, schon. So konnte ich immer noch ein bisschen in Übung bleiben«, antwortete Stan.

Simone zog ihre Schuhe aus und hängte ihre Jacke an einen Metallhaken an der linken Wand neben der Badtür. Dann ging sie zur Fensterfront. »Wenn jetzt bald alles zu blühen anfängt, dann hast du hier ja ein Paradies!«

»Ja, darauf freue ich mich immer den ganzen Winter. Die tristen Abende vertreibe ich mir da immer mit einem Feuerchen auf der Terrasse.«

»So wie es auf mich wirkt, hast du hier deinen Platz im Leben gefunden. Darum beneide ich dich.«

Stan trat neben sie. »Ja, darum bin ich auch zu beneiden. Allerdings hat es auch bei mir fast fünfzig Jahre gedauert, bis ich wusste, was ich will, und bis ich hier gelandet bin. Dieses Paradies, wie du es nennst, habe ich mir in den vergangenen dreißig Jahren nach und nach geschaffen. Vorher war mein Leben alles andere als paradiesisch.«

»Glaubst du, dass jeder das schaffen kann? Sich noch mal neu erfinden? Die Zelte hinter sich abbrechen? Neue Ideale finden? Und hinterher nichts bereuen?« Simone wusste nicht, warum sie Stan so blödsinnige Gedankengänge servierte. Natürlich konnte das jeder schaffen, wenn er es wollte.

Aber Stan antwortete ganz ernsthaft: »Ich weiß es nicht. Und wahrscheinlich kann man das auch wirklich erst beurteilen, wenn man zurückblickt. Es ist nicht so, dass ich nichts bereue. Mir wäre es an einigen Stellen lieber gewesen, wenn ich andere, mutigere Entscheidungen getroffen hätte. Aber verschütteter Milch nachzuweinen, bringt einen an dieser Stelle halt auch nicht weiter. Mutig ist es, dann neue Ziele für sich zu definieren und diese mit aller Konsequenz zu verfolgen. Mir hat das geholfen, andere dagegen grämen sich vielleicht über Dinge, die sie hinter sich lassen müssen. Schau, ich hätte in

Deutschland bestimmt Karriere machen können. Ich kannte sämtliche Maschinen in- und auswendig, konnte Lehrlinge ausbilden und hätte es mit der Unterstützung deiner Eltern auch noch viel weiter bringen können. Aber als ich hier auf dieser Insel stand, wurde mir klar, dass ich das nicht wollte. Das war nicht mein Leben. Ich wollte frei sein, wollte den Tag in meinem Rhythmus gestalten. Was mir Mary und Patrick angeboten haben, kam dem Ideal ziemlich nahe – denn von irgendwas musste ich ja auch leben. Ich habe also auf eine Karriere verzichtet und ein Leben gewonnen. So sehe ich das. Andere würden jetzt vielleicht der verpassten Karriere nachtrauern. Na ja, was ich eigentlich sagen will, ist: Hör auf dein Bauchgefühl und orientiere dich bei wichtigen Entscheidungen daran. Du musst sozusagen deine eigene Fahrrinne finden. Und das kannst du nur, wenn du in dich hineinhörst.«

»Weißt du, genau das habe ich viel zu lange nicht gemacht«, stimmte ihm Simone zu. »Ich habe mich viel zu sehr von anderen beeinflussen lassen, statt auf mich zu hören. Du hast schon recht, das Bauchgefühl muss stimmen. Aber das lässt sich durch Arbeit und Ablenkung auch sehr gut unterdrücken. Das Bild mit der eigenen Fahrrinne gefällt mir.« Simone lächelte. »Erstaunlich, bislang hat mich Annas Stoffkiste nur an Orte geführt, die vom Wasser umgeben sind. Und ich habe das Gefühl, mir selbst wieder näher zu kommen. Das liegt aber sicherlich auch daran, dass ich mir jetzt viel Zeit für mich nehme. Das habe ich – vor allem nach der Trennung von meinem Mann – vermieden. Zu viele negative Gedanken.«

Stan nickte. »Das kann ich verstehen. Als ich aus dem Krieg zurückkam, habe ich mich auch in die Arbeit gestürzt. Nur nicht ins Nachdenken kommen. Denn da kamen die grausamsten Bilder wieder hoch, all die schrecklichen Kriegsszenen. Es hat Jahre gedauert, bis das besser wurde.«

»Stan, kannst du mir ein bisschen von eurer Jugend erzählen? Mama hat zwar gern von ihrer Kindheit erzählt, aber von den Kriegsjahren weiß ich kaum etwas.«

Stan nickte. »Ich kann Anna da schon verstehen. Wie gesagt, jeder geht mit traumatischen Erlebnissen anders um. Und mit der Vertreibung hat sie die Jahre davor vielleicht gleich mit aus ihrer Erinnerung verbannt.« Er machte eine Pause und begann dann zu erzählen: »Wir hatten eine wundervolle Kindheit. Wir Kinder aus unserem Dorf hingen meist den ganzen Tag zusammen. Vormittags in der Schule und danach haben wir uns am Fluss getroffen, um im Sommer zu baden, oder wir sind auf eine der Wiesen gegangen und haben Fußball gespielt. Später haben wir uns eine kleine Hütte zusammengenagelt, in der wir uns jahrelang sehr gern getroffen haben. Egal ob Tscheche oder Deutscher, für uns Kinder hat das keine Rolle gespielt. Aber auch bei uns hat sich die Stimmung mit den Jahren verändert, wurde aufgeheizt und vergiftet vom Hass, den die Nazis verbreiteten. Die einen sogen ihn gierig auf, die anderen bezogen Opposition dagegen, oft mit ebenso drastischen Maßnahmen und Meinungen. Und dann gestaltete sich nach und nach auch unser Dorfleben, das Zusammensein mit den anderen Jugendlichen, nicht mehr so friedlich. Denn auf einmal wurde Partei ergriffen – für die Deutschen oder für die Tschechen. Aber jetzt schweife ich ab«, brummte er.

Simone blickte ihn aufmerksam an. »Finde ich nicht. Es interessiert mich, wenn du mir ein Gefühl für diese Zeit vermittelst. Mit jedem Detail komme ich meiner Mutter ein Stückchen näher.«

Stan nickte. »Gleich reden wir weiter. Aber jetzt setz dich doch erst mal und bedien dich. Ich habe einen feinen Earl Grey und Scones, frisch von Sally, der Bäckerin zwei Häuser weiter. Die Erdbeermarmelade hat Mary vergangenes Jahr eingekocht.«

Simone ließ sich in einen der Sessel nieder, Stan nahm daneben Platz. »Wie lief das denn dann mit den Freundschaften unter den Kindern? Hattet ihr Streit wegen eurer Herkunft?«

»Wie gesagt, als wir klein waren, hat das gar keine Rolle gespielt. Und ich glaube auch, dass wir Kinder das lange Zeit einfach nicht gemerkt haben. Erst kurz bevor der Krieg losging, änderte sich das. Ein Freund namens Oleg zum Beispiel hatte auf einmal auffällig wenig Zeit, mit uns rumzuhängen. Dann erinnere ich mich an zwei tschechische Familien, die wegzogen, weil die Väter als Beamte arbeiteten und diese das neu gegründete Sudetenland verlassen mussten. Da war Karl, ein älterer Junge, der sich gern über mich tschechischen Balg lustig machte. Meine Eltern waren Tschechen und arbeiteten als Hilfskräfte in der Landwirtschaft. Da ich viel Zeit mit Anna und den anderen Sudetendeutschen verbrachte, bin ich von Kindheit an zweisprachig aufgewachsen. Aber Ende der Dreißigerjahre ging es mit der Toleranz so langsam bergab. Na ja. So nach und nach fiel der ganze Kinderhaufen auseinander. Wäre er wahrscheinlich auch unter anderen Umständen, weil sich nach der Schule ja meist die Wege trennen. Aber in diesen Zeiten fing man dann auch an, genau darauf zu achten, was die anderen für Meinungen äußerten, wie sie sich gegenüber einem selbst verhielten, und unterteilte alle in zwei Lager – die Deutschen und die Tschechen. Am schwersten hatte es, wer keinem Lager angehören wollte. Denn Toleranz ist nichts, was in solchen Zeiten gewürdigt wird. Ab 1939 wurde das Dorf immer leerer. Erst wurden die Väter eingezogen, dann die Söhne.« Stan verstummte.

Nach einer Weile fragte Simone vorsichtig: »Was ist aus ihnen allen geworden? Gestern hast du von fünf Freunden gesprochen? Was ist zum Beispiel aus Theresa geworden, die wurde ja nicht eingezogen?«

»Theresa? Theresas großer Traum war, reich zu heiraten, einen Sack voller Kinder zu bekommen und Haus und Hof zu führen. Das hat sie auch geschafft. Sie hat sich gleich nach dem Krieg den Sohn des neuen Bürgermeisters geangelt. Innerhalb von fünf Jahren vier Kinder auf die Welt gebracht und sich fortan nur noch um die Verwaltung des Hofes, die Erziehung der Kinder und die Pflege ihrer Eltern und Schwiegereltern gekümmert. Als Bürgermeister konnte ihr Schwiegervater nach dem Ende des Krieges seinen Besitz deutlich ausweiten. Es standen ja zahlreiche Gebäude leer. Die einen, weil ihre Besitzer nicht mehr aus dem Krieg zurückgekommen waren, die anderen, weil sie Sudetendeutschen gehört hatten, die Hals über Kopf das Land verlassen mussten.«

»Und was ist mit Wenzel und Miro passiert?«

»Wenzel hat an der Front genau drei Tage überlebt. Miroslav erging es deutlich besser. Als Tscheche tauchte er am Ende des Krieges in den Widerstand ab.« Stan machte eine nachdenkliche kurze Pause. »Für ihn ein Glücksfall. Denn dort hat er wahnsinnig viel gelernt. Das hätte er sonst wahrscheinlich niemals. Seine Eltern waren beide nur Lohnarbeiter. Er hätte nie eine gute Ausbildung machen können, vor allem nicht wegen seines kaputten Arms. Und so: Am Ende des Krieges hatte er beste Kontakte bis nach ganz oben in die tschechische Führungsspitze. Und, was zunächst noch viel wichtiger war: In Sachen Beschaffungslogistik konnte ihm keiner das Wasser reichen. Nach dem Krieg war er deshalb ein gefragter Mann. Denn in der Tschechoslowakei gab es kaum etwas Wichtigeres, als zu wissen, wo man knappe Güter zu einem passablen Preis bekam.«

»Und du? Du warst damals in meine Mutter verliebt. 1943. Hast du wirklich mehr als fünfundzwanzig Jahre auf sie gewartet? Das kann ich kaum glauben.«

Stan blickte sie an. »Weißt du, als ich aus dem Krieg zurückkam, konnte ich lange Zeit erst einmal nicht klar denken. Als ich 1948 feststellte, dass Wenzel den Krieg nicht überlebt hat und Anna sich irgendwo befand, was hätte ich da schon machen sollen? Ihr nachreisen? Nach Deutschland? Als Tscheche? Keine gute Idee. Selbst die Sudetendeutschen wurden dort ja nicht gerade mit offenen Armen empfangen. Also habe ich mich darangemacht, mir ein Leben aufzubauen. Ich habe wieder in der Fabrik angefangen, Nachtschichten gemacht und jede Krone gespart. Weil Anna, wenn sie wiederkam oder ich sie zurückholte, es haben sollte wie im Paradies. Ich wollte ihr jeden Wunsch von den Augen ablesen. So war mein Plan.« Stan schenkte sich ebenfalls einen Tee ein. »Aber statt dass sich die Lage beruhigt hätte, haben sie die Grenzen geschlossen. Haben sie uns in der Tschechoslowakei eingeschlossen. Überall um mich herum herrschte in diesen Jahren Aufbaustimmung, jeder wollte etwas erreichen, sein Leben von vorne beginnen, die harten Jahre und all die Gräueltaten vergessen. Ich habe mich davon anstecken lassen und habe geschuftet, um mir ein Leben aufzubauen. Aber ganz tief im Herzen habe ich gewusst, dass mir etwas fehlt. Ich habe fünfundzwanzig Jahre gebraucht, bis ich gemerkt habe, dass ich keine Ruhe finde, wenn ich nicht wenigstens versuche, Anna wiederzufinden. Tja, und als ich sie dann gefunden hatte, war sie verheiratet und hatte Kinder. Dieser Gedanke war mir nie gekommen. Das klingt absurd, aber ich habe nie weiter gedacht als bis zu unserem Wiedersehen, und in meinen Gedanken war sie nie älter als sechzehn.«

»Und dann, konntest du sie dann loslassen? Hast du dich hier in eine andere Frau verliebt?«

Stan lächelte. »Nein. Aber …«, fügte er hinzu, als er sah, wie dieses Geständnis Simone mitnahm, »ich habe ihr nicht mehr hinterhergetrauert. Ich habe mein Leben akzeptiert. Ich konnte hier die Ruhe genießen, mein Leben leben, es selbst gestalten – das ist mehr, als vielen meiner Generation vergönnt war.«

Simone blickte ihn an, sein zerfurchtes Gesicht. Wie mochte es wohl sein, in einer Kriegsgeneration aufzuwachsen? Zu merken, dass man sein Schicksal nicht in der eigenen Hand hielt? Zu wissen, dass man morgen schon an der Front stehen oder verraten werden könnte vom missgünstigen Nachbarn, vom eifersüchtigen Freund?

Nachdenklich nippte sie an ihrem Tee. Da saß sie hier am Rande Europas mit ihrer Teetasse, und ihr zuletzt größtes Problem, außer der Trauer über den Tod der Mutter, war die Trennung von Henry gewesen. Dabei hatte sie doch alles: Gesundheit, Arbeit, und sie lebte in einem Land und einer Zeit, in der sie sich frei entfalten konnte. In der sie ihre Meinung äußern durfte und es in ihrer eigenen Hand lag, ob sie ihr Leben liebte oder nicht. Da saß dieser alte Mann, der seine Liebe verloren, seinem Land den Rücken gekehrt und mit fast fünfzig Jahren noch einmal neu angefangen hatte. Warum sollte sie nicht auch noch einmal neu anfangen können? Warum nicht in sich hineinhören, was sie wirklich wollte? Hatte sie sich bislang nicht einfach zu sehr daran gehalten, was andere von ihr erwarteten? Ihre Eltern, die Gesellschaft, ihr Mann, ihre Freunde? Hatte sie sich zu lange damit beschäftigt, es allen recht zu machen, und sich selbst dabei vergessen? Wusste sie überhaupt, was sie wollte, womit sie glücklich wäre? Wenn sie so in sich hineinhörte, spürte sie da im Moment vor allem eine große Leere. Oder nein: Sie hatte eine Aufgabe. Sie wollte weiter den Spuren der Stoffe folgen und, falls es ein Geheimnis gab, es vielleicht ergründen. Der Anfang war jedenfalls schon gemacht. Denn sie hatte schon jetzt deutlich mehr über ihre Mutter erfahren, als sie es noch vor einigen Wochen für möglich gehalten hätte. Stan, Irland – das alles hatte ihre Mutter schön brav von ihren Kindern ferngehalten. Sie musste unbedingt

Charlotte anrufen und ihr von Stan, Patrick und Mary erzählen. Die würde Augen machen. Und Tom – meldete sich eine leise Stimme in ihrem Hinterkopf. Bei dem Gedanken an ihn musste sie lächeln. Dann aber meldete sich eine mahnende Stimme in ihrem Inneren. War es nicht viel zu früh, sich gleich wieder auf einen anderen Mann einzulassen? Sollte sie nicht vielmehr versuchen, jetzt erst einmal alleine zurechtzukommen? Alleine herausfinden, welche Prioritäten sie in ihrem Leben setzen wollte? Na ja, beschwichtigte sie sich selbst, bislang war Tom einfach nur ein netter Bekannter. Dabei könnte man es auf jeden Fall belassen. Und sie wusste eigentlich überhaupt nichts über sein Privatleben. Möglicherweise steckte er in einer Beziehung, und es war für ihn trotzdem das Normalste der Welt, anderen Frauen Komplimente zu machen. Simone verbot sich, daran zu denken, und kehrte in Gedanken lieber wieder zu ihrer Mutter zurück. Hatte sie zu wenig Interesse an ihrer Vergangenheit gezeigt? Hatte sie sich viel zu viel mit sich, mit ihrem Mann und ihrer Arbeit beschäftigt? Und war einfach davon ausgegangen, dass sie das Leben ihrer Mutter gut kannte? Doch erst jetzt wurde ihr bewusst, dass es da viele, viele Lücken gab. Stunden, Tage, Wochen, Monate – ja, als sie älter war, sogar Monate, in denen sie sich weder gesehen noch gesprochen hatten. Anna war in dieser Zeit viel gereist. Das wusste sie. Aber wo genau sie überall gewesen war, vermochte Simone nicht zu sagen. Ein anderer Punkt, über den sie nachdachte, war die Ehe ihrer Eltern. Hatten sie eine gute Ehe geführt? Oder interpretierte sie auch da nur das hinein, was ihre Eltern wollten, dass sie sah? Hatte sie vielleicht eine Affäre mit Stan gehabt? Simone tastete sich vorsichtig heran: »Stan, glaubst du, dass meine Mutter glücklich war? Glücklich mit meinem Vater?«

»Das ist eine schwierige Frage, Simone. Was ist schon glücklich?«, fragte Stan langsam und blickte Simone nachdenklich an. »Wer definiert denn glücklich? Ist das Zufriedenheit, ist es Sicherheit, ist es eine überbordende Freude? Ich glaube, eine solche Definition gibt es nicht. Deine Mutter war, so wie ich es erfahren habe, sehr zufrieden mit ihrem Leben. Und ja, sie hat deinen Vater sehr geliebt. Und sie war ihm immer treu. Davon bin ich überzeugt.«

Simone fiel ein Stein vom Herzen.

»Aber natürlich hatten die beiden auch ihre Differenzen – wer hat das nicht. Sie hat das Leben geschätzt, das er ihr bieten konnte. Sie hat euch, ihre Kinder, geliebt. Aber, und das spürte ich immer, wenn ich sie sah: Sie hatte Sehnsüchte, Träume – die sie sich nicht erfüllen konnte. Jetzt fällt es natürlich leicht zu sagen: Ja, die hat ja jeder. Der noch exklusivere Urlaub, die noch mehr herausfordernde Arbeit, das noch größere Auto, eine Jacht – aber das meine ich alles gar nicht. Sie kam gern hierher zum Entspannen, sie genoss die Freiheit, die dein Vater ihr ließ. Zu damaligen Zeiten war das alles andere als selbstverständlich. Das hat sie sehr wohl gewusst. Und diese Freiheit, die er ihr ließ, war wohl auch ein Grund für die gute Ehe, die die beiden führten. Doch, selbst wenn sie hier war, im Urlaub, beim Entspannen, hatte ich immer das Gefühl, als ob ihr etwas fehlt. Als ob sie nur fünfundneunzig Prozent zufrieden war. Sie strahlte eine unbestimmte Melancholie aus, richtete immer mal wieder ihren Blick tief nach innen und vermittelte den Eindruck, dass sie mit ihren Gedanken ganz woanders war. Deshalb ist diese Frage für mich so schwer zu beantworten. Ja, ich glaube, sie war mit dem Leben, das sie führte, zufrieden und glücklich. Obgleich sie genauso gut ein anderes Leben hätte führen können und mindestens genauso glücklich gewesen wäre, glaube ich. Die Frage ist ja immer: Wenn ich meine Träume verwirkliche und meinem aktuellen Leben den Rücken kehre, was habe ich dann gewonnen? Bin ich dann nicht traurig darüber, meine Kinder zurückgelassen zu haben, meinen mich liebenden Ehemann zurückgewiesen zu haben? Ist das der Preis, den man für die Erfüllung seiner Träume zahlen muss? Und die allerwichtigste Frage: Ist man bereit, diesen zu zahlen? Ich glaube, die meisten Leute hängen ab einem bestimmten Alter in ihrem Leben fest. Man fängt an abzuwägen. Soll ich mir den Traum eines neuen Jobs erfüllen – was passiert, wenn die neue Firma dann Pleite geht? Was passiert, wenn ich dort mit meinen Kollegen nicht klarkomme? Ist es dann nicht besser, alles so zu lassen, wie es ist? Die meisten Menschen gehen nur neue Wege, wenn der Druck zu groß wird. Ansonsten halten einen die Ängste, die Zweifel, in seinem Leben fest. Ich glaube nicht, dass ich die Tschechoslowakei verlassen hätte, wenn ich dort eine Familie gehabt hätte. Auch wenn ich tausend Mal von Freiheit, Reisen, Ungebundenheit geträumt habe. Ich hätte es beim Traum belassen. Denn der Preis dafür – meine Familie zurückzulassen, sie unter Umständen nie wiederzusehen – wäre mir deutlich zu hoch gewesen. Aber jetzt schweife ich ab.«

Simone blickte vor sich hin und grübelte: Wovon hatte Anna geträumt? Oder vielmehr: Was hat sie vermisst?

»Hast du irgendeine Idee, wo ich weitersuchen könnte? Oder gibt es da nichts mehr zu finden? Ist hier das Ende meiner Reise? Ihre Freundin auf Sardinien war sich so sicher, dass die Lösung auf den Aran-Inseln liegt. Wenn nicht du, wer dann sollte noch mehr über sie wissen? Hast du vielleicht alte Bilder aus eurer Jugend? Die würde ich mir gern ansehen.«

Stan nickte. »Ich habe nur ein paar vergilbte Fotografien. Mehr konnte ich damals nicht mitnehmen, sonst wäre es aufgefallen, dass ich mit einer Flucht liebäugle. Ich habe sie da hinten auf dem Regal in einer Kiste mit anderen Erinnerungsstücken, die sich dann in späteren Jahren angesammelt haben. Ich hole sie mal schnell.«

Simone konnte es kaum glauben. Bilder aus der Vergangenheit ihrer Mutter. Derartige alte Fotos waren bei Annas Nachlass nicht dabei gewesen. Zwar hatte es damals ohnehin nur wenige Fotografien gegeben – doch an denen hing man normalerweise umso mehr, oder? Bei ihrer Mutter gab es zwar Erinnerungen an die Kindheit, aber keine an die folgende Zeitspanne bis 1946. Waren die Erinnerungen zu schmerzhaft? Wie musste es sein, wenn man seine Jugendjahre aus seinem Gedächtnis löschte? Was musste passieren, damit man diesen Schritt machte? Simone richtete sich kerzengerade auf. Ja. Genau. Irgendwas musste dort passiert sein. Anders ließ es sich nicht erklären, dass man Jahre seines Lebens komplett ausblendete. Jeder gab Erinnerungen preis, irgendwie. Sei es in einem Nebensatz, sei es mit Anspielungen – nur bei ihrer Mutter war das nie der Fall gewesen. Man hatte den Eindruck, als ob sie zwischen dem Alter von dreizehn und dem von zwanzig einfach nicht existiert hätte. Sie hörte Stan hinter dem Vorhang ächzen.

»Kann ich dir helfen?«

»Nein, ist schon gut. Hab sie schon heruntergehoben.«

Sie hörte Blätter rascheln, ein Klirren und dann ein ungläubiges: »What the shit?«

»Soll ich nicht doch helfen?«, bot sie noch mal an.

Da kam Stan schon um das Regal herumgeschlurft, in seinen Händen ein dünnes Fotoalbum. Er war kreidebleich. Sie eilte zu ihm und stützte ihn. »Stan, was ist los? Was fehlt dir?«

Stan ließ sich in einen seiner Stühle plumpsen und schloss die Augen. »Sie muss es das letzte Mal hier hineingetan haben«, murmelte er.

»Wer?«, fragte Simone. »Meine Mutter? Warum? Was denn?«

»Sie war an meiner Kiste. Eine andere Erklärung gibt es nicht dafür«, sagte er und öffnete das Fotoalbum. Auf der obersten Seite lag ein Stoff.

Neugierig nahm Simone das Stück in die Hände. »Wie kommst du darauf, dass es meine Mutter war? Das kann doch auch dir dort hineingerutscht sein. Oder es ist beim Auf- oder Umräumen einfach dazwischengerutscht.«

»Die Kiste steht oben auf dem Regal. Es ist eine Holzkiste mit einem Deckel mit Schnappverschluss und Vorhängeschloss. Der Schlüssel ist hier.« Er zeigte auf die Kette, die um seinen Hals baumelte. »Ich habe die Kiste das letzte Mal heruntergeholt, als deine Mutter hier war. Sie sagte, sie wolle sich das Album noch mal in Ruhe anschauen. In Erinnerungen schwelgen. Das haben wir auch getan, und dann hat sie mich mit der Bitte, ihren Mantel zu holen, den sie drüben bei Patrick vergessen habe, zu den beiden rübergeschickt. Sie würde inzwischen das Album aufräumen. Ich habe ihr den Schlüssel dagelassen. Ich habe mich damals schon gewundert, dass sie den Mantel nicht einfach selbst geholt hat. Es sah deiner Mutter so gar nicht ähnlich, sich bedienen zu lassen. Ich hätte es wissen müssen, dass da was im Busch ist. Aber als ich zurückkam, war das Album weg und die Kiste aufgeräumt. Der Schlüssel lag hier auf diesem Tisch. Sie war gerade dabei, Tee zu kochen, und wirkte völlig normal. Ich Idiot, ich habe gar nicht mehr daran gedacht.«

»Aber selbst wenn du den Stoff früher entdeckt hättest: Was hättest du denn dann gemacht. Sie angerufen?«

Stan wirkte noch immer verwirrt und gedanklich meilenweit entfernt. Er saß versunken da und schüttelte nur noch den Kopf. Simone konnte es nicht ganz nachvollziehen, was ihn derart verwirrte. Sie versuchte, das Ganze herunterzuspielen. »Meinst du, es hat überhaupt etwas damit auf sich? Vielleicht ist er ihr ja so reingerutscht. Vielleicht hat sie im Laden drüben eine Stoffprobe mitgenommen und sie ist aus Versehen zwischen die Alben gerutscht?«

Stan schüttelte den Kopf. »Schau dir den Stoff an. Nie und nimmer hat sie den von Patrick und Mary drüben.«

Simone widmete sich erst jetzt dem Stück Stoff selbst. Er sah unauffällig aus. »Ein einfacher Stoff, oder?« Fragend blickte sie Stan an.

»Ja, zumindest was die Farbgebung angeht. Aber fühl mal. Das ist kein herkömmlicher Stoff, so viel steht fest. Das hier ist irgendein besonderes Gewebe. Da bin ich mir sicher. Was es allerdings ist, weiß ich auch nicht. Und was ich noch viel weniger weiß, ist, warum deine Mutter diesen Stoff hier bei mir deponiert hat.«

»Ich habe immer mehr das Gefühl, dass meine Mutter hier eine Art Schnitzeljagd veranstaltet«, grummelte Simone.

»Konnte sie ahnen, dass du dich auf die Suche machen würdest?«, gab Stan zu bedenken.

Simone überlegte. »Nein. Aber das ist auch nicht der entscheidende Punkt.«

Stan runzelte die Stirn. »Nein? Was denn dann?«

Simone knabberte an ihrer Unterlippe. »Mama hat uns nie zu etwas gezwungen. Sie hat viele Vorschläge gemacht, hat unsere Gedanken in viele Richtungen gelenkt. So nach dem Motto: Schau mal, ist dieser Ring nicht wunderschön? Goldschmiede können so kreativ sein. Oder: Komm, lass uns morgen mal auf die Tennisanlage gehen. Da findet ein Turnier statt. Nie hat sie gesagt: Du machst jetzt dieses oder jenes. Sie hat uns nur Möglichkeiten aufgezeigt, uns Dinge, Berufe, Sportarten, Lebenswege präsentiert – aber immer lag es an uns, sich für den einen oder anderen zu entscheiden.«

Vor Simones geistigem Auge kam das kleine Zimmer im Pflegeheim wieder zum Vorschein. Wie Anna dalag, zerbrechlich, in ihrem Bett, in der Hand das Stückchen Stoff. »Du hast die Karotte direkt vor meiner Nase baumeln lassen«, murmelte sie. »Es hätte natürlich auch sein können, dass ich den Stoff ignorieren würde. Aber auch dann hätte sie nichts verloren. Ich glaube, so hat sie es gesehen. Sie hat mir eine Möglichkeit eröffnet. Ob ich sie ergreife oder nicht – das wollte nicht sie entscheiden. Aber sie wusste genau, wenn ich sie ergreife, dann bleibe ich dran, bis ich am Ende den Schatz heben würde – egal, was der Schatz dann ist.«

»Und wo ist jetzt der Schatz? Und was wollte sie uns dann damit sagen?«, hakte Stan hartnäckig nach.

»Überleg mal, wie ich zu euch gefunden habe. Bestimmt ist es auch dieses Mal so, dass uns der Stoff selbst Aufschluss darüber gibt, wo wir weitersuchen müssen. Also müssen wir herausfinden, was das hier genau ist. Erster Schritt: morgen Patrick und Mary fragen. Oder hast du eine andere Idee?«

Stan schüttelte langsam den Kopf. Noch immer wirkte er abwesend. So als ob er noch über viele andere Dinge nachdenken musste und sich nicht entscheiden konnte, was er glauben sollte.

Simone räumte das Geschirr ab und sagte: »Wenn die beiden es nicht wissen, haben sie vielleicht eine Idee, an wen wir uns wenden können.«

Stan blickte auf seine Füße und brummte vor sich hin. Sie würden heute wohl keinen Schritt mehr weiterkommen.

Simone wollte ihn aufmuntern. »Komm, nimm es nicht so schwer. Sie hat etwas in dein Album getan. Aber das ist doch nichts Schlimmes. Damit hat sie doch auch dich dazu auserkoren, dieses Geheimnis weiterzugeben.«

Stan antwortete etwas lahm: »Vielleicht hast du recht. Aber jetzt muss ich erst einmal schlafen. Es ist schon spät.«

»Ja. Ich bin zwar alles andere als müde, aber ich möchte jetzt auch in Ruhe nachdenken«, erwiderte Simone. Sie packte ihre Sachen zusammen, nahm Jacke und Tasche und verabschiedete sich von einem Stan, der auf einmal wieder viele Jahre älter wirkte und fast so mürrisch wie am vergangenen Abend, als sie ihn kennengelernt hatte.

Bei Mary und Patrick war alles dunkel, und auch, als sie kurz klingelte, um sie auf den neuesten Stand zu bringen, rührte sich nichts. Also radelte Simone zurück in ihre Pension. Ihre Gedanken kreisten um ihre Mutter. Immer mehr neue Seiten an ihr kamen zum Vorschein. Immer mehr war sie davon überzeugt, dass ihre Mutter ihr nur die Seiten von sich gezeigt hatte, die sie zeigen wollte. So ein Blödsinn, schalt sie sich gleich darauf selbst – das ist doch immer so. Machten sie das nicht alle? Bestimmt hat Henry ein ganz anderes Bild von ihr als Charlotte. Wahrscheinlich würde ein Fremder nie glauben, dass die beiden von ein und derselben Person sprechen, wenn sie Simone beschreiben würden. Aber konnten die Geheimniskrämerei ihrer Mutter und diese kindische Schnitzeljagd nicht doch ein Zeichen dafür sein, dass sie etwas zu verbergen gehabt hatte? Vielleicht nicht nur vor ihr, sondern auch vor ihrem Vater – ja sogar vor Stan? Wie viele Facetten konnte ein Mensch haben? Man blieb ja nicht immer derselbe, oder? Obwohl Simone das für sich selbst fast so schien. Sie hatte sich zwar weiterentwickelt – echte Brüche fand sie aber in ihrem Lebenslauf nicht, zumindest nicht bis jetzt. Die Trennung von Henry hatte in ihr einen Gedankenprozess angestoßen, den sie nicht immer guthieß. Von dem sie auch nicht überzeugt war, dass er ihr guttat. Oder warum sollte es gut sein, sich jeden Abend in den Schlaf zu weinen, Selbstzweifel, Albträume, Zukunftsängste und all den Kram zu haben? Da war ihr das vorherige Leben schon zehnmal lieber. Am Sonntagmorgen neben Henry aufwachen, gemeinsam frühstücken und einen Ausflug machen – mit der Gewissheit, am nächsten Tag wieder pünktlich in ihrer Arbeit zu sein und dort als allseits geschätzte Kollegin wie gehabt ihren Dienst zu aller Zufriedenheit zu verrichten.

Wütend trat Simone in die Pedale. Herrgott, wie egoistisch waren ihre Mitmenschen denn. Henry, der sich einfach aus dem Staub machte, mal schnell ein Kind zeugte, das er mit ihr nicht hatte haben wollen; ihre Mutter, die ihr Brotkrumen hinstreute wie bei *Hänsel und Gretel* und glaubte, dass sie dieser Spur selbstverständlich hartnäckig bis zu ihrem Ende folgte. Simone biss die Zähne zusammen und wischte wütend mit einer Hand eine Träne weg. Und das Schlimmste, ihre Mutter hatte recht dabei. Natürlich würde sie der Spur folgen. Natürlich wollte sie wissen, was da am Ende wartete – auch wenn sie keine Ahnung hatte, worauf sie noch stieß. Sogar wenn es etwas war, das sie lieber gar nicht wissen wollte. Und: Warum hatte ihre Mutter ausgerechnet sie dazu auserkoren? Warum nicht Charlotte? Tja, und wo sollte die Reise jetzt als Nächstes hingehen?

Wie konnte ihre Mutter sicher sein, dass sie die richtigen Schlussfolgerungen zog? Dass sie nicht jahrelang auf einem Holzweg unterwegs war? Als sie an ihrer Pension ankam, lehnte sie das Rad wieder vorsichtig an die Mauer. Jetzt bloß nicht zu viel Lärm machen. Niemanden wecken. In ihrer Gemütsverfassung wollte sie jetzt lieber niemandem begegnen. Am liebsten würde sie sich in ihrem Zimmer unter der Decke verkriechen, ausschlafen, morgen früh ihre Sachen packen und in ihr altes Leben zurückkehren. Bloß – das gab es nicht mehr. Müde schlich Simone in ihr Zimmer. In der Nacht hangelte sie sich im Traum an einer unendlich langen, aus Stoffresten zusammengeknüpften Leine voran, ohne wirklich vom Fleck zu kommen. Leinenstoffe, Baumwolle, Seide, Mohair – alles kam in dieser Leine vor und Simone hangelte sich immer verzweifelter von Fetzen zu Fetzen. Mit dem Ergebnis, dass sie in der Früh schweißgebadet aufwachte.

Die Sonne schien in ihr Zimmer, aus der Küche hörte sie das Klappern von Tassen und Tellern. Müde blieb sie noch einen Moment im Bett liegen. Sie schloss die Augen und sah im Geiste ihre Mutter wieder an ihrer Nähmaschine sitzen, ein Lied vor sich hin summen. Ihr Vater saß am Esstisch daneben und las

Zeitung. Ein Bild des Friedens und der Harmonie. Nie hatte sie das anders erlebt. Oder ließ sie sich da von einer Fassade blenden? Simone versuchte, tief in sich hineinzuhören. War sie nicht auch in ihrer Ehe blind gewesen? Hatte sie nicht auch die Zeichen übersehen, mit denen sich das Ende ihrer Beziehung andeutete? Konnte sie sich überhaupt noch auf die eigenen Gefühle verlassen? Die Tränen drohten wieder zu fließen, aber Simone biss die Zähne aufeinander. Nein – gestand sie sich das erste Mal selbst ein. Sie hatte die Zeichen nicht übersehen, sie hatte sie nur schlicht und ergreifend ignoriert – mit Glitzer überstreut, rosa angepinselt und einfach mit ihrem Leben weitergemacht. Sie hatte Henry nicht ernsthaft zur Rede stellen wollen. Sie hatte gehofft, wenn sie über alle Probleme und Schwierigkeiten eine rosa Decke breiten würde, dann würden diese von alleine verschwinden. Waren sie aber nicht. Und was sollte sie daraus lernen? Hatte sie jemals das Gefühl gehabt, dass ihre Mutter ihr etwas verschwiegen hatte? Ja. Immer. Ihr ganzes Leben. Aber das hatte nichts mit ihrem Vater und mit ihnen zu tun gehabt – zumindest nicht direkt. Da war Simone sich auch sicher. Also musste es etwas sein, das sich in ihrem *früheren* Leben ereignet hatte. Aber müsste das nicht Stan wissen?

Simone sprang aus dem Bett und suchte fieberhaft nach einem Blatt Papier und einem Stift. Hastig fing sie an, alle Daten zu notieren, die sie sicher kannte. Bei den verbleibenden Lücken sollte ihr Stan später helfen. Vielleicht würden sie dabei schon einen Hinweis oder eine Unstimmigkeit entdecken. Irgendwo musste es einen Anhaltspunkt geben, irgendein Ereignis hatte Annas Leben beeinflusst, irgendetwas war passiert, noch bevor sie Papa kennengelernt hatte.

Jetzt müsste sie nur noch diesen Anhaltspunkt finden. Voller Tatendrang machte sie sich auf den Weg ins Bad, stellte sich unter die Dusche und wusch ihre Zweifel und Bedenken ab. Neue Zuversicht durchströmte sie. Ihre Mutter hatte ihr das zugetraut. Sie hatte ihr den Köder ausgelegt. Sie hatte darauf vertraut, dass sie die Lösung fand. Dass sie stark genug war. Das hatte sie ihr damit klargemacht und daran sollte sie sich halten. Der Stoff diente als Köder. Und als sie an diesen dachte, fiel ihr Tom wieder ein. Fieberhaft hastete sie aus dem Bad und suchte ihr Handy. Gestern Abend hatte sie doch glatt vergessen nachzusehen, ob er sich nicht vielleicht doch gemeldet hatte. Aufgeregt kramte sie es aus ihrem Rucksack und sah voller Freude, dass sie eine neue Nachricht in ihrer Mailbox hatte. Hoffentlich von Tom, dachte sie und öffnete das Menü.

»Hallo, Simone. So ein Pech, dass du ausgerechnet angerufen hast, als ich in einem langen Meeting mit meinem Verleger saß, um über mein Buch zu sprechen. Und dann war dummerweise mein Akku leer. Deshalb melde ich mich erst so spät. Wie geht es dir? Kommst du voran? Ich freue mich auf deinen Rückruf. Liebe Grüße.«

Simone fiel ein Stein vom Herzen. Er hatte zurückgerufen. Noch ein Indiz, dass sie ihren Gefühlen trauen konnte, oder? Sie würde sich heute Abend bei ihm melden. Dann konnte er ihr auch gleich mit dem Stoff helfen. Vielleicht konnte er alleine schon mit der Beschreibung etwas anfangen oder mit einem Foto, das sie mit dem Handy machen und ihm per Mail schicken könnte.

Energiegeladen zog sie sich an und nahm die Blätter mit nach unten zum Frühstück. Sie würde jede nur erdenkliche Hilfe brauchen. Warum nicht gleich beim Frühstück damit anfangen und den anderen vieren von den neuen Entwicklungen und Entdeckungen berichten? Zu lange hatte sie versucht, alles mit sich selbst auszumachen, und war grandios gescheitert. Das würde ihr nicht mehr passieren, das hatte sie sich ja schon auf Sardinien geschworen.

Karen war bereits wach und zwischen Küche und Esszimmer unterwegs. Auch die beiden Dänen sahen munter und ausgeruht aus. Während Karen frischen Kaffee und Rührei brachte, hörte Simone den beiden zu, wie sie lebhaft den gestrigen Tag durchdiskutierten. Als das Essen auf dem Tisch stand, setzte sich auch Karen kurz an den Tisch.

Alle drei blickten sie so erwartungsvoll an, dass Simone gleich grinsen musste. »Ja, schon gut. Ich erzähle euch gleich das Neueste. Wo ist denn Seamus? Wenn es ihn auch interessiert, wäre es gut, wenn er gleich dazukommt, dann muss ich das alles nicht zweimal erzählen.«

Wie der Blitz sprang Karen auf. »Ich schmeiß ihn aus dem Bett. Ist gestern später geworden in der Kneipe. Aber für eine gute Geschichte steht er bestimmt gern auf.«

In der Zwischenzeit unterhielt Simone sich mit den Dänen über deren Pläne für den Tag. Es dauerte keine fünf Minuten, dann kam Karen mit einem verstrubbelten Seamus im Schlepptau zurück.

»Guten Morgen«, begrüßten sie ihn.

Er grummelte: »Wehe, wenn es jetzt keine gute Story zu hören gibt. Dann gnade euch Gott.«

Simone grinste. »Ich kann selbst noch gar nicht ganz glauben, was ich gestern alles erfahren habe.« Sie griff in den Brotkorb, holte eine Scheibe Toast heraus und bestrich sie dick mit gesalzener Butter und Orangenmarmelade. Dann berichtete sie den beiden Iren zunächst von Mary und Patrick und dass sie gut mit ihrer Mutter befreundet waren.

»Patrick hat gestern in der Kneipe so was erwähnt«, sagte Seamus.

Aber Stans Geschichte und den neuen Stoff und kannten alle vier noch nicht. Ausführlich erklärte Simone alles.

Gespannt blickte sie am Ende ihrer Erzählung die anderen an. »Und, wie wirkt das auf euch? Was wollte meine Mutter mir oder Stan damit sagen? Wollte sie überhaupt etwas sagen? Und: Wie soll ich jetzt weitermachen? Alles ruhen lassen, es als Spielchen einer verwirrten alten Frau abtun?«

Karen schüttelte nachdenklich den Kopf. »Das ist bestimmt kein Spielchen. Und verwirrt war Anna ja wohl auch noch nicht bei ihrem letzten Besuch hier.«

Karen fuhr fort: »Ich denke, sie will, dass ihr Geheimnis gelüftet wird. Gleichzeitig will sie aber auch, dass du langsam davon erfährst und dich selbst entscheiden kannst, ob du weitermachst.«

Simone nickte, Ähnliches hatte sie gestern Abend ja auch schon gedacht. Aber es tat gut, wenn Außenstehende das genauso sahen und sie sich da nicht blind in etwas verrannte, was vielleicht nur in ihrer Vorstellung existierte.

Solveig ergänzte: »Für mich liegt der Schlüssel in ihrer Vergangenheit. In der Tschechoslowakei. Warum sonst hätte sie dich hierher zu Stan lotsen sollen. Er ist ihre Verbindung in die alte Heimat. Irgendwas muss damals passiert sein. Und entweder Stan weiß genau, was, oder er kann dir mit seiner Geschichte weiterhelfen, dir Anhaltspunkte liefern, von denen er wahrscheinlich selbst gar nicht weiß, dass es welche sind. Außerdem spricht er doch sicher auch Tschechisch. Das könnte sehr hilfreich sein, wenn du vor Ort nachforschen willst. Vielleicht kommt er ja mit. In die Tschechoslowakei kann man ja heute problemlos reisen. Und außerdem kennt er dort ja vielleicht noch ein paar Leute.«

Simone verschluckte sich fast an ihrem Brötchen, als ihr noch ein anderer Gedanke kam. »Aber genauso gut könnte es doch sein, dass er mir noch gar nicht alles erzählt hat. Stan war gestern genauso überrascht von der Entdeckung wie ich, da bin ich mir sicher. Aber wenn ich es mir genau überlege, war er danach auch irgendwie völlig in Gedanken. Als ob er über irgendetwas nachdenken müsste. Vielleicht ist ihm etwas eingefallen. Nur, warum hat er mir das dann nicht gleich erzählt?«

Finn hakte ein: »Nur keine voreiligen Schlussfolgerungen. Vielleicht hat er ja auch nur in seinem Gedächtnis gekramt, ob ihm etwas einfällt, ob er etwas wissen könnte, das dir weiterhilft. Stan ist ja auch nicht mehr der Jüngste. Er wird schon damit herausrücken. Jetzt hat er eine Nacht Zeit gehabt, darüber nachzudenken. Vielleicht hat er ja jetzt seine Gedanken sortiert. Bedräng ihn nicht. Bestimmt sind nicht alle seine Erinnerungen leicht.«

Simone nickte. Die Kriegsjahre und auch die Jahre danach können wahrhaftig nicht leicht für Stan gewesen sein. Bislang hatte er nur von der Zeit bis zum Krieg erzählt und in groben Zügen, wie sein Leben danach weiterging. Viele Details hatte er noch nicht genannt.

Kurz vor dem Mittagessen radelte Simone wieder ins Örtchen und ging in den Laden.

Mary stand hinter dem Verkaufstresen und unterhielt sich mit ein paar Touristinnen. Sie schmunzelte Simone zu und deutete nach hinten. »Geh ruhig durch. Stan fegt den Hof wie ein Wilder, und mein Mann passt auf, dass er sich nicht übernimmt. Ich komme gleich. Wartet mit den Neuigkeiten, bis ich da bin«, bat sie und wandte sich dann wieder mit professioneller Freundlichkeit und Geduld den Touristinnen zu.

Natürlich hatte Stan den beiden schon von ihrer Entdeckung erzählt.

Simone ging nach hinten durch und erblickte einen Stan, der wütend den Besen traktierte. Außerdem trug er noch immer seinen mürrischen Gesichtsausdruck. Offensichtlich hatte ihn die Geschichte gestern Abend ziemlich aus der Bahn geworfen.

Als er Simone erblickte, glitt allerdings ein Lächeln über sein Gesicht. »Guten Morgen«, brummte er.

Simone musste lächeln. Der alte Brummbär. Harte Schale, weicher Kern – dieses blöde Sprichwort kam ihr in den Sinn. Auf niemanden, den sie kannte, passte das besser als auf Stan. »Hi, Stan«, grüßte sie ihn.

Da erschien Patrick aus der Lagerhalle und winkte Simone zu. »So, jetzt ist Mittagszeit. Mary wird auch kommen, sobald sie die letzten Touristen versorgt hat. Dann lasst uns doch zu uns ins Haus gehen, einen Tee trinken, und dann erzählt ihr uns, was gestern Abend vorgefallen ist.«

Aha. Also hatte Stan bislang wohl nur Andeutungen gemacht. Simone schwenkte eine Papiertüte: »Ich war noch schnell in eurer Bäckerei und habe uns ein paar Sandwiches zubereiten lassen. Dann kann Mary sich auch in Ruhe dazusetzen und muss nicht in der Küche werkeln.«

Patrick grinste. »Jetzt bin ich aber wirklich gespannt, was ihr ausgegraben habt. Wenn du jetzt schon Nervennahrung mitbringst.«

Eine Viertelstunde später saßen sie alle vier um den Esstisch versammelt. Der Tee dampfte in ihren Tassen, die Sandwiches standen appetitlich auf dem Tisch.

»So. Jetzt erzählt mal«, forderte Mary. »Es ist ja unübersehbar, dass irgendwas passiert ist, was Stan ziemlich aufgewühlt hat.«

»Sie hat mich hintergangen und benutzt«, brach es aus Stan heraus.

Mary und Patrick blickten ihn beunruhigt an. »Sie hat bei unserem letzten Treffen das hier in meine Erinnerungskiste geschmuggelt.« Stan kramte in seiner Hosentasche und knallte das Stückchen Stoff, das sie gestern Abend entdeckt hatten, auf den Tisch. »Statt mit mir zu reden, hat sie es vorgezogen, eine Schnitzeljagd zu veranstalten. Und ich hatte gedacht, wir seien gute Freunde und sie könne mir alles erzählen. Ich hätte es doch verstanden, wenn sie mir gesagt hätte, dass ich ihr«, er deutete auf Simone, »nicht gleich alles erzählen soll – egal, worum es eigentlich geht. Dass ich abwarten soll, wie viel sie wissen will. Aber nein, die Madame wollte ja lieber Spielchen spielen. Schade, dass ich sie jetzt nicht mehr zur Rede stellen kann. Aber warte, Anna, wenn ich dich da droben wiedersehe. Das wirst du mir erklären müssen.«

Vorsichtig hatte Mary das Stückchen Stoff in die Hand genommen und betastet. »Das fühlt sich nach Seide an. Kein Stoff, den wir hier in Irland verarbeiten oder herstellen. Mit Seide kenne ich mich aber leider zu wenig aus, um dir hier Genaueres über die Herkunft sagen zu können.«

Sie gab das Stück Stoff an Patrick weiter. Der nickte bestätigend. »Definitiv eine Seidenart. Aber da gibt es Tausende Orte, wo die hergestellt werden kann.«

Simone seufzte. »Es wäre ja auch zu schön gewesen, wenn ihr gleich eine Idee gehabt hättet, wo ich weitersuchen kann. Wobei – ich bin hin und her gerissen, ob ich weitersuchen möchte. Mit jedem Schritt, den ich weiterkomme, entdecke ich neue Seiten an meiner Mutter. Und diese Geheimniskrämerei geht mir zunehmend auf den Wecker. Warum hat sie nicht einfach alles aufgeschrieben, bei einem Notar hinterlegt und bestimmt, dass es nach ihrem Tod an ihre Kinder übergeben wird? Das wäre doch für alle viel einfacher gewesen?«

Mary nickte. »Ja, bestimmt. Aber je nachdem, was du noch alles entdeckst, vielleicht auch ein Schock? Sie wollte euch, und besonders wohl dich, da langsam hinführen. Dir Zeit geben, alles zu verarbeiten. Und dir eine Wahl lassen.«

»Aber wieso missbraucht sie Stan dafür? Stan, gibt es irgendetwas, von dem du glaubst, dass es mich weiterbringt? Irgendeinen Hinweis, was es mit diesem Stückchen Stoff auf sich hat?«

Stan schüttelte den Kopf. »Ich habe noch nie so einen Fetzen gesehen«, grummelte er.

Mary schlug vor: »Ich glaube, das ist wie bei einem Puzzle. Du musst erst einmal alle Teile sammeln. Auch wenn du noch nicht weißt, wie die dann alle am Ende zusammenpassen.«

Patrick nickte. »Wenn ich das richtig verstanden habe, hat sich Anna mit Details aus ihrer Vergangenheit mächtig zurückgehalten.«

»Ja«, bestätigte Simone. »Aus der Zeit, bevor sie in Augsburg ankam, weiß ich so gut wie nichts. Ich glaube auch, dass der Schlüssel da irgendwo in der Vergangenheit liegt.«

»Aber diese Vergangenheit bin ich«, argumentierte Stan. Und nach einer kurzen Pause fügte er hinzu: »Ich kannte sie doch von Kindheit an. Wir verbrachten unsere Freizeit miteinander, wir arbeiteten in derselben Fabrik, wir hatten dieselben Freunde.«

»Bis 1943«, gab Simone zu bedenken. »Was dann in den Jahren bis zur Vertreibung passiert ist, weißt auch du nicht.«

Mary ergänzte: »Und du, Simone, auch wenn du glaubst, vieles über Annas erste Jahre in Deutschland zu wissen, kannst du dir nicht sicher sein, ob das stimmt. Von 1943 bis zu deiner Geburt kann viel passiert sein. Und auch als Kleinkind entgeht einem ja so einiges an Information.«

Simone nickte und ließ ihren Gedanken freien Lauf: »Vielleicht hatte sie eine Affäre? Vielleicht hat sie spioniert?« Simone konnte sich inzwischen so ziemlich alles vorstellen.

Mary schüttelte den Kopf und widersprach vehement. »Ich kann mir nichts davon vorstellen. Ganz ehrlich, Anna war so eine mitfühlende Person. Wenn es da einen dunklen Fleck in ihrer Vergangenheit gab, dann hat sie darunter massiv gelitten. Dessen bin ich mir sicher. Und dann war es bestimmt etwas, bei dem man die Umstände, unter denen es passiert ist, dazurechnen muss.«

Simone blickte sie an. »Du meinst, es ist etwas, für das sie selbst nichts konnte? Aber haben wir denn nicht immer eine Wahl?«

Mary nickte. »Aus heutiger Sicht. Aber denk doch mal an Kriegszeiten, an die Nachkriegszeit; wenn du die Wahl zwischen Pest und Cholera hast, kann es doch sein, dass du mit keiner der Wahlmöglichkeiten, die du hast, glücklich bist. Dennoch musst du dich entscheiden, denn sonst bist du vielleicht tot oder fügst anderen Leid zu. Und egal, wie du dich entscheidest, du weißt, dass du diese Entscheidung bereuen wirst. Es geht nur darum, zu wählen, mit welcher Entscheidung du leichter leben kannst, welche dich weniger quält.«

Simone dachte nach. Ja. Wenn sie es von dieser Seite betrachtete – es gab sehr wohl Entscheidungen, bei denen einem keine der Varianten wirklich gut gefiel. Und ohne wirklich alle Umstände zu kennen, durfte sie nicht urteilen. Auch nicht über ihre Mutter. Und schon gar nicht durfte sie vergessen, dass Anna eine liebevolle Mutter war und ihr bestimmt nichts Böses wollte. Ja. Das war das Entscheidende. Egal wie unverständlich ihr im Moment die Beweggründe schienen, sie würde immer davon ausgehen, dass Anna das Beste für alle Beteiligten gewollt hatte.

Simone blickte auf. Drei Augenpaare waren auf sie gerichtet.

Sie straffte sich. »Okay. Ich glaube, ich kann das nachvollziehen. Für mich ergeben sich daraus zwei Fragen: Erstens: Will ich weitermachen? Diese Frage kann ich jetzt, glaube ich, mit einem eindeutigen Ja beantworten. Danke, dass ihr meine Zweifel zerstreut habt. Zweitens: Wie machen wir weiter? Ich glaube, dass ich bislang einfach zu wenige Informationen über ihr früheres Leben habe. Stan, es wäre schön, wenn du mir möglichst viel erzählen könntest. Wie ist es dir nach dem Krieg in der Tschechoslowakei ergangen? Was haben Anna und du nach eurem Wiedersehen erlebt? Vielleicht ergeben sich da Anhaltspunkte, irgendwelche Stichworte, die bei mir etwas klingeln lassen. Und drittens: Ich werde mich mal wieder mit meinem Textilexperten treffen. Vielleicht weiß er ja, wohin mich dieses Stück Stoff führen soll. Ich rufe ihn heute Abend gleich noch an und vereinbare ein Treffen für die Zeit, wenn ich wieder zu Hause bin. Und in den restlichen Tagen hier würde ich gern ganz viel Zeit mit Stan verbringen. Es wäre wunderschön, wenn du mir deine Geschichte mit so vielen Details wie möglich erzählen würdest.« Fragend blickte sie ihn an.

»Sehr gern. Aber ich warne dich schon vor. Nicht alle Erinnerungen sind schön und ab und zu werde ich eine kleine Pause brauchen. Denn manche Dinge nehmen mich auch heute noch ganz schön mit.«

»Dann würde ich jetzt einmal vorschlagen, dass ihr damit gleich anfangt. Ich muss sowieso wieder in den Laden. Denn das nächste Schiff kommt bald und bringt hoffentlich Kunden. Außerdem muss ich noch einige Bestellungen aufgeben. Wenn ich das Notebook mit hinübernehme, schlage ich also gleich zwei Fliegen mit einer Klappe. Patrick muss drüben in der Produktionshalle noch ein paar Reparaturen durchführen. Ihr beiden könnt also gern hier sitzen bleiben. Tee ist noch genug da.« Mary hob kurz den Deckel von der Kanne, um das zu überprüfen. »Wäre prima, wenn ihr immer mal wieder einen Scheit Holz nachlegen würdet.«

Mit diesen Worten erhoben sich Mary und Patrick. An Simone gewandt, sagte die resolute Irin: »Weißt du, wir beide kennen die Geschichte von Stan bereits. Er soll sie dir in Ruhe erzählen.«

Mary und Patrick machten sich fertig, Mary packte das Notebook mitsamt Ladegerät ein und dann blieben nur noch Simone und Stan zurück. Der alte Mann schenkte sich noch eine Tasse Tee ein und begann schließlich mit leiser Stimme von seinen Erlebnissen vor mehr als sechzig Jahren zu erzählen.

7. Kapitel

Černovír 1948: Stans Geschichte

»An einem heißen Julitag kehrte ich nach drei Jahren Kriegsgefangenschaft in Russland zurück nach Černovír. Ich weiß noch, wie wenig Wasser der kleine Fluss, die Stille Adler, führte, als ich ihn überquerte. Dahinter erhob sich der Hang nach Süden hin. Die Hügel grün, der Himmel blau – auf den ersten Blick hätte man meinen können, es habe sich nicht viel geändert. Aber als ich genauer hinsah, bemerkte ich die Veränderungen. Leere Fensterrahmen, verwilderte Gärten, Häuser ohne Dächer – der Krieg hatte auch hier deutliche Spuren hinterlassen. Ich schlug den Weg zu meinem Elternhaus ein – im Frühling hatte mich die Nachricht vom Tod meiner Eltern erreicht. Sie hatten zwar den Krieg, nicht aber die diesjährige winterliche Grippewelle überlebt. Mit mulmigem Gefühl hatte ich den langen Heimweg aus Sibirien angetreten, nicht wissend, was mich hier erwartete. Welchen meiner Jugendkameraden gab es noch? Welchen nicht mehr? Und am allerwichtigsten war für mich die Frage: Wo war Anna? Selbst im Lager in Sibirien kamen irgendwann die Nachrichten von den Vertreibungen an. Genaues wusste ich nicht. Da Anna allerdings Sudetendeutsche war, ging ich davon aus, dass ich sie nicht mehr in Černovír finden würde. Aber irgendjemand hier würde mir sicher sagen können, wohin sie geflüchtet war – so meine Hoffnung.

Nach der Brücke folgte ich dem Weg, der eine Linkskurve bergauf machte. Nach etwa fünfhundert Metern erblickte ich die kleine Kate meiner Eltern. Viel war nicht mehr davon übrig. Die Nachbarn hatten sich fleißig bedient. Das Dach war abgedeckt, die Haustür weg – ganz zu schweigen von dem Mobiliar und den anderen Habseligkeiten. Ich konnte es ihnen nicht verdenken. Ein Haus, das leer stand, bei dem man nicht wusste, ob der Sohn noch einmal wiederkommen würde, war ein zu verlockendes Angebot in diesen Zeiten der Not. Langsam stieg ich die beiden Treppenstufen zur Tür hoch und setzte mich auf das obere Plateau. Ich weiß nicht, was ich erwartet hatte. Aber bestimmt nicht dieses grauenhafte Gefühl der Leere und der Einsamkeit. Ich nahm den Rucksack ab, stellte ihn neben mich und vergrub meinen Kopf in meinen Armen. Tränen liefen mir über das Gesicht. Die ersten seit fünf Jahren. Irgendwie war jetzt auf einmal alles zu viel. Jetzt, wo ich endlich wieder zu Hause war, fiel auf einmal die Anspannung der letzten Jahre von mir ab. So fühlte es sich zumindest an.

Natürlich blieb meine Ankunft nicht lange unbemerkt. In so einem kleinen Dorf fällt jede Veränderung sofort auf.

Es dauerte nicht lang, dann hörte ich schnelle Schritte. Sie hielten kurz inne, bevor jemand die beiden Stufen nach oben betrat und sich neben mich setzte. Ich blickte auf und da saß Theresa.

Sie sah mich an und streckte zögernd ihren Arm nach mir aus. So saßen wir eine ganze Zeit Arm in Arm auf der Treppe vor meinem Elternhaus, bis ich irgendwann in der Lage war, sie zu fragen: ›Wo sind die anderen?‹

Sie schluckte. ›Wenzel ist tot. Er ist in Finnland gefallen. Miro arbeitet in Prag.‹ Sie machte eine Pause. Dann sagte sie leise: ›Anna ist weg.‹

Ich nickte und wartete. ›Sie haben sie erst 1946 vertrieben. Sie durfte ein paar Sachen mitnehmen – ihre Nähmaschine zum Beispiel.‹

Wir lächelten beide bei diesen Worten. Als ob die Nähmaschine ein Trost wäre.

›Weißt du, wo sie jetzt ist?‹

›Nein. Ich weiß nur, dass der Zug nach Süddeutschland fahren sollte. Aber wo sie gelandet ist, weiß ich nicht. Man erfährt hier nichts mehr.‹

›Und was ist mit ihren Eltern?‹

›Ihr Vater ist gefallen und ihre Mutter‹, sie stockte kurz, ›ist ebenfalls tot.‹

Ich nickte. Nichts Neues, dem Tod war ich in den letzten Jahren so oft begegnet, dass ich nicht näher nachfragte.

›Komm mit, Stanislav‹, forderte mich Theresa auf.

Wir erhoben uns, und sie führte mich ein paar Häuser weiter auf einen großen Hof, der vor dem Krieg einem Sudetendeutschen gehört hatte.

Verlegen wies sie auf das Gelände: ›Hier wohne ich. Ich bin mit Karel verheiratet. Sein Vater ist jetzt der Bürgermeister.‹ Ganz leise und sehr zaghaft fügte sie hinzu: ›Wir haben Kinder.‹ Sie fuhr sich über ihren gewölbten Bauch. ›Und bald noch eines mehr.‹

Ich nickte. ›Kann ich hier irgendwo schlafen? Ich möchte nicht in mein Elternhaus. Noch nicht gleich. Mir reicht auch eine kleine Ecke im Stadel für die ersten Nächte.‹

Theresa nickte. ›Ich denke, das geht. Ich rede mit Karel.‹

Ich konnte bleiben und hatte auch gleich Arbeit. Denn Theresa war mit ihren Kindern und dem Haushalt mehr als ausgelastet und ihr Mann heilfroh um jede helfende Hand auf dem Bauernhof. Arbeitskräfte waren rar. Zu viele Männer waren gefallen, vertrieben worden oder in Kriegsgefangenschaft geraten. Und so richtete ich mir zunächst ein kleines Lager im Heuschober ein. Eine Strohmatte, ein Holzregal für mein Kochgeschirr und ein Gaskocher: Mehr benötigte ich zunächst nicht. Es war ein warmer Sommer. Es gab viel Arbeit. Wenn ich nicht auf dem Hof arbeitete, dann richtete ich das Haus meiner Eltern langsam wieder her. Zunächst nur zwei Räume mit einem Holzofen – um es im Winter dann einigermaßen warm zu haben.«

Stans Blick kehrte aus der Vergangenheit zu Simone zurück.

»Die viele Arbeit hat mich davon abgehalten durchzudrehen. Und es gab immer etwas zu tun. Ich habe einfach gemacht und wenig nachgedacht. Einen Schritt nach dem anderen. Ich habe es genossen, nach vier Jahren Arbeitslager wieder frei zu sein, für mich zu arbeiten. Abends habe ich oft einfach auf einer Bank im Hof gesessen und in den Himmel geblickt. Und eines Abends hatte ich dann Gesellschaft. Still und leise hatte sich Theresas Tochter Magda neben mich gesetzt und blickte mit mir in den Himmel.«

Er lächelte bei der Erinnerung daran.

Simone fragte: »Sie kann dann aber noch nicht sehr alt gewesen sein, oder?«

»Nein, vielleicht etwas über zwei Jahre. Theresa war so beschäftigt mit ihrem jüngeren Kind, mit Schwangerschaft und Haushalt, dass Magda meistens allein irgendwo auf dem Hof unterwegs war. Sie war ein stilles, schüchternes Kind, konnte sich stundenlang mit den Katzen beschäftigen und mit Steinen Bilder in den staubigen Hofboden zeichnen. Jetzt saß sie also neben mir und rutschte Zentimeter für Zentimeter an mich heran, bis sie sich an mich kuschelte.« Stan seufzte. »Das war der Beginn einer wundervollen Freundschaft. Magda holte mich wieder ins Leben zurück. Ihretwegen lohnte es sich auf einmal wieder, morgens aufzustehen. Ich brachte ihr so vieles bei und sie war eine wissbegierige Schülerin. Sie aufwachsen zu sehen, sie dabei begleiten zu dürfen, gab meinem Leben wieder einen Sinn. Und so vergingen zunächst mal der Sommer und der Herbst. Im Oktober zog ich in mein Elternhaus um. Im ersten Winter hielt ich mich mit Aushilfsjobs über Wasser. Theresa versorgte mich mit Essen, da ich ja noch immer auf ihrem Hof mithalf. Inzwischen hatte sie Kind Nummer drei auf die Welt gebracht und Magda verbrachte die meiste Zeit bei mir.«

»Hast du versucht, Anna zu finden?«

»Nein. Ich hatte das Gefühl, erst einmal wieder mit mir selbst ins Reine kommen zu müssen. Und wer hätte mir denn schon helfen sollen? Die Informationen waren damals nicht leicht zu bekommen. Wahrscheinlich hätte ich nach Prag reisen müssen. Aber ich war gerade erst nach fünf Jahren nach Hause zurückgekehrt, müde und ausgebrannt. So wollte ich Anna auf keinen Fall gegenübertreten. Ich wollte mir zuerst wieder ein Leben aufbauen und sie dann suchen. Und – ganz sicher war ich mir ja auch nicht über meine Gefühle und schon gar nicht über ihre. Wir haben uns als Kinder und Jugendliche gut verstanden, ja. Aber ob das als Erwachsene auch so sein würde, konnte ich ja nicht wissen. Und als es mir in Černovír täglich besser ging, habe ich Anna immer mehr verdrängt.«

»Wie ging es dann weiter? Du hast doch bestimmt nicht zwanzig Jahre lang als Hilfsarbeiter zugebracht, oder? Und was ist aus Magda geworden?«

Stan hob beschwichtigend die Hände. »Eines nach dem anderen. Nein. Ich war nicht lange Hilfsarbeiter. Denn auch in der Tschechoslowakei spürte man den Aufschwung. Und der Zufall wollte es, dass ich Miro über den Weg lief. Der kam zu Besuch und hatte die Aufgabe, die alte Textilfabrik wieder auf Vordermann zu bringen. Er suchte händeringend Leute. Und da ich ja schon vor dem Krieg dort eine Lehre gemacht hatte, nahm er mich mit Handkuss als Maschinenschlosser. In der Fabrik stellten wir Textilien für den Haushalt und für die Industrie her, denn auch im Osten benötigte man derartige Güter. Die Arbeit machte mir großen Spaß, mit Maschinen konnte ich einfach gut umgehen. Ich wusste, wo man hinlangen musste, wenn es klemmte. Allein im ersten Jahr habe ich zahlreiche kleinere Verbesserungen an den Maschinen vorgenommen. Das blieb nicht unbemerkt. Und als dann Anfang der Fünfzigerjahre bei uns ein Forschungsinstitut für Baumwolle und Seide gegründet wurde, durfte ich dort bei Projekten mitarbeiten. Ab diesem Zeitpunkt holte man mich zwar bei Problemen in der Fabrik, die meisten Tage jedoch verbrachte ich am Institut, wo wir eine ganz neue Spinnmaschine entwickelten. Sie sollte schneller und besser sein als alles bisher Dagewesene.«

Als Stan eine kurze Pause machte, hakte Simone verwundert nach: »Warum hat man sich bei dem Standort für das Institut ausgerechnet für Wildenschwert entschieden? Wäre da Prag nicht logischer gewesen – allein schon um Fachkräfte zu finden. Wildenschwert liegt doch weit weg von der Hauptstadt.«

»Na ja, immerhin konnten wir auf rund fünfhundert Jahre Textilproduktion zurückblicken. Es gab bei uns auch eine Schule, die sich auf Textilkunde spezialisiert hatte und genügend Leute ausbildete. Diese dann gleich vor Ort in einem Institut weiterzubeschäftigen, ergab durchaus Sinn. Und wie gesagt, die Region war jahrhundertelang für ihre Textilproduktion bekannt. In Landskron gab es sogar einmal eine Seidenraupenzucht.«

Bei der Erwähnung der Seidenraupen musste Simone unwillkürlich an Annas Erzählungen von den Schmetterlingen denken. Sie lächelte bei der Erinnerung daran.

Stan fuhr fort: »Aber es ist klar, dass ihr im Westen kaum von den Orten gehört habt. Von dem, was im Osten so alles passiert ist, wurde im Westen nur selten berichtet. Patrick und

Mary waren damals auch erstaunt darüber, was ich alles über Textilproduktion und die Maschinen wusste.«

»Und so hast du dir dort drüben wieder ein neues Zuhause geschaffen«, stellte Simone fest.

Stan schmunzelte. »Ja genau. Weißt du, wenn man jahrelang weg war und die Gräueltaten im Krieg miterlebt hat, dann will man einfach nur noch seine Ruhe. Dann freut man sich über ein geruhsames Leben. Und das hatte ich dort tatsächlich. Eine berufliche Herausforderung, ein Dach über dem Kopf und mit der inzwischen fünfjährigen Magda einen Menschen, der mir sehr ans Herz gewachsen war.« Stan machte wieder eine Pause, nahm die Teetasse in beide Hände und blickte durch das Panoramafenster nach draußen. Eine Zeit lang hing er einfach seinen Gedanken nach.

Simone wartete geduldig ab.

»Wenn ich abends von der Arbeit zurückkam, wartete Magda meist schon mit einem Buch in der Hand auf mich. Die ersten Jahre habe ich ihr vorgelesen. Sie war so clever. Mit fünf konnte sie selbst lesen, und ab da hat sie alles verschlungen, was sie an Lektüre bekommen konnte. Oft fand ich sie in den nächsten Jahren über Fachzeitschriften oder sogar wissenschaftliche Abhandlungen gebeugt vor, wenn ich nach Hause kam. Dinge, die ich mir von der Arbeit mitgenommen hatte, um sie zu Hause zu studieren. Magda hat die örtliche Schule ganz schnell durchlaufen. Danach konnte ich ihre Eltern überzeugen, sie auf eine höhere Schule zu schicken. Und sie hat sich für Stoffe und deren Herstellung interessiert – dieses Interesse habe ich wohl in ihr geweckt, da wir abends oft darüber geredet haben. Dank der wissenschaftlichen Artikel, die ja meist auf Englisch waren, hat sie sich nach und nach sogar diese Fremdsprache beigebracht. Mit siebzehn fing sie in unserem Institut in der Buchhaltung an. Schnell merkten auch die anderen, wie gut sie sich mit dem Herstellungsprozess von Textilien und mit den

Maschinen auskannte. Darum war es kein Wunder, dass man sie ganz schnell hinzuzog, als es um Verhandlungen mit dem Westen ging.«

»Was gab es denn mit dem Westen zu verhandeln?«

»Nun, da muss ich ein wenig ausholen«, erzählte Stan. »Durch den Eisernen Vorhang hatten wir nur sehr eingeschränkt Zugang zu verschiedensten Rohstoffen. Deshalb wollte der Staat Technologien entwickeln, die die Verwendung von neuen Rohmaterialien aus lokalem Ursprung – sprich aus dem osteuropäischen Raum – ermöglichten. Es war unsere Aufgabe, den Fabrikationsprozess zu optimieren, das heißt sowohl die Produktivität zu steigern als auch eine höhere Qualität beim Endprodukt zu erreichen. Dabei durften wir beim Design der neuen Maschine absolut neue Wege gehen und uns redete kaum jemand drein. So viel Freiheit hat man selten. Das hat mich fasziniert. Weißt du, ihr glaubt immer, dass sich damals vor allem im Westen sehr viel getan hat. Was gleichzeitig hinter dem Eisernen Vorhang passierte – das wussten und wissen auch heute viele nicht. Wir haben damals sehr fortschrittlich gedacht und ein Patent nach dem anderen angemeldet. Dabei waren wir durchaus auch weltoffen. Wir haben die gesamte Fachliteratur nach Ideen durchforstet, auch die englischen und amerikanischen Fachzeitschriften. Wir hatten darauf Zugriff – darüber staunen viele, wenn man ihnen das erzählt. Fast alle dieser Artikel hat mir Magda abends zu Hause übersetzt. Die Entwicklung ging natürlich nur langsam voran. Du musst dir das Ganze über einen Zeitraum von mehr als zehn Jahren vorstellen. Als Magda mit siebzehn zu uns kam, waren wir endlich so weit, dass wir uns auf eine Antriebstechnik festlegten. Mehr als zehn Jahre Entwicklungszeit für eine Maschine, von der wir damals noch nicht einmal sicher wussten, ob sie wie geplant funktionieren würde. Es gab viele Rückschläge, aber auch unglaubliche Erfahrungen. So hat zum Beispiel die Sowjetunion mächtig in die Entwicklung der Maschine investiert, nicht nur finanziell, sondern auch mit Manpower, wie man das heute wohl nennen würde. Mitte der Sechzigerjahre hatten wir es endlich geschafft und den ersten Prototypen gebaut. Den präsentierten wir dann auf einer Messe. Auf dieser Ausstellung war zwar das Interesse seitens der osteuropäischen Staaten, der Asiaten, Nordamerikaner und Europäer groß – die Skepsis aber leider auch. Nur ein einziger großer Fabrikant fand sich bereit, das Risiko einzugehen und die Maschine tatsächlich zu kaufen und in Betrieb zu nehmen. Eine englische Firma. Die Verhandlungen gestalteten sich schwierig, denn kaum jemand konnte sich mit den Engländern verständigen. Und wenn das doch jemand konnte, dann kannte der sich nicht mit der Technologie aus. Als es schließlich darum ging, die Maschine dort tatsächlich aufzubauen, brauchte man jemanden, der beides konnte. Jemanden, der sowohl übersetzen als auch die Technik verstehen konnte. Was glaubst du wohl, wer dabei ins Spiel kam? Magda. Sie war die perfekte Wahl. Sie sprach sehr gut Englisch und sie kannte die Technik. Jahrelang hatte sie mir die Patente aus aller Welt vorgelesen, hatte jedes Buch, das ich zu neuen Web- und Spinnmethoden auftreiben konnte, fünfmal gelesen.«

»Und, wart ihr erfolgreich? Wurde die Maschine aufgebaut?«

»Ja. Ende 1967 war es so weit, und fünf Kollegen, Magda und ich machten uns auf die Reise quer durch Deutschland und Frankreich und über den Ärmelkanal nach England. Ich frage mich heute noch, warum sie uns beide gehen ließen. Normalerweise wurde zu diesem Zeitpunkt bereits jeder, der das Land in Richtung Westen verließ, kritisch beäugt. Unser Pluspunkt war: Sie konnten weder auf Magda noch auf mich verzichten. Ich hatte den Prototyp in Wildenschwert mitkonstruiert, aufgebaut und in Betrieb genommen. Niemand, glaube ich, kannte die Maschine so gut wie ich. Also mussten sie das

Risiko eingehen, als die erste Maschine in Oldham in England aufgebaut werden sollte.« Stan blickte gedankenverloren aus dem Fenster.

Er durchlebte die aufregenden Tage dieser Reise spürbar noch einmal.

»In England waren wir Männer auf dem Fabrikgelände untergebracht. Magda durfte außerhalb in einer kleinen Pension übernachten – eine Frau in einer Männerbaracke, das wäre nicht gut gegangen. Wir arbeiteten den ganzen Tag und saßen auch abends meist alle zusammen. Ab und zu gesellte sich der eine oder andere Engländer dazu – aber es gab da einfach diese Sprachbarriere und natürlich unterschiedliche politische Ansichten. Bis auf Magda und mich hatten sie ausschließlich überzeugte Kommunisten mitgenommen. Die wollten sich gar nicht mit dem Klassenfeind unterhalten. Von England selbst habe ich in diesen Wochen nicht viel gesehen. Die Einzigen, die ein wenig mehr herumkamen, waren Magda und ein hochrangiger Sowjet, die während dieser Wochen oft zu Verhandlungen mit anderen Lizenznehmern oder Interessenten nach London fuhren. Aber auch ohne viel von England zu sehen, konnte man an allen Ecken und Enden sehen, dass hier die Wirtschaft brummte. In der Fabrikkantine gab es von allem genug zu essen, der Lebensmittelladen neben dem Firmengelände war immer gut gefüllt. Die Fabrikarbeiter selbst waren gut gekleidet, zumindest im Vergleich zu unseren Arbeitern in der Tschechoslowakei. Ich konnte mich leidlich mit ihnen verständigen. Und wenn sie erzählten, dass sie am Abend ins Kino oder in die Kneipe gingen, dass sie den nächsten Urlaub an der französischen Küste planten, von all diesen Freiheiten und Errungenschaften hautnah zu hören, das machte mich nachdenklich. Hier war ich also: in einem freien Land, das Bedarf an guten Arbeitskräften hatte. Was hielt mich in Černovír? Das Gefühl von Heimat? Meine Arbeit? Magda? Natürlich spielte ich mit dem Gedanken, mich abzusetzen. So einfach wie jetzt würde es nie mehr werden. Niemand würde mich daran hindern, tagsüber das Fabrikgelände zu verlassen. Doch was dann? An wen wenden? Wie weiterleben? Nächtelang überlegte ich hin und her. Am Ende waren die zwei Monate um, die Maschine stand und es ging wieder zurück – auch für mich und Magda. Doch zu Hause ließ mich der Gedanke an die Freiheit nicht mehr los. Denn auch in der Tschechoslowakei mehrten sich die kritischen Stimmen. Man wollte mehr Freiheit und Liberalisierung, und man konnte spüren, wie sich das Klima aufheizte. Wie man heute weiß, kam es dann ja auch zum Eklat. Im sogenannten Prager Frühling rollten im August 1968 Panzer durch die Hauptstadt, um dem Ganzen Einhalt zu gebieten. Hatte man sich nach den harten Kriegsjahren gerade einmal wieder an die Ruhe gewöhnt, hatte da auch keiner so genau nach der politischen Gesinnung gefragt – so entwickelte sich jetzt erneut ein Klima der Feindseligkeit gegen alle, die nicht lautstark ein Loblied auf den Kommunismus sangen.« Stan stand wieder am Fenster und atmete einmal tief durch. »Komm, lass uns ein wenig im Garten auf und ab gehen. Vielleicht fällt es mir leichter, weiterzuerzählen, wenn ich mich etwas bewege.«

Sie holten ihre Jacken und Schuhe aus der Garderobe und schlenderten langsam an den zumeist noch brachliegenden Beeten von Mary vorbei.

Stan atmete ein paarmal tief durch. »Und dann gab es Probleme mit den in England aufgebauten Maschinen. Die Engländer wollten Hilfe. Wieder sollte eine Abordnung hinüber. Und ich war noch immer genauso unentschlossen wie das letzte Mal. Sollte ich drüben einen Fluchtversuch unternehmen oder nicht? Mein größtes Problem hieß Magda. Ich wollte sie nicht allein zurückkehren lassen. Mit Sicherheit würde man sie strengstens verhören und wahrscheinlich wäre sie auch Schikanen und Repressalien ausgesetzt gewesen. Ganz davon abgesehen, würde ich sie schrecklich vermissen. Aber vorwarnen durfte ich sie auch nicht, denn ich wollte nicht, dass sie so ein Geheimnis mit sich herumtragen und alle Welt anlügen musste. Am liebsten hätte ich sie gefragt, ob sie mit mir im Westen bleiben würde. Aber dann musste ich an ihre Familie denken. Sie war zwar meist bei mir und hatte nie einen guten Draht zu ihren Brüdern gehabt, zu ihren Eltern jedoch hatte sie ein gutes Verhältnis. Es stand mir einfach nicht zu, sie vor so eine schwere Entscheidung zu stellen. Also machte ich mich mit zwiespältigen Gefühlen auf den Weg nach England und schob die Entscheidung weiter vor mir her. Sicherheitshalber hatte ich ein paar Erinnerungsstücke eingepackt. Aber nicht viele – denn das wäre aufgefallen.«

Simone schluckte. Wie musste es sein, wenn man sein ganzes bisheriges Leben aufgab? Wenn man wusste, dass man all das, was man zurückließ, unter Umständen nie wiedersehen würde? Die Menschen, mit denen man bislang täglich zu tun hatte, würden wie gewohnt weiterleben und man selbst wäre kein Teil ihres Lebens mehr. Man müsste alle Dinge zurücklassen. Bücher, Fotos, Erinnerungsstücke. Denn wie Stan richtig bemerkt hatte, wenn er das alles mitgenommen hätte, wäre die Reise wahrscheinlich schon an der ersten Grenze zu Ende gewesen. Und zwar auf der falschen Seite.

Stan fuhr fort: »Wir waren dieselbe Truppe wie zuvor … auch Magda reiste mit. Denn die Parteioberen gingen davon aus, dass jemand, der einmal zurückkam, auch beim nächsten Mal zurückkommen würde. Na ja, jedenfalls – um die Geschichte kurz zu machen: Es kam alles ganz anders. Kaum waren wir ein paar Tage in England, da wachte ich in der Männerbaracke auf, in der wir wie beim letzten Mal auf dem Firmengelände schliefen, und sah auf dem kleinen Holzbrett, das neben der Tür als Ablage diente, Magdas Lieblingsspielzeug und ein gefaltetes Stück Papier liegen. Ich habe es heute noch vor Augen, wie ich im Bett lag – die Sonne schimmerte durch die Bretterritzen der Hütte, nebenan hörte ich meine Kollegen schnarchen, der Staub flimmerte und ich fixierte das Spielzeug und dieses Stück Papier. Ich sah beides und wusste, was das zu bedeuten hatte. Es war Magdas Schrift. Sie musste irgendeinen Weg in unsere Baracke gefunden und sich nachts hereingeschlichen haben. Ich wusste auch: Jetzt habe ich nur noch wenige Minuten Zeit, um mich zu entscheiden. Aber ich war wie gelähmt. Magda – war mein einziger Gedanke. Warum hast du mir nichts gesagt? Natürlich wurde mir sofort klar, warum sie nichts gesagt hatte. Ihr war es gegangen wie mir. Sie wollte mich nicht in Gewissensnöte bringen, wollte nicht, dass ich für sie lügen müsste. Magda – sie hatte die Flucht ergriffen. Ich bewunderte sie für ihren Mut. Sie hatte ja deutlich mehr zurückzulassen als ich: die Familie, Heimat, ja, und mich. Ich machte mir Vorwürfe, dass ich nichts von ihrem Vorhaben bemerkt hatte. Wahrscheinlich, so denke ich heute, war ich viel zu sehr mit mir selbst und meinen Fluchtgedanken beschäftigt, als dass mir etwas aufgefallen wäre. Na ja – zurück zu jenem Morgen: Im Bett nebenan rumorte es jetzt, es kam Leben in die Bude. Mit wenigen Handgriffen zog ich mich an, versteckte Magdas Spielzeug schnell unter meinem Kopfkissen, schnappte mir das Blatt Papier und verließ das Zimmer. Nichts wie ins Bad – der einzige abschließbare Raum in unserer Bretterunterkunft. Es konnte noch nicht später als sechs Uhr früh gewesen sein. Während ich mir kaltes Wasser über Gesicht und Hände laufen ließ, überlegte ich noch immer, ob ich auch das Weite suchen sollte. Doch: Wie sollte Magda mich jemals wiederfinden, wenn ich jetzt auch noch abhaute? Nein, die einzige Möglichkeit, die ich sah, war, in die Tschechoslowakei zurückzukehren und darauf zu hoffen, dass es Magda gelang, ihre Eltern und mich zu informieren, wie es ihr ging. Mir graute davor, nach Hause zurückzukehren. Die vorwurfsvollen Blicke ihrer Eltern spürte ich schon im Nacken.

Aber was hätte ich tun sollen, um das zu verhindern? Ich hatte nichts geahnt. Mit zitternden Händen entfaltete ich das Blatt, nachdem ich mich noch einmal versichert hatte, dass ich abgeschlossen hatte. Ich kann den Text ihrer Nachricht noch heute auswendig.

Lieber Stani,
ich weiß, dass ich Dir furchtbar wehtun werde, wenn ich jetzt gehe. Ich weiß auch, dass sie Dich und meine Familie jetzt vielleicht schikanieren und genau unter die Lupe nehmen werden. Ich habe lange mit mir gekämpft und tausend Mal überlegt, ob ich es nicht doch irgendwie zu Hause aushalten kann. Meine Eltern akzeptieren meine Entscheidung bestimmt und sie haben ja noch meine Brüder. Aber du? Mir bricht fast das Herz, dass ich Dir so wehtun muss. Aber ich habe das letzte Mal, als wir hier waren, Mitch kennen und lieben gelernt. Wir haben uns einmal angesehen, und es war um uns geschehen. Wir sind füreinander bestimmt. Wir haben jede mögliche Minute während der Verhandlungen genutzt, um uns näherzukommen und, ja, um Fluchtpläne zu schmieden. Aber das letzte Mal in England habe ich noch gezögert. Und jetzt hat das Schicksal mich noch einmal hierhergeführt. Jetzt muss ich die Gelegenheit beim Schopf packen. Heute ist es also so weit. Ich werde noch heute in ein Flugzeug steigen und mit ihm in die USA fliegen. Liebster Stani, es tut mir so leid, dass ich mich nicht richtig von Dir verabschieden kann und nicht weiß, wann

wir uns wiedersehen. Sei versichert, ich werde alles Menschenmögliche unternehmen, Dich wiederzusehen und in Kontakt mit Dir zu bleiben. Ich vermisse Dich jetzt schon.

Falls es Dir gelingt, einen Brief herauszuschleusen, oder wenn Du mich irgendwann vielleicht, hoffentlich, besuchen kannst, hier die Adresse:

Mitch Jenkins,
Carolina Mills,
Charlotte, North Carolina
USA
Deine Magda.

Die Liebe. Mit der hatte ich wirklich nicht gerechnet. Und ich Esel hatte tatsächlich nichts gemerkt. Erstaunlich, wie gut Magda ihre Gefühle und ihre Pläne vor mir versteckt hatte. Aber clever war sie ja schon immer gewesen.

Doch jetzt kam Leben in mich. Ich musste nicht mehr zurück, ich hatte ja jetzt ihre Adresse. Ein Zentnerstein an Last fiel von meinen Schultern ab. Ich las den Brief noch mal und versuchte, mir jedes Wort einzuprägen. Ganz besonders aber die Adresse. Dann zerriss ich den Brief in kleine Schnipsel und spülte ihn die Toilette hinunter. Unsere Sowjetaufsicht würde sicherlich unsere gesamte Baracke nach irgendwelchen Indizien absuchen lassen und ich wollte sie ihm nicht auf dem Präsentierteller servieren.

Leise verließ ich den Waschraum. Mein Bett und das Regal, auf dem meine wenigen Besitztümer lagen, waren zum Glück durch eine dünne Holzwand von meinen beiden Schlafgenossen abgetrennt. So konnte ich heimlich mein weniges Bargeld, die

Bilder, meinen Ausweis und Magdas Spielzeug einstecken. Und dann verließ ich die Baracke. Wann würde Magdas Fehlen auffallen? Ich überlegte, ob irgendjemand gestern erwähnt hatte, wann sie heute als Übersetzerin benötigt wurde. Dunkel erinnerte ich mich an eine geplante Besichtigung der Spinnmaschinen mit einem weiteren Investor am späten Vormittag. Magda schlief, ebenfalls wie beim letzten Mal, in einer kleinen Pension direkt neben dem Fabrikgelände. Also würde es wahrscheinlich nicht vor zehn Uhr auffallen, dass sie verschwunden war. So lange würde auch hier alles ruhig bleiben. Entschlossen machte ich mich auf den Weg zu meiner Schicht. Mein Plan war, bei der ersten Pause anzubieten, das Frühstück zu holen. Dazu gehörten für die meisten meiner Kollegen auch Zigaretten, und die bekam man im Laden außerhalb des Firmengeländes. Weil öfter einer von uns auf dem Weg dorthin war und somit ein vertrauter Anblick, würde hoffentlich niemand Verdacht schöpfen. Der Plan ging reibungslos auf. Es war ein komisches Gefühl, wieder aus dem Laden herauszutreten und, statt rechts zur Fabrik, links abzubiegen. Im Laden hatte ich das Zigarettengeld der Kollegen statt in Tabak in Getränke, Äpfel und einen Laib Brot investiert. In meiner Geldbörse waren jetzt nur noch wenige Pfund. Die Lebensmittel trug ich in einer Papiertüte. Das, die Bilder und die Kleidung am Leib war alles, was ich aus meinem bisherigen Leben mitnahm. Nervös stellte ich mich an die Bushaltestelle, immer darauf gefasst, dass mich irgendjemand noch von meinem Vorhaben abhalten könnte. Der Bus kam, ich stieg ein und mein neues Leben begann.«

8. KAPITEL

Aran-Inseln, März 2013

Simone hatte gebannt gelauscht. Sie konnte es sich bildlich vorstellen. Stan und Magda, nach den bitteren Ereignissen des Prager Frühlings nun in einem freien Land, die Chance auf ein neues Leben. Die große Liebe bei Magda. Die Sehnsucht nach Freiheit und vielleicht auch nach seiner alten Freundin bei Stan. Wie verlockend musste es gewesen sein, diese Chance zu nutzen. Und wie viel hatten die beiden auf sich genommen, den Verlust der Heimat, von Freunden, ihrer Arbeitsstelle. Ein Neuanfang für Stan mit über vierzig – in Simones Magen formte sich ein Klumpen. Wie mutig Stan gewesen war. Und wie feige sie selbst. Ihren *Neuanfang* hatte sie vor allem anderen zu verdanken. Denn wenn es nach ihr gegangen wäre, hätte sie alles beim Alten belassen. Die Trennung von Henry hätte sie selbst nie durchgezogen. Obwohl, das gestand sie sich langsam ein, sie schon seit Jahren nicht mehr so richtig glücklich gewesen war. Aber es war bequem gewesen. Es war immer jemand da, man konnte zusammen in den Urlaub fahren, abends ausgehen. Die Beziehung war so bequem geworden wie ein ausgebeulter alter Jogginganzug. Vielleicht hatte Henry genauso empfunden und im Gegensatz zu ihr den Mut besessen, einen Schlussstrich zu ziehen. Er hatte die Flucht nach vorne angetreten und gleich mal noch ein Kind gezeugt.

Nein. Nicht dran denken, befahl sie sich.

Simone schüttelte sich kurz und konzentrierte sich wieder auf Stan und seine Geschichte. »Und dann bist du nach Augsburg gefahren und hast meine Mutter gesucht? Wie hast du sie gefunden? Und: Was ist mit Magda passiert? Hat sie mit Mitch wirklich ihre große Liebe gefunden?«

Stan sah sie traurig an. »Ich glaube, ich bin jetzt erst einmal müde. Sogar nach all den Jahren wühlt es mich auf, wenn ich an diese Wochen zurückdenke. Von deiner Mutter hatte ich ja keine Adresse. Sie wiederzufinden, hat gedauert. Aber weißt du, mir wäre es jetzt wirklich recht, wenn ich mich noch ein wenig allein in meinen Garten setzen könnte. Morgen, das verspreche ich dir, erzähle ich dir den Rest.«

Simone nickte. Stan wirkte wirklich ausgelaugt. »Bleib du ruhig hier. Ich geh noch mal hinein zu Mary und räume auf. Vielen Dank, dass du mir so viel erzählt hast. Im Moment habe ich zwar noch keine Ahnung, wie mir das weiterhilft, aber zumindest habe ich jetzt das Gefühl, auch die Vergangenheit meiner Mutter ein wenig zu kennen. Wobei ich immer noch nicht verstehe, warum sie nie darüber geredet hat.«

Stan nickte. »Vielleicht erfährst du es ja noch. Und ja, ich bin deiner Meinung: Je mehr ich von einem Menschen weiß, von seiner Vergangenheit, von seiner Geschichte, desto besser kann ich seine Handlungen im Hier und Heute verstehen. Ich muss sie ja deswegen nicht gutheißen, aber ich kann sie verstehen.« Er atmete einmal tief durch. »Also, Simone, ich setz mich jetzt dort drüben auf meine Bank in der windgeschützten Ecke und ruhe mich ein wenig aus. Kommst du morgen zum Frühstück zu mir – vielleicht so um zehn?«

Simone nickte. »Gern. Dann bringe ich auch gleich etwas zum Frühstücken mit.«

»Bestens. Also dann bis morgen, und sei nachsichtig mit deiner Mutter. Ich versuche es auch zu sein. Sie wird ihre Gründe für ihr Verhalten gehabt haben«, brummte Stan und mit diesen Worten schlurfte er davon.

Simone beobachtete ihn noch, wie er durch den Garten streifte auf dem Weg zu seiner Bank, dann machte sie sich an den Abwasch der Teetassen, räumte die Milch in den Kühlschrank und deckte die Scones mit einem sauberen Geschirrtuch ab.

An diesem Nachmittag war es zwar windig und kühl, aber zumindest trocken. Simone hatte ihre Windjacke und einen Fleecepullover an. Sie beschloss, ihr Fahrrad stehen zu lassen und einen Spaziergang über die Insel zu machen, um ihre Gedanken zu sortieren. Sie durchquerte den Hof und verabschiedete sich im Laden von Mary: »Stan hat mir von seiner Flucht erzählt. Und von einem Mädchen namens Magda, das ihm sehr ans Herz gewachsen war. Wisst ihr etwas über sie?«

Vorsichtig erwiderte Mary: »Ja, manchmal hat Stan von ihr erzählt.«

»War sie vielleicht einmal zu Besuch?«

Mary schüttelte den Kopf. »Stan hatte, soweit ich weiß, nur Besuch von deiner Mutter. Er hat Irland, glaube ich, auch nie mehr verlassen. Er war öfter mal ein paar Tage in Galway oder auch einmal in Dublin. Aber ich kann mir nicht vorstellen, dass er sich dort mit jemandem aus seiner Vergangenheit getroffen hat. Zumindest hat er uns nie etwas Derartiges erzählt.«

Simone nickte. Sie hatte den Eindruck, dass Mary gern noch etwas gesagt hätte, es aber unterließ. Sie fragte aber nicht nach, sondern erwiderte nur: »Komisch. Magda ist gleichzeitig mit ihm geflüchtet, hat ihm eine Adresse in den USA hinterlassen und ist dann wohl aus seinem Leben verschwunden. Ich bin gespannt, wie die Geschichte weitergeht.«

Mary schien sich sichtlich unwohl zu fühlen. »Er wird es dir sicherlich bald erzählen.«

»Ja, hoffentlich. Für heute hatte Stan genug. Und ich mache jetzt einen Spaziergang und versuche, einmal alle Daten und Personen und Beziehungen auf die Reihe zu bekommen. Ich habe mich für morgen Vormittag mit Stan verabredet. Bis dann.«

»Bis dann. Und, Simone: Vielleicht hast du Lust, am Wochenende mit uns aufs Festland zu fahren. Wir besuchen Patricks Bruder. Er wohnt in der Nähe des Ring of Kerry – wir könnten dich mitnehmen. Dann bekommst du von Irland auch noch ein bisschen was anderes zu sehen als diese öde Insel.«

Simone freute sich über diese Einladung und nahm sie gern an. »Mein Fahrrad hole ich nach dem Spaziergang – also dann, bis morgen, Mary.«

Simone machte sich auf den Weg. Der frische Wind blies ihr ins Gesicht. Die Kargheit der Landschaft beruhigte sie. In ihrem Inneren war schon genug Chaos und Aufruhr. Sie blickte aufs Meer. »Dieses Meer wolltest du also mit deinem Mitch überqueren, Magda«, dachte sie. »Was ist aus dir geworden? Warum hat Stan offensichtlich keinen Kontakt mehr zu dir?«

Sie würde es hoffentlich morgen erfahren. Immerhin hatte sie ja schon einen Anhaltspunkt. Sie würde heute Abend einmal nach der Adresse googeln, die hatte sie sich gemerkt. Vielleicht stieß sie auf diesem Weg schon auf die eine oder andere Information zu diesem Ort und zur Familie von Mitch. Wozu schließlich gab es das Internet. O ja, und dann musste sie auf jeden Fall Charlotte auf den aktuellen Stand bringen. Und Tom anrufen – schließlich brauchte sie ja wieder seine Hilfe, spielte sie ihr Bedürfnis nach einem Gespräch mit ihm vor sich herunter. Nur nicht den Gedanken zulassen, dass aus ihrer Bekanntschaft mehr werden könnte. Nachdem sie diesen Plan für den Abend festgelegt hatte, konzentrierte Simone sich wieder auf sich selbst. Während sie aus dem Dorf hinausmarschierte, kreisten ihre Gedanken um ihre Zukunft. In ihrem Inneren herrschte noch immer so viel Aufruhr, dass sie im Moment noch keine Vorstellung hatte, wohin es sie zog. Sollte sie sich einfach bei einem anderen Unternehmen im Marketing bewerben? Eine andere Branche brachte vielleicht auch die Abwechslung, die sie brauchte. Doch als Simone tief in sich hineinhorchte, spürte sie bei dem Gedanken daran keine Freude. Also gut. Etwas völlig anderes. Aber eigentlich hatte ihr der Job doch Spaß gemacht. Ja. Ganz am Anfang. Da hatte sie für ein kleines, neu gegründetes Unternehmen gearbeitet. Als Start-up würde man es wahrscheinlich heute bezeichnen. Es hatte ihr Spaß gemacht, dass sie mit guter Arbeit das Unternehmen voranbringen konnte. Sie war erfolgreich gewesen. Und so hatte sich ein Job an den nächsten gereiht. Aber immer, und das erkannte sie nun, war es um Produkte gegangen, an denen ihr Herz nicht hing.

Simone schüttelte sich. Ja, das war das Problem und die Herausforderung. Sie musste eine Arbeit finden, ein Projekt, eine Organisation, ein Unternehmen, mit dessen Zielen sie sich identifizieren konnte. Vielleicht eine Umweltorganisation? Oder eine soziale Einrichtung? Es würde nicht einfach werden. Bislang war für sie auch das Gehalt eine wichtige Triebfeder gewesen. Also fragte sie sich: Wäre sie bereit, Abstriche beim Gehalt zu machen? Ja. Sie hatte schließlich die Wohnung ihrer Eltern, sie brauchte nicht viel zum Leben. Und sie wollte endlich wieder das Gefühl haben, für eine Sache zu brennen. Jetzt musste sie nur noch herausfinden, für welche.

Simone zog die Augenbrauen hoch und fluchte leise vor sich hin: »Na prima. Da habe ich mir ja einen super Plan zurechtgelegt. Bin ja gespannt, wann mich da die Realität einholt.«

Zwei Stunden marschierte sie so über die Insel. Nach und nach beruhigten sich ihre Gedanken, und Simone kehrte so entspannt wie lange nicht mehr zu ihrem Fahrrad zurück, schwang sich auf den Sattel und trat in die Pedale, bis sie bei ihrer kleinen Ferienpension ankam.

In ihrem Zimmer bereitete sie sich erst einmal einen Tee zu. Gott sei Dank gab es in England und Irland immer einen Wasserkocher und diverse Teesorten in den Gästezimmern. Mit der dampfenden Teetasse setzte sie sich an den kleinen Schreibtisch vor dem Fenster, klappte ihr Notebook auf und öffnete ihr Mailprogramm. Sie fasste die Erkenntnisse der vergangenen Tage für Charlotte zusammen. Außerdem beschrieb sie ihr den gefundenen Stoff. Vielleicht hatte ihre Schwester ja eine zündende Idee, oder irgendeine Erinnerung blitzte bei ihr auf. Dummerweise hatte Simone vorhin ganz vergessen, ein Foto des Stoffes zu machen. Das musste leider bis morgen warten. Das Schreiben der E-Mails zwang sie, ihre Gedanken zu ordnen. Sie schwor sich, das ab jetzt immer zu machen, sobald sie neue Erkenntnisse hatte. Es half zum einen ihr selbst, Struktur in die Vergangenheit zu bringen, zum anderen hielt sie gleichzeitig ihre Schwester auf dem Laufenden.

Simone trank einen Schluck Tee, der inzwischen kalt geworden war, und öffnete die Google-Suche. Mal sehen, ob dort irgendwas zu Mitch und Magdalena Jenkins zu finden war.

Sie war verblüfft, dass Google tatsächlich fündig wurde. Offenbar war Carolina Mills nicht nur der Name eines Ortes in North Carolina, sondern auch einer Textilfabrik. Na klar, das hätte sie sich ja denken können. Warum sonst hätte Mitch sich in England aufhalten sollen, um Verhandlungen über eine neue Maschine zu führen.

Simone klickte auf die Homepage der Firma, die es offenbar auch heute noch gab. Sie durchforstete alle Menüs und suchte auch im Impressum und unter der Kontakteliste nach Namen und Bildern. Unter der Rubrik *History* wurde sie fündig. Stolz wurde hier die lange, traditionsreiche Geschichte des Betriebs aufgeführt, die bis ins 19. Jahrhundert zurückreichte. Gegründet worden war die Firma 1889 von einem Martin Jenkins. Vielleicht Mitchs Ururgroßvater? Hatte man damals vor allem Baumwolle verarbeitet und für den heimischen Markt produziert, so waren die Kunden heute über die ganze Welt verteilt. Das Unternehmen hatte sich auf exklusive Stoffe spezialisiert und fertigte vor allem Einzelstücke an. Jetzt hatte Simone zwar herausgefunden, dass es das Unternehmen noch gab, aber was aus Magda und Mitch geworden war, das wusste sie noch immer nicht. Sie notierte sich ein paar Daten und die Telefonnummer, suchte noch ein bisschen nach den beiden Namen und klappte dann nach weiterer erfolgloser Suche den Laptop zu. »Na gut. Dann muss ich jetzt eben erst einmal auf Stans Fortsetzung der Geschichte warten.«

Sie schnupperte. Aus der Küche klang Topfgeklapper zu ihr herauf und es duftete köstlich. Simone ging rasch unter die Dusche und schlüpfte anschließend in ihren Jogginganzug. Dann ging sie hinunter. Seamus schnippelte Gemüse klein, während Karen gerade einen Teig knetete.

»Hallo, ihr beiden«, begrüßte Simone die zwei und beneidete sie um ihren vertrauten Umgang miteinander. »Kann ich euch irgendwie helfen? Es riecht ja schon sehr, sehr lecker. Was gibt es denn heute Abend?«

»Ich habe Stew gemacht, das köchelt schon eine Stunde, sodass das Fleisch wahrscheinlich in einer weiteren Stunde weich ist. Dazu gibt es ofenfrisches Brot. Seamus schneidet gerade das Gemüse für die Kartoffelsuppe, die ich für morgen vorbereite. Da bin ich nämlich auf dem Festland – einmal im Monat gönne ich mir mit ein paar Freundinnen zusammen einen Shoppingtag in Galway. Und das hier«, mit einem Nicken deutete sie auf ihre Hände, die den Teig kräftig durchwalkten, »wird ein Butterzopf. Damit ihr mir morgen nicht verhungert. Wenn du willst, kannst du gern schon einmal den Tisch decken. Unsere beiden Dänen haben sich auch zum Essen angekündigt, und wir erwarten drei weitere Gäste. Deck vorsichtshalber gleich für sie mit. Mal sehen, ob sie schon mit der nächsten Fähre ankommen oder erst die um acht Uhr erwischen.«

Simone machte sich ans Tischdecken. Als sie fertig war, füllte sie noch zwei Wasserkaraffen und stellte sie dazu.

Seamus hatte inzwischen einen Wein geöffnet. »Damit er atmen kann«, sagte er lächelnd und gönnte sich gleich einmal einen kräftigen Schluck aus seinem Glas. »Wir brennen drauf, zu erfahren, was es Neues gibt. Aber besser erzählst du es erst, wenn die anderen beiden da sind, oder? Sonst musst du zweimal anfangen.«

Simone nickte dankbar.

Eine Stunde später hatten sich alle fünf um den Tisch versammelt, das Essen stand dampfend in der Mitte und alle langten kräftig zu. Jeder von ihnen berichtete von seinem Tag, Simone von Stans Erzählung, es wurde viel gelacht, diskutiert und gescherzt. Simone fühlte sich hier bereits richtig zu Hause. Als um neun Uhr die neuen Gäste eintrudelten, bedankte sie sich bei Karen und Seamus für das leckere Essen und verabschiedete sich in ihr Zimmer.

Ihr Herz klopfte, als sie die Nummer von Tom wählte. Sollte sie ihn wirklich jetzt noch anrufen? Nun, eigentlich würde sie schon gern seine Stimme hören und seine Meinung zu den neuen Entwicklungen. Du bist aufgeregt wie ein junges Mädchen, schalt sie sich. Es klingelte lange. Gerade schon wollte sie enttäuscht auflegen, als doch noch abgehoben wurde. Eine fröhliche Frauenstimme meldete sich: »Hallo, hier ist Tina, am Apparat von Tom. Kann ich ihm etwas ausrichten?« Simone war so überrascht, dass sie nur stammeln konnte: »N-n-nein. Danke. Ich melde mich morgen noch einmal bei ihm.«

Die gut gelaunte weibliche Person am anderen Ende flötete dann nur: »Ist gut. Tschüss.« Und schon hatte sie aufgelegt.

Simone starrte ihr Handy an. Also doch. Er war bestimmt verheiratet oder zumindest mit einer Frau zusammen. Wieso sollte diese sonst an sein Telefon gehen. Das macht man doch nur, wenn man den Besitzer des Handys sehr gut kennt. Sie hatte so fröhlich geklungen. Hatte Simone bis jetzt versucht, sich einzureden, dass Tom einfach nur ein guter Bekannter sei, so spürte sie jetzt, dass sie sich wieder einmal selbst belogen hatte. Sie war bitter enttäuscht. In die Tatsache, dass er ihr zugehört hatte, dass sie wunderbar miteinander reden konnten, hatte sie viel zu viel hineininterpretiert. Wütend knüllte sie das Kopfkissen ihres Bettes zusammen, auf dem sie saß. Wieso interpretierte sie alles falsch? Tom war einfach ein netter Mensch, der seinen Mitmenschen aufgeschlossen gegenübertrat. Nicht mehr und nicht weniger. Dass da mehr war, dass es zwischen ihnen knisterte – das hatte sie allein ihrer Einbildung zuzuschreiben. Du dumme Kuh – vergiss ihn. Doch das würde nicht so leicht werden, das merkte sie schon. Wie sollte sie ihm jetzt noch gegenübertreten? Würde sie es schaffen, ihn ganz professionell um Hilfe bei der Identifizierung des Stoffes zu bitten? Ihr graute davor. Am besten wäre, wenn sie das Charlotte überließe. Genau. Das war eine gute Idee. Sollte Charlotte ihn treffen. Sie hatte ihn ja auch aufgespürt. Dann könnte er ihr alle Informationen liefern, wenn er denn welche hatte, und die Suche könnte trotzdem weitergehen, ohne dass sie ihn noch einmal sehen musste. Tief aus ihrer Kehle kam ein Schluchzen. Die Enttäuschung tat so weh. Wie gern hätte sie ihm alles unter vier Augen erzählt. Hätte mit den Fingern seine Narbe berührt, ihn zärtlich umarmt. Die Gefühle übermannten sie, und sie drückte das Kopfkissen vor ihr Gesicht, um die Tränen zu trocknen. Wie hatte sie sich nur einreden können, dass er ihr nicht viel bedeute? Jetzt merkte sie umso schmerzlicher, dass sich jede Faser ihres Körpers nach ihm gesehnt hatte. Nach einer ganzen Weile schaffte sie es gerade noch, sich die Zähne zu putzen. Dann sank sie müde und ausgelaugt auf das Bett. An Schlaf war in dieser Nacht dennoch nicht zu denken, unruhig wälzte sie sich von einer Seite auf die andere. Als sie endlich irgendwann einschlief, träumte sie von blauen Augen, in denen sie versank wie in einem See. Immer tiefer und tiefer.

Unausgeschlafen, mit vom Weinen noch immer roten Augen und im strömenden Regen machte Simone sich am nächsten Morgen auf den Weg zu Stan. Die Radfahrt an der frischen Luft bis zu seiner Kate tat ihr gut. Stan sollte nicht merken, dass es ihr schlecht ging. Er hatte nicht zuletzt durch sie gerade selbst genug mit seinen Gefühlen zu tun. Als sie ankam, gelang es ihr offenbar, einigermaßen normal zu wirken. Sie frühstückten zuerst und sprachen über Alltägliches, dann räusperte sich Stan, und Simone spürte, dass er nun seine Geschichte weitererzählen wollte. Sie war gespannt. Nach der schrecklichen Nacht würde sie gern etwas Schönes hören. Doch bereits mit seinem ersten Satz machte Stan diese Hoffnung zunichte.

»Magda ist tot. Sie starb bei einem Feuer, ein Jahr nach ihrer Flucht.«

Simone sah Stan fassungslos an, als er ihr mit brüchiger Stimme die weiteren Ereignisse schilderte.

War es denn zu glauben? Stan hatte erneut in kurzer Zeit alles verloren, was ihm wichtig war. Heimat, Freunde, seine Arbeit und seine Ziehtochter. War sie zunächst nur örtlich von ihm entfernt, musste ihr Tod ein weiterer harter Schicksalsschlag für ihn gewesen sein.

Simone kämpfte mit den Tränen, als sie Stans versteinertes Gesicht betrachtete. Selbst nach all den Jahren fiel es ihm sichtlich schwer, darüber zu reden. Instinktiv legte sie ihre Hand auf seine. Er zog seine nicht weg und sie spürte, wie er zitterte.

Sie hatten es sich in Stans Wohnküche gemütlich gemacht. Der Regen prasselte an die Fensterscheibe, dunkle, schwere, graue Wolken hingen am Himmel. Man hatte fast das Gefühl, das Wetter würde sich der Geschichte anpassen. Sie saßen nebeneinander und blickten in den Garten.

Simones Hand ruhte noch immer auf Stans. Vorsichtig fragte sie: »Wie hast du es erfahren? Wann? Und wo?«

Stan drückte ihre Hand. »Lass mich der Reihe nach erzählen, dann tue ich mir leichter.«

Simone nickte und er begann.

»Nachdem ich mich in Oldham in den Bus gesetzt hatte, um alles hinter mir zu lassen, bin ich bis zur Endstation gefahren. Ich hatte nur ein vages Ziel vor Augen: nach Süddeutschland. Ich wusste, dass der Zug, mit dem Anna damals die Tschechoslowakei verlassen musste, dorthin unterwegs gewesen war. Also dachte ich mir: Am besten erst einmal nach München. Von dort könnte ich mich ja weiter durchfragen. Ich habe mich also erst einmal bis zum Fährhafen nach Dover durchgeschlagen. Dort habe ich mir dann meine Überfahrt verdient – als Hilfsmatrose an Deck eines Frachters. Dank eines anderen Matrosen habe ich dann in Calais ebenfalls einen Hilfsjob im Hafen bekommen, jede Hand war willkommen. Also habe ich erst einmal dort ein paar Wochen gearbeitet, in einer Werkshalle auf einer Pritsche geschlafen und gespart. Als ich genug Geld beieinander hatte, habe ich Lastwagenfahrer angesprochen, die nach Deutschland fuhren. Irgendwann hat mich dann einer mitgenommen. Auf diese Weise habe ich mich bis München durchgeschlagen. Dort wurde es dann schwierig. Erst einmal musste ich mich dort melden. Ich war ja geflüchtet und wollte nicht mehr zurück. Zum Glück hatte ich meinen Ausweis dabei. Man brachte mich zunächst in einer Sammelunterkunft unter. Ich bekam dort ein Bett und warmes Essen, und man half mir, einen Job zu finden. Kein Problem, denn Deutschland befand sich im Aufschwung und ich war nicht anspruchsvoll. Denn dieser Job sollte mich nur über die Zeit bringen, bis ich Anna gefunden hatte. In Deutschland hatten sich die Sudetendeutschen inzwischen gut organisiert. Es gab die sogenannte Sudetendeutsche Landsmannschaft mit einer Vertretung in München. An diese wandte ich mich. Es dauerte etwa zwei Wochen, bis man mir bestätigte, dass Annas Zug nach Augsburg gefahren war und sie sich auch dort gemeldet hatte. Mehr konnten oder durften sie mir nicht sagen. Also machte ich mich wieder auf den Weg. Dieses Mal mit dem Zug. In Augsburg fragte ich als Erstes beim Arbeitsamt nach einem Aushilfsjob, suchte mir eine günstige Unterkunft und wandte mich dann an den Verband der Sudetendeutschen. Auch in Augsburg gab es ein Büro. Den Leuten dort erzählte ich meine Geschichte und warum ich Anna gern wiederfinden wollte. Schließlich ließen sie sich erweichen und nannten mir die erste Meldeadresse von ihr. Aufgeregt machte ich mich auf den Weg dorthin. Aber natürlich wohnte Anna da schon lange nicht mehr. Doch ich hatte das Glück, dass in der Wohnung noch immer die Familie lebte, die Anna damals ein Zimmer vermietet hatte. Und die wussten, wo sie jetzt steckte. Ich erhielt ihre Adresse und erfuhr, dass Anna mit einem Textilfabrikanten verheiratet war und zwei Kinder hatte. Weit weniger euphorisch als vorher verließ ich das Haus. Bis ich tatsächlich den Mut aufbrachte, vor eurem Haus aufzutauchen, dauerte es noch ein paar Tage. Den Rest der Geschichte kennst du bereits. Deine Mutter und dein Vater haben mir viel unter die Arme gegriffen, mir eine Anstellung gegeben. Bis ich selbst also wusste, wo ich am Ende bleiben würde, waren zehn Monate vergangen. Dann habe ich Magda geschrieben. Ich musste sie ja darüber informieren, unter welcher Adresse ich künftig zu erreichen war. Sie ahnte nicht, dass ich auch geflüchtet war. Ich habe ihr einen langen Brief geschrieben und dann gewartet. Damals war so ein Brief gern mal vier Wochen unterwegs. Zwei Monate lang machte ich mir keine Gedanken, dann wartete ich täglich auf Post. Letztendlich dauerte es fast vier Monate, bis ich endlich den

Brief mit den amerikanischen Marken im Briefkasten erspähte. Voller Vorfreude setzte ich mich in meinem kleinen Zimmer an den Tisch. Ich erinnere mich daran, als ob es gestern war. Die Abendsonne schien durch das Fenster, feinste Staubkörnchen wirbelten vor meinen Augen.«

Stan hielt kurz inne und wischte sich über die Augen.

Simone war näher an ihn herangerückt und hatte nun einen Arm um ihn gelegt. Sie ahnte, dass in diesem Brief die schlimme Nachricht gestanden hatte.

»Es hatte ein Feuer gegeben. Das Baumwolllager war abgebrannt und die Flammen hatten rasend schnell auf das Wohnhaus übergegriffen. Als es passierte, war Mitch gerade auf einem Geschäftstermin in Raleigh. Seine Eltern und Magda kamen ums Leben. Ich habe den Brief hier. Er ist ergreifend. Mitch muss sie sehr geliebt haben – er klingt wie am Boden zerstört. Er entschuldigt sich darin, dass es mit der Antwort so lange gedauert hatte, aber er musste erst einmal meinen Brief übersetzen lassen. Er hat mir auf Englisch geantwortet, er wusste ja, dass ich das leidlich beherrsche. Außerdem hat er mich nach der Adresse von Magdas Eltern gefragt. Er wollte sie über den Tod ihrer Tochter benachrichtigen. Ich konnte es nicht fassen. Meine kleine Magda – tot. Nur wenig später, nachdem sie sich ihre Freiheit erkämpft hatte, als sie voller Freude ihr neues Leben begonnen hatte – Ende, aus. Ich weiß nicht, wie lange ich so gesessen habe – dann bin ich raus in die Altstadt und in die nächste Kneipe und habe mich so betrunken wie noch nie vorher. Das Nächste, an das ich mich erinnere, war, wie deine Mutter in meinem Zimmer steht, mich wachrüttelt und fragt, was denn los sei. Warum ich nicht in die Arbeit gekommen sei. Sie habe sich solche Sorgen gemacht. Sie riss das Fenster auf, flößte mir Kaffee und Wasser ein und setzte sich auf meine Bettkante. Ich holte den Brief unter meinem Kopfkissen hervor und gab ihn ihr wortlos. Sie wusste, wer Magda war.

Wir hatten oft über sie geredet. Sie hat mir erzählt, dass sie vor ihrer Vertreibung Magda noch als kleines Baby auf dem Arm gehalten habe. Und ich hatte ihr von den Jahren erzählt, als sie aufwuchs. Von unserer Verbundenheit, unserer gemeinsamen Arbeit, von Magdas Wissbegierde und von ihrer großen Liebe Mitch, den ich nie kennengelernt hatte. Sie las den Brief und wurde dabei selbst immer blasser. Als sie fertig war, rollten auch ihr die Tränen über die Wangen. Sie saß einfach nur neben mir auf dem Bett und wir gaben uns gegenseitig Halt. Ich weiß nicht, wer wen mehr tröstete. Es fühlte sich für mich so an, als ob Anna genauso litt wie ich. Ich weiß, das klingt komisch, weil sie Magda doch eigentlich nicht gekannt hatte. Aber es tat mir unendlich gut. Zu merken, dass die Geschichte auch anderen naheging. Jemanden zu haben, der wusste, wie ich fühlte. Ich weiß nicht, wie lange wir so auf meinem Bett saßen.

Die nächsten Wochen gingen wie in Trance an mir vorbei. Ich ging in die Arbeit, erledigte meinen Job wie ein Roboter und am Abend saß ich entweder in der Kneipe vor meinem Bier oder Anna kam vorbei und wir redeten über Magda. Es tat mir gut, von ihr zu erzählen, und Anna merkte das. Ich weiß nicht, was ich in diesen Wochen ohne sie gemacht hätte. Ich sah keinen Sinn mehr in meinem Leben. Ganz langsam erholte ich mich und begann zu überlegen, was ich mit meinem Leben noch anfangen wollte. Was war mir wichtig? Welche Ziele hatte ich? Eine Karriere hatte ich gehabt – sie hatte mich nicht wirklich befriedigt. Ich hatte eine Arbeit – ja, aber so richtig zufrieden war ich nicht damit. Ich vermisste das Landleben, das wurde mir langsam immer klarer. Die Ruhe, die Natur, die Menschen, die sich im Dorf näher waren als in der Stadt. Ich musste Anna loslassen und mein eigenes Leben aufbauen, unabhängig werden. Solche Gedanken wälzte ich in den nächsten Monaten, und irgendwann war ich so weit, dass ich Anna an meinen Gedanken teilhaben ließ. Davon, mich zu einer

Entscheidung aufzuraffen, war ich noch meilenweit entfernt. Erst ein paar Jahre später konnte Anna das Ganze nicht mehr mit ansehen und stand mit den Flugtickets nach Irland da. Ich habe ihr so viel zu verdanken. Die vergangenen Jahre auf dieser Insel haben mir den Frieden gebracht, den ich nach all den Schicksalsschlägen dringend nötig hatte. Sieh dich um, ich liebe mein kleines Paradies, ich liebe die Menschen und sie schätzen mich. Ich kenne hier jeden, habe genug zu essen und ein bisschen Geld auf meinem Sparkonto. Was will ich mehr? Ich liebe dieses Leben, es ist meines.«

Simone betrachtete Stan. Sein Gesichtsausdruck war friedlich geworden, seine Augen leuchteten. So wollte sie auch gern einmal auf ihr Leben zurückblicken. Zufrieden. Glücklich. Es waren nicht die materiellen Dinge, die am Ende zählten. Zumindest dann nicht, wenn man ein gewisses Grundauskommen hatte, schränkte sie ein. Aber mehr als das brauchte der Mensch nicht. Stan war nie auf einer Kreuzfahrt gewesen, er hatte keine zwanzig Anzüge im Schrank hängen und fuhr auch keine Luxuskarosse. Wahrscheinlich besaß er gar kein Auto. Es ging auch ohne all diese Dinge – wenn man dafür das Leben bekam, das man sich wünschte. Beide hingen sie noch ein paar Minuten ihren Gedanken nach.

»Warst du jemals wieder in der Tschechoslowakei? In deiner alten Heimat? Hast du noch Kontakt zu Magdas Familie, ihren Brüdern?«

»Nein. Ich war nie mehr da. Ich habe Mitch die Adresse geschickt und mir gedacht, dass er ihnen schon alles schreiben wird. Wahrscheinlich haben sie mich danach sowieso gehasst. Ich war schließlich dafür verantwortlich, dass sie überhaupt erst mit nach England gegangen ist. Na ja. Auf jeden Fall hat mich da nichts mehr hingezogen.«

Simone wollte Stan auf andere Gedanken bringen. »Was meinst du, wie soll ich jetzt weitermachen? Ich würde gern in

248

eure alte Heimat fahren, mir vor Ort ansehen, wo Anna ihre Kindheit verbracht hat. Aber ich weiß nicht, wie mich das weiterbringen könnte. Mal abwarten, ob Charlotte etwas über die Herkunft des Stoffes herausbekommt. Und einige Tage bleibe ich auf jeden Fall noch hier, wenn dir das recht ist. Ich würde gern viel Zeit mit dir verbringen, dich besser kennenlernen. Ich finde es unglaublich schön, den Jugendfreund meiner Mutter zu kennen.«

»Ich bin auch sehr glücklich, dass du mich hier gefunden hast, und würde mich freuen, wenn du noch ein wenig dableibst. In meinem Alter weiß man nie, was der nächste Tag bringt.«

Er sagte es leicht dahin, aber Simone spürte, dass er jeden Tag auskosten wollte, der ihm noch blieb. »Bevor ich es vergesse: Hast du den Stoff hier? Ich möchte ihn fotografieren und das Bild Charlotte schicken. Sie kann das an einen gewissen Herrn Braun weiterleiten, einen Experten vom Textilmuseum.« *Herr Braun* – wie distanziert das klang. Aber genau so sollte sie das angehen – mit der nötigen Distanz, rief Simone sich ins Gedächtnis.

Stan deutete auf die Kommode. »Dort drüben liegt er.«

Simone zückte ihr Handy und machte ein Foto.

Stan überlegte laut: »Es muss irgendwas passiert sein. Und zwar in den Jahren von 1943 bis zu ihrer Hochzeit. Als ich Anna wiedergetroffen habe, hat sie mir nur aus der Zeit berichtet, als sie deinen Vater kennenlernte. Meinen Fragen zu der Zeitspanne zwischen meinem Weggang und ihrer Ankunft in Augsburg ist sie zweimal ausgewichen, deshalb habe ich nicht mehr nachgefragt. Es waren ja auch dort schlimme Jahre. Zuerst Krieg, dann die Hetzjagd auf die Sudetendeutschen, Freundschaften entzweiten sich, jeder misstraute jedem, man musste hungern, und dann natürlich für Anna das Trauma, ihre beiden Eltern zu verlieren. Wer weiß, was in dieser Zeit noch alles geschehen ist. Ich habe absolut keine Ahnung, wonach wir suchen sollen.«

»Ja, das liegt alles so weit zurück. Selbst wenn ich nach Černovír fahre und jemanden finde, der für mich dolmetscht, es wird kaum noch jemanden geben, der sie kannte, oder? Vielleicht Theresa, wenn sie noch lebt? Vielleicht Miro? Hast du zu ihm noch Kontakt?«

»Nein. Mit meiner Flucht habe ich alle Verbindungen gekappt. Und als 1989 die Grenze geöffnet wurde, war einfach schon zu viel Zeit vergangen.«

»Du wolltest mir doch die alten Bilder zeigen. Steht das Angebot noch?«

Stan nickte. »Das habe ich tatsächlich vergessen.« Er stand auf und holte die Kiste und den Ordner, beides hatte er neulich abends achtlos auf die Seite gestellt. Wieder am Tisch, öffnete er erst den Ordner. In Klarsichthüllen, auf weiße Blätter aufgeklebt, kamen Schwarz-Weiß-Fotografien zum Vorschein, Postkarten und einige wenige Farbbilder. Stan blätterte gezielt voran, hielt dann auf einer Seite inne und schob ihr das Album zu. »Das sind wir fünf. Das einzige Foto, das es gibt. Hier ist deine Mutter, daneben stehen Theresa, dann Wenzel, Miroslav, und ganz rechts, das bin ich.«

»Wer hat es aufgenommen?«

»Das muss Miros älterer Bruder gewesen sein. Er hatte als Einziger im Dorf eine Kamera – wenn ich mich da richtig erinnere. Von diesem Foto hat er sechs Abzüge gemacht. Für jeden von uns und einen für die Dorfchronik, an der hat er nämlich die ganze Zeit gearbeitet.«

»Es gibt eine Dorfchronik? Dann sollte ich vielleicht doch mal hinfahren. Vielleicht hat sie die Jahre überlebt …«

»Möglich. Das Foto muss um 1942 entstanden sein – kurz danach wurde Miros Bruder einberufen und fiel in Frankreich.

Vielleicht weiß Miro, was aus der Chronik geworden ist – wenn er noch lebt.«

Simone machte sich eine gedankliche Notiz, unter Umständen auch dieser Spur zu folgen. So langsam fand sie Gefallen an der Schnitzeljagd. Vielleicht sollte sie sich künftig auf Recherchetätigkeiten spezialisieren. Na ja, jetzt mal halblang, mahnte sie sich. Noch hatte sie ja fast nichts herausgefunden, außer dass das Leben ihrer Mutter viel facettenreicher war, als sie sich das je ausgemalt hätte. Bedächtig blätterte sie durch das Album.

Einige Seiten später erklärte Stan: »Das ist Theresas Bauernhof, auf dem ich einige Zeit im Stadel gewohnt habe. Hier auf dem Foto links siehst du das Haus meiner Eltern, das ich leidlich renoviert habe. Und hier«, er deutete auf ein kleines Mädchen, das im Staub mitten im Hof kauerte und eine Katze auf dem Arm hatte, »das ist Magda. Das einzige Bild, das ich von ihr habe.«

Das Mädchen hatte helle Haare und war vielleicht dreizehn Jahre alt. Es musste im Sommer aufgenommen worden sein, denn sie hatte ein leichtes Kleid an. Oberhalb des rechten Knies zeichnete sich ein großes Muttermal ab. Aber das übersah man fast, denn das Strahlen des Mädchens zog den Blick auf ihr hübsches Gesicht.

Stan hatte inzwischen in seiner Kiste gekramt. Er zog ein kleines Holzkästchen hervor. »Das habe ich selbst geschnitzt, die Scharniere reingebohrt und einen Hakenverschluss angebracht.« Andächtig strich er über das Holz und stellte das Kleinod vorsichtig auf den Tisch vor sich. Er entriegelte den Haken und klappte den Deckel auf.

Simone schnappte nach Luft. Drinnen lag ihre Puppe – nur in einem deutlich schlechteren Zustand. Auch bei dieser war der Stoff über eine Holzkugel gezogen worden und unten mit einem Gummiband fixiert. Der Rest des Gewebes hing auf den Seiten herunter und war völlig ausgefranst.

»Das ist der Stoff, den ich damals aus der Fabrik mitgenommen und Anna gegeben habe«, erläuterte Stan.

»Und der Stoff, aus dem meine Mutter Puppen für ihre beiden Kinder gebastelt hat«, fügte Simone leise hinzu.

Stan blickte sie erstaunt an. »Sie hat diesen Stoff auch für euch verwendet?«

Simone nickte. »Das ist genau derselbe. Da bin ich mir sicher. Wie kommst du an Magdas Puppe?«, fragte Simone verwundert.

Stan lächelte. »Das war das Spielzeug, das sie neben den Brief gelegt hat, in dem sie mir ihre Flucht gestand. Sie muss ein sehr schlechtes Gewissen mir gegenüber gehabt haben, sonst hätte sie sich niemals von ihrer Puppe getrennt.«

»Wusstest du, dass diese Puppe von Anna war?«, fragte Simone.

Stan nickte.

»Und wann hast du das herausgefunden?«

»Das, meine Liebe, ist wenigstens noch eine schöne Geschichte.« Stan lächelte.

»Da bin ich jetzt aber gespannt.«

»Nun, als ich damals mit Magda Freundschaft geschlossen hatte, war sie ja noch ganz klein, etwa zwei Jahre alt. Eines Nachmittags kam ich von der Arbeit auf dem Feld zu meinem Lager im Heustadel zurück und dort schlief die kleine Maus. Muss wohl beim Warten auf mich eingeschlafen sein. In ihrem Arm hielt sie diese Puppe. Ich traute meinen Augen nicht. Das war der Stoff, den ich Anna damals überlassen hatte. Ich konnte es kaum glauben. Vorsichtig nahm ich die Puppe und hastete aufgeregt hinüber ins Haus zu Theresa. Ich fragte sie, wo Magda denn diese Puppe herhätte, und hielt sie ihr vor das Gesicht.

Theresa wurde blass und fragte mit zittriger Stimme, warum ich das wissen wolle. Da erzählte ich ihr von meinem Diebstahl. Sie schluckte und stotterte dann, dass Magda die Puppe von Anna habe. Sie habe sie ihr kurz vor ihrer *Abreise* geschenkt. Seitdem schlafe das Kind nicht mehr ohne diese ein. Ich konnte es nicht glauben. Anna hatte Magda eine Puppe genäht. Ich hatte also ein kleines Stück Anna wiedergefunden. Und offenbar hatte auch Anna Magda in ihr Herz geschlossen. Ab da war mir klar, dass ich mich um Magda kümmern musste. Tja, und das habe ich getan.«

Wie viele Wege nimmt doch das Leben, grübelte Simone. Kein Wunder, dass sie nun der Stoffspur folgte. Irgendwie hatte sich das ja auch durch Stans Leben gezogen. Aber da war irgendetwas, das in ihrem Unterbewusstsein nagte. Sie sah noch mal die Puppe an. Irgendein Gedanke versuchte, in ihrem Gehirn Fuß zu fassen. Sie konnte ihn nur im Moment noch nicht greifen. Stattdessen fragte sie Stan, ob sie auch die beiden Fotos im Album noch fotografieren dürfe und die Stoffpuppe. Sie wusste zwar nicht, ob ihr das jemals weiterhelfen würde, aber es schadete auch nicht.

Bald danach verabschiedete sie sich von ihm und machte noch einen kurzen Abstecher zu Mary und Patrick, um ihnen zu berichten, dass Stan ihr von Magdas Tod erzählt hatte.

Mary war erleichtert. »Es ist mir gestern wirklich schwergefallen, ihm da nicht vorzugreifen. Ich habe ja gesehen, wie begierig du dich auf diese Fährte gestürzt hast, und ich wusste, dass die Geschichte ein trauriges Ende genommen hatte.«

Wie bereits gestern machte Simone anschließend einen langen Spaziergang über die Insel. Gott sei Dank hatte es aufgehört zu regnen. Die Wolken hingen noch tief und Simone hatte für den Notfall ja die Regenausrüstung dabei. Die Spaziergänge und Radtouren waren ihr fast schon zur lieben Routine geworden.

Am späten Nachmittag kehrte sie in ihr Zimmer zurück und überprüfte ihr Mailpostfach. Ihre Schwester hatte bereits auf die gestrige Nachricht geantwortet. Charlotte schien ziemlich aufgewühlt ob der Erkenntnis, dass ihre Mutter so viel vor ihnen verschwiegen hatte. Simone antwortete ihr mit einer Schilderung der neuen Entwicklungen und schickte auch die Fotos gleich mit.

Bevor ihre Gedanken wieder in Richtung Tom und der Frauenstimme am Telefon marschieren konnten, war es zum Glück schon Zeit, zum Abendessen hinunterzugehen.

Der Abend mit Karen und Seamus und den beiden Dänen, die von ihren zahlreichen Touren berichteten, verging wie im Flug. Sicherheitshalber nahm Simone noch ein Buch mit nach oben und tatsächlich schlief sie nach wenigen Seiten ein.

Am nächsten Morgen wachte sie einigermaßen ausgeruht auf und verbot sich jeden weiteren grämenden Gedanken an Tom. Denn sie wollte den Tag in vollen Zügen genießen. Heute würde sie Mary und Patrick aufs Festland begleiten, auch Stan wollte mit nach Galway übersetzen und seinen Freund Laurel besuchen, der dort ein Pub führte.

Kurz vor acht Uhr trafen sie sich alle vier am Hafen und suchten sich auf der Fähre einen schönen Fensterplatz im Inneren. Viel war nicht los, und so saßen sie kurze Zeit später vor einer dampfenden Tasse Kaffee, die Simone am Kiosk geholt hatte, und Mary packte vier Sandwiches aus. In Galway setzten sie Stan bei seinem Freund ab, dann ging es mit dem Auto rund um die Bucht Richtung Süden. In Doolin parkten sie vor dem Haus von Marys und Patricks Freunden und verabschiedeten sich voneinander. Sie verabredeten, hier um fünf wieder aufzubrechen, um die letzte Fähre um acht Uhr sicher zu erreichen.

Simone schulterte ihren Rucksack und machte sich auf einen siebzehn Kilometer langen Fußmarsch mit dem Highlight der Cliffs of Moher. Im Laden auf Inishmore hatte sie sich gestern mit Keksen und Obst als Wegzehrung ausgerüstet und eine Wanderkarte erstanden. Die Sonne schien erneut, der Wind blies kräftig von der See her und die Temperaturen lagen bei kühlen sieben Grad. Es könnte ein perfekter Tag zum Wandern werden. Obwohl es noch relativ früh im Jahr war, waren auf dem erst vor Kurzem eröffneten Trail schon zahlreiche Wanderer unterwegs. Simone genoss den Tag in vollen Zügen, picknickte in einer der vielen Buchten, blickte stundenlang aufs Meer hinaus und hing ihren Gedanken nach. Der Fund der Puppe, die Magda gehört hatte und die ihrer zum Verwechseln ähnlich sah, nagte noch immer an ihr. Und als sie so auf das Wasser hinausschaute, ließ sie endlich den Gedanken zu, der ihr seit gestern im Hinterkopf herumspukte. Was, wenn Magda auch Annas Tochter war? Wäre das möglich? Stan war 1943 gegangen. Zwei Jahre später befreiten die Russen die Tschechoslowakei vom Naziregime. Dabei gingen sie nicht zimperlich mit der Bevölkerung um. Viele Frauen wurden vergewaltigt. Hatte auch Anna solch ein Leid erfahren und war schwanger geworden? War Magda ihr Kind und damit Simones Halbschwester? Aber warum sollte sie das kleine Mädchen in Černovír zurücklassen? Warum hatte Theresa dann Stan nie die Wahrheit gesagt? Simone schwirrte der Kopf. Sollte sie ihre Vermutung und ihre Gedanken mit Stan teilen? Wenn ihre Mutter tatsächlich ihr Kind damals zurückgelassen hatte, dann würde das zumindest erklären, warum sie nie mehr von diesen Jahren ihres Lebens erzählt hatte. Simone grübelte weiter. Und als Stan ihrer Mutter von Magda erzählte, war diese bereits tot. Stan hatte gesagt, dass Anna wie am Boden zerstört gewirkt hatte. Wenn Magda tatsächlich ihre Tochter gewesen war, dann hatte Stan ihr die Todesnachricht überbracht. Wie schrecklich. Aber spätestens da hätte sie ihm doch die

Wahrheit erzählen können, oder? Simone kam nicht weiter. Vor allem: Wie sollte sie jemals sicher wissen, dass Magda Annas Tochter gewesen war? Die einzige Möglichkeit wäre, Theresa zu fragen, falls diese noch lebte. Oder jemanden aus deren Familie in der Hoffnung, dass jemand anderes auch noch eingeweiht worden war.

Nachdenklich machte sich Simone auf den Rückweg. Am Nachmittag war sie wieder zurück in Doolin, setzte sich noch in ein Café und loggte sich ins WLAN ein. Als sie den ersten Schluck ihres Kaffees nahm, meldete ihr Smartphone neue Mails. Charlotte. Simone konnte sich schon denken, was in der Mail stehen würde. Und tatsächlich, als sie die Nachricht öffnete, fragte Charlotte natürlich verwundert, warum sie nicht selbst mit Tom sprechen wolle. Simone seufzte. Das würde sie ihrer Schwester jetzt nicht schreiben, sondern ihr unter vier Augen erklären. Also antwortete sie nur kurz. »Sage ich dir, wenn ich wieder zu Hause bin.« Sie hatte beschlossen, sich noch ein paar Tage auf der Insel zu gönnen – das Stoffstück lief schließlich nicht davon, und sie wollte Mary, Patrick und vor allem Stan noch ein bisschen besser kennenlernen. Sie schwor sich, auch nach ihrer Abreise den Kontakt zu pflegen. Zu sehr fühlte sie sich inzwischen bei den dreien und auf Inishmore zu Hause.

Sie zahlte und ging los, um Mary und Patrick zu treffen. Gemeinsam machten sie sich auf den Rückweg.

Während der Fahrt erzählte Simone den beiden zunächst von der Puppe und von ihrer Entdeckung, dass es die gleiche war wie diejenigen, die sie und ihre Schwester hatten. Zögernd weihte sie die beiden in ihre weiteren Gedankengänge ein.

Gemeinsam überlegten sie hin und her, ob das wirklich sein könnte. Rein zeitlich könnte es hinkommen.

»Soll ich Stan fragen, was meint ihr? Oder belastet ihn das nur? Ich meine, das sind ja nur Vermutungen.«

Am Ende waren sich die drei einig, Stan erst einmal nichts davon zu erzählen. Simone wollte zunächst herausfinden, wo sie der Stoff hinführen würde. Sollte das scheitern, wäre eine der nächsten Möglichkeiten, sich in der Tschechoslowakei auf Spurensuche zu machen. So ganz hatte sie allerdings auch Marias Rolle in der ganzen Geschichte nicht durchschaut. Die hatte sie doch offenbar bewusst nach Irland gelotst. Und diese Idee war ihr bestimmt nicht alleine gekommen. Wer weiß, ob ihre Mutter nicht auch da ihre Finger im Spiel hatte. Genauso wie das bei dem Stoff der Fall war, den sie bei Stan gefunden hatte. Sie könnte ja zusammen mit Charlotte nochmals nach Sardinien fahren und dort Maria auf den Zahn fühlen. Diese letzte Idee fanden auch Mary und Patrick sehr gut.

Als sie mit ihren Überlegungen so weit waren, passierten sie bereits die ersten Lichter von Galway. Dort sammelten sie Stan wieder ein und setzten mit der letzten Fähre auf die Insel über.

Auf der Fahrt berichtete Simone von ihren Plänen. Sie hatte sich entschieden, noch vier Tage zu bleiben und ihren Rückflug für Donnerstag zu buchen. Am Abend schrieb sie Charlotte von ihrer Idee, gemeinsam nach Sardinien zu fliegen, und von ihrer Vermutung, dass sie vielleicht eine Halbschwester gehabt hatten. Sie sah Charlotte buchstäblich vor sich, wie sie mit großen Augen vor dem Bildschirm saß, wenn diese Nachricht sie erreichte.

Die nächsten Tage verbrachte Simone mit Spaziergängen und saß abends lange mit Stan zusammen um seinen Ofen und ließ ihn von seiner Vergangenheit erzählen.

Am Mittwochabend verabschiedete sie sich schweren Herzens, Stan gab ihr den Stoff mit, und sie versprach, ihn, Mary und Patrick auf dem Laufenden zu halten.

Als sie am frühen Donnerstagmorgen die Fähre bestieg, verließ sie die Insel mit dem Wissen darum, dass sie hier neue Freunde gefunden hatte.

9. KAPITEL

Augsburg, März 2013

Nachdem Simone die Taschen in der Wohnung ihrer Mutter abgestellt hatte, rief sie als Allererstes ihre Schwester an.

Wie sie vermutet hatte, war deren erste Reaktion darauf, dass sie vielleicht eine Halbschwester gehabt hatten, Kopfschütteln gewesen. Erleichtert hörte Simone jetzt, dass Charlotte anschließend in aller Ruhe darüber nachgedacht hatte und die Überlegung jetzt gar nicht mehr so abwegig fand. Letztlich kam auch sie zu dem Schluss, dass es zumindest möglich wäre.

Und so stellte Simone ihr die Frage, die sie am meisten beschäftigte: »Warum hat sie ihr Kind zurückgelassen?«

Charlotte dachte nach und antwortete zögernd: »Ich weiß es natürlich auch nicht. Aber ich habe versucht, mich in ihre Situation hineinzuversetzen. Stell dir vor, du bist gerade mal zwanzig, hast keine Familie mehr und bist gezwungen, das Land zu verlassen. Du hast kein Geld, keine Unterkunft und keine Ahnung, wie es dort sein wird, wo du landest. Dann bekommst du die Möglichkeit, dein Kind bei einer Freundin in sicheren Händen zu wissen. Diese hat einen Mann, einen großen Hof und kann dem Kind ein sicheres Umfeld bieten.«

Sie schwiegen beide einige Zeit, während sie versuchten, sich in die damalige Situation ihrer Mutter hineinzuversetzen.

Zögernd musste Simone zugeben: »Auf jeden Fall wäre es mit einem kleinen Kind deutlich schwerer gewesen, hier Fuß zu fassen. Dazu kommt, dass es damals als Alleinerziehende alles andere als einfach war, den Alltag zu meistern, obwohl das nach dem Krieg sicher auf viele Frauen zutrifft.«

»Ja, aber nicht alle waren in einem fremden Land und völlig mittellos«, gab Charlotte zu bedenken.

»Es hilft nichts, wir müssen weiter auf der Spur bleiben«, schlussfolgerte Charlotte.

»Was hältst du davon, noch einmal Maria zu besuchen, und zwar wir beide? Ich werde den Verdacht nicht los, dass Mama und sie diesen Plan gemeinsam ausgeheckt haben. Wenn wir zusammen zu ihr kommen, wird Maria am ehesten das Geheimnis lüften. Nur so am Telefon erfahren wir bestimmt nichts von ihr.«

»Auch darüber habe ich viel nachgedacht. Und ich gebe dir recht. Deshalb habe ich in der Arbeit schon einmal angekündigt, dass ich nächsten Donnerstag und Freitag Urlaub brauche. Dann haben wir mit dem Wochenende vier Tage für die Reise. Das sollte reichen, oder?«

»Mensch super, Charlotte!« Simone freute sich riesig, diese Tour gemeinsam mit ihrer Schwester zu machen. »Wir zwei gemeinsam auf Reisen, das wird wunderbar. Mit dir an meiner Seite entlocken wir Maria bestimmt die Wahrheit.«

»Genau. Und davon abgesehen freue ich mich sehr auf Sardinien. Ich weiß gar nicht mehr, wann ich das letzte Mal dort war. – So, und nachdem wir das alles geklärt haben, will ich jetzt aber genau wissen, warum *ich* mich mit diesem Tom treffen soll. Du warst doch das letzte Mal hin und weg von ihm. Was ist passiert?«

»Ich habe schon befürchtet, dass du nachfragst«, seufzte Simone. Eigentlich wollte sie nicht darüber reden. Andererseits hatte sie sich geschworen, nicht mehr alles nur mit sich selbst auszumachen. Deshalb erzählte sie ihrer Schwester erst stockend, dann immer flüssiger, was passiert war.

»Ich habe ihn nie gefragt, ob er vergeben ist, weißt du. Dafür haben wir uns einfach noch nicht gut genug gekannt. Und jetzt komme ich mir richtig blöd vor, dass ich mir Hoffnungen gemacht habe, es könnte mehr daraus werden. Tief im Inneren zumindest. Sonst würde mir so eine Frauenstimme am Telefon ja nicht so viel ausmachen. Die klang auch noch nett.«

»Du bist mir eine! Diese Frau muss ja nicht zwangsläufig seine Frau oder Freundin gewesen sein. Vielleicht ist er geschieden und hat eine Tochter und die war am Telefon? Es gibt viele mögliche Erklärungen. Bevor du dich wochenlang quälst, ruf ihn doch einfach noch mal an und mach einen Termin aus, wir brauchen ja tatsächlich noch einmal seinen Rat. Bei der Gelegenheit kannst du ja erwähnen, dass du ihn zurückgerufen hast und eine nette Dame am anderen Ende war. Dann hörst du schon, was er darauf antwortet.«

»Ich habe Angst, dass es keine guten Nachrichten sind und ich dann vor ihm in Tränen ausbreche, so dünnhäutig, wie ich im Moment noch bin. Und das will ich auf keinen Fall.«

»Jetzt mal dir doch nicht im Voraus das Worst-Case-Szenario aus. Selbst wenn: dann bist du halt traurig. Es gibt Schlimmeres, als einem anderen seine Gefühle zu zeigen.«

Simone schluckte. Alleine bei der Vorstellung, Tom gegenüberzusitzen und zu erfahren, dass er glücklich verheiratet ist, sammelten sich Tränen in ihren Augen.

»Ich kann das nicht.«

»Schlaf noch einmal drüber. Dann wirst du sicher erkennen, dass das die einzige Möglichkeit ist, die Sache entweder abzuhaken oder ein Missverständnis aufzuklären. Ich rufe ihn jedenfalls nicht an.«

»Charlotte, das kannst du mir nicht antun.«

»Doch. Weil ich weiß, dass es zu deinem Besten ist. Du solltest ihn gleich anrufen, dann hast du es hinter dir. Tschüss, Schwesterlein. Ich liebe dich. Und du machst das schon.«

Charlotte hatte aufgelegt.

Simone saß wie erstarrt vor ihrem Handy. Mist. Wenn sie etwas über den Stoff herausfinden wollte, dann musste sie mit Tom sprechen. Und so ungern sie es zugab: Charlotte hatte recht. Besser ein Ende mit Schrecken …

Bevor sie es sich noch einmal anders überlegen konnte, wählte sie Toms Nummer. Und siehe da, nach nur zweimaligem Läuten nahm er dieses Mal selber ab.

»Hallo, Tom. Ich bin es, Simone!«, sagte sie zögernd.

»Simone! Endlich rufst du an. Ich hatte schon befürchtet, du hättest mich vergessen!«

Simone schluckte. Er klang völlig normal. Konnte es sein, dass er gar nichts von ihrem letzten Anruf wusste? Sie nahm all ihren Mut zusammen.

»Ich habe vor einigen Tagen schon einmal angerufen. Da ging eine Frau an dein Handy. Ich habe ihr gesagt, dass ich mich später noch einmal melde.«

»Ehrlich? Hmm. Das muss Tina gewesen sein. Na, der werde ich was erzählen. Einfach an mein Telefon gehen und mir nichts davon sagen.«

Er klang alles andere als schuldbewusst, fand Simone. Und sie war kein bisschen schlauer als vorher. Doch bevor sie nachhaken konnte, redete er weiter.

»Wo bist du? Noch immer in Irland? Gibt es etwas Neues? Ich habe die ganzen Tage schon überlegt, ob ich dich anrufen soll. Aber ich wollte dich nicht nerven. Können wir uns sehen?«

Er klang so normal. Fast so, als wäre gar nichts Schlimmes passiert. Aus seiner Sicht war das wahrscheinlich auch so. Außerdem wollte sie ihm ja den Stoff zeigen.

»Nein, ich bin nicht mehr in Irland, sondern wieder hier in Augsburg. Kann ich morgen in deinem Büro vorbeikommen?« Simone wollte das Treffen möglichst auf neutralem Boden stattfinden lassen. Vielleicht half ihr das, ihre Emotionen im Griff zu behalten.

»Im Büro?« Er klang verwundert. »Du bist für mich doch kein geschäftlicher Termin. Pass auf, ein Kollege hat mir vom Kuhsee erzählt. Da war ich noch nie. Wollen wir uns am Samstagnachmittag dort treffen? Irgendwie klingst du bedrückt. Und dein Vorschlag, uns im Büro zu treffen, kommt mir auch seltsam vor. Lass uns doch am Samstag in Ruhe spazieren gehen, und dann erzählst du mir, was los ist. Warum du so anders bist als bei unserem letzten Treffen. Wie wäre es um zwei Uhr?«

Genau das hatte Simone eigentlich verhindern wollen. Aber er klang so überzeugend, dass sie nicht anders konnte als zusagen. »In Ordnung. Dann um zwei am Hochablass.«

»Ich weiß zwar nicht, wo der Hochablass ist, aber das finde ich bis Samstag heraus«, sagte Tom lachend. »Ich freue mich. Jetzt muss ich leider wieder zurück an die Arbeit.«

Die Zeit bis Samstag kam Simone unendlich lange vor. Sie schwankte zwischen Hoffen und Bangen. Tom hatte so freudig und zuversichtlich gewirkt. Aber er hatte auch von einer Tina gesprochen. Wer war sie? Am Samstag dann nahm sie die Straßenbahn hinaus in den Stadtteil Hochzoll. Von der Haltestelle ging sie zu Fuß zum Hochablass und hoffte, dass Tom den Weg dorthin gefunden hatte. Der lange Marsch half ihr, ihre Nerven zu beruhigen.

Er war schon da, ein Fahrrad neben sich. Er winkte ihr zu und seine blauen Augen blitzten vor Freude. Sieht so jemand aus, der gerade seine Frau hintergeht? Sie begrüßten sich. Tom bemerkte offensichtlich ihre Zurückhaltung, runzelte zwar fragend die Stirn, bemerkte aber zunächst: »Hier war ich noch gar nicht.« Er ließ seinen Blick über das Lechwehr und den angrenzenden See schweifen. »Bislang bin ich vor allem an der Wertach entlanggeradelt, die fließt fast an meiner kleinen Mietwohnung vorbei.«

»Da ist es auch sehr schön. In den vergangenen Jahren hat man dort sehr viel gebaut und hübsche Rad- und Fußwege angelegt. Und dort gibt es die Kulperhütte, die hast du bestimmt schon kennengelernt.«

»Ja, obwohl ich erst seit Oktober hier bin und die warmen Tage, an denen man in den Liegen am Ufer sonnenbaden konnte, an einer Hand abzuzählen sind. Ich hoffe, das ändert sich jetzt.«

»Bestimmt. Willst du dein Fahrrad hier abschließen, dann können wir um den See laufen und hinterher wieder herkommen? Es ist zwar auch heute nicht sonnig, aber wenigstens scheint es trocken zu bleiben.«

Tom parkte sein Fahrrad und schloss es ab, dann schlenderten sie über die Staumauer in Richtung See.

»Also was ist los?«, fragte er direkt, sobald sie einige Meter gegangen waren.

Simone hatte sich zu Hause schon zurechtgelegt, was sie sagen wollte. »Ich hatte beim letzten Treffen das Gefühl, dass wir vielleicht mehr als nur Bekannte werden könnten. Du bist mir sehr sympathisch. Aber als diese Frau ans Telefon gegangen ist, wurde mir bewusst, dass ich eigentlich gar nichts von dir weiß. Falls du verheiratet bist oder in einer festen Beziehung lebst, will ich mich da nicht dazwischendrängen. Ich weiß nämlich aus eigener Erfahrung, wie es ist, die Hintergangene zu sein.« Sie schnaufte durch. Das war gar nicht so schwer gewesen.

Bei ihren letzten Worten war Tom stehen geblieben und fasste sich mit der Hand an die Stirn.

»Ich Hornochse. Tina. Da hätte ich ja auch selber darauf kommen können. Aber Tina ist so weit weg davon, meine Frau oder Freundin zu sein, dass ich gar nicht auf die Idee gekommen bin, jemand anderes könnte das denken.«

Simone fühlte eine Welle der Erleichterung durch ihren Körper gehen. Zum ersten Mal seit Tagen konnte sie wieder durchatmen. Aber jetzt wollte sie es auch genau wissen. »Und wer ist Tina dann?«

Sie setzten sich wieder in Bewegung.

»Gib mir bitte einen Moment, damit ich den richtigen Anfang finde«, bat er.

Jetzt war Simone richtig neugierig, welche Geschichte sie nun wohl zu hören bekam.

Nach einiger Zeit sagte Tom: »Ich war fast zwanzig Jahre verheiratet, dann hat mich meine Frau verlassen. Sie war damals dreiundvierzig und wollte auf einmal unbedingt Kinder. Ich kann keine Kinder zeugen und das wusste sie auch. Zwanzig Jahre hat das für sie keine Bedeutung gehabt, aber plötzlich haben wohl die Hormone verrückt gespielt. Tja, so ist das.«

Simone hatte ihm berührt zugehört und bei seinem Geständnis, dass er keine Kinder zeugen könne, voller Mitgefühl die Hand auf seinen Arm gelegt. Das musste wehtun, wenn man die Wünsche des Partners nicht erfüllen konnte und die Beziehung daran scheiterte. Und ihr dieses Geständnis zu machen, war bestimmt auch nicht einfach für ihn. Wenn er so offen war, dann konnte sie es auch sein, auch wenn sie noch immer nicht wusste, was es mit dieser Tina auf sich hatte. »Bei uns waren auch die Kinder der Knackpunkt.« Sie erzählte ihm die ganze Geschichte. »Jetzt, wo es zu spät ist, sehne ich mich nach Kindern. Und ich weiß nicht, wie ich das abstellen kann.«

Tom nickte. »Ich kenne das. Mir ging es jahrelang auch so, nachdem ich erfahren hatte, dass ich niemals Kinder würde zeugen können.«

»Und wie entkommt man diesem Schmerz?«

»Da gibt es, denke ich, kein Patentrezept. Irgendwann habe ich es geschafft, diese Tatsache zu akzeptieren. Am liebsten hätte ich Kinder adoptiert, aber das wollte meine Frau nicht. Also habe ich mich auf meine Arbeit gestürzt. Nachdem sie mich verlassen hatte, habe ich ausgiebig darüber nachgedacht, was ich mit meinem Leben noch anfangen möchte. Und mir wurde klar, dass ich gern meine Lebenserfahrung an Kinder und Jugendliche weitergeben möchte. Seit zwei Jahren bin ich dreimal in der Woche in einer Wohngruppe, in der Jugendliche aus schwierigen sozialen Verhältnissen mit einem Betreuer zusammenwohnen. Ich stehe den Jugendlichen dort mit Rat und Tat zur Seite. Wir lernen zusammen, ab und zu reden wir auch bloß oder wir unternehmen etwas. Das macht mir große Freude, und ich habe das Gefühl, nun wieder eine Familie zu haben.«

Er schwieg. »Wie machst du das, seit du hier bist?«, fragte Simone.

»Einmal die Woche skypen wir und etwa alle zwei Wochen fahre ich für einen Tag hinauf, zum Beispiel morgen. Ich habe bei diesem Projekt hier freie Zeiteinteilung, deshalb kann ich auch mal während der Woche nach Chemnitz, wenn gerade etwas Dringendes ansteht. Manchmal besucht mich auch der eine oder andere hier. Das freut mich besonders, weil ich daran merke, dass ich für sie eine wichtige Bezugsperson geworden bin. Als du letzte Woche angerufen hast, war Tina da. Sie hat eine richtig schwere Kindheit hinter sich und jetzt gerade die Zusage für eine Lehrstelle in ihrem Traumberuf erhalten. Das haben wir gefeiert. Das kleine Biest ist also einfach an mein Telefon gegangen.«

»Sie war sehr nett, und ich hatte ihr ja auch gesagt, dass ich noch einmal anrufe. Da hat sie wahrscheinlich gar nicht gedacht, dir etwas ausrichten zu müssen.« Jetzt, da sie wusste, wer Tina war, konnte Simone sogar darüber lächeln. Sie fühlte sich unheimlich erleichtert und froh.

Wieder gingen sie ein ganzes Stück schweigend weiter, dann begann Simone: »Ich bin gerade an einem ähnlichen Punkt angekommen. Ich möchte gern etwas machen, wofür ich brenne. Mein Job als Marketingmanagerin ruht ja gerade durch das Sabbatjahr. Aber noch weiß ich nicht, was genau ich wirklich machen will. Ich finde das sehr schwierig.«

Tom nickte. »Ich musste auch erst einige Dinge ausprobieren. Und natürlich war da die eine oder andere Enttäuschung dabei. Am Ende bin ich bei dem Projekt gelandet – und bin sehr zufrieden damit. Ich kann dir nur raten, einfach mit dem Ausprobieren anzufangen.«

Wie selbstverständlich hatte er seinen Arm um sie gelegt. Es fühlte sich richtig an. Und so schlenderten sie einmal um den See herum und unterhielten sich intensiv. Simone konnte ihm von ihren innersten Ängsten erzählen, von ihren Wünschen und Träumen – ohne sich dabei blöd vorzukommen. Bei ihm hatte sie das Gefühl, ernst genommen und nicht verletzt zu werden. »Wie lange bleibst du denn hier? Bis zur Ausstellung oder länger?«, fragte sie.

»Auf jeden Fall bis Ausstellungsbeginn. So lange läuft mein Vertrag. Danach gehe ich zurück. Es kann aber sein, dass ich dazwischen noch ein oder zwei Monate Pause einlege, um mein Buch fertigzustellen und um zu reisen. Das weiß ich aber noch nicht so genau.«

»Du bist eher ein spontaner Mensch, oder?«

Tom lachte. »Eigentlich gar nicht. Meine Professur habe ich mir lange und hart erarbeitet. Aber mit diesem Job hier habe ich auch festgestellt, dass es noch viele andere Dinge gibt, die mir

Freude machen. Deshalb habe ich mir vorgenommen, öfter mal was Neues auszuprobieren. Wie man sieht, lernt man da nette neue Leute kennen.«

Er strahlte Simone an, sodass sie lächeln musste. Mit ihm an ihrer Seite bekam das Leben viel mehr Farbe. Sie genoss es in vollen Zügen. Dann wurde sie ernst. »Ja, da hast du recht. Ich war auch viel zu lange in meinem Alltagstrott. Meine Mutter hat mich da rausgerissen. Und eigentlich vorher schon mein Ex-Mann.«

»Das klingt nach einer schmerzhaften Trennung.«

Simone nickte. »Ja, das war es für mich. Mit vielen bitteren Erkenntnissen. Aber dank meiner Mutter habe ich es, glaube ich, geschafft, jetzt nach vorne zu blicken.«

Wieder gingen sie einige Zeit schweigend nebeneinander her. Der Weg führte zunächst an der Ausflugsgaststätte vorbei, danach an zahlreichen Spielplätzen.

Sie holten das Fahrrad ab und spazierten weiter. Nach einem kurzen Abstecher zum Eiskanal, wo bereits einige Kanuten trainierten, machten sie kehrt und wanderten durch den Siebentischwald bis zum dortigen Ausflugslokal, wo sie sich einen gemütlichen Sitzplatz suchten.

»Ich bin sehr froh, dass meine Schwester sich geweigert hat, dir den Stoff zu zeigen. So war ich gezwungen, dich anzurufen und die Sache mit Tina zu klären.«

»Ach, ich bin nur Mittel zum Zweck?« Tom lachte.

»Nein, so habe ich das doch nicht gemeint«, wehrte Simone erschrocken ab. »Aber ich bin normalerweise nicht gut darin, über meine Gefühle zu reden und mich verletzlich zu zeigen. Genau das musste ich aber tun. Jetzt bin ich sehr stolz auf mich, dass ich das durchgezogen habe. Und sehr froh, dass ich mich nicht in dir getäuscht habe. Davor hatte ich nämlich auch Angst. Bei Henry habe ich lange nicht gemerkt, dass er fremdging, und nach so einer Erfahrung traut man seinen eigenen Gefühlen nicht mehr.«

»Das kann ich verstehen. Bitte versprich mir, dass du künftig gleich sagst, wenn dich etwas bedrückt.«

Simone nickte.

»So, und jetzt bin ich richtig neugierig, was du alles in Irland herausgefunden hast.«

Simone erzählte ihm nun die ganze Geschichte, mit allen Wendungen, ihren Vermutungen und Plänen. Dann holte sie den neuen Stoff hervor, den Anna bei Stan deponiert hatte, und reichte ihn Tom.

Er nahm das Stück und schaute es sich genau an. Er drehte sich um und hielt den Stoff so, dass Licht darauf fallen konnte. Dann befühlte und musterte er ihn eingehend.

Simone rutschte schon ganz unruhig auf ihrem Stuhl umher. Erst als ein Lächeln über sein Gesicht glitt, entspannte sie sich.

»Lotusseide.«

»Wie bitte?«, fragte Simone verblüfft. »Du kannst den Stoff tatsächlich identifizieren und zuordnen? Bist du dir sicher? Woher kommt er? Wie kommt er zu meiner Mutter?«

Tom blickte das kleine Stück Stoff versonnen an und schien gedanklich meilenweit entfernt. Als er aufsah, spielte wieder ein Lächeln um seine Lippen und seine Augen funkelten. »Das sind jetzt aber viele Fragen auf einmal. Nun, die erste kann ich ganz klar mit Ja beantworten. Den Stoff kenne ich. Da bin ich mir absolut sicher. Woher er stammt, kann ich zwar nicht auf die letzte Koordinatenstelle genau sagen, aber ich denke schon, dass ich ihn der richtigen Region zuordnen kann.«

»Und?«, drängte Simone. »Woher kommt er? Jetzt bin ich wirklich gespannt. Ich hätte nicht gedacht, dass ich so schnell eine Antwort finden würde.«

Tom schmunzelte immer noch. »Dann will ich es noch ein bisschen spannender machen. Ich entführe dich jetzt in ein Land, das lange Zeit abgeschottet und vom Tourismus unbeachtet im Schatten mächtiger Nachbarn existierte. Dort gibt es einen See. An diesem wächst die Lotusblume. Am Ende der Regenzeit haben deren Blätter die größtmögliche Länge erreicht. Das ist der Zeitpunkt, an dem die Menschen an diesem See mit ihren Booten hinausfahren und die Stängel anschneiden. Danach wird die sogenannte Rinde abgezogen, sodass die inneren Fasern freiliegen. Um diese geht es. Liegen die Fasern von ein paar Stängeln frei, werden sie miteinander verzwirnt, und zwar solange sie noch feucht sind. Das ist wichtig, denn wenn sie austrocknen, werden sie spröde und brechen. Mit diesen Strängen, die immer feucht gehalten werden müssen, kehren die Bootsleute zurück in ihre Hütten. Dort wird Garn gesponnen. Der ganze Herstellungsprozess muss innerhalb von vierundzwanzig Stunden abgeschlossen sein.« Er hielt inne und blickte Simone herausfordernd an. Dabei schmunzelte er noch immer.

Simone war so fasziniert von der Leidenschaft in Toms Stimme und von seiner Erzählung, dass sie ein paar Sekunden brauchte, bis sie bemerkte, dass er nicht weitererzählte. Sie konnte sich ein Lächeln nicht verkneifen. Lächelnd sagte sie: »Oha, ein Ratespiel. Ich muss also jetzt meinen Tipp abgeben, oder?«

»Ja. Was glaubst du, von welchem Land die Rede ist?«

»Hm. Ich denke, es muss irgendwo in Asien sein, wenn wir hier über die Lotusblume sprechen. Keine Ahnung. Ich tippe jetzt einfach mal: Japan? China?«

»Weder noch.« Bei jedem anderen hätte diese Antwort überheblich geklungen. Nicht so bei Tom. Er hatte sich nach vorne gebeugt und kam ihr ganz nahe. Eine Augenbraue fragend nach oben gehoben und noch immer dieses wahnsinnig schelmische Grinsen im Gesicht.

Simone schüttelte ratlos den Kopf. »Wenn du mich so ansiehst, kann ich gar nicht mehr denken. Ich gebe auf. Ich habe keine Ahnung, Herr Professor.«

Tom lehnte sich wieder zurück. Sein Blick und seine Stimme wurden schwärmerisch: »Myanmar, das frühere Birma – und auch dort nur die Region um den Inle-See.«

Simone war wie vor den Kopf geschlagen. Myanmar! Erst Italien, dann Irland, jetzt Myanmar. Wie hatte es ihre Mutter denn dorthin verschlagen? Es wurde immer rätselhafter statt besser.

Inzwischen fuhr ihr Professor schon fort: »Seit den Sechzigerjahren hat sich dort langsam eine Produktionshochburg etabliert. Zunächst, als das Land noch abgeschottet war, wurde der Stoff, von dem eine Person am Tag gerade einmal achtzig bis hundert Gramm herstellen kann, ausschließlich für die Kleidung der buddhistischen Mönche verwendet. Heute hat natürlich die Modeindustrie ihre Finger im Spiel.«

Simone hatte nur mit halbem Ohr zugehört. »Myanmar, Inle-See«, murmelte sie vor sich hin. »Was zum Teufel hat das mit meiner Mutter zu tun?«

Tom hob die Hände und zuckte mit den Schultern. »Diese Frage kann ich dir jetzt tatsächlich nicht beantworten. Aber ich könnte dir noch ein bisschen mehr über die Lotusseide erzählen und über den Inle-See. Ich war nämlich im vergangenen Jahr dort.« Verschmitzt lächelte er sie wieder an.

Simone war baff. War denn jeder schon an diesem See gewesen, von dem sie bislang noch nie etwas gehört hatte? Sie stellte diese Frage laut.

»Na ja, ich denke, jeder, der sich mit Textilien beschäftigt, stolpert früher oder später über die Lotusseide. Mich dagegen hat einfach das Land interessiert, da es noch immer so etwas

Geheimnisvolles hat. Warum es allerdings deine Mutter dort hingezogen haben könnte, weiß ich nicht. Vielleicht war sie ja auch gar nicht dort, sondern hat die Seide über andere Wege bekommen«, gab er zu bedenken.

»Das wäre natürlich auch möglich«, gab Simone zu. »Aber jetzt erzähl mir doch bitte mehr von diesem Land und dem Stoff. Du bist jetzt ja quasi mein Reiseführer auf dem Trip, auf den mich meine Mutter geschickt hat.«

Tom fuhr fort: »Ja, zurück zu der Lotusseide. Sie wird ausschließlich rund um den Inle-See hergestellt. Dort lebt das Volk der Intha – sie sind Meister in der Herstellung. Am Inle-See wächst die Lotuspflanze in Mengen und wird von den Leuten noch von Hand geerntet. Für einen Meter Stoff braucht man rund zehntausend Stängel und eine Woche Zeit. Seit man in den Sechzigerjahren begonnen hat, die Fasern für die Textilherstellung zu nutzen, sind es inzwischen rund fünfhundert Seidenweberinnen, die am Inle-See arbeiten – für einen minimalen Lohn, wie das leider in der Textilindustrie oft ist. Umso schlimmer, wenn man bedenkt, dass ein Sakko eines italienischen Herstellers aus diesem Stoff schnell mal siebentausend Euro kostet.«

»Der Stoff ist also auch bei uns zu haben?«

»Ja. Er ist zwar sehr selten, aber er ist zu haben. Seit Myanmar sich langsam öffnet, fallen natürlich auch die ganzen westlichen Heuschrecken dort ein, um zu sehen, welche Rohstoffe sie hier für wenig Geld bekommen können. Die Arbeitslöhne sind sowieso gering, weil das Land noch immer sehr arm ist.« Tom seufzte. »Ursprünglich war die Lotusseide außer den buddhistischen Mönchen nur der Bekleidung von Statuen vorbehalten. Seit 2010 bezieht ein italienisches Label Stoffe von dort. Auch ein amerikanisches Unternehmen hat seine Fühler ausgestreckt. Als ich vor wenigen Monaten dort war, habe ich mit der Vertreterin eines Unternehmens gesprochen, da sie den

Stoff gern auch in den USA auf den Markt bringen möchte. Einerseits ist das gut für die Bevölkerung, andererseits schöpfen nach wie vor die Behörden die meisten Devisen ab.« Tom wirkte nachdenklich. »Es würde mich interessieren, was aus ihr geworden ist. Denn erstaunlicherweise schien diese Dame das auch so zu sehen. Sie hat mir bei einer Bootstour über den See sogar erzählt, dass sie überlegt, ob sie nicht bei ihrer Firma kündigt und vor Ort ein eigenes Label gründet, das bereits fertige Kleidungsstücke exportiert. Das hätte nämlich den Vorteil, dass man Leute vor Ort qualifizieren könnte und diese selbst Erfahrungen sammeln und nur die Exportsteuern abgezogen würden. Den Gewinn könnte man reinvestieren. Eine charmante Idee. Ich muss mal nachfassen, was daraus geworden ist. Ihre Visitenkarte müsste ich noch haben.«

Simone war beeindruckt von seiner Leidenschaft für das Thema.

»Aber halt, da fällt mir ein, dass du das ja übernehmen kannst, wenn du runterfliegst.« Verschmitzt grinste er sie an.

»Glaubst du wirklich, das wäre sinnvoll? Würde ich da irgendwas rausfinden? Nicht nur über diese Frau, sondern vor allem über meine Mutter? Du hast von fünfhundert Seidenweberinnen gesprochen. Das Gebiet mag ja relativ überschaubar sein, aber woher soll ich wissen, wonach ich suchen muss? Woher soll ich wissen, ob meine Mutter überhaupt dort war?« Simone war wieder einmal ratlos.

Tom griff über den Tisch, nahm ihre Hand in seine und blickte sie an. Wieder fühlte es sich gut und richtig an.

Eindringlich sagte er: »Du wusstest doch auch nicht, was dich in Irland erwartet. Und dann hast du einen Jugendfreund deiner Mutter gefunden. Wieso lässt du dich nicht einfach überraschen, was in Myanmar auf dich wartet? Und wenn du nichts rausfindest, das hast du selbst gesagt, dann hast du es zumindest versucht.«

Simones Herz schlug schneller. Sie war sich sehr bewusst, dass Tom ihre Hand hielt. Es fühlte sich fast schon selbstverständlich an und es war ein schönes Gefühl. Mit Bedauern registrierte sie, dass er seine Hand wieder zurückzog.

Tom lehnte sich zurück und erzählte schwärmerisch: »Zuzusehen, wie die Fischer mit ihren langen Paddeln frühmorgens auf den See hinausfahren, anmutig am Bug stehen und mit einem Bein die schmalen Kanus steuern, ist unvergleichlich. Dort herrscht noch eine Ruhe, wie wir sie in Europa nicht mehr kennen. Selbst wenn man hier an einem einsamen See sitzt, hört man oft Flugzeuglärm, die Bundesstraße oder ein Motorboot. Dort dagegen herrscht einfach nur Stille.« Toms Blick war sehnsüchtig in die Ferne gerichtet.

»Warum begleitest du mich nicht, wenn es dir dort so gut gefallen hat? Dann kannst du gleich herausfinden, ob aus dem Projekt der Lady was geworden ist.« Bevor Simone groß nachdenken konnte, waren ihr die Worte schon entschlüpft. Sie erschrak über sich selbst. Sie kannte ihn doch kaum. Was war nur los mit ihr? Simone spürte, wie sie rot anlief.

Aber Tom antwortete ganz ernsthaft, als ob ihre Frage ganz normal wäre: »Nichts täte ich lieber, als noch mal dort hinzufahren – und irgendwann mache ich das sicher auch. Ich würde dich auch sehr gern begleiten. Aber im Moment kann ich hier nicht weg. Und ich glaube nicht, dass du bis Ende des Jahres warten möchtest, oder?« Forschend blickte er sie wieder an.

Simone schüttelte den Kopf. »Nein, ich würde am liebsten schon morgen fliegen, da hast du recht.«

»Wie ist das, wenn man feststellt, dass die eigene Mutter noch ein zweites Leben gelebt hat?«, wechselte er das Thema.

Simone kaute nachdenklich auf ihrer Lippe. Sie versuchte, ihre Gefühle in Worte zu fassen. »Weißt du, meine Mutter hat schon immer auf ihre Privatsphäre Wert gelegt. Sie verschwand dann oft auch mal für eine Woche, als wir klein waren. Und als

273

wir Kinder aus dem Haus waren, wahrscheinlich auch für länger. Ich dachte immer, sie nimmt sich eine kreative Auszeit und mehr steckt nicht dahinter. Ich fand das nie schlimm, sondern bewunderte sie dafür, dass sie tat, was für sie gut war. Jetzt frage ich mich allerdings, was sie noch so alles verborgen hat. Vor allem seit ich den Verdacht habe, dass sie noch ein Kind hatte. Irgendwie bin ich auch davon überzeugt: Wenn Irland das Ende der Reise wäre, dann hätte sie bei Stan nicht diesen Lotusstoff hinterlassen. Du hast schon recht. Besser hinfahren und nichts finden, als es gar nicht erst versuchen. Deshalb muss ich auf jeden Fall an den Inle-See. Vielleicht gibt es dort ja auch einen Stan, eine Mary und einen Patrick. Und vielleicht findet sich bei denen eine logische Erklärung für alles. Na ja, wir werden sehen. Erzähl mir doch noch mehr von diesem Land, vom See«, bat Simone.

Versonnen blickte Tom nach draußen, in die Kronen der großen Bäume im Siebentischwald, die gerade begannen auszutreiben. Man merkte, dass er das ferne Land gerade vor seinem geistigen Auge Revue passieren ließ. »Der See ist der zweitgrößte des Landes. Ein großer Teil von ihm ist bewachsen mit schwimmenden Gärten, auf denen vor allem Tomaten angebaut werden. Am Ufer stehen die Häuser auf Stelzen. Das sieht ziemlich abenteuerlich aus. Es gibt stabile, moderne Bauten, aber vor allem viele kleine Hütten. Traditionell sind die Fischer für ihre kuriose Fang- und Rudertechnik bekannt. Sie stehen am Bug und bewegen das Boot mit einem Bein voran, das sie um ein Paddel schlingen. Zum Fischefangen lassen sie große Körbe ins Wasser und schlagen mit dem Paddel auf die Wasseroberfläche, sodass die Fische erschrocken hineinflüchten. Der See liegt auf etwa neunhundert Meter Höhe, er ist umgeben von flachem Land, das am Horizont in Hügel und Berge übergeht. Die Menschen sind arm, aber ungeheuer gastfreundlich, wenn sie merken, dass man sich wirklich für ihr Leben interessiert. Du wirst dort ganz schnell Freunde finden. Erst recht, wenn du dich für die Seidenherstellung interessierst. Die Frauen spinnen das Garn und weben die Stoffe auf alten hölzernen Webstühlen. Meist gibt es mehrere in einer Hütte, und das ist natürlich ein Ort, an dem geklatscht und getratscht wird. Ein Tag dort, und du weißt wahrscheinlich alles über die anderen Dorfbewohner – vorausgesetzt, du sprichst ihre Sprache.« Er grinste. »Bestimmt können sie dir sagen, ob deine Mutter dort war.«

Simone blickte ihn an. Es war fesselnd, wie er von diesem fernen Land schwärmen konnte. »Was ist denn eigentlich, außer der schwierigen Herstellung, das Besondere an der Lotusseide?«, fragte sie.

»Die Fasern sehen unter dem Mikroskop ähnlich aus wie die von Sportbekleidung. Und ähnlich sind auch die Eigenschaften: Lotusseide ist sehr leicht, atmungsaktiv, wasserabweisend, und sie soll bei Hitze kühlen und bei Kälte wärmen. Außerdem knittert sie nicht. Rein optisch ähnelt sie einem Leinenstoff – aber«, er schmunzelte und deutete auf den Stoff, »das weißt du ja schon.«

Simone blickte auf das Stück Stoff zwischen ihnen. Unscheinbar lag er da. Man sah ihm weder an, dass er das Zeug dazu hatte, ihr Leben zu verändern, noch, dass seine Herstellung sehr, sehr aufwendig war.

»Du hast recht. Ich bin ungeduldig und will wissen, was mich dort erwartet. Deshalb werde ich schnellstmöglich einen Flug buchen. Auch wenn jetzt bald die Regenzeit anbricht, will ich nicht bis zum Herbst warten.« Simone nahm einen Schluck von ihrem Wasser. »Kannst du mir bitte auf jeden Fall die Kontaktdaten der Amerikanerin heraussuchen? Dann hätte ich zumindest eine Anlaufadresse. Falls sie noch da ist, kennt sie bestimmt inzwischen einige Leute und könnte mir weiterhelfen. Und vielleicht löst sich dank ihr auch mein Sprachproblem.« Simone schmunzelte. »Irgendwie ist das Ganze tatsächlich zu einer Schnitzeljagd geworden. Und ich habe noch immer keine Ahnung, welcher *Schatz* mich am Ende dieser Odyssee erwartet. Aber weißt du, vor einigen Wochen hatte ich noch Angst davor, was ich entdecken könnte. Inzwischen überwiegt die Neugier. Vielleicht hatte ich sogar eine zweite Schwester. Unglaublich.«

Tom erwiderte nachdenklich: »Ist es nicht immer so? Sobald wir etwas Neues wagen und aus unseren eingefahrenen Bahnen ausbrechen, empfinden wir zunächst Angst. Das hat uns bestimmt die Evolution in die Wiege gelegt. Wichtig ist, dass man das weiß und selbst entscheidet, wann es richtig ist, sich dieser Angst zu stellen. Denn manchmal muss man einfach Neues wagen, weil man sich im alten Fahrwasser nicht mehr wohlfühlt. Der Schritt, mein Projekt anzugehen, hat mir zunächst auch Bauchschmerzen verursacht. Heute bin ich froh, dass ich die ersten Wochen, die anstrengend waren, durchgestanden habe. Mein Leben ist seitdem reicher geworden. Ich erkundige mich morgen mal bei der amerikanischen Firma nach Sandra – so heißt sie, glaube ich. Mal sehen, ob sie noch in Myanmar ist.«

Sie unterhielten sich noch lange, und Simone berichtete von ihrem Plan, nächste Woche mit ihrer Schwester nach Sardinien zu fliegen, um Maria auf den Zahn zu fühlen. Tom hielt das ebenfalls für eine gute Idee. Schließlich zahlten sie und verließen das Restaurant.

Tom schob sein Fahrrad und begleitete Simone bis zur Straßenbahnhaltestelle, wo sie sich verabschiedeten.

»Morgen fahre ich nach Chemnitz. Aber ich mache mich gleich jetzt noch auf die Suche nach der Visitenkarte von Sandra und versuche, sie aufzustöbern. Sobald ich etwas erreicht habe, melde ich mich.«

»Vielen Dank. Und danke auch für diesen schönen Nachmittag.«

Unschlüssig und unsicher stand Simone da und wusste nicht, wie sie sich verabschieden sollte. Tom nahm ihr die Entscheidung ab. Er lehnte sein Fahrrad an das Geländer der Haltestelle und nahm sie ganz einfach in den Arm. Simone schmiegte sich an ihn. Es fühlte sich so gut an. So richtig. Tom nahm ihr Gesicht in die Hände. »Ich bin so froh, dass das Schicksal uns zusammengeführt hat. Lass es uns langsam angehen, und bitte rede mit mir, wenn dich etwas bedrückt«, bat er sie ernsthaft. Simone nickte. Dann stellte sie sich auf die Zehenspitzen und gab ihm einen vorsichtigen Kuss auf die Wange. Tom nahm sie noch einmal ganz fest in den Arm, dann trennten sie sich.

Auf dem Rückweg machte Simone einen Abstecher zur City Galerie, Augsburgs hochfrequentiertem Einkaufstempel. Sie wollte gleich noch im Buchladen nach einem Reiseführer von Myanmar Ausschau halten. Titel für Titel durchforstete sie die Regale: China, Indien, Thailand – aber weit und breit nichts zu Myanmar, auch nicht unter den Landesnamen Burma oder Birma. Simone sah sich nach einer Verkäuferin um.

»Eigentlich müssten wir mindestens einen Reiseführer dahaben«, sagte die Buchhändlerin, die mit ihrer sonnengebräunten Haut aussah, als ob sie gerade aus dem Urlaub zurückgekommen wäre. »Ich komme mal mit und schaue.« Sie warf einen geübten Blick in das Regal und zog ein dünnes Büchlein heraus.

»Oh, vielen Dank. Das habe ich übersehen.«

»Gern geschehen. Es gibt noch ein oder zwei andere Verlage mit Reiseliteratur zu Myanmar – aber viel mehr nicht. Noch ist das kein Land, in dem der Massentourismus angekommen ist.«

»Bis vor einer halben Stunde wusste ich noch nicht einmal, dass ich mich jetzt für Myanmar interessieren würde.« Simone gab der Verkäuferin das Buch zurück: »Ich nehme das.«

Tom würde ab morgen in Chemnitz sein, Simone ab Donnerstag auf Sardinien. Wahrscheinlich würden sie sich vorher nicht mehr sehen. Aber auf jeden Fall telefonieren. Sie fühlte sich wohl mit Tom. Er konnte gut zuhören. Vielleicht lag es an ihren ähnlichen Erfahrungen, dass sie das Gefühl hatte, ihn schon lange zu kennen. Sie freute sich bereits jetzt darauf, seine Stimme zu hören. Lass es langsam angehen, ermahnte sie sich – Tom hatte sicherlich recht damit, nichts zu überstürzen.

Am Abend durchsuchte Simone noch einmal Annas Wohnung nach weiteren Anhaltspunkten. Mit ihrem neuen Wissen fiel ihr vielleicht irgendwas ins Auge, das sie bisher übersehen hatte. Aber dem war nicht so. Danach setzte sie sich auf die Dachterrasse, kuschelte sich in eine dicke Decke und öffnete eine Flasche Wein. Das Leben war schön. Ihr Blick richtete sich endlich wieder nach vorne. Kein Grübeln mehr darüber, was gewesen wäre, wenn. Kaum ein Gedanke mehr an Henry. Simone hörte wieder einmal in sich hinein. Wo zog es sie hin? Was wollte sie? Erstmals setzte sie sich nicht selbst mit der Entscheidung unter Druck, sondern ließ die Frage langsam sacken. Auf jeden Fall wollte sie für ein Unternehmen oder eine Organisation arbeiten, mit dessen oder deren Produkten oder Dienstleistungen sie sich identifizieren konnte. Außerdem hatte sie jetzt auch genug Zeit, sich ehrenamtlich zu betätigen. Sie dachte an das Altenheim, in dem Anna gewesen war. Und an die alten Leute, die im Gemeinschaftszimmer saßen. Vielleicht fragte sie dort nach, ob sie einmal die Woche zum Vorlesen oder zum Basteln vorbeikommen könnte. Erstaunlich, welche Möglichkeiten sich einem boten, wenn man sich die Zeit nahm, darüber nachzudenken. Aber zunächst galt es, dem Geheimnis ihrer Mutter auf die Spur zu kommen. Sie war schon sehr weit gekommen und wusste so viel mehr von ihrer Mutter. Selbst wenn sie ihr Kind damals zurückgelassen haben sollte, konnte sie keinen Groll ihr gegenüber empfinden. So viel war Simone inzwischen klar. Die Umstände waren damals bestimmt so schrecklich gewesen, dass ihre Mutter nicht anders gekonnt hatte. Sie schüttelte sich bei dem Gedanken, wenn sie daran dachte, dass Anna Jahre später von Stan so nebenbei vom Tod ihrer Tochter erfahren hatte. Wie grausam vom Schicksal. Simone schloss kurz die Augen und rief sich ihre Mutter vor Augen. Im Stillen bedankte sie sich bei ihr. Schließlich hatte sie ihr neue Freunde beschert und sie den Mut fassen lassen, ihren Job vorübergehend aufzugeben und sich auf die Reise zu machen.

Kurz nach Mitternacht räumte sie alles nach drinnen, löschte die Lichter und ging zu Bett. Mal sehen, welche Erkenntnisse die kommenden Tage bringen würden.

Am nächsten Vormittag telefonierte sie mit ihrer Schwester.

»Gott sei Dank hast du dich überwunden und das geklärt. Ich freue mich für dich.« Charlotte war erleichtert, nachdem Simone ihr erzählt hatte, was es mit der Frau am Telefon auf sich hatte. »Dann war es also schön mit dem Herrn Experten aus dem Textilmuseum? Hoffentlich lerne ich ihn bald mal kennen.«

»Lass mich ihn doch selbst erst einmal näher kennenlernen«, sagte Simone und merkte, wie weich ihre Stimme dabei wurde.

»Höre ich tatsächlich einen richtig verliebten Ton? Dann muss ich mich bei diesem Tom auf jeden Fall bedanken, der es schafft, meiner nüchternen Schwester Gefühle zu entlocken. So, und jetzt musst du mir alles erzählen. Jedes schmutzige Detail, bitte.«

»Mit schmutzigen Details kann ich nicht dienen.« Simone lachte auf. Und fügte hinzu: »Aber ich weiß jetzt, was das für ein Stoff ist.«

»Spann mich nicht so auf die Folter. Was ist es?«

»Lotusseide, die am Inle-See in Myanmar hergestellt wird.«

»Sag bloß, Mama war dort auch? Ich fange an, sie echt zu bewundern. Was die so alles hinter unserem Rücken gemacht hat. Chapeau.«

»Ganz so toll finde ich das nicht. Irgendwie fühle ich mich schon etwas von ihr betrogen. Vor allem, wenn sie uns tatsächlich unsere Schwester verschwiegen hat.«

»Deshalb fliegen wir am Donnerstag wirklich am besten zu Maria. Ich bin mir mit jedem Tag sicherer, dass sie viel mehr weiß, als sie bislang preisgegeben hat.«

»Ja, ich mir auch.«

»Und wann fliegst du nach Myanmar?«

»Woher weißt du, ob ich fliege?«

»Ich weiß es natürlich nicht. Aber ich würde dich dringend darum bitten. Bis jetzt hast du auf jeder Etappe etwas herausgefunden.«

»Du hast ja recht. Und eigentlich habe ich mich auch gestern gleich entschlossen, bald zu fliegen. Tom versucht, Kontakt zu einer Amerikanerin herzustellen, die er vor einigen Monaten dort kennengelernt hat.«

»Tom war auch schon dort? Was für ein Zufall. Inle-See klingt für mich jetzt nicht nach New York oder Gardasee, wo schon jeder Zweite einmal war.«

»Ja, ich war auch überrascht. Aber wenn er tatsächlich diese Amerikanerin dort auftreibt, hätte ich zumindest schon eine erste Anlaufstelle. Das wäre mir sehr recht.«

»Das glaube ich.«

»Gut, dann sehen wir uns am Donnerstagmorgen. Du holst mich ab, ja? Und dann fahren wir zum Flughafen. Und Charlotte: danke für deine Weigerung, mir das Treffen mit Tom abzunehmen.«

»Keine Ursache. Bis dann.«

10. Kapitel

Sant'Antioco, Sardinien, April 2013

Es klingelte. Simone fuhr aus dem Schlaf und blickte auf ihren Wecker: Schon sechs Uhr – sie hatte verschlafen. Das war Charlotte, die sie abholte. Schnell sprang Simone aus dem Bett und öffnete ihr. »Sorry, Charlotte. Ich habe verschlafen. Das ist mir ja noch nie passiert. Bin in fünf Minuten fertig.«

»Kein Stress. Wir sind früh genug dran. Ich trage schon mal deine Tasche nach unten und hole uns beim Bäcker drüben eine Butterbreze und einen Kaffee für die Fahrt. Kommst du dann runter? Ich stehe direkt vor dem Haus im Parkverbot.«

»Super. Kaffee und Breze wären genial. Ich komme gleich.«

Der Flug und die anschließende Autofahrt über die Insel klappten reibungslos und am frühen Nachmittag standen sie vor dem Haus einer völlig überraschten Maria. Sie hatten vorher lange überlegt, ob sie sich ankündigen sollten, dann aber auf den Überraschungseffekt gesetzt. Maria hatte Sardinien in ihrem Leben fast nie verlassen. Sie würde also sehr wahrscheinlich zu Hause oder bei Paolo sein. Und so war es auch. Maria fiel aus allen Wolken, als die beiden auf einmal vor ihr standen.

»Mamma mia. Gleich alle zwei. Das ist ja eine tolle Überraschung. Charlotte, ich freue mich, dich wiederzusehen.«

Sie umarmten sich herzlich und gingen auf die Veranda, wo Maria ihnen zu trinken einschenkte.

»Und glaubt nicht, dass ihr einer alten Dame vormachen könnt, dass ihr sie nur einfach so besuchen kommt. Ich bin alt, aber nicht dumm. Ich kann mir denken, was ihr wollt. Also warst du in Irland erfolgreich, Simone, nicht wahr? Hast du Stan kennengelernt?«

Simone blieb der Mund offen stehen. Und sogar Charlotte brauchte einen Moment, bis sie sich wieder gefangen hatte.

»Du wusstest von Stan?« Beide Schwestern riefen das einstimmig empört aus.

Maria schmunzelte. »Ja, sicher. Oder glaubt ihr, ich hätte Simone grundlos auf diese kalte, unwirtliche Insel geschickt?«

»Das gibt's doch nicht. Das haben Mama und du doch gemeinsam ausgeheckt. Gib's zu. Und jetzt wollen wir wirklich alles wissen. Keine Geheimnisse mehr!«

»Nein. Keine Geheimnisse mehr. Jetzt nicht mehr. Ich bin froh, dass ihr sogar beide gekommen seid. Ich werde euch alles erzählen, was ich weiß. Aber jetzt muss ich erst einmal den Schreck verkraften, dass ihr einfach so hier auftaucht, und meinen Mittagsschlaf stört. Ihr seid bestimmt schon lange auf den Beinen. Ruht euch doch auch ein wenig aus. Später machen wir es uns hier gemütlich und ich erzähle euch alles.«

»Ja, das ist eine gute Idee. Ich bin tatsächlich müde – schließlich sind wir seit den frühen Morgenstunden unterwegs.«

Während Maria drinnen ihr Nickerchen hielt, holten sich die beiden Schwestern zwei Liegen und stellten sie unter die Pergola. Im Nu waren auch sie eingeschlafen.

Sie wachten auf, als Maria mit einem Topf Nudeln und einer aromatisch duftenden Soße auf die Terrasse trat.

»Oh, Maria, du bist ein Engel. Ich habe schrecklichen Hunger. Das duftet sehr, sehr lecker.«

»Na, dann greift mal zu, während ich erzähle.« Sie setzten sich an den Tisch, bedienten sich, und Maria begann ihre Geschichte.

»Im vergangenen Jahr stand Anna ebenso überraschend vor meiner Haustür wie ihr beiden gerade. Sie war sehr blass und wirkte krank. Ich wusste sofort, dass etwas passiert war. Sie erzählte mir, dass sie bei sich die ersten Anzeichen einer Demenz entdeckt habe. Sie hatte fürchterliche Angst, ihre Vergangenheit zu vergessen und nie mehr die Chance zu haben, mit euch darüber zu sprechen. Sie hatte das immer vor sich hergeschoben und merkte nun, dass sie vielleicht nicht mehr in der Lage sein würde, euch ihre Geschichte zu erzählen, weil die Demenz fortschreiten würde. Denn diesen Plan hatte sie die ganze Zeit verfolgt. Nun, deshalb also war sie zu mir gekommen. Du, Simone, hattest gerade die Trennung von Henry hinter dir, und deine Mutter merkte, wie schwer du damit zurechtkamst. Ihr selbst hatte das Reisen immer geholfen, und so entstand der Plan, zwei Fliegen mit einer Klappe zu schlagen. Wir beschlossen, eine kleine Schnitzeljagd zu veranstalten. Das hatte den Vorteil, dass du aus deinem Schneckenhaus herauskriechen musstest und dabei selbst entscheiden konntest, wann du das machst und wie viel du erfahren willst. Außerdem hoffte deine Mutter, dass ihr beide – du und Charlotte – euch dadurch wieder näherkommt. Denn ihr würdet euch beratschlagen müssen. Und wie ich sehe, ist ihr Plan aufgegangen.«

Charlotte und Simone sahen sich an. »Was für eine Intrige. Das habt ihr zwei euch ja sauber ausgedacht. Du wusstest also die ganze Zeit von Stan und von Magda?«

Ein Schatten glitt über Marias Gesicht. »Ich wusste schon lange von ihnen. Genau wie euer Vater.«

»Aber warum hat sie uns nie etwas erzählt?«

»Ihr wart ihre Kinder. Kindern will man nicht gern von seinen Sorgen, Nöten und schrecklichen Erlebnissen berichten, solange es sich vermeiden lässt. Aber sie wollte es euch immer *irgendwann einmal* sagen. Wie gesagt, der Plan war, dies noch zu Lebzeiten zu tun – doch falls nicht«, Maria schloss kurz die Augen, »sollte ich das übernehmen.«

»Und deshalb hast du gezielt diesen Stoff aus der Kiste gefischt, ihr sozusagen die Aufgabe abgenommen?«

»Genau. Das hatten wir so vereinbart. Ich musste Anna versprechen, dass ich dich nach Irland schicken und dir nicht schon vorher alles erzählen würde. Sie wollte, dass du selbst aktiv wirst.«

»Na bravo. Das ist euch ja wirklich gut gelungen.«

Maria lächelte. »Ja, das finde ich auch. Ich bin sehr stolz auf uns.«

»Aber«, Charlotte klinkte sich ein, »du hast gesagt, dass Papa und du schon lange von Stan wussten. Wann hat Anna euch das denn erzählt? Und stimmt es, dass Magda Mamas Tochter und damit unsere Halbschwester war? Wie konnte es passieren, dass Mama sie einfach in der Tschechoslowakei zurückließ?«

Marias Miene wurde wieder traurig. »Das sind viele Fragen. Am besten beantworte ich sie, indem ich euch schildere, wie ich alles erfahren habe. Das war auch hier auf dieser Veranda, Ende der Sechzigerjahre. Hier hat mir Anna ihre Geschichte erzählt.«

Černovír 1945: Annas Geschichte

»Sie kamen im Morgengrauen. Wir hatten in den vergangenen Tagen immer wieder davon gehört und doch gehofft, dass wir in unserem abgeschiedenen kleinen Dorf verschont werden würden. Mama hatte Vorsichtsmaßnahmen ergriffen. Wir hatten in den letzten beiden Nächten bereits ganz hinten im Heuschober übernachtet. Dort hatten wir uns auch Wasser- und Essensvorräte bereitgelegt, falls wir einige Tage ausharren mussten. Was wir hörten, klang fürchterlich. Man treibe die sudetendeutsche Bevölkerung – diejenigen, die nach diesem schlimmen Krieg noch übrig waren – auf den Marktplätzen zusammen. Von Schlägen war die Rede und von schweren Misshandlungen. Die tschechischen Partisanen, die sich für die schlimmen Jahre unter Hitler rächen wollten und sich an den Sudetendeutschen schadlos hielten, befanden sich in einem Blutrausch. Mama hatte sich mit ihrer Freundin unterhalten, die ihr von Frauen erzählte, die vergewaltigt worden waren. Ich hatte Angst. Und Mama auch. Sie hatte die großen Küchenmesser mit auf den Heuboden genommen. Auch der Rechen und die Sense lagen dort. Mit einem grimmigen Gesichtsausdruck hatte sie das lange Sensenblatt geschärft. Mir lief es kalt den Rücken hinunter. Nun war endlich dieser sinnlose und fürchterliche Krieg vorbei – und jetzt mussten wir uns schon wieder fürchten. Papa war 1943 in den letzten Tagen der Schlacht von Stalingrad gefallen, er konnte uns nicht mehr helfen. Alles, was wir wollten, war doch nur, in Ruhe zu leben. Wir hatten uns Hitler nicht gewünscht, wir hatten ihn nicht unterstützt – aber das interessierte niemanden. Wir waren Sudetendeutsche und in den Augen vieler Tschechen mitschuldig am Gemetzel und Leid der vergangenen sechs Jahre. Irgendwie konnte ich das sogar verstehen. Das Volk hatte massiv unter Hitler gelitten und nicht wenige der Sudetendeutschen hatten sich mit Freude der Wehrmacht angeschlossen. Aber eben nicht alle. Doch wenn es um Rache ging, dann machte man keinen Unterschied mehr, dann wurde nicht lange nach den Details gefragt, sondern gehandelt. Ich saß also auf dem Heuboden hinter unserem Haus. Nach einer unruhigen Nacht, in der Mama und ich abwechselnd Wache gehalten hatten, damit uns niemand im Schlaf überraschte, waren auf einmal laute Stimmen zu hören. Schritte ertönten vom Hof, Männer klopften laut an unsere Haustür. Sie waren da. Sie hatten schweres Gerät dabei und im

Nu hebelten sie die Tür auf. Wir hofften, dass sie nur das Haus durchsuchen würden. Aber so viel Glück hatten wir nicht. Es dauerte nicht lange, dann wurde auch am Riegel der Stadeltür gerüttelt. Wir hatten von innen zusätzlich noch eine Kommode davorgeschoben. Alles uns Mögliche getan, um sie aufzuhalten. Doch natürlich reichte das nicht. Sie waren zu fünft. Ich weiß bis heute nicht, wer uns verraten hatte. Irgendjemand aus dem Dorf muss ihnen gesagt haben, dass wir Sudetendeutsche waren. Und jetzt waren sie gekommen, um uns zu holen. Sie stürmten in den Heuschober, und als sie uns entdeckten, jubelten sie vor Freude. Doch Mama ließ sich nicht ins Bockshorn jagen. Sie schnappte sich die Sense und ging auf den Ersten los, der die Leiter nach oben erklomm. Nie hätte ich meiner Mutter das zugetraut, aber sie hieb mit der Sense auf den Kerl ein. Blut spritzte, er schrie wie am Spieß. Doch leider hatte meine Mutter ihn nicht tödlich getroffen. Er schaffte es, ihr die Füße wegzuziehen, und sie stürzte auf die Sense. Ich brüllte. Voller Schrecken sah ich, wie die anderen nun heraufkamen. Da half mir der Rechen nicht mehr, den ich wild hin und her schwang. Als ich gepackt wurde, versuchte ich verzweifelt, das Küchenmesser aus meinem Rock hervorzuziehen. Aber der Kerl hatte so etwas geahnt. Im Gegensatz zu mir war er kampferfahren und mir körperlich weit überlegen. Im Nu hatten sie mich überwältigt. ›Schaut mal, was wir hier haben‹, tönte der Kerl. ›Das ist ja mal ein Leckerbissen. So ein hübsches Täubchen. Wäre doch schade, wenn wir nicht noch unseren Spaß hätten, bevor wir sie mitnehmen.‹ Die anderen johlten vor Vorfreude. Ich war starr vor Entsetzen. Ich bettelte und schrie. Doch niemand kam uns zur Hilfe, obwohl inzwischen wohl jeder im Dorf mitbekam, was gerade passierte. Einer nach dem anderen ist über mich hergefallen und hat mich brutal vergewaltigt. Danach sind sie einfach gegangen. Mich mitzunehmen, die Mühe haben sie sich gar nicht mehr gemacht. Ich lag im Heu. Blutend, beschmutzt, neben meiner toten Mutter, allein. Hätte ich eines der Messer gefunden, dann hätte ich es mir ins Herz gestoßen. Aber sie hatten sie wohl alle mitgenommen. Ich konnte nicht einmal weinen. Nur erbrechen musste ich mich immer wieder. Ich weiß nicht, wie lange ich so dalag. Auf einmal hörte ich vorsichtige Tritte auf der Leiter und Theresa tauchte auf. Sie wurde blass, als sie meine Mutter tot in ihrem Blut liegen sah. Und mich mit zerrissenem Rock halb nackt neben ihr. Sie war die Einzige im ganzen Dorf, die sich um mich kümmerte. Sie half mir ins Haus, holte Wasser, wusch mich und hielt mich ganz fest. Sie ließ mich nicht aus den Augen, vielleicht hätte ich mich sonst tatsächlich noch umgebracht. Ich weiß es nicht. Sie blieb die nächsten Tage bei mir, flößte mir Suppe ein und wiegte mich in ihren Armen, als endlich die Tränen kamen. Irgendwann, nach ein paar Tagen, sagte ich ihr, dass sie nun gehen könne. ›Ich komme jetzt klar, Theresa. Ich werde mir nichts antun, das verspreche ich dir. Ich will nur eines: das alles vergessen.‹

›Oh, Anna. Es tut mir so unendlich leid, was passiert ist. Ich war einfach zu feige, um früher einzugreifen.‹

›Ach, Theresa, du hättest mir gar nichts helfen können. Im Gegenteil, dann hätten sie dich auch noch geschnappt.‹

›Karel und ein paar andere Männer haben deine Mutter inzwischen auf den Friedhof gebracht und beerdigt, Anna. Sie konnten sie nicht so lange dort auf dem Heuboden liegen lassen. Möchtest du, dass ich dir das Grab zeige?‹

›Danke, Theresa. Danke für alles. Ich muss jetzt alleine sein. Wenn ich so weit bin, gehe ich auf den Friedhof und verabschiede mich von meiner Mutter.‹

Sie ließ mich alleine. Das Leben ging weiter, aber es ging an mir vorbei. Ich aß, ohne etwas zu schmecken, ich nahm die Sonne und den Frühling draußen nicht mehr wahr, ich saß entweder am Küchentisch und weinte oder auf dem Friedhof am Grab meiner Mutter. Die Leute machten einen Bogen um mich. Man behandelte mich wie eine Aussätzige. Heute denke ich, dass sich viele auch schämten, weil sie nicht eingegriffen hatten. Irgendwann später im Sommer merkte ich, dass meine Tage ausgeblieben waren. Das war der nächste Schock. Ich war schwanger. Ich fiel in ein noch tieferes Loch. Wenn es Theresa in dieser Zeit nicht gegeben hätte, ich weiß wirklich nicht, ob ich das überlebt hätte. Ich wollte das Kind erst nicht. Doch an wen hätte ich mich wenden sollen? Ich war jung, unerfahren und völlig überfordert. Aber ich war gesund – und deshalb nahm die Schwangerschaft ihren Lauf.

Theresa brachte immer wieder neue Nachrichten mit. Eines Tages, es muss schon um die Weihnachtszeit gewesen sein, kam sie und sagte, dass nun alle Sudetendeutschen das Land verlassen müssten. Auch ich stehe auf der Liste. Die Schrecken nahmen kein Ende. Was sollte ich denn machen? Hochschwanger und später dann mit einem kleinen Kind auf der Flucht? Wir überlegten hin und her. Und eines Tages kam Theresa mit einem Vorschlag.

›Ich habe mit Karel geredet.‹

Karel, ihr Mann, war ein herzensguter Mensch.

›Er sagt, du musst so schnell wie möglich von hier weggehen. Du bist als Deutsche nicht mehr sicher und wirst nicht bleiben können.‹ Sie machte eine Pause und fuhr dann zögernd fort: ›Deshalb wollen wir dir ein Angebot machen. Es liegt allein bei dir, wie du dich entscheidest.‹

›Nun lass die Katze schon aus dem Sack. Was habt ihr euch überlegt?‹

›Dein Kind kommt bald auf die Welt. – Nun, du weißt, dass Karels Vater Bürgermeister ist. Karel würde ihn bitten, dass du bis zur Niederkunft im Dorf bleiben kannst. Danach könnten wir das Kind zu uns nehmen und es großziehen wie unser eigenes. Dessen kannst du dir sicher sein. Du könntest alles hinter dir lassen und im Westen ein neues Leben anfangen.‹ Mit den letzten Worten war Theresa immer leiser geworden.

Ich blickte sie an. ›Ich weiß nicht, was ich sagen soll. Das kommt jetzt völlig überraschend für mich. Karel wäre wirklich dazu bereit? Ich muss mir das in Ruhe überlegen. Gib mir ein paar Tage, bitte. Auf jeden Fall wäre es gut, wenn ich erst nach der Entbindung abgeschoben werde. Dann gehe ich, das ist sicher. Ob mit oder ohne Kind, das überlege ich mir.‹

›Ja, Karel wird sich für dich einsetzen. Und vertrau mir, wir wären deinem Kind gute Eltern. Das verspreche ich bei allem, was mir heilig ist.‹

›Das weiß ich, Theresa. Ich kann dir gar nicht genug danken für alles, was du und dein Mann für mich getan habt. Das gibt mir den Glauben an die Menschheit und die Menschlichkeit wieder etwas zurück.‹«

Als Maria nun verstummte, schwiegen auch Simone und Charlotte noch einige Minuten, ergriffen und schockiert von der Geschichte.

Schließlich fragte Charlotte leise: »Hat unser Vater davon gewusst?«

»Ja. Auch das hat mir Anna damals erzählt. Denn ich habe ihr dieselbe Frage gestellt. Passt auf. Anna sagte …«

»In meinem Magen flatterten tausend Schmetterlinge. Ernst küsste mich und es war wunderschön. Er hatte diese sanfte, verständnisvolle Art und sah unverschämt gut aus. Ich war so glücklich, ich hätte die ganze Welt umarmen können, als wir nach der Reise zurückkamen, auf der ich dich, Maria, kennenlernte. Ich hätte nie gedacht, dass ich noch fähig wäre, mich zu verlieben – nach allem, was man mir angetan hatte. Aber Ernst – er ist die Liebe meines Lebens. Ich bin so glücklich mit ihm. Nach unserem Sardinienaufenthalt warb er heftig um

mich. Wir trafen uns sehr oft, er stellte mich seinem Vater vor –
der bei Weitem nicht so griesgrämig war, wie ich befürchtet
hatte. Es dauerte nicht lange, da hielt Ernst um meine Hand an.
Ich hätte einfach Ja sagen können. Aber ich wollte mein neues
Leben nicht mit Heimlichkeiten und Lügen beginnen. Deshalb
musste ich Ernst in diesem Moment von meiner Vergangenheit
berichten. Glaub mir, ich hatte richtig Angst davor, wie er reagieren würde. Doch ich wollte reinen Tisch machen und sein
Vertrauen nicht missbrauchen. Wenn er mich danach noch
immer zur Frau haben wollte, dann könnte ich mit Freude und
reinen Gewissens Ja sagen.

Für seinen Heiratsantrag hatte Ernst einen schönen
Sonntagnachmittag gewählt. Wir saßen auf einer der Parkbänke
am Kuhsee und auf einmal kniete er vor mir und hielt eine
Schachtel mit zwei Verlobungsringen in der Hand. So schnell
hatte ich nicht mit einem Antrag gerechnet und ihm deshalb
auch meine Geschichte noch nicht erzählt. Also fasste ich mir
ein Herz. Ich zog ihn zurück auf die Parkbank und sagte ihm,
dass ich ihn liebend gern heiraten würde, wenn er mir, nachdem
ich ihm über meine Vergangenheit berichtet habe, nochmals
einen Antrag machen würde. Dann erzählte ich ihm alles. Noch
nie hatte ich darüber gesprochen. Theresa hatte keine Worte
gebraucht – sie sah ja, was passiert war. Nach meiner Erzählung
saß er lange stumm da. Ich dachte schon: ›Das war es jetzt. Er
will dich nicht mehr.‹ Doch er sah mich an und in seinen Augen
glänzten Tränen.

›Anna, ich danke dir, dass du mir das erzählt hast, und
bewundere dich nur umso mehr. Du bist so ein starker Mensch.
Viele andere wären an diesem Schicksal zerbrochen.‹

›Ohne Theresa und Karel wäre ich das auch. Bis heute habe
ich schlaflose Nächte, trauere und schäme mich vor mir selbst,
weil ich meine kleine Tochter zurückgelassen habe.‹

›Wir können sie holen.‹

Bis dahin hatte ich die Tränen zurückhalten können. Aber seine Güte und sein Einfühlungsvermögen ließen jetzt meine Augen feucht werden. Ich schüttelte den Kopf.

›Nein. Das geht nicht, Ernst. Ich habe selbst schon darüber nachgedacht, seit ich endlich eine feste Arbeit gefunden habe, Magda zu mir zu holen. Aber Magda hat eine Familie. Theresa und Karel lieben sie, da bin ich mir sicher. Ich kann ihr das nicht wegnehmen. Und auch Theresa und Karel kann ich das nicht antun. Nein. Wir lassen alles so, wie es ist.‹

›Wenn du meinst, dass das für dich das Beste ist …‹ Ernst war nicht überzeugt, aber er achtete meine Entscheidung. ›Du kannst dich jederzeit anders entscheiden. Dann holen wir sie. Irgendwie schaffen wir das. Ja?‹

›Du bist der beste Mensch, der mir je begegnet ist. Ich liebe dich.‹ Ich umarmte ihn und er küsste mich lange und zärtlich.

›Meine Anna. Ich liebe dich, seit ich dich das erste Mal in unserer Werkhalle gesehen habe‹, gestand er mir.

Und dann machte er mir den Heiratsantrag noch einmal.«

»Also hat sie unseren Vater geliebt«, sagte Simone erleichtert. »Wir haben schon gezweifelt, weil sie so oft alleine unterwegs war.«

»Nein. Euer Vater war die Liebe ihres Lebens. Das war unverkennbar. Aber sie brauchte auch viel Zeit für sich. Zeit, in der sie an Magda denken und mit sich selbst und ihren Entscheidungen ins Reine kommen konnte. Euer Vater hat das akzeptiert – was damals ja bestimmt nicht jeder Mann konnte.«

»Wie hat sie auf Magdas Tod reagiert? Es muss ja fürchterlich für sie gewesen sein, als Stan ihr das erzählt hat. Weiß Stan denn, dass Magda Annas Tochter war? Ich hatte nicht den Eindruck.«

»Nein, er weiß das nicht. Anna kam zu mir, kurz nachdem Stan ihr von Magdas Tod erzählt hatte. Sie weinte sich hier bei mir aus. Ernst hat sie hierhergeschickt, weil er wusste, dass sie zu Hause mit zwei kleinen Kindern nicht zur Ruhe kommen würde. Ihr hattet wirklich einen ganz besonderen Vater. Ja, also deshalb kam Anna. Und sie musste mir ihre Geschichte erzählen, um sie verarbeiten zu können. Es war schrecklich für sie. Am Ende des Urlaubs haben wir auch darüber geredet, ob sie Stan die Wahrheit sagen sollte. Aber wir waren uns einig, dass es die Dinge eher schlimmer machen würde. Für ihn. Und deshalb hat sie ihm nie etwas erzählt. Magda war da ja schon tot.«

Schweigend hingen die drei ihren Gedanken nach. Irgendwann sagte Simone: »Ich bin so froh, dass sie mit unserem Vater ihre große Liebe gefunden hatte. Nach allem, was sie erlebt hat ...«

»Ich finde es erstaunlich, dass sie nie ein böses Wort über ihre Heimat verloren hat. Nach allem, was ihr dort widerfahren ist«, sagte Charlotte.

»Sie hat auch viel Gutes dort erlebt«, warf Maria ein. »Theresa und Karel, Stan. Sie wusste sehr genau, dass man kein ganzes Volk für die Schandtaten Einzelner verdammen durfte. Und sie konnte verzeihen – den Tätern, die durch den Krieg blind vor Hass waren, und auch sich selbst, dass sie ihr Kind zurückgelassen hat. Das ist wichtig. Denn sonst gelingt es einem nicht, ein neues Leben aufzubauen.«

»Danke, Maria, dass du uns all das erzählt hast.«

»Ich bin froh, dass du dich auf den Weg gemacht hast, Simone. Denn auch dir geht es offensichtlich besser«, freute sich Maria.

»Sie hat sich sogar verliebt«, verriet Charlotte.

»Oh, das ist ja wunderbar.« Maria war ganz aus dem Häuschen. »Wer ist es? Ein Ire?«

»Nein, ein Textilprofessor, den ich ihr organisiert habe«, freute sich Charlotte.

»Ich weiß noch gar nicht, ob ich mich verliebt habe«, protestierte Simone. »Aber ich finde Tom sehr nett. Und vielleicht wird da mehr draus. Mal sehen.« Sie wechselte das Thema.

»Jetzt müssen wir dir aber noch erzählen, dass die Reise noch nicht zu Ende ist. Ich fliege nämlich nächste Woche nach Myanmar.«

Maria lächelte. »Also ist es Anna gelungen, die Lotusseide bei Stan zu verstecken.«

Am Abend rief Simone Tom an. Sie hatten sich seit Samstag nicht mehr gesehen, weil er länger als geplant in Chemnitz geblieben war. Aber sie hatten fast jeden Abend telefoniert.

Auch heute berichtete Simone ihm von den Geschehnissen.

»Was für ein Trauma. Schade, dass ich deine Mutter nicht gekannt habe. Sie muss eine starke Frau gewesen sein.«

»Ja, das denke ich auch. Ich bin wirklich neugierig, was mich in Myanmar erwartet, ich habe bereits für kommenden Dienstag einen Flug ergattert. Ich fürchte, wir werden uns vorher nicht mehr sehen, denn Charlotte und ich kommen erst am Sonntagabend nach Hause. Dann muss ich schnell packen und dann geht es schon wieder weiter. Was für ein Stress.«

»Oh, das wäre aber sehr schade. Ich würde dich gern noch vor deinem Abflug treffen. Ich vermisse dich.«

Wie schön, solche Worte zu hören. Simone freute sich unglaublich über dieses Eingeständnis. »Ich vermisse dich auch. Vielleicht können wir uns am Montagabend noch kurz sehen? An der Kulperhütte, wenn das Wetter mitspielt?«

»Das ist eine gute Idee. Ich habe um sieben Uhr einen Termin zum Abendessen mit einem Sponsor. Davor ginge es. Sechs Uhr?«

»Das passt gut. Ich muss ja früh ins Bett. Leider ist das jetzt so kurzfristig, denn es wäre schön gewesen, wenn du mitfliegen könntest. Ich würde dich sehr gern an meiner Seite haben«, träumte sie laut vor sich hin und wunderte sich, wie leicht ihr diese Worte über die Lippen kamen. Bei Tom hatte sie keine Angst mehr, zurückgewiesen zu werden. Ein schönes Gefühl.

»Ich würde ja gern, aber ...«

»Ich weiß«, unterbrach ihn Simone, die merkte, wie schwer es ihm fiel, ihr einen Korb zu geben. »Mach dir keine Gedanken. Es ist ja auch wirklich sehr kurzfristig. Aber du hast ja wunderbarerweise den Kontakt zu Sandra herstellen können. Es beruhigt mich unwahrscheinlich, dass ich dort unten eine Anlaufstelle habe. Und dann auch noch jemanden, der sowohl Englisch als auch die Landessprache spricht.«

Sandra, die Amerikanerin, hatte sich tatsächlich am Inle-See niedergelassen. Auf Toms Mail an ihre Geschäftsadresse war zunächst lediglich die Antwort gekommen, dass Sandra nicht mehr dort arbeite. Daraufhin hatte sich Tom ans Telefon geklemmt. Auf seine hartnäckigen Nachfragen wurde er mit einer engen Freundin Sandras verbunden, die beim selben Unternehmen arbeitete. Sie erzählte Tom, dass Sandra sich am Inle-See selbstständig gemacht und nun ihre eigene kleine Fabrik hatte, in der sie ein paar Weberinnen beschäftigte. Ein paar Tage später hatte Amanda eine Adresse geschickt, nachdem sie sich bei Sandra rückversichert hatte, dass ihr der Besuch einer guten Freundin von Tom aus Deutschland recht war. Und so wurde Simone also mehr oder weniger erwartet.

11. Kapitel

Inle-See, Myanmar, April 2013

Barfuß stand Simone auf der Aussichtsplattform und genoss das Naturschauspiel, als die Sonne irgendwo hinter dem Irrawaddy-Fluss am Horizont verschwand. Zuvor hatte sie die zahlreichen kunstvoll verzierten Säulen der Tempelanlage hinter ihr in goldenes Licht getaucht. Zu Simones Füßen lag Mandalay, die zweitgrößte Stadt Myanmars. Auf der anderen Seite des Mandalay Hill, auf dem sie gerade stand, breiteten sich die zahlreichen weißen Türmchen der Kuthodaw-Pagode aus. Sie wurden Stupas genannt. Genau siebenhundertneunundzwanzig Stück gab es, und in jedem von ihnen stand eine Marmorplatte, auf der man über das Leben Buddhas lesen konnte. Seit Simone heute Nachmittag ihr Gepäck im Hotelzimmer deponiert hatte, erkundete sie staunend diese Stadt. Am meisten hatten sie die Blattgoldhersteller fasziniert. Ein Knochenjob. Die meist jungen Männer, die ihn ausübten, klopften in stundenlanger Arbeit dünne Blattgoldquadrate noch dünner. Diese wurden dann von Frauen mit Spateln auf Bambuspapier aufgetragen und zu einem Heft zusammengefasst. Derartige Heftchen waren bei Gläubigen sehr begehrt. Sie brachten das Blattgold an den Buddhastatuen in der Stadt an, sodass es mittlerweile tonnenschwer an diesen haftete. Ein unglaublicher Anblick. Nun stand sie also hier oben, rund zweihundertvierzig Meter über der Stadt, und genoss den Sonnenuntergang. Etwa tausend Stufen musste man bezwingen, um sich diese Aussicht verdient zu haben. Da es sich um eine heilige Tempelanlage handelte, durfte man nur barfuß laufen. Eine ganz neue Erfahrung für Simone. So anstrengend der Aufstieg in der dampfigen Hitze auch gewesen war, gelohnt hatte er sich allemal. An der Balustrade der Aussichtsplattform genoss sie die Stille – außer ihr waren nur wenige Touristen da. Schade, dass Tom nicht mitkommen konnte. Wie gern würde sie hier mit ihm zusammen stehen. Der Abstieg ging deutlich schneller vonstatten, weil sie die imposante Rolltreppenanlage nutzte, die in der Hauptsaison offenbar nötig war, um die Horden von Touristen hinaufzutransportieren. Ihr Hotel befand sich gleich am Fuß des Hügels. Dort hatte sie eine Nacht eingeplant, bevor es morgen mit dem Zug weitergehen würde. Sie war mehr als gespannt auf das Landesinnere. »So viel von Land und Leuten bekommst du sonst nicht zu sehen. Der Zug fährt gemächlich durch die Landschaft, und so hat man Zeit, in diesem Land auch wirklich anzukommen.« Mit einem Lächeln auf den Lippen dachte sie vor dem Einschlafen an das letzte Gespräch mit Tom zurück.

Arme reckten sich aus den offenen Waggonfenstern. Die Luft waberte heiß und stickig. Dazu roch es intensiv nach gebratenem Fleisch. Simone deutete auf eine halbe Wassermelone und Bananen, die ihr der Händler vom Bahnsteig aus an ihrem Zugfenster anbot. Sie hätte auch gebratenen Reis oder würzige kleine Fleischstücke haben können. Vielleicht beim nächsten Halt. Für ein paar Kyats wechselten die Lebensmittel den Besitzer. Simone setzte sich wieder auf ihren Sitz. Wie auf dem Bahnsteig tobte auch im Innern des Zugs das Leben. Bei jedem Halt begrüßten Menschen jeden Alters ankommende Freunde oder Verwandte. Tränen flossen, wenn ein Familienmitglied verabschiedet wurde, und es wurde lange gewunken, wenn der Zug abfuhr. Die Reisenden hingen mit Kopf und Oberkörper aus dem Fenster, um noch einen letzten Blick zurückzuwerfen oder Hände zu schütteln. Bei dem Bummeltempo, das der Zug vorlegte, war das alles auch kein Problem.

Ruckelnd und schnaufend bemühte sich die Lok um Beschleunigung – um das Tempo bei der nächsten Brücke gleich wieder auf Schrittgeschwindigkeit zu verlangsamen. Was für ein Unterschied zu der Zugfahrt, die sie gestern von Mandalay nach Thazi erlebt hatte. Im Vergleich zu heute war es da in einem Höllentempo vorangegangen. Gerade einmal dreieinhalb Stunden hatte es gedauert, bis die Bahn die knapp zweihundert Kilometer zurückgelegt hatte. Den Rest des Tages hatte Simone dann allerdings damit verbracht, den Jetlag in den Griff zu bekommen, der ihr gestern heftig zugesetzt hatte.

Der Anschlusszug von Thazi zum Inle-See war morgens um sechs Uhr abgefahren und hatte inzwischen die Hälfte der Strecke zurückgelegt. Vorüber an Reisfeldern, in denen Männer und Frauen arbeiteten, an roter Erde, gesprenkelt mit ein paar grünen Bäumen, an Dörfern, die eher einem Zeltplatz als einer Ortschaft ähnelten – Simone musste Tom recht geben, sie bekam einen vielfältigen Eindruck von dem Land.

Und von der Gastfreundlichkeit der Birmanen, die im Zug nicht nur auf den Sitzplätzen, sondern ganz vergnügt auch auf dem Boden saßen. Jeder unterhielt sich mit jedem, und mehrfach lud man Simone ein, sich einfach dazuzusetzen. Ihr wurden Mango- und Ananasstücke angeboten oder kleine Pfannkuchen. Hunger musste sie also nicht leiden.

Zehn Stunden dauerte die Fahrt und so kam sie am späten Nachmittag in Shwenyaung an. Sie schulterte ihren großen Reiserucksack und suchte sich ein Taxi, das sie ins wenige Kilometer entfernte Nyaung Shwe brachte. Der kleine Ort am

Nordende des Inle-Sees ist beliebt bei Touristen, da er der ideale Ausgangspunkt für zahlreiche Tagesausflüge ist. Simone hatte sich hier ein Hotelzimmer gebucht und wollte am nächsten Tag die Gegend erkunden, um ein Gefühl für Land und Leute zu bekommen, und außerdem den *Schwimmenden Markt* in Ywama besuchen, der alle fünf Tage stattfand.

Staunend schlenderte sie am nächsten Tag über die schmalen Holzstege, die die einzelnen Holzpfahlbauten des Örtchens Ywama miteinander verbanden. Es gab keinen eigentlichen Ortskern, denn statt auf Straßen bewegte man sich hier mit dem Kanu fort. Der *Schwimmende Markt* war sowohl unter Einheimischen als auch bei Touristen sehr beliebt. In der Hauptwasserstraße reihte sich ein fahrender Händler an den anderen und der Platz um die Pagode wimmelte von Leuten. Frauen saßen auf dem Boden, vor sich hatten sie Bambusmatten und bunte Tücher ausgebreitet, auf denen sie Holzschnitzarbeiten anboten. Es roch nach gebratenen Bananen und Kräutern. An einem Marktstand gab es Arzneimittel zu kaufen, daneben Benzin und Motoröl. An anderen Ständen lagen haufenweise Tomaten und Gurken, hingen Stränge mit Knoblauch oder standen Säcke mit Reis und gelbem Kurkuma. Simone besichtigte die bunte Vielfalt an Waren, bewunderte die farbenfrohe Kleidung der Händler und staunte über deren oft fantasievolle Kopfbedeckungen. Es wurde gerufen und gelacht, die Leute waren fast ausschließlich Einheimische und Simone verstand kein Wort. Um den See herum wohnten rund einhundertsiebzigtausend Menschen, die meisten davon gehörten dem Volk der Intha an, von dem Simone in ihrem Reiseführer gelesen hatte. Die Intha lebten einst im Süden des Landes in der Gegend von Dawei im Taninthary und flohen wohl vor einigen Hundert Jahren aufgrund kriegerischer Auseinandersetzungen. Sie siedelten sich zunächst an vier Orten an. Und so entstand vermutlich der Name des Sees, denn Inle hieß »See der vier«.

Mit seinen zweiundzwanzig Kilometern Länge und einer Breite von elf Kilometern war er der zweitgrößte See des Landes und umgeben von den Shan-Bergen, die bis zu zweitausend Meter aufragten. Seit den Achtzigerjahren standen der See und die Feuchtgebiete unter Naturschutz.

Nach ihrem gemächlichen Rundgang über den Markt ließ sich Simone zu ihrem Hotel zurückrudern. Dort schulterte sie ihr Gepäck, nahm ein Taxi und gab dem Fahrer die Adresse eines Ruderers, der sie über den See zu Sandra bringen sollte.

Die Hütte, vor der sie der Taxifahrer schließlich absetzte, machte keinen allzu vertrauenerweckenden Eindruck. Sie wirkte wie notdürftig zusammengezimmert. Die Bretter waren aus unterschiedlichem Holz, sie waren krumm, mit zahlreichen Astlöchern, und endeten an manchen Stellen eine Armlänge unter dem Schilfdach.

Regnen sollte es hier besser nicht, dachte Simone und musste grinsen. Erst vor Kurzem hatte es geschüttet wie aus Kübeln – die Regenzeit meldete sich schon an. Allerdings herrschten so heiße Temperaturen, dass die Nässe in Sekundenschnelle zu verdampfen schien.

Vorsichtig setzte Simone auf dem Steg einen Fuß vor den anderen und schob an der Hütte behutsam einen verschlissenen Vorhang zur Seite, der das Innere vor neugierigen Blicken schützte. Der Vorhang mochte irgendwann einmal grün gewesen sein. Jetzt war er ausgeblichen und an der Stelle, an der man ihn anfasste, um ihn zu öffnen, schwarz vor Schmutz.

Drinnen erblickte Simone einen hageren Mann mit wettergegerbter Haut, der vor einem Gaskocher saß und in einem Blechtopf rührte. Wie zu erwarten, war die Einrichtung karg, eine Matratze in der Ecke, ein paar Haken an den Wänden für Kleidung und Kochgeschirr, der Gaskocher und etliche Fischernetze unter der Decke, auf dem Boden und am Rest der Wände.

»Brahman?«, fragte Simone.

Der Alte nickte und blickte sie forschend an.

Sie gab ihm einen Zettel mit der Adresse von Sandra.

Er nickte nochmals und bedeutete ihr, doch Platz zu nehmen. Er bot ihr von seinem Mahl an, aber Simone hatte auf dem Markt alle möglichen Leckereien probiert und war noch pappsatt. Und so saß sie einfach nur da und beobachtete Brahman, während er aß.

Anschließend wusch er das Geschirr aus und sie gingen zusammen zu seinem Boot. Kurze Zeit später glitten sie über den See. So verwahrlost der Mann in seiner Hütte vorhin auch gewirkt hatte – hier war er in seinem Element. Mit einer unglaublichen Eleganz und Leichtigkeit führte er das Boot. Überhaupt – das Boot: Es schimmerte in der Sonne, keine Spur von Vernachlässigung. Simone musste unwillkürlich an die ganzen Vorstadtrentner in ihrer Heimat denken, die ihr Auto jeden Samstag auf Hochglanz polierten und mit der Zahnbürste die Felgen säuberten – Brahman machte das Gleiche wohl mit seinem Boot.

Sie saß in der Mitte des grazilen Gefährts, das die Form eines langen, schmalen Blattes hatte, und beobachtete staunend, wie Brahman auf einer Plattform am Heck des sogenannten Langschwanzbootes auf einem Bein stand. Sein anderes Bein hatte er um die Stange eines Ruders geschlungen, die länger war als er. Mit eleganten, fließenden Bewegungen zog er das Ruder durch das Wasser. Immer wieder schwang sein Bein ruhig und gleichmäßig vor und zurück, mit Unterschenkel und Ferse das Ruder umfassend, und so angetrieben glitt das Boot zügig und sicher durch das Labyrinth der schwimmenden Gärten.

Tatsächlich, es waren schwimmende Gärten. Anders ließ sich nicht ausdrücken, was sie auf dem See sah. Tom hatte ihr das schon beschrieben, doch vor Ort wirkten die Gärten natürlich um vieles beeindruckender. Der See war an zahlreichen

Stellen sehr seicht, so hatte Tom erklärt. Die dort wuchernden Wasserhyazinthen bildeten mit der Zeit unter Wasser einen dichten Wurzelteppich. In diesem lagerte sich der angeschwemmte Schlamm ab und eine dichte Biomasse entstand. Darauf basierend hatten die Intha Bambuspfähle in den Grund getrieben und Gärten angelegt, die sie von den Booten aus pflegten und in denen sie Tomaten, Auberginen und Bohnen kultivierten.

An diesen Gärten wurde Simone nun gerade majestätisch entlangchauffiert. Brahmans Adresse hatte sie von Tom erhalten, der bei seinem Besuch auch auf dessen Ruderdienste zurückgegriffen hatte.

Nach all der Hektik in den vergangenen Wochen fiel es Simone beinahe schwer, sich auf das langsame Tempo hier einzustellen. Auch wenn sie an sich selbst gemerkt hatte, dass es bei diesen klimatischen Bedingungen, wo einem schon beim Anblick eines Ruderers der Schweiß auf der Stirn stand, gar nicht schneller ging. Und so genoss sie nun so entspannt wie möglich die Fahrt durch dieses Naturwunder.

Zugleich musste sie an den letzten Abend mit Tom zurückdenken und stellte sich vor, dass er hier neben ihr säße und ihre Hand hielte. Noch immer fühlte sie seine letzte Umarmung, und ein wohliges Gefühl der Verbundenheit und der Vertrautheit breitete sich in ihr aus. Allein schon der Gedanke an ihn zauberte Simone ein Lächeln ins Gesicht. Als sie sich an dem Abend voneinander verabschiedeten, hatte er sie zärtlich geküsst. Es war wie ein Versprechen. Das Versprechen, dass er auf sie warten würde und dass nach ihrer Rückkehr vielleicht mehr werden könnte aus ihrer Freundschaft.

Doch jetzt konzentrierte sie sich wieder auf ihre Umgebung. Sie war neugierig – und im Moment vor allem auf Sandra. War sie eine Träumerin? Wie sah jemand aus, der einen tollen Job kündigte, nur um sich in einem der ärmsten Länder der Welt selbstständig zu machen? Könnte sie selbst es hier für immer aushalten? Der See war wunderschön, das Klima eine Herausforderung, die Armut groß – zumindest mit dem Maßstab gemessen, den sie gewohnt war. Dafür lebten die Menschen mehr im Einklang mit der Natur und strahlten eine große Ruhe aus. Eine Wohltat für jeden hektikgeplagten Mitteleuropäer. Die Uhren gingen hier langsamer, so schien es Simone zumindest im Moment.

Brahman paddelte gemütlich vor sich hin, das Wasser gluckerte, und hier und da beobachtete sie einen Vogelschwarm, der aus einem Garten aufstob, wenn sie sich näherten.

Nach einer halben Stunde entdeckte Simone am anderen Ufer eine kleine Siedlung mit Pfahlbauten.

Brahman deutete darauf. »Sandra«, lautete seine unmissverständliche Ansage.

Gleich würde sie also am Ziel ihrer Reise ankommen in der Hoffnung, dass die Amerikanerin ihr bei der weiteren Suche nach der Vergangenheit ihrer Mutter behilflich sein könnte.

Je näher sie kamen, desto beeindruckender wirkten die Pfahlbauten, die sich zum Teil zweistöckig über dem See erhoben.

Ihr Ruderer hielt auf ein imposantes Gebäude zu, das mit seinen bunten Fenstern in Kanarienvogelgelb und Himmelblau aus der Menge der anderen Bauten hervorstach. Auf einer Seite war eine überdachte Veranda angebracht, von der aus Stufen hinunter zum Wasser führten. Hierhin lenkte Brahman sein Kanu.

Auf der Terrasse standen Töpfe mit ihr unbekannten Gewächsen – wahrscheinlich Gemüse, das Simone aus Europa nicht kannte. Am erstaunlichsten fand sie aber die vielen Kindersachen, die auf der Terrasse herumlagen.

Auf der obersten Stufe, die Simone jetzt erklomm, lag eine abgewetzte Puppe. Auf dem Plateau stand ein altes Dreirad. Aus dem Inneren des Hauses tönten laute Kinderstimmen.

Simone blickte sich zu Brahman um, ihren Rucksack geschultert. Er machte sich bereits wieder daran zurückzupaddeln. »Sind wir hier wirklich bei Sandra?«, fragte sie.

Brahman nickte eifrig und glitt in seinem Boot davon.

Verunsichert ging Simone auf die Tür zu. Jetzt war sie hier, irgendwer würde ihr schon aufmachen. Brahman hielt es offenbar nicht für nötig zu warten. Er schien sicher zu sein, sie an der richtigen Adresse abgeliefert zu haben. Sie überlegte, ob sie an der Tür klopfen sollte, aber die Stimmen im Haus waren so laut, dass man sie sowieso nicht hören würde. Also schob sie vorsichtig die Tür auf und blickte nach drinnen.

Drei dunkle Augenpaare blickten zurück. Sie gehörten zwei kleinen Mädchen und einem Jungen. Die drei saßen auf einer Matte auf dem Boden und spielten Karten. Anscheinend hatte es dabei vorher mächtig Diskussionsstoff gegeben. Jetzt schwieg das Trio und starrte Simone mit offenen Mündern an.

Das ältere Mädchen, sie war vielleicht sieben, fasste sich als Erste wieder, rempelte den vier Jahre alten Jungen neben sich mit dem Ellenbogen an und herrschte ihn im Befehlston an. Das zeigte Wirkung. Denn schnell wie der Blitz flitzte der Kleine zur Treppe, die sich im Hintergrund in den ersten Stock hinaufwand. Schon beim Rennen schrie er.

Simone meinte, den Namen Sandra inmitten des Redeschwalls erkannt zu haben, sicher war sie sich jedoch nicht.

Die beiden Mädchen hatten den anfänglichen Schreck wohl überwunden. Die Ältere machte eine einladende Geste hin zu dem frei gewordenen Platz. Offensichtlich brauchten sie einen Ersatzspieler.

Simone trat ein und setzte sich im Schneidersitz zu ihnen. Neugierig beäugte sie die Karten und atmete erleichtert auf. Uno. Das wenigstens kannte sie. Sie nahm das Blatt auf die Hand, das der kleine Junge liegen gelassen hatte, blickte auf den Stapel und legte mit einem Lächeln an ihre beiden Mitspielerinnen die erste Karte aus.

Verblüfft sahen die beiden Mädchen sie an. Offenbar hatten sie nicht damit gerechnet, einen kompetenten Ersatz erwischt zu haben. Aber noch bevor sie sich fangen konnten, hörte Simone Stimmen von oben. Es rumpelte, und dann rannte der kleine Junge von eben auch schon die Treppe herunter, gefolgt von einer Frau.

Als diese den Gast erblickte, verlangsamte sie das Tempo und kam Simone mit ausgestreckter Hand entgegen. »Ah, du musst der angekündigte Besuch aus Deutschland sein. Ich bin Sandra, und meine wilde kleine Horde hast du ja schon kennengelernt.«

Simone erhob sich und ging ebenfalls gleich zum Vornamen über, wie das bei Amerikanern üblich ist. »Genau. Ich habe gerade meine Uno-Kenntnisse aufgefrischt. Hallo, ich bin Simone.«

»Das hier sind Nila«, Sandra zeigte auf das ältere Mädchen, »und Sanda. Der kleine Wirbelwind hier ist Yona.«

Der Junge hatte sich an sie gekuschelt und liebevoll streichelte sie seinen Kopf. »Herzlich willkommen in unserem chaotischen Haushalt. Wie lange bist du denn schon unterwegs?«

»Seit ein paar Tagen. Aber ich habe mir bewusst Zeit gelassen, um das Land ein wenig kennenzulernen. Es sind so viele neue Eindrücke für mich. Auch an das Klima muss ich mich erst gewöhnen, ich werde sehr schnell müde. Aber vielen Dank erst einmal, dass ich bei dir einen Unterschlupf bekommen habe.«

Sandra lächelte. »Ich freue mich über die Gelegenheit, mich wieder einmal in meiner Muttersprache zu unterhalten. Ich habe dir eine kleine Ecke in unserem Wohnzimmer frei geräumt und abgetrennt. Dort kannst du gern deine Sachen deponieren und schlafen. Bist du erschöpft? Oder erst einmal hungrig? Hat dir

Brahman etwas zu essen angeboten, oder hat der alte Griesgram das wieder einmal vergessen? Wir essen in zehn Minuten.«

»Brahman hat mich sogar zum Essen eingeladen, aber da war ich noch pappsatt. Ich war heute Vormittag auf dem Markt in Ywama und musste natürlich vieles probieren. Zudem war ich vorhin bei Brahman wahrscheinlich etwas nervös. Ich war mir nicht sicher, ob ich dich wirklich finde und ob ich willkommen bin. Aber jetzt beginnt mein Magen langsam zu knurren. Etwas zu essen wäre schön. Danach könnte es allerdings passieren, dass ich einschlafe. Ich bin platt.«

»Das glaube ich, so geht es hier am Anfang fast allen. Aber man gewöhnt sich an das Klima. Also, dann essen wir jetzt erst einmal. Holt ihr drei doch bitte mal das Geschirr und ich bringe den Topf mit Reis und Gemüse«, bat sie die Kinder ebenfalls auf Englisch um Mithilfe. Diese drei hatten stumm dagesessen und waren dem Gespräch mit offenen Mündern gefolgt.

»Die Kinder verstehen Englisch?«

»Ja. Es wird jeden Tag besser. Ich bringe es ihnen bei, weil ich glaube, dass sie damit später einmal bessere Chancen im Leben haben. Und natürlich, weil es meine Muttersprache ist«, gestand sie augenzwinkernd.

Sie ließen sich alle zusammen auf einer bunten Decke nieder und machten es sich auf Sitzkissen bequem. Jeder nahm sich vom Essen in eine Schüssel und löffelte hungrig.

»Ich freue mich, Besuch aus Europa zu haben«, begann Sandra das Gespräch. »Wir leben hier doch ziemlich abgeschottet. Da genieße ich es, wenn ich wieder etwas von der weiten Welt mitbekomme.«

»Das kann ich mir gut vorstellen.« Simone musterte Sandra. Sie war klein und sprühte vor Energie. Eine Strähne ihres stufig geschnittenen blonden Haars fiel ihr immer wieder ins Gesicht. Mit einer energischen Geste strich sie sie jedes Mal hinter das Ohr. Um ihre blauen Augen hatten sich Lachfältchen gebildet.

Auch sonst wirkte sie auf Simone wie ein sehr positiver Mensch, der anpacken konnte. Die Kinder schienen sie zu vergöttern. Mindestens eines kuschelte sich immer an sie.

»Ich gewöhne mich wirklich erst nach und nach an dieses so ganz besondere Land«, sagte Simone. »Erstens machen mir die Hitze und Feuchtigkeit ziemlich zu schaffen und dann bin ich fast schon überfordert von den vielen exotischen Eindrücken.«

»Das ging mir genauso. Deshalb würde ich sagen, ruh dich erst einmal aus und wir reden morgen früh ganz entspannt über alles. Obwohl ich schon wahnsinnig neugierig bin. Tom hat Amanda gegenüber ja nur ein paar Andeutungen gemacht. Daraus habe ich geschlossen, dass du etwas über die Vergangenheit deiner Mutter herausfinden möchtest.«

»Genau. Nur leider weiß ich selbst noch überhaupt nicht, was das sein könnte. Auf die Spur hierher hat mich nur dieses Stück Stoff gebracht.« Simone kramte die Seide aus ihrem Rucksack und reichte sie Sandra.

Diese warf einen kurzen Blick darauf und nickte. »Ja. Das ist Lotusseide. Na, hoffentlich kann ich dir helfen.«

Simone gähnte. So gern hätte sie sich gleich auf die Suche gemacht, doch sie war eindeutig zu müde dazu.

»Ich zeig dir deine Matratze und dann schlaf am besten.«

Sie nickte und folgte Sandra in das Wohnzimmer nebenan. In ihrer Ecke ließ sie nur noch den Rucksack fallen, legte sich nieder und schlief auf der Stelle ein.

Als Simone erwachte, trommelte wieder Regen auf das Dach. Es schüttete in Strömen. Sie blieb noch kurz liegen und sammelte sich. Als sie aber leise Musik von nebenan hörte, hielt sie nichts mehr auf ihrer Matratze. Neugierig stand sie auf und ging ins Nebenzimmer.

»Ah, guten Morgen«, begrüßte sie Sandra. »Du hast zehn Stunden geschlafen. Sehr gut. Ich habe die Kinder bereits zu einer Nachbarin gebracht, damit wir uns in Ruhe unterhalten können. Später muss ich dann allerdings hinüber in meine kleine Weberei.«

»Zehn Stunden? Puh.«

Sandra reichte ihr eine Kaffeetasse und einen kleinen Hefefladen. »Den tunkt man hier gern in den Kaffee«, erklärte sie und machte es ihr vor. »Jetzt bin ich aber wirklich neugierig auf deine Geschichte.«

Simone nahm einen Bissen und einen Schluck des verlockend duftenden Getränks. Es schmeckte köstlich. Dann fing sie an zu erzählen – von Anna, ihren Reisen, ihrer Leidenschaft für Stoffe und dass sie mit Stan einen alten Freund ihrer Mutter gefunden habe. Sie fasste nur das ihrer Meinung nach Wichtigste zusammen, um Sandra einen Überblick zu geben.

»Was für eine tolle Frau, deine Mutter«, staunte Sandra, als Simone geendet hatte. »Ich hätte sie gern kennengelernt. In ihrer Generation gab es noch nicht so viele unabhängige Frauen. Und noch weniger Männer, die das zugelassen haben. Hut ab vor deinem Vater.« Sie machte eine nachdenkliche Pause. »Leider habe ich meine Mutter nie kennengelernt. Sie starb kurz nach meiner Geburt.«

»O je, das tut mir leid.«

»Dafür hatte ich den tollsten Vater der Welt. Er hat mich nach Strich und Faden verwöhnt.« Sandra grinste. »Möchtest du nachher mitkommen, wenn ich in meine Weberei gehe?«

»Sehr gern. Du hast dich also tatsächlich hier selbstständig gemacht? Tom hat so etwas angedeutet.«

»Ja. Als wir uns damals hier getroffen haben, war ich noch Geschäftsführerin des Unternehmens, das seit Generationen in unserem Familienbesitz ist und in dem mein Vater noch immer sein Unwesen treibt.« Sie grinste. »Aber ich hatte schon vorher angefangen, über den Sinn meines Lebens nachzudenken. Als ich sah, in welch ärmlichen Verhältnissen die Leute hier leben, weil nur ein Bruchteil der Erlöse ihrer Handarbeit bei ihnen ankommt, geriet ich ins Grübeln. Dazu kam, dass mir Yona buchstäblich über den Weg krabbelte.« Sie grinste. »Es gibt hier unglaublich viele Waisenkinder. Ihre Eltern wurden verfolgt und getötet, weil sie einer Minderheit angehören. Die Kinder sind wie immer die Leidtragenden. Ich hatte selbst das Glück, einen liebevollen Vater zu haben. Aber mit Pech hätte auch ich eine Waise sein können. Als ich Yona das erste Mal sah, hob ich ihn hoch und fragte die anderen Näherinnen, was er in der Weberei mache. Sie sagten, er lebe hier zusammen mit seinen beiden älteren Schwestern. Sie haben hier ein Dach über dem Kopf und jede der Näherinnen bringe ihnen abwechselnd zu essen mit. Ich war entsetzt. Die Kinder waren sich selbst überlassen. Tja, und dann habe ich Nägel mit Köpfen gemacht und zwei Fliegen mit einer Klappe geschlagen. Ich habe hier ein Unternehmen gegründet und die drei Kinder quasi adoptiert.« Sandra lächelte versonnen. »Es ist oft anstrengend. Aber wenn sie sich an mich kuscheln, weiß ich, dass ich alles richtig gemacht habe. Ich würde nicht mehr zurückwollen. Zumindest nicht ohne die drei«, schränkte sie ein.

»Ich bewundere dich, dass du diesen Schritt gemacht hast und dich der Kinder, die nicht deine eigenen sind, angenommen hast.«

»Weißt du, Simone. Man muss keine eigenen Kinder haben, um glücklich zu sein. Aber man muss sich überlegen, welche Dinge einen glücklich machen. Und diese dann auch anpacken.«

Simone nickte. »So weit bin ich inzwischen auch. Nur ist mir noch nicht ganz klar, was mich wirklich glücklich macht.«

»Dann ist hier vielleicht genau der richtige Ort, das herauszufinden. Es gibt wenig Ablenkung, da erkennt man sehr schnell das Wesentliche. Ging mir zumindest so«, riet Sandra. »Nun, und jetzt zeige ich dir mal ein paar Häuser weiter meine

Webstube und stelle dich den Leuten vor.« Damit machten sie sich auf den kurzen Weg in Sandras kleine Fabrik.

Fasziniert beobachtete Simone dort, wie die Weberin die Pedale an einem der vier Webstühle bediente. Es klackerte und ratterte, während gerade ein Schal entstand. Natürlich aus Lotusseide. Vorsichtig betastete Simone das Gewebe. Es fühlte sich genauso an wie Annas Stoff und auch die Farbe stimmte. »Ab und zu färben wir die Seide auch ein«, erklärte Sandra. »Allerdings nur mit natürlichen Färbstoffen, wie zum Beispiel mit der Rinde des Mangobaums.« Die Frau am Webstuhl verstand offenbar ihr Handwerk, geschickt hielt sie alle Fäden und Spulen in geordneten Bahnen. »Wir verarbeiten jedoch nicht nur Lotusseide, sondern auch andere Materialien. Nur dann lohnt es sich, vier Webstühle am Laufen zu halten.« An einer Seite des großen, luftigen Raumes saß eine ältere Frau auf dem Boden, vor sich ein Spinnrad. Hier entstand aus den verzwirbelten Fäden der Lotusblüte das Garn – natürlich in Handarbeit.

»Ich muss jetzt selbst an die Arbeit«, erklärte Sandra. »Du kannst dich gern hier umsehen oder einen Rundgang durch die Siedlung machen. Hast du ein Foto von deiner Mutter dabei? Das könntest du herumzeigen, vielleicht erinnert sich jemand daran, sie gesehen zu haben. Ich schaue es mir später dann auch gern an. Ansonsten überlegen wir heute Abend, was wir noch tun können, um herauszufinden, was deine Mutter dir mit diesem Stoff sagen wollte.«

»Das mit dem Foto ist eine gute Idee. Aber ich schaue mich gern erst noch hier um und setze mich dann auf den Steg da vorne. Schließlich habe ich ja Urlaub.«

Sandra lächelte. »Ich sehe, du passt dich schon den hiesigen Lebensgewohnheiten an. Es tut gut, wenn man mal die Seele baumeln lässt. Oft kommen genau dann die besten Ideen! Also, bis später. – Ach ja, Aung hier«, sie deutete auf die Weberin des Schals, »spricht ein paar Brocken Englisch. Falls du Fragen hast.«

»Oh, prima. Danke und bis später.«

Simone beobachtete die Arbeiterinnen noch eine Weile und gab ihnen zu verstehen, wie sehr sie die Dinge bewunderte, die sie herstellten. Dann ging sie nach draußen und setzte sich an den Steg am Uferrand. Ruhig lag der See vor ihr, Vögel zogen ihre Kreise am Himmel, ein paar Boote kamen an ihrem Steg vorbei. Sie hörte Schritte näher kommen und drehte sich um. Wenige Meter von ihr entfernt stand ein kleines Mädchen. Ihre Kleidung starrte vor Schmutz, sie war barfuß und um den Mund herum verschmiert. Wahrscheinlich hatte sie gerade etwas gegessen. Vorsichtig kam die Kleine näher, als Simone sie heranwinkte.

»Soll ich dir die Reisfelder zeigen?«, fragte sie schüchtern.

»Du sprichst Englisch?«, fragte Simone überrascht.

»Bisschen. Mama arbeitet bei Engländer. Chef von Hotel.« Dann wiederholte sie ihre Frage. »Soll ich dir die Reisfelder zeigen?«

Simone überlegte. Warum eigentlich nicht? Sie hatte ja nichts Bestimmtes vor. Also nickte sie. »Gern. Aber musst du nicht deiner Mama Bescheid sagen, wenn du mit mir unterwegs bist?« Das Mädchen konnte höchstens zehn Jahre alt sein.

»Nein. Ist gut. Mama ist da drüben«, sie deutete über den See. »Schwester ist krank, Mama pflegt sie.«

»Und dein Papa?«

»Nicht da. Auf Baustelle in Mandalay.«

Simone nickte zögernd. Sollte sie das glauben? Na ja, sie konnten ja mal loslaufen, vielleicht würde sie unterwegs noch mehr erfahren. Sie stand auf. »Gut. Dann zeig mir mal die Reisfelder.«

Das Mädchen strahlte über das ganze Gesicht und bedeutete Simone, ihr zu folgen. Nebeneinander gingen sie an ein paar Hütten entlang, die als Wohnhäuser dienten, und anschließend hinaus in die Landschaft. Die einzelnen Felder waren sehr klein und oft von Büschen und Bäumen umrandet. Das machte die Umgebung unglaublich abwechslungsreich. »Wie heißt du eigentlich?«

»Ich bin Elisa.«

»Das klingt nicht birmanisch.«

»Alle nennen mich so.«

»Also gut, Elisa. Ich heiße Simone.«

Das Mädchen deutete auf die Gewächse neben dem Trampelpfad, den sie nun eingeschlagen hatten. »Das sind Bananenstauden und hier Kokospalmen.«

Ihre junge Reiseführerin kannte sich bestens aus. Nun tauchten auch die ersten Reisfelder und -terrassen auf. Hier bereitete man schon alles für die Aussaat vor. Während der unmittelbar bevorstehenden Monsunzeit konnte der Reis dann reifen.

Elisa steuerte auf eine kleine Lichtung zwischen einigen großen Kokospalmen zu, auf der zwei rote Häuschen nebeneinander standen. »Das sind Opferschreine. Viele kommen hierher, um in Ruhe zu Buddha zu beten und ihm Gaben zu spenden – für eine gute Ernte oder für Gesundheit. Ich bete auch schnell. Warte.«

Simone musste lächeln. Das Mädchen gefiel ihr. Respektvoll näherte Simone sich einem der Schreine und betrachtete ihn. Vor dem anderen kniete Elisa und murmelte ihr Gebet.

Sie setzten ihren Weg durch die Felder fort, ab und zu begegneten sie einem Reisbauern, der seine Anbaufläche überprüfte, und Elisa zeigte auf ein paar große Vögel, die sich in den Baumwipfeln aufhielten – Störche. Es war wundervoll und Simone genoss diese unverhoffte Wanderung in vollen Zügen. Nach etwa einer Stunde kamen sie zum Steg zurück. Simone machte noch ein Foto von ihnen beiden und kramte dann ihren

Geldbeutel hervor. Elisa bekam eine fürstliche Entlohnung. »Das hast du dir verdient. Vielen Dank, junge Dame. Soll ich dich noch nach Hause begleiten?«

Vehement schüttelte Elisa den Kopf, strahlte wegen der Bezahlung ihrer Führung, machte auf dem Absatz kehrt und rannte davon.

Nachdenklich blickte Simone ihr nach. Kinder wuchsen hier ganz anders auf als in Deutschland. Undenkbar, dass sie dort eine einstündige Wanderung mit einem ihr unbekannten Kind gemacht hätte. Aber so war das hier wohl. Sie ging in Sandras Weberei zurück und machte der Weberin, die Englisch verstand, klar, dass sie schon mal Sandras drei Kinder abholen und nach Hause bringen würde. Sandra solle sich ruhig Zeit lassen.

Simone spielte mit den dreien lange Uno – wobei Yona die meiste Zeit nur zuschaute und sich in ihren Schoß kuschelte. Nach dem Kartenspielen machte sie sich mithilfe der Mädchen an die Vorbereitung des Abendessens. Yona schleppte währenddessen ein Spielzeug nach dem anderen an, um es Simone zu zeigen.

Als Sandra heimkam, freute sie sich riesig, dass das Essen schon auf dem Tisch stand, und zu fünft machten sie es sich richtig gemütlich. Yona wurde als Erster müde. Er stand auf und ging in das Zimmer, in dem er mit seinen Schwestern schlief, um seine Kuschelpuppe zu holen.

Er gähnte schon lauthals, als er zurückkam – seine Stoffpuppe im Schlepptau. Er rollte sich zwischen Simone und Sandra zusammen und schloss die Augen.

Simone streichelte über sein Haar und lächelte bei seinem Anblick. Dann fiel ihr Blick auf die Puppe und ihre Augen weiteten sich. Sie schnappte nach Luft und traute kaum ihren Augen. Aber auch beim zweiten Hinsehen war klar: Es war die gleiche Puppe, wie sie selbst und Charlotte eine im Schrank hatten und wie diejenige, auf die sie bei Stan gestoßen war.

Sandra hatte Simones Reaktion bemerkt und hob verwundert die Augenbrauen. »Was ist los?«

Simone deutete auf die Puppe und flüsterte stockend: »Diese Puppe kenne ich.«

Sandra schüttelte den Kopf. »Das kann nicht sein. Es ist meine. Die habe ich aus den USA mitgebracht.«

Simone beharrte: »Ich bin mir sicher. Sie sieht exakt so aus wie meine. Das ist der Stoff, den Stan aus der Weberei geklaut hat.« Und sie erzählte Sandra auch diesen Teil der Geschichte, den sie am Morgen ausgelassen hatte, weil er ihr nicht wichtig erschienen war.

Sandra löste die Puppe vorsichtig aus Yonas Arm. Der Junge protestierte kurz, aber Sandra versicherte ihm, dass er sie gleich wieder zurückbekomme.

Simone nahm die Puppe entgegen. Aus der Nähe sah sie, dass der Stoff nicht genau demselben Stück entstammte wie derjenige der anderen drei. Aber er war verblüffend ähnlich und die Machart der Puppe war dieselbe. Bis auf kleine Nuancen beim verwendeten Stoff unterschied sich diese Puppe nicht von ihrer, die in Augsburg in einer der Umzugskisten lag. Es war ein weiteres Exemplar der Puppen, die ihre Mutter allen dreien ihrer Kinder genäht hatte. Simone war sich absolut sicher. »Von wem hast du die?«, fragte sie Sandra.

»Die hatte ich schon immer. Mein Papa sagt, meine Mutter habe sie mir noch vor meiner Geburt genäht. Sie habe selbst als Kind eine ähnliche gehabt, diese aber vor ihrer Flucht zurückgelassen. Meine Mutter hatte nämlich die Gelegenheit eines England-Aufenthalts genutzt, um mit meinem Papa in einer Nacht-und-Nebel-Aktion in die USA zu flüchten. Eigentlich kam sie aus der Tschechoslowakei.«

Simone spürte, dass ihr alles Blut aus dem Gesicht wich. »Das kann doch nicht sein!«, flüsterte sie. »Das kann ich nicht glauben. Magda. Deine Mutter hieß Magda.«

Jetzt schnappte auch Sandra nach Luft. »Woher weißt du das? Das gibts doch gar nicht! Woher kennst du meine Mutter?«

Simone atmete ein paarmal tief durch und sammelte ihre Gedanken, die in ihrem Kopf rasten. Konnte das wirklich sein? Dann berichtete sie stockend von Stans Freundschaft mit Magda und von seiner Geschichte über ihre Flucht und die schlimme Nachricht über ihren Tod. »Davon, dass Magda eine Tochter hatte, hat er mir aber nichts erzählt. Natürlich nicht«, Simone dachte laut nach, »davon konnte er nichts wissen. Stan hätte sonst bestimmt versucht, Kontakt herzustellen.«

Sandra hatte fassungslos gelauscht und konnte nur noch staunen: »Da treffen wir uns hier zufällig am Ende der Welt und stellen fest, dass wir eine Verbindung zueinander haben. Ich kann es kaum fassen!«

Simone schüttelte nachdenklich den Kopf. »Wir sind uns nicht zufällig begegnet. Meine Mutter muss das geplant haben. Sie muss gewusst haben, dass ich dich hier treffe. Warum sonst hätte sie den Stoff bei Stan deponieren sollen? Aber woher wusste sie von dir, wenn nicht einmal Stan etwas von Magdas Kind geahnt hat? Ich glaube, mein Kopf platzt. Ich bekomme das alles gerade nicht auf die Reihe. Ich habe das Gefühl, eine Menge loser Fäden in der Hand zu halten. Wo ist die Verbindung?«

Die beiden sahen sich lange stumm an. »Wir müssen von ganz vorne beginnen. Das wird eine lange Nacht«, stellte Sandra schließlich fest.

Nachdem sie die Kinder ins Bett gebracht hatten, setzten sie sich zusammen, um ihre Vergangenheit bis ins kleinste Detail vor der anderen auszubreiten. Irgendwo musste es eine

Erklärung geben. »Wie hast du das Feuer überlebt? Und warum hat dein Vater Stan nichts von dir erzählt?«, fragte Simone.

»Ich kam fast zwei Monate zu früh auf die Welt. Als das Feuer ausbrach, war ich noch auf der Frühgeborenenstation im Krankenhaus. Mein Vater hat mir erzählt, dass meine Mutter immer bei mir war. Nur nachts ist sie nach Hause, um zu schlafen. Als das Feuer ausbrach, war er auf Dienstreise. Die Ursache war ein technischer Defekt. Mein Vater hat sich zeitlebens wahnsinnige Vorwürfe gemacht, dass er der Elektrik im Haus zu wenig Aufmerksamkeit geschenkt hat. Er hat jahrelang gelitten wie ein Hund, denn er und meine Mutter haben sich sehr geliebt. Sie ist ja auch seinetwegen in die USA geflüchtet und hat alles, ihre Familie und ihre Heimat, damit aufgegeben. Nur um dort kurze Zeit später ums Leben zu kommen. Was für eine Tragödie. Er hat lange gebraucht, bis er das verkraftet hatte. Erst mit fast fünfzig hat er sich wieder verliebt. Heute lebt er mit seiner Freundin wieder auf unserem Hof. Er hat das abgebrannte Gebäude damals komplett abreißen lassen und daneben neu gebaut. Warum er deinem Stan nichts von mir geschrieben hat, kann ich mir auch nicht erklären.« Sandra schwieg einen Moment. »Kannst du mir bitte das Bild von deiner Mutter zeigen?«, fragte sie dann vorsichtig.

Simone nickte eifrig. »Na klar.« Sie kramte das Handy heraus und suchte das Foto heraus. »Die Aufnahme dürfte etwa zehn Jahre alt sein. Irgendwo habe ich auch noch ein Foto von meinen Eltern aus den Siebzigerjahren«, sagte sie und reichte Sandra das Handy hinüber.

Diese betrachtete das Bild lange. »Ich kenne sie«, stellte sie dann fest.

»Warum nur überrascht mich das jetzt nicht«, erwiderte Simone mit einem leicht hysterischen Lachen. »Erzähl.«

»Ich war doch jahrelang Geschäftsführerin unserer Fabrik. Vor vielleicht eineinhalb Jahren stand eines Tages eine ältere

Dame bei uns auf dem Firmengelände. Ich fragte sie, ob ich ihr helfen könne. Sie musterte mich lange und erklärte dann, dass sie lange Zeit als Musterzeichnerin gearbeitet habe. Nun sei sie bei Bekannten in der Nähe zu Besuch und habe sich vor Ort einmal eine Baumwollfabrik ansehen wollen. ›Wir bieten auf einem stillgelegten Teil des Firmengeländes auch Führungen an und haben ein kleines Museum eingerichtet‹, habe ich ihr daraufhin erzählt. Sie nickte aber nur abwesend und wollte von mir wissen, was ich so mache. Ich fand die persönliche Frage zwar etwas seltsam, aber die Frau war sehr höflich und nett. Deshalb haben wir uns ein wenig unterhalten. Irgendwann musste ich dann in mein Büro. Sie bedankte sich höflich für meine Zeit und wünschte mir alles Gute. Dann gab sie mir die Hand und drückte sie lange. Wie gesagt, es kam mir alles etwas seltsam vor – deshalb erinnere ich mich wohl auch noch daran.« Sandra war nachdenklich geworden.

»Und was passierte danach?«

»Nichts. Ich glaube, sie hat sich dann tatsächlich das Museum angesehen. Danach habe ich sie nie wiedergesehen und diese Begegnung auch völlig vergessen. Bis jetzt. Das war deine Mutter – da bin ich mir ziemlich sicher.«

»Aber warum war sie bei euch? Mein Vater ist 2007 gestorben. Ab da war sie öfter auf Reisen. Noch mehr als vorher. Aber wie kam sie darauf, ausgerechnet bei euch vorbeizuschauen?«, überlegte Simone laut.

»Sie wusste doch von Stan, wo Mitch wohnte. Aber sie wusste auch, dass Magda tot war. Sie kann also nicht gehofft haben, sie zu treffen. Also warum kam sie dann zu uns?«, rätselte Sandra.

Die beiden grübelten vor sich hin.

Plötzlich war Simone wie elektrisiert. »Siehst du deiner Mutter ähnlich?«

»Ja, das behauptet mein Vater zumindest. Sonst gab es ja kaum noch jemanden, der das hätte wissen können. Warum?«

In Simones Kopf ratterte es. »Hattet ihr damals eine Webseite? Waren da Fotos drauf?«

Sandra blickte sie irritiert an. »Puh. Eine Webseite haben wir schon lange. Aber ob da ein Foto von mir drauf ist? Da muss ich überlegen.« Sie dachte nach. »Wahrscheinlich gab es ein Foto von meinem Vater und mir. Er hat mir vor zwei Jahren die Firma überschrieben. Das haben wir auch online dokumentiert.«

»Meine Mutter muss auf eurer Webseite über ein Bild von dir gestolpert sein. Die Ähnlichkeit mit Magda muss frappierend gewesen sein – sonst wäre ihr diese wahrscheinlich nicht aufgefallen. Sie hat ihre Tochter ja nur auf dem Bild von Stan als Dreizehnjährige gesehen. Aber warte.« Simone überlegte fieberhaft, was ihr auf dem Bild noch aufgefallen war. Dann fiel es ihr wieder ein.

»Hast du auf dem Bild auf eurer Webseite einen kurzen Rock oder ein Kleid an? Und hast du vielleicht ein Muttermal am Knie, das man erkennen konnte?«

»Es ist unheimlich, wenn Leute, die man bisher gar nicht gekannt hat, davon wissen. Schon ein bisschen gruselig, oder?« Sandra schüttelte sich. »Aber ja, du hast recht. Das Muttermal könnte auf dem Foto durchaus zu sehen gewesen sein.«

»Und meine Mutter wusste, dass Magda das Gleiche hatte. Sie hat eins und eins zusammengezählt und sich daraufhin in den Flieger gesetzt und dich zumindest ein bisschen kennengelernt. Ihr Enkelkind.«

Sandra flüsterte leise: »Meine Oma.«

»Genau.«

»Und damit sind auch wir beide miteinander verwandt. Wir sind – ja, was sind wir eigentlich?«

Simone lächelte. »Ja, so ist es. Ich bin deine Tante und du bist meine Nichte, oder? Und wenn wir das schwarz auf weiß haben wollen, dann würde das mit Sicherheit ein DNA-Test bestätigen.« Sie wurde ganz aufgeregt. »Das ist ja der Hammer. Ich fliege bis ans andere Ende der Welt und finde dort meine Nichte.«

Sandra flüsterte: »Also habe ich auf einmal eine große Familie. Wie ich es mir immer gewünscht habe. Denn auch die Eltern meines Vaters sind bei dem fürchterlichen Brand ums Leben gekommen. Wohl auch deshalb habe ich mir hier gleich drei Kinder zugelegt.« Sie lächelte. »Und jetzt wächst meine Familie noch weiter. Wenn ich das meinem Vater erzähle, der wird Augen machen.«

»Bevor wir voreilige Schlüsse ziehen – lass uns die ganze Geschichte noch einmal aus allen Perspektiven betrachten. Vielleicht steckt doch irgendwo ein Denkfehler. – Weißt du, wann deine Mutter geboren wurde? Gibt es noch Unterlagen?«

»Die Dokumente sind alle verbrannt. Aber Papa war jedes Jahr an Mamas Geburtstag besonders bedrückt. Sie wurde am 4. Februar 1946 geboren.«

»Ich muss das unbedingt Stan erzählen. O Gott, wie bringe ich ihm das nur schonend bei?«

»Hast du nicht gesagt, dass Patrick und Mary gute Freunde von ihm sind? Ruf doch die beiden an. Die können das vielleicht besser machen. Sie sind vor Ort, am Telefon ist das immer schwierig.«

»Was ich absolut nicht begreife, ist, warum sie weder Stan noch uns etwas davon erzählt hat. Stell dir mal vor, du wüsstest, dass du ein Kind hast. Und dann erzählst du nie irgendjemandem davon.«

»Na ja, sie dachte ja jahrelang, dass Magda tot ist. Erst vor knapp zwei Jahren hat sie festgestellt, dass es mich gibt. Ich kann mir vorstellen, dass es ganz schön schwierig und aufwühlend ist, dann noch einmal alles an sich heranzulassen. Dinge, die man ganz tief in seinem Inneren vergraben hat, wieder hervorzuholen. Seinen Kindern und Freunden auf einmal erklären zu müssen, dass es noch ein Kind gab.« Sandra machte eine lange Pause. »Obwohl ich mich sehr gefreut hätte, wenn sie sich mir damals zu erkennen gegeben hätte. Ich hatte da ja schon das Gefühl, dass sie mir etwas erzählen wollte. Hat sie dann aber nicht. Da haben ihre Bedenken und Zweifel wohl noch überwogen. Und dann war die Gelegenheit einfach vorbei.«

»Aber es hat ihr keine Ruhe gelassen. Und sie wollte, dass ich das herausfinde. Sonst hätte sie mich nie auf diese Reise geschickt.«

Sie schwiegen.

Simone ergriff wieder das Wort: »Vielleicht sollte ich erst einmal mit Charlotte reden. Dann lassen wir den DNA-Test machen – selbst wenn das eigentlich nicht nötig ist. Und erst wenn wir absolute Gewissheit haben, weihen wir Stan ein. Sonst regen wir ihn auf und am Ende stellt sich das alles als völlig falsch heraus. Das glaube ich zwar nicht mehr, aber lass uns trotzdem auf Nummer sicher gehen.«

»Du hast recht. Ich recherchiere morgen gleich mal, wie wir uns schnell testen lassen können.«

»Da kann sich Charlotte drum kümmern. Die ist super, wenn es um organisatorische Dinge geht. Mensch, die wird Augen machen, wenn ich ihr nach so kurzer Zeit in Myanmar eine Nichte präsentiere. Wir hatten schon Zweifel, ob sich die Reise hierher überhaupt lohnen würde.« Simone musste jetzt lachen. »Bin ich froh, dass ich mich auf die Suche gemacht habe. Jetzt habe ich neue Freunde in Irland und eine Nichte. Und«, setzte sie zögernd noch hinzu, »mit Tom vielleicht auch einen neuen Freund. Ihn rufe ich gleich noch an, der wird staunen!« Simone freute sich riesig auf dieses Gespräch. Doch plötzlich seufzte sie: »Eigentlich muss ich sogar Henry dankbar sein.

Hätte er mich nicht verlassen, wäre ich den Hinweisen meiner Mutter sicherlich nicht gefolgt.«

»Wer ist denn jetzt schon wieder Henry?« Sandra verdrehte theatralisch die Augen. »Vor lauter neuer Verwandtschaft blicke ich allmählich nicht mehr durch.«

»Das erzähle ich dir morgen. Es gibt so vieles voneinander kennenzulernen, dass es auf eine Nacht nicht ankommt.«

Sandra umarmte Simone stürmisch. »Und ich rufe gleich noch Papa an und berichte ihm von den unglaublichen Neuigkeiten.«

Sie räumten zusammen, und während Sandra mit ihrem Vater telefonierte, bei dem es erst Mittagszeit war, versuchte Simone, Tom zu erreichen. Da er nicht ans Telefon ging, rechnete sie nach. In Deutschland war es bereits achtzehn Uhr. Vielleicht hatte er einen Kundentermin. Sie war enttäuscht. So gern hätte sie ihm gleich alles erzählt. Sie konnte es kaum erwarten, mit ihm zu reden. Doch auch beim nächsten Versuch eine halbe Stunde später meldete er sich nicht. Stattdessen erreichte sie Charlotte. Die hätte am liebsten sofort ihre Siebensachen gepackt und wäre nach Myanmar geflogen, aber sie konnte keinen Urlaub nehmen. Deshalb versprach Simone ihr, ganz viele Bilder von Sandra, den Kindern und deren Leben hier zu schicken.

An diesem Abend dauerte es lange, bis Simone Schlaf fand. Aber es waren keine Sorgen, die sie umtrieben, sondern eine tiefe Zufriedenheit und Freude, dass sie das Geheimnis ihrer Mutter gelüftet hatte.

Am nächsten Morgen musste sich Simone sehr zusammenreißen, dass sie nicht gleich wieder bei Tom anrief. Dort war es mitten in der Nacht – sie wollte ihn nicht um seinen Schlaf bringen. Deshalb nahm sie sich schweren Herzens vor, bis mittags zu warten. Beim Frühstück erzählten sie den Kindern, was sie gestern herausgefunden hatten. »Bist du dann auch unsere Tante?«, wollten sie wissen.

»Wenn man es genau nimmt, bin ich eure Großtante, ja.«

»Das ist aber toll. Dann haben wir jetzt eine Mama und eine Großtante.« Die drei strahlten.

Das erinnerte Simone wieder an das Mädchen von gestern. Sie erzählte Sandra von ihrer spontanen Wanderung durch die Landschaft. »Vielleicht kennst du sie ja. Sie nennt sich Elisa.«

Sandra schüttelte den Kopf. »Der Name sagt mir nichts. Aber er klingt für mich sowieso erfunden …«

»Warte, ich habe sogar ein Foto von uns beiden gemacht. Vielleicht erkennst du sie.« Simone suchte das Bild heraus und reichte das Handy hinüber.

Sandra betrachtete es lange. »Ich glaube, ich habe sie schon einmal gesehen. Aber sicher bin ich mir nicht. Schick mir das Bild doch mal schnell. Dann zeige ich es meinen Kolleginnen. Vielleicht weiß da jemand mehr. Warum willst du das so genau wissen?«

»Ehrlich gesagt, keine Ahnung. Irgendetwas an ihrer Geschichte stört mich. Da ist der Name, außerdem wollte sie auf keinen Fall, dass ich sie zurück nach Hause begleite, und als ich ihr das Geld gegeben hatte, war sie weg wie der Blitz. Das alles ist seltsam.«

»Vielleicht ist sie auch eines der Waisenkinder hier.«

»Könntest du dich trotzdem umhören?«

»Natürlich.«

»Wenn es dir recht ist, dann würde ich heute gern einfach hierbleiben und mit den Kindern spielen oder etwas mit ihnen unternehmen. Du kannst in aller Ruhe in die Arbeit gehen, ich kümmere mich um sie. Sie sind so lustig und nett – das macht mir große Freude. Außerdem gehöre ich ja jetzt zur Familie.«

»Au ja, Mama. Bitte!«, jubelten die drei.

Sandra lachte. »Meinetwegen sehr gern.«

Nachdem Sandra gegangen war, machten es sich die vier gemütlich. Simone las den Kindern vor, sie spielten Karten miteinander und später bereiteten sie das Abendessen vor. Zwischendurch versuchte Simone immer wieder, Tom zu erreichen. Vergeblich. Langsam begann sie, sich Sorgen zu machen. Er konnte sich doch denken, dass sie sich irgendwann melden würde. Wieso ging er nicht ran? War vielleicht etwas passiert? Zum Glück hatte sie die Kinder um sich, sonst wären ihre Gedanken wieder Karussell gefahren.

Zumindest hatte Sandra Neuigkeiten, als sie zurückkam. »Aung kennt das Mädchen, das dich gestern herumgeführt hat.«

»Ehrlich. Oh, da bin ich froh. Wer ist sie?«

»Das wiederum weiß niemand. Sie ist tatsächlich eines der vielen Waisenkinder hier. Aung meinte, sie schlafe mit ihrem jüngeren Bruder meist irgendwo in einem Schuppen am See. Meist sind die Geschwister zusammen unterwegs. Aber gestern hat sie wohl bei dir die Chance gesehen, etwas Geld zu verdienen, und alleine die Fremdenführerin gespielt. Das Geld hat sie bestimmt für Essen ausgegeben.« Sandra seufzte. »Ich würde sie am liebsten alle adoptieren, aber das geht halt einfach nicht.«

Simone schauderte bei der Vorstellung, dass Elisa jetzt wahrscheinlich mit ihrem Bruder in einer der heruntergekommenen Baracken saß und vielleicht nichts mehr zu essen hatte. Geschweige denn ein schönes Bett zum Schlafen. Dabei war sie bestimmt ein cleveres Mädchen. Was wohl mit ihren Eltern passiert war? Sie nahm sich vor, morgen nach Elisa und ihrem Bruder Ausschau zu halten. Am besten setzte sie sich einfach noch einmal an den Steg. Die Aussicht auf Geld lockte das Mädchen vielleicht erneut aus ihrem Versteck.

»Hast du Tom inzwischen erreicht?«, fragte Sandra.

»Nein. Ich bin schon ganz in Sorge. Das sieht ihm gar nicht ähnlich. Jetzt sind es bereits fast vierundzwanzig Stunden, ohne dass er zurückruft. Er sieht doch, dass ich mehrfach versucht habe, ihn zu sprechen. Wenn er sich bis morgen nicht meldet, rufe ich einfach bei ihm im Museum an. Vielleicht können die mir dort weiterhelfen. Es gibt doch so tolle Neuigkeiten!«

»Welche Neuigkeiten sind das denn?«, tönte es da von der Tür, die wie überall in der Gegend offen stand.

Simone fuhr herum und traute ihren Augen nicht. »Tom! Das kann doch gar nicht sein! Wie kommst du denn hierher?« Simone war aufgesprungen und auf ihn zugeeilt.

Er ließ seinen Rucksack fallen, den er in der Hand gehalten hatte, und breitete seine Arme aus.

Simone flog hinein und weinte vor lauter Freude.

»Ich habe es ohne dich nicht mehr ausgehalten. Also habe ich meinen Chef davon überzeugt, dass die Ausstellung auch dann pünktlich stattfinden wird, wenn ich ein paar Tage Urlaub nehme.«

»Was für eine Überraschung! Das ist so unglaublich schön, dass du da bist!«

Er hielt sie ganz fest an sich gedrückt. Nach einigen Sekunden wand sich Simone aus seiner Umarmung, ergriff seine Hand und zog ihn hinüber zu den anderen.

Tom und Sandra begrüßten sich. Die Kinder hatten sprachlos dagesessen und waren dem Schauspiel mit offenen Mündern gefolgt. Yona fand als Erster seine Sprache wieder. »Ist das jetzt unser Großonkel?«

Simone und Sandra mussten lachen, Tom schaute verwirrt. »Wieso Großonkel?«

»Na, weil ich doch ihre Großtante bin.«

»Jetzt verstehe ich gar nichts mehr. Ist das der Jetlag oder habe ich etwas Entscheidendes verpasst?«

Alle redeten auf einmal wild durcheinander, bis Sandra aufstand und ihre drei Racker nach draußen trieb. »Kommt, Kinder, wir machen jetzt einen kleinen Spaziergang. Dann kann Simone Tom in aller Ruhe von unseren Entdeckungen erzählen.«

»Ich freue mich so, dass du da bist. Du glaubst nicht, wie oft ich mir in den letzten Tagen gedacht habe: Oh, wäre das schön, wenn Tom jetzt hier wäre.«

»Und ich konnte es nicht ertragen, dich so lange auf diese Reise zu schicken und nicht zu wissen, was dir so alles widerfährt.«

»Du wirst es kaum glauben, wenn ich es dir erzähle. Setz dich und nimm dir etwas zu essen und zu trinken. Wir waren gerade beim Abendbrot. Seit wann bist du unterwegs? Du musst ja hundemüde sein.«

»O ja, essen und trinken klingt gut. Bis gerade eben war ich auch hundemüde, aber bevor ich mich hinlege, musst du mir alles erzählen.«

Also brachte Simone ihn auf den neuesten Stand. Sie schloss mit dem Satz: »Und kaum ist das eine Geheimnis gelöst, bin ich schon auf der Spur des nächsten.«

»Wie das?«

Und dann berichtete Simone ihm von Elisa und dass sie sich morgen auf die Suche nach ihr machen wollte.

Am Ende der Erzählung gähnte Tom herzhaft. »Verzeih, aber jetzt übermannt mich die Müdigkeit, ich bin seit sechs-unddreißig Stunden unterwegs. Morgen suchen wir gemeinsam nach Elisa. Aber jetzt muss ich schlafen. Glaubst du, dass es Sandra recht ist, wenn ich mich hier irgendwo hinlege?«

»Aber natürlich. Du nimmst am besten gleich mein Bett, hier drüben.« Simone deutete hinüber ins Wohnzimmer.

Tom argumentierte nicht mehr. Er war so müde, dass er sich einfach auf die Matratze legte, und schon fielen ihm die Augen zu.

Als Sandra und die Kinder zurückkamen, schlief er tief und fest. Alle bemühten sich, möglichst leise zu sein, damit er nicht aufwachte.

Später machte Simone sich auch bettfertig und schlich zu Tom. Sie kuschelte sich an ihn und er legte im Halbschlaf den Arm um sie. Zufrieden und überaus glücklich schlief sie ein.

Als sie am nächsten Morgen die Augen aufschlug, war Tom schon wach. Er lag neben ihr und blickte sie zärtlich an.

»Ich lass dich nie wieder los«, schwor er.

»Tom, du bist das Beste, was mir passieren konnte«, flüsterte Simone und strich mit ihrem Finger zärtlich über seine Narbe. »Das wollte ich schon machen, als ich dich das erste Mal gesehen habe.«

Tom beugte sich über sie und dann küssten sie sich das erste Mal innig. Eine heiße Begierde durchströmte Simone und am liebsten hätte sie ihn auf der Stelle geliebt.

Doch da ertönten drei fröhliche Kinderstimmen: »Guten Morgen!« Und Nila, Sanda und Yona stürmten ins Zimmer.

Tom und Simone blickten sich an und er seufzte. »Gut, dass sie hereingekommen sind, ich hätte mich gleich nicht mehr beherrschen können«, stöhnte Tom.

Simone streichelte ihn sanft im Gesicht. »Wie wäre es, wenn wir uns heute Abend in dem Hotel im nächsten Ort einquartieren? Da sind wir ungestört.«

»Das ist eine ausgezeichnete Idee«, antwortete Tom grinsend. »Aber ich kann dann für nichts mehr garantieren.«

»Das will ich hoffen«, neckte ihn Simone.

»Wie lange ist es noch bis abends?«, stöhnte Tom.

»Ich wusste gar nicht, dass du so ungeduldig sein kannst.« Simone lächelte ihn schelmisch an. »So, jetzt aber raus aus den Federn! Die Arbeit ruft.«

»Sklaventreiberin.«

Tom und Simone begleiteten Sandra in die Fabrik. Die Kinder waren bei Freunden gut aufgehoben. Sie unterhielten sich kurz mit Aung, die sich recht sicher war, dass es sich bei Elisa um das Mädchen handelte, das sie kannte und das einen Bruder hatte.

»Dann setzen wir zwei uns jetzt mal an den Steg und warten, ob sie sich noch einmal herauswagt.«

Sie mussten nicht lange warten. Simone hörte die vorsichtigen Schritte zuerst.

Elisa stand unschlüssig am Anfang des Steges, als Simone sich gleichzeitig mit Tom zu ihr umdrehte. Sie kaute auf ihren Fingernägeln.

»Oh, hallo, Elisa, das ist aber schön. Ich habe gehofft, dich noch einmal zu treffen. Schau, mein Freund Tom ist mitgekommen. Ich habe ihm von unserem schönen Spaziergang und meiner tollen Fremdenführerin erzählt. Könntest du mit uns beiden noch einmal diese Runde machen?«

Elisa kam zögernd näher. Sie war unschlüssig.

»Wenn du nicht willst, ist es auch kein Problem«, sagte Simone. »Wir können uns auch einfach ein bisschen unterhalten.«

»Mein Bruder ist krank. Ich kann nicht so lange wegbleiben«, brachte Elisa schließlich hervor.

»Oh, das tut mir leid.« Simone zögerte. Sie wollte Elisa nicht erschrecken, also gab sie erst einmal vor, nichts über ihr Schicksal zu wissen. »Deine Mama kümmert sich bestimmt gut um ihn. Dann kannst du dich ja wenigstens kurz zu uns setzen. – Schau«, sie zeigte auf die Picknickdose zwischen ihnen, »wir wollten gerade frühstücken. Möchtest du auch etwas?«

Elisa hatte sich offenbar entschlossen, ihr zu trauen. Denn sie setzte sich zu ihnen und griff zuerst zögernd und mit einem Seitenblick auf Tom zu der Banane. Als Tom sie aufmunternd anlächelte, verputzte sie in Windeseile die Hälfte der Kekse.

»Darf ich die mitnehmen?« Sie deutete auf die anderen Kekse. »Für meinen Bruder?«

Simone brach das Herz, als das Mädchen sie fragend ansah. Sie musste sich alleine um ihren Bruder kümmern, wusste nicht, wo sie das Essen für den nächsten Tag herbekommen würde, und fragte sie trotzdem höflich um Erlaubnis. Sie beschloss, es zu wagen.

»Elisa, wir wissen, dass du keine Eltern hast und dich alleine um deinen Bruder kümmerst.«

Elisa blickte sie mit schreckgeweiteten Augen an und wollte aufspringen. Aber Simone sagte schnell: »Wir verraten das niemandem. Großes Ehrenwort! Aber dein Bruder braucht Hilfe, wenn er krank ist. Ich habe hier eine Verwandte, sie heißt Sandra. Ihr gehört die Weberei da drüben und sie hat drei Kindern wie dir ein Zuhause gegeben. Sie wohnt am Ende des Ortes hier. Du weißt sicher, wo das ist. Wie wäre es, wenn du deinen Bruder dorthin bringst? Wir werden da auf dich warten. Es ist deine Entscheidung, aber du sollst wissen, dass wir versuchen, ihm zu helfen, und nichts tun, was du nicht willst.«

Elisa kaute nachdenklich und nervös auf ihrer Unterlippe.

Simone holte eine Wasserflasche und eine weitere Banane aus ihrem kleinen Rucksack. »Bring das auf jeden Fall deinem Bruder. Weißt du, wo Sandra wohnt?«

Elisa nickte.

»Tom und ich gehen jetzt zu ihrem Haus. Es wäre wunderbar, wenn ihr kommen würdet. Ja? Hast du das alles verstanden?«, fragte Simone vorsichtig.

Elisa nickte.

Tom und Simone standen auf und verließen das Mädchen, das unschlüssig dasaß.

»Glaubst du, sie wird kommen?«, fragte Simone.

»Ich denke schon. Ihr Bruder ist ihr wichtig. Die Gefahr, ihn wegen einer Krankheit zu verlieren, wird ihr zu hoch sein.

Da riskiert sie wahrscheinlich sogar, dass wir die Behörden informieren.«

»Sind die hiesigen Waisenhäuser denn so schrecklich?«

»Das weiß ich nicht. Wahrscheinlich sind die hoffnungslos überfüllt. Und hier kennt sie sich aus ...«

Arm in Arm gingen sie zurück. Sie saßen auf Sandras Terrasse und unterhielten sich, als eine Stunde später Elisa um die Ecke bog. Im Schlepptau hatte sie ihren Bruder. Simone und Tom eilten auf die beiden zu, als sie sie sahen.

Simone umarmte Elisa. »Ich bin so froh, dass du uns vertraust. Jetzt kümmern wir uns erst einmal um deinen Bruder. Wie heißt er denn?«

»David – ich nenne ihn immer David.«

»Alles klar. Jetzt kommt rein.« Tom hatte David in der Zwischenzeit hochgehoben und ins Haus getragen.

Der kleine Kerl, er konnte nicht älter als vier Jahre sein, glühte vor Fieber. Sie flößten ihm Tee ein und legten ihn auf eine Matratze. Dabei versicherten sie ihm, dass er in guten Händen sei. Als er eingeschlafen war, wickelte Simone mehrmals nasskalte Tücher um seine Unterschenkel, um das Fieber zu senken.

Elisa beobachtete alles genau. Irgendwann kuschelte sie sich an ihren Bruder und schlief ebenfalls ein.

Simone betrachtete die beiden. »Mir bricht das Herz, wenn ich sie so daliegen sehe. Was machen wir denn jetzt? Selbst wenn David bald wieder gesund ist, bringe ich es nicht übers Herz, die beiden zurück auf die Straße zu schicken. Das geht auf gar keinen Fall.«

»Ja, mir geht es genauso.« Tom sah die zwei Kinder nachdenklich an.

Als Sandra mittags kurz nach Hause kam, beratschlagten sie zu dritt, wie es weitergehen sollte. Schließlich rief Sandra den Hotelbesitzer im nächsten Ort an, den sie gut kannte. Sie buchte ein Cottage, und er versprach, keine Fragen zu stellen, wenn dort am Abend ein deutsches Pärchen mit zwei schmutzigen Waisenkindern auftauchte. So war zumindest einmal für die nächsten Tage gesorgt. Denn zu viert wollten sie Sandra nicht zur Last fallen.

»Ich höre mich inzwischen um, ob es irgendjemanden gibt, der sich danach um die beiden kümmern könnte«, plante Sandra. »Auch Raj – so heißt der Hotelbesitzer, er ist Inder – hat versprochen, die Ohren offen zu halten. Vielleicht finden wir ja eine nette Pflegefamilie. Große Hoffnungen kann ich euch leider nicht machen«, schraubte sie gleich von vornherein mögliche Erwartungen zurück.

»Das denke ich mir. Wenn es so einfach wäre, gäbe es hier wahrscheinlich nicht so viele Waisenkinder«, seufzte Tom. »Danke, Sandra.«

Als sie nach dem anstrengenden Tag abends endlich zu zweit nebeneinander in ihrem Cottage auf dem Hotelgelände im Bett lagen, ihre beiden Schützlinge gleich nebenan im zweiten Schlafzimmer, lächelte Tom Simone an.

»Die erste Nacht mit dir habe ich mir irgendwie anders vorgestellt.«

Simone grinste. »Ich mir auch. Muss ich ein schlechtes Gewissen haben, weil ich darauf bestanden habe, Elisa zu suchen?«

»Bist du verrückt? Nein. Du wärst nicht die Frau, in die ich mich verliebt habe, wenn du kein großes Herz hättest. Wir werden noch viele Nächte für uns haben. Ich kann warten.«

»Du bist das Beste, was mir passieren konnte, Tom«, wiederholte sie sich. »Ich liebe dich.« Die Worte waren ihr einfach so herausgeschlüpft. Sie hatte nicht darüber nachgedacht. Aber sie fühlten sich richtig an.

Tom zog sie an sich. »Ich liebe dich auch.«

329

12. Kapitel

Aran-Inseln, August 2015

Die Sonne schien, der Himmel war blau und kein Lüftchen wehte. Simone stand vor dem schlichten Holzkreuz und legte eine einzelne weiße Rose nieder. Sie war die Letzte. Alle anderen waren bereits gegangen und hatten sich wohl schon im Pub versammelt. Vor wenigen Tagen war Stan gestorben. Friedlich. Patrick und Mary, Simone und Sandra, alle waren in den vergangenen beiden Wochen bei ihm gewesen und hatten sich abwechselnd um ihn gekümmert. Seine Hand gehalten, ihm Tee eingeflößt und sich mit ihm unterhalten, wenn er immer mal wieder kurz das Bewusstsein erlangte. Mit einem Lächeln auf den Lippen und voller Dankbarkeit, dass er Magdas Tochter noch kennenlernen durfte, hatte er nun diese Welt verlassen.

Simone ließ die vergangenen beiden Jahre noch einmal Revue passieren.

Tom und sie hatten den kleinen David gesund gepflegt und in dieser Woche in Myanmar starke Bande zu den beiden Kindern entwickelt. Doch es schien aussichtslos, eine Pflegefamilie zu finden. Bis Raj, der Hotelmanager, herausfand, dass die beiden die Kinder seiner früheren Haushaltshilfe waren, die er sehr geschätzt hatte. Sie war bei einem Autounfall ums Leben gekommen. Er hatte immer angenommen, dass die Kinder nun mit ihrem Vater zusammenlebten. Der aber hatte sich schon vor Jahren aus dem Staub gemacht. Raj war es, der mit Elisa als Kind Englisch gesprochen hatte. Deshalb entschloss er sich, die beiden bei sich aufzunehmen und bei den Behörden eine Vormundschaft für sie zu beantragen. Doch er machte auch klar, dass das keine Dauerlösung sei. »Ich bin fast siebzig, zu alt, um die beiden großzuziehen.«

Zumindest waren sie erst einmal von der Straße weg. Simone genoss jede einzelne Minute dieser Woche an der Seite von Tom. Alles mit ihm fühlte sich richtig an, als ob eine Lücke in ihrer beider Leben geschlossen worden war. Gemeinsam mit Raj fassten sie den Plan, dass sie die Kinder adoptieren würden, wenn sie eine Zeit lang in Deutschland zusammengelebt hatten. Simone liebte Tom dafür, dass er dieses Vorhaben sofort mit Feuer und Flamme unterstützte. Ihnen allen war klar, dass es nicht einfach werden würde, aber der Plan war gefasst.

Dann hatten Sandra und sie mithilfe eines Labors den DNA-Test gemacht. Auf das Ergebnis mussten sie allerdings ein paar Wochen warten.

Tom reiste nach einer Woche wieder ab, da er nicht länger Urlaub nehmen konnte.

»Ich erwarte dich sehnsüchtig zu Hause«, verabschiedete er sich, bevor er sich auf den Heimweg machte.

»Ich komme, so schnell es geht«, versicherte ihm Simone.

»Ich freue mich darauf und vermisse dich jetzt schon schrecklich.«

Simone wollte auf jeden Fall bleiben, bis Raj die Vormundschaft erhielt und das DNA-Ergebnis kam. Doch ihr wurde nicht langweilig. Nicht nur musste sie sich um die beiden Kinder kümmern, die jeden Tag ein wenig zutraulicher wurden und sich auf dem Hotelareal sichtlich wohlfühlten, sondern sie bot Sandra auch ihre Hilfe an, ein Marketingkonzept für ihr Unternehmen aufzusetzen.

Sandra nahm dies gern an. »Ich kenne mich gut mit den wirtschaftlichen Dingen aus, und ich habe auch gute Kontakte in alle Welt, aber die Vermarktung liegt mir nicht und deshalb drücke ich mich schon länger davor.«

Während sie auf das Testergebnis warteten, überlegten sie auch, wie sie weitermachen würden. Da sie eigentlich keinen Zweifel an ihrer Verwandtschaft hatten, buchten sie schon einmal zwei Flüge nach Galway. Sandras Kinder sollten bei Raj beziehungsweise bei dem Kindermädchen bleiben, das er eingestellt hatte. Die fünf Kinder verstanden sich blendend, sodass das für alle die beste Lösung war. Und Sandra wollte ihr Unternehmen sowieso nicht länger als zwei Wochen alleine lassen.

Das Testergebnis bestätigte ihre Vermutung endgültig, dass sie Tante und Nichte waren. Und so weihte Simone im nächsten Schritt Patrick und Mary telefonisch ein. Maria und Paolo schrieb sie einen ausführlichen Brief, als nun auch biologisch feststand, dass Sandra Annas Enkeltochter war.

Am schwersten fiel Simone der Abschied von Elisa und David, da sie nicht wusste, wann sie die beiden wiedersehen würde. Sie versprach ihnen, bald wiederzukommen und jeden Tag mit ihnen zu skypen.

In Galway trafen sie sich mit Maria und Charlotte und gingen zusammen an Bord der Fähre nach Inishmore. Am Hafen erwarteten sie Patrick, Mary und natürlich Stan. Es war ein sehr emotionaler Moment, als er Sandra erblickte. Tränen der Rührung liefen über sein Gesicht.

Aber es ging ihm gut, denn er frotzelte: »Den Test hättet ihr euch sparen können. Man sieht doch, dass das Magdas Tochter ist.« Dann schloss er sie in seine Arme.

Wie Simone bei ihrem ersten Aufenthalt, wohnten sie bei Karen und Seamus, die ebenfalls über die Entwicklungen nur staunen konnten. Sie blieben fünf Tage – Zeit genug, sich gegenseitig kennenzulernen und auf Anna anzustoßen. Sandra genoss es sichtlich. Fast täglich telefonierte sie mit ihrem Vater und erzählte ihm von ihrer neuen Familie. »Er wird schon eifersüchtig. Aber er und seine Freundin planen eine Europareise, um euch alle zu besuchen«, sagte Sandra strahlend.

Simone telefonierte ebenfalls fast täglich – mit den Kindern und natürlich mit Tom. »Maria, du musst ihn bald kennenlernen«, schwärmte sie ihr vor. »Er ist die Liebe meines Lebens. Mit ihm kann ich lachen und träumen und wir haben ähnliche Lebensziele. Ich bin so glücklich, dass es fast schon wehtut.«

Maria hatte sie gedrückt. »Schau. Habe ich doch gesagt. Das Leben ist schön. Und Glück weiß man meist erst zu schätzen, wenn man dunkle Täler durchschritten hat. Deine Mama wäre stolz auf dich. Und darauf, dass ihr Plan funktioniert hat.«

Jetzt, zwei Jahre später, waren sie wieder alle hier zusammengekommen, diesmal allerdings zu einem traurigen Anlass. Charlotte war mit ihrer Familie angereist, ebenso wie Mitch mit seiner Freundin. Sandra flog aus Myanmar nach Galway und Maria von Sardinien.

Tom war längst Teil dieser großen Familie geworden. Seit geraumer Zeit wohnten Simone und er zusammen und hatten vor Kurzem geheiratet. Simone hatte sich selbstständig gemacht und bot ihre Marketingkenntnisse kleineren Firmen an. Das Geschäft lief gut. Und um ihr Glück komplett zu machen, hatten sie vor wenigen Tagen erfahren, dass sie Elisa und David endlich adoptieren durften. In den vergangenen beiden Jahren waren sie oft in Myanmar gewesen und Raj hatte sie im Gegenzug ebenfalls zweimal mit den Kindern besucht. Die beiden sprachen mittlerweile fließend Englisch und Deutsch und waren so hoffentlich gut auf ihr neues Leben vorbereitet. Tom und Simone freuten sich unheimlich auf ein stürmisches Familienleben.

Als Simone nun also vor Stans Grab stand, bedankte sie sich aus ganzem Herzen bei ihrer Mutter. »Danke, Mama. Ohne dich würde es dieses wunderschöne, erfüllte neue Leben für mich nicht geben.«

DANKSAGUNG

Dieses Buch gäbe es nicht ohne die Unterstützung meines Mannes, der mich immer wieder motiviert hat, mich doch endlich ans Schreiben zu machen. Danke, Stefan.

Und das Buch hätte niemals den Weg in die Öffentlichkeit gefunden, wenn nicht Du, Doris, mir Mut gemacht hättest, es zumindest zu versuchen. Danke.

FSC
www.fsc.org
MIX
Papier | Fördert
gute Waldnutzung
FSC® C083411

Zeitfracht Medien GmbH
Ferdinand-Jühlke-Straße 7
99095 Erfurt, Deutschland
produktsicherheit@kolibri360.de

Druck:
CPI Druckdienstleistungen GmbH
im Auftrag der
Zeitfracht Medien GmbH
Ein Unternehmen der Zeitfracht - Gruppe
Ferdinand-Jühlke-Str. 7
99095 Erfurt